D1672524

Alenor J. Stevens

Alenor J. Stevens

in den
schatten
von
qurt'bar

Band 1 der Erkorenensaga

Gebundene, illustrierte Originalausgabe *Nr. 4*

© 2023 Alenor J. Stevens | Vaerysarium

Lektorat: Sabrina Schumacher
Korrektorat: Nadine Föhse
Coverdesign: Raphael Vanhomwegen
Illustrationen: Alenor J. Stevens
Buchsatz: Alenor J. Stevens mit Adobe inDesign

Herstellung und Verlag: BoD – Books on Demand, Norderstedt

ISBN: 9783754324714

Weitere Informationen unter: www.vaerysarium.com

START NEXT

Band 1 der Erkorenensaga wurde im Herbst 2022 erfolgreich durch ein Crowdfunding-Projekt auf StartNext finanziert.

Herzlichen Dank an alle meine Unterstützer*innen, die mir dabei geholfen haben, mein Finanzierungsziel zu erreichen:

wzemann, George W Morlock, chrimm, fabi.read, c-kolb, fruxlipux, Carina.holste, poisonpainter, sirscb, kimberly. schlegel, Lilie der Nacht, Ann-KathrinKarschnick, a_ni-kolaus, NadineMost, marie.fedorenko, jayce.stepanov, daniel.wilbring, mirarkrumm, antonia_chan130, uwe. taechl, olaf72b, sarah.malhus, thandor87, nico87_488, oli.schmid, pia.guhlke, schneidermelanie, ninamackay-autor, elin.nelier, stephanie.helmel, marli-2, Benjamin. Spang, yavanna03, michelle.schink95, verqueert.

Mein Dank gilt auch jenen, die lieber anonym bleiben wollen.

Aus Datenschutzgründen wurden nur die Benutzer-namen aufgelistet. Zudem wurden nur jene Unterstüt-zer*innen erwähnt, die nicht anonym gespendet haben.

Werte Leser*innen

Bevor ihr es euch gemütlich macht,
um diese Geschichte zu lesen,
möchte ich euch darauf hinweisen,
dass im Anhang ab S. 467 folgende
Punkte zu finden sind:

Triggerwarnungen, Personenverzeichnis,
Glossar & weitere Informationen

Für Len

Qurta Tar

Der Hafenrund
Qurta tars

Armenviertel

Markt- &
Hafenviertel

Bürgerviertel

Das Goldene Viertel

Palastviertel

Prolog

Was einmal war, nimmt von Neuem seinen Lauf. Mit jungen Seelen, anderen Gegebenheiten und doch in derselben alten Welt wie damals. Wer wird ihnen zu Hilfe eilen und wer nach ihrem Leben trachten? Lust auf eine Wette? Nicht? Schade ... Ich bin ja schon ungemein gespannt darauf, was sich alles ereignen wird. Das solltest du auch sein. Aber ich muss dich warnen: Einfach wird diese Reise nicht. Bist du bereit? Gut ... Ich nämlich auch ...«

LAOKA

Auf den Weiten der Cardronischen See, Tausende Meilen vom Festland entfernt, stoben die Wellen gegen den Bug einer unscheinbaren Karavelle. Im letzten Licht des Tages schimmerten die Wogen wie Perlen, rein und in allen möglichen Farben – faszinierend auch für die Augen jener, welche die See tagein, tagaus betrachteten.

Mit einem Lächeln ließ der Käpt'n seinen Blick umherschweifen, von einem Mann zum nächsten. Trotz der harten Arbeit, die jeder tagsüber bereits geleistet hatte, gingen sie unermüdlich ihren Aufgaben nach, schrubbten den Boden, prüften die Taue, hielten ihre *Singende Märe* auf Kurs.

Laoka lehnte sich gegen die Brüstung des Steuerdecks, ihr Kinn in die linke Handfläche gebettet, und schaute hoch zum Krähennest, wo ihr Navigator Sjólfur Kjaskarson sich mit dem silberelfischen Falken unterhielt. Angespannt stand er da und ließ sich selbst vom gelegentlich rauen Wellengang nicht aus dem Gleichgewicht bringen. Der große und einzig wahre Wolf der See. In den letzten zwei Jahrzehnten hatte er sich mit diesem Beinamen in etlichen Geschichten verewigt, die man an den Küsten aufschnappte. Jedes Mal, wenn sie daran dachte, erfüllte es sie mit Stolz und einem angenehm warmen Gefühl in ihrer Brust. Er segelte unter ihrer Flagge und hielt sich treu an ihrer Seite auf, obwohl er selbst das Zeug zum Käpt'n besaß. Jedoch, über all die Jahre hinweg, hatte er niemals den Anschein erweckt, sich ein eigenes Schiff oder eine eigene Mannschaft besorgen zu wollen. Als wäre es damals ein Wink des Schicksals gewesen, dass sie sich getroffen hatten.

Während sie ihn beobachtete, erkannte sie aus der Entfernung geradeso, wie er an den Spitzen seines dunkelblonden Bartes herumzupfte. Dies tat er nur in Momenten, in denen er angestrengt über etwas nachdachte. *Ich wüsste gern, worüber.*

Laoka hätte ihn am liebsten zu sich gerufen, aber dazu war sie nicht imstande, denn sie besaß keine Stimme. Doch sie kannte es nicht anders. Sie war stumm geboren worden, ohne dass ihre Stimmbänder jemals funktioniert hätten. Mit der Zunge zu schnalzen war nie ein Problem gewesen, aber es reichte nicht aus, um sich mitzuteilen. Inzwischen hatte sie jedoch einen Weg gefunden, mit ihrem sprachlichen Makel umzugehen. Vor Jahren war es ihr gelungen, Sjólfur aus dem Meer zu fischen und von der Schwelle des Todes zurückzuholen. Kurz darauf hatte sie ihn zu ihrer Stimme ernannt. Wenn er ihre Befehle übersetzte, die sie ihm mit einer Art Zeichensprache verdeutlichte, dröhnte seine raue, tiefe Stimme wie ein Donnergrollen über das Deck. Keiner wagte es, sich dem entgegenzustellen. Oft tuschelten die Männer darüber, wie Sjólfur es anstellte, jedes Zeichen, das sie ihm gab, zu verstehen, spekulierten – vor allem im betrunkenen Zustand – ob er gar über die Gabe des Gedankenlesens verfügte. Laoka hatte dadurch schon die wildesten Vermutungen vernommen, aber sie liebte dieses entstandene Mysterium. Es verlieh der Sprache, die sie und ihr treuer Wegbegleiter im Laufe der Jahre entwickelt hatten, eine besondere Nuance. In Wahrheit kannte er nicht nur ihre Gesten in- und auswendig, sondern er las zusätzlich ihre Lippen, wie andere es mit Büchern taten. So kam es nicht selten vor, dass sie als ein Herz und eine Seele bezeichnet wurden. Er folgte ihr überallhin und hielt ihr den Rücken frei. Sei es mit Fäusten, mit Waffen oder mit Worten. Nur ein weiteres Mitglied besaß die Gabe, ihre Lippen zu lesen, aber er kam lange nicht gegen Sjólfurs Verständnisvermögen an.

Sie löste sich von der Brüstung und trat gemütlichen Schrittes zum Steuer, wo ein Satyr in grüner Kluft ihre Hübsche ohne Mühe unter Kontrolle hatte. Estral zog einen Mundwinkel hoch, während er im anderen seine Pfeife balancierte.

»Käpt'n!« Er nickte ihr zu und überließ ihr das Steuerrad.

Sie lächelte zurück und tippte an den Rand ihres großen Hutes, um ihm zu danken. Er verstand, überprüfte, ob seine Pfeife noch brannte, um ihm nächsten Moment die Stiege hinauf zum Heck zu klappern. Sie sah ihm nicht nach, sondern begutachtete die Schnitzereien am äußeren Rad, so fein ausgearbeitet, dass jedes kleinste Detail klar zu erkennen war. Eine Frau mit dem Körper einer Seeschlange wand sich über das Holz und es schien so, als stünden ihre Flossen von der Oberfläche ab.

Laoka fuhr mit dem Daumen die ebenmäßigen Schuppen entlang, die sich unter ihrem Finger wie die eines lebendigen Fisches anfühlten. Seufzend umfasste sie zwei der Griffe, um ihrem geliebten Schiff die Richtung vorzugeben, weiter nach Westen.

Sobald sich Sjólfurs Blick mit ihrem kreuzte, klopfte sie zweimal mit ihrer rechten Hand gegen das Steuerrad – das Zeichen, mit dem sie ihm aus der Ferne zu verstehen gab, dass sie etwas Wichtiges zu besprechen hatten. Sie sah sein Nicken und beobachtete, wie er sich mit einem Wink empfahl, bevor er nach dem Tau griff, welches am Rand des Mastkorbes befestigt war, und sich am Großmast entlang abseilte, als wöge er kaum etwas. Von einem Mann aus dem frostigen Land Kèl war nichts anderes zu erwarten. Er gehörte durch und durch auf See, wie seine Vorfahren, die seit unzähligen Jahrhunderten über die Ozeane segelten und die Meeresgottheiten herausforderten. An manchen Tagen vergaß sie sogar, dass er ein Mensch war und in seinen Adern ganz gewöhnliches Blut floss. Davon hatte sie sich allerdings schon während etlichen Überfällen auf See selbst überzeugen können.

In Windeseile landete er mit beiden Füßen sicher auf den Bodenbrettern des Hauptdecks. Er schüttelte das Tau zurecht, um zu verhindern, dass es sich mit einem anderen Seil verhedderte. Erst dann knotete er das Ende an einem Metallriemen am Fuß des Großmasts fest, damit ja keiner der emsigen Schiffsjungen darüber stolperte und sich dabei versehentlich das Genick brach oder über Bord flog. Durch Evras Gunst sprach sie diesbezüglich nicht aus Erfahrung, aber Vorsicht konnte niemals schaden.

Die festen Schritte des Navigators knarzten auf dem Hauptdeck, sein Blick lag auf ihr. Nach außen hin schien er unnahbar, kühl und rau. Im Innern aber barg er ein warmes, sorgendes Herz. Sie zweifelte daran, dass es jemand aus der Mannschaft jemals zu Gesicht bekommen hatte – außer ihr.

»Hey, Käpt'n!« Ein kleiner Mann mit Schürze und hochgebundenen, braunen Haaren kam von der Stiege her auf sie zu. Sie schenkte ihm ein Zwinkern, während sie mit ihren Lippen seinen Namen formte.

›Koen.‹

Schon platzten die Worte aus dem Smutje heraus. Sie versuchte, alles zu verfolgen, was er ihr erzählte, scheiterte jedoch kläglich. Irgendetwas über frischen Fisch, Weiber und unentdeckte Inseln. Er unterbrach seinen Wortschwall gelegentlich mit einem ausgiebigen Lachen, bevor er fortfuhr. Sie nickte und grinste bei Koens ausschweifenden Beschreibungen, aber wartete nur darauf, bis er zum Punkt kam. Wenn er ihr etwas Negatives mitzuteilen hatte, was seine Küche betraf, redete er immer um den heißen Brei herum, als würden seine Worte die schlechte Nachricht wie ein Blumenkranz schmücken und sie weniger übel erscheinen lassen. Und danach ...

Wie erwartet sank sein Blick nach unten auf ihren Busen. »Und?« Er wackelte mit seinen Augenbrauen, grinste dabei verstohlen. »Wie wär's? Wir beide, später, in deiner Kajüte?«

Sie zuckte die Achseln.

»Was? Heißt das Ja?«

Gespielt nachdenklich schaute sie umher, um ihn auf die Folter zu spannen, tippte sich mit dem Finger gegen das

Kinn und spitzte die Lippen. Voll Ungeduld trat er von einem Fuß auf den anderen. Selbst nach all den Zurückweisungen gab er es nicht auf, sich um sie zu bemühen, genauso wie bei Frauen, die er in den Hafenstädten traf. Koen war und blieb ein Weiberheld. Bei ihr biss er damit allerdings auf Granit.

Sie lächelte ihn an, schüttelte dann den Kopf.

»Oh, wie schade.« Seine Schultern sanken herab. »Aber einen Versuch war es ja wert.«

Einen? Eher Dutzende.

Er strapazierte ihre Geduld zwar nicht, doch sie zeigte ihm mit einer kreisenden Bewegung ihrer Hand an, dass er allmählich zum Punkt kommen sollte.

»Was?« Er riss die Augen auf, als würde ihm erst jetzt ein Licht aufgehen. »Stimmt! Da war was! Bezüglich der Vorräte ... Irgendwer hat sich ohne meine Erlaubnis an denen zu schaffen gemacht.«

Laoka zog die Augenbrauen zusammen. *Schon wieder?*

»Und ich weiß nicht, wer. Das Schloss ist noch intakt, also muss es jemand sein, der Zugang zu einem Schlüssel hatte.«

Mit einem Dietrich vielleicht? Aber nein, niemand an Bord würde es wagen, Vorräte zu stehlen. Es sei denn ...

Räuspernd rieb er sich die Hände aneinander. »Ich kümmer' mich mal weiter ums Essen. Falls du es dir noch anders überlegst, weißt du ja, wo du mich findest.«

»Koen.«

Der Schiffskoch fuhr zusammen, ehe er sich vorsichtig umdrehte. Mit offenem Mund blieben ihm die Worte im Hals stecken.

»Ich glaube, der Käpt'n war deutlich genug.«

»Ähm ... Ja, sicher«, stotterte der Smutje, huschte an Sjólfur vorbei zur Stiege und verschwand aufs Hauptdeck.

Laoka schnaubte belustigt und schaute ihre rechte Hand gespielt finster an, ehe sie einen Blick über ihre Schulter zum Steuermann warf. Dieser saß mittlerweile auf der Kante des Poopdecks, wo er seine Hufe herabbaumeln ließ und seelenruhig an seiner Pfeife zog. Estral bemerkte ihren Blick sofort, sprang herunter und übernahm das Steuer lächelnd und ohne Worte. Sie machte sich auf den Weg zur Backbordseite des Schiffes und näherte sich dem Tisch, auf dem ein Futteral aus rotbraunem Leder lag. Es rollte im Takt des Wellengangs hin und her, kam jedoch immer rechtzeitig an der Kante der Holzplatte ins Stocken, ehe es sich zurück in die Tischmitte bewegte.

Laoka ergriff es an dem Ende, wo der Deckel durch einen Riemen und eine Schnalle an seinem Platz gehalten wurde. Sjólfur kam ihr nach.

»Du hast nach mir gerufen«, meinte der Navigator grinsend. Laoka zog die Augenbrauen hoch und presste ihre Lippen zu einer schmalen Linie zusammen. Nebenbei öffnete sie das Lederetui, schüttelte alle Seekarten vorsichtig heraus und breitete sie auf der Tischfläche aus. Erst dann wandte sie ihre volle Aufmerksamkeit Sjólfur zu.

›Du Witzbold! Ist dir nichts Besseres als das eingefallen?‹, deutete sie ihm. Sie klopfte ihm mit der flachen Hand gegen die Brust, verschränkte ihre Arme und sah beleidigt weg, doch sie konnte sich ein Grinsen ebenfalls nicht verkneifen. Sie tippte sich an das rechte Ohr, um ihm zu zeigen, dass der abgelutschte Kommentar zwar angekommen war, sie ihn aber gleich wieder vergessen würde.

Er lachte auf. »Das war mir klar. Wollt' nur sehen, wie du reagierst.«

Sie drehte sich stirnrunzelnd zu ihm um. ›Warum?‹

»Du weißt schon. Die Männer langweilen sich, weil's nichts zu kapern gibt. Nur zu saufen ist auch nicht das Wahre, deswegen sind mehr Wetten im Gange als sonst. Maarten, Verle und Merdal meinten, ich würde mich niemals auf das Niveau herablassen, dir einen lahmen Spruch vor die Füße zu werfen. Dravian hat dagegen gewettet.«

›Tja, dieses Mal hat unser werter Falke gewonnen.‹ Sie schnalzte kopfschüttelnd mit der Zunge.

»So sieht's wohl aus. Der Silberelf hat einfach zu viel Glück, wenn's ums Wetten geht.«

Glucksend verdrehte sie die Augen und warf einen raschen Blick auf die Karte der Cardronischen See und die leicht verschmierte Hilfslinie, die er Tage zuvor mit einem Kohlestift neu gezogen hatte, um den Kurs in Richtung Côr'hjr zu bestimmen.

»Laut dem Verlauf des Nordmonds sind wir auf Kurs.« Neben ihr widmete sich Sjólfur den anderen Land- und Seekarten und strich das Blatt mit der vollständigen Übersicht von Vaerys glatt. Laoka beobachtete, wie die Perlen, die er sorgsam in seinen Bart eingeflochten hatte, durch den Wind hin und her pendelten, und hörte, wie sie gelegentlich klimperten, sobald sie aneinanderschlugen.

Sein rechter Zeigefinger wanderte entlang der schwarzen Linie über die Karte und tippte dann auf den östlichsten Rand des Wüstenkontinents Côr'hjr. »Wenn Cardrona uns so wohlgesonnen bleibt, können wir in weniger als einem Monat in der Elfenbucht an Land gehen. Laut Sian sollten die Vorräte bis dahin reichen.«

Sie klopfte ihm auf den Oberarm, um seine volle Aufmerksamkeit zu gewinnen. Umgehend wandte er sich ihr zu. ›*Darüber wollte ich mit dir reden.*‹

»Über Cardrona?«

Sie tat seine Bemerkung mit einer Handbewegung nach unten ab, damit er sich nicht zu sehr in den Gedanken an die Meeresgöttin vertiefte. ›*Nein, die Vorräte.*‹

»Aye. Sian hat was erwähnt, aber nicht, wer dahintersteckt«, sagte er und verschränkte die Arme. »Ich nehme an, dass wir unser *Problem* am Hafen von Neuwergen aufgegabelt haben.«

Sie nickte. ›*Da stimme ich dir zu. Was meint Snurre?*‹

Bei der Erwähnung des Klabautermanns grummelte Sjólfur vor sich hin und wandte seinen Blick von ihr ab. »Er hat sich in letzter Zeit kaum sehen lassen, aber ich werde ihn suchen und ihn darum bitten, mit mir zusammen diesen Dieb ausfindig zu machen.«

›*Hervorragend! Doch zuerst ...*‹ Sie klatschte einmal in die Hände, damit er sich ihren Gesten erneut widmete, und drückte im selben Atemzug ihren linken Zeigefinger leicht auf die Weltenkarte, etwas nördlicher der Linie, die Sjólfur eingezeichnet hatte. ›*... nehmen wir eine kleine Kursänderung vor.*‹

»Ernsthaft? Sollen wir wirklich auf dem offiziellen Handelsweg segeln? Wollten wir uns nicht bedeckt halten? Ich meine, unsere Waren sind nicht gerade preiswert.«

Zur Antwort nickte sie bestimmend.

»Darf ich fragen, warum?«

Sie legte ihm einen Finger auf den Mund und bewirkte damit, dass die Stirnfalte zwischen seinen Brauen eine noch tiefere Furche zog.

»Dann eben nicht, aber welchen Grund soll ich den Männern für die Kursänderung nennen?«

›Es soll ihnen doch nicht langweilig werden.‹ Grinsend stemmte sie ihre Hände gegen die Hüften. ›Ein bisschen Abwechslung kann nicht schaden.‹

Damit entlockte sie ihm ein lautes Lachen. »Aye, Käpt'n.« Sie schnippte mit ihren Fingern, um ihm ihre Genugtuung unter die Nase zu reiben, und tänzelte dann verspielt wie eine Nymphe an den Rand des Decks. Von dort schwang sie sich auf die Reling, festigte ihren Stand mit einem sicheren Schritt und nahm mit einem tiefen Atemzug den Geruch der See in sich auf.

Laoka lag auf der Mitte des Bugspriets, ihre Hände verschränkt am Hinterkopf. Ihren Hut mit der bunten Pfauenharpyienfeder hatte sie in ihrer Kajüte gelassen, damit dieser nicht durch ein unglückliches Missgeschick oder durch Ramus zufallsbestimmtes Gemüt ins Meer fiel. Bei der Vorstellung, wie die Melusine ihren Hut auf den Kopf setzte und damit posierte, musste sie dennoch lächeln. Sie hatte den Gott nie getroffen, hatte nur unendlich viele Gerüchte über sein Wesen gehört. Leider hatte bisher niemand zuverlässige Schriften zu dieser Gottheit verfasst. Trotzdem schätzte sie ihn so ein, dass die Kopfbedeckung ihm gefallen würde.

Sie behielt das Bild noch etwas länger vor ihrem inneren Auge, ehe sich ihr Fokus auf die Nachtlichter legte, die wie Schleier in den dunkelsten Tönen von Rot, Violett und Blau über den schwarzen Himmel zogen. Sie bewegten sich langsam in Wirbeln und Wogen, vermischten sich gelegentlich, doch ihre Farben änderten sich kaum. Manchmal, wenn sie dem Licht des Nordmondes zu nahe kamen, lösten sie sich auf, nur um an einer anderen Stelle von Zùs Decke wieder zu erscheinen.

Dieses stetig Wiederkehrende hatte etwas Beruhigendes. Zusammen mit dem seichten Wellengang und dem Geplauder ihrer Männer im Hintergrund. Einige von ihnen sangen sogar, alle dasselbe Lied im Einklang miteinander.

Nicht von irgendwoher hatte ihre Hübsche ihren Namen – *Singende Märe* – verdient. Und Laoka liebte es, den Gesängen der Männer zuzuhören. Egal, wie schief es manchmal klang. Es gehörte hierher wie die Gischt zur aufbrausenden See, wie der Wind zum Sturm.

Nichts davon würde sie je freiwillig aufgeben. Nicht ihre Mannschaft, nicht ihr Schiff, nicht ihre Freiheit, denn hier lag ihre Heimat. Hier war ihr Herz zu Hause.

Schwere Flügelschläge näherten sich ihr und wirbelten Laoka Windstöße ins Gesicht, doch sie blieb gelassen. Ein Schatten legte sich über sie, ehe eine dunkle Gestalt auf dem dünner werdenden Teil des Bugspriets landete. Die Augen, die auf sie herabschauten, reflektierten das karge Mondlicht wie die Pupillen eines Raubtieres.

»Käpt'n? Alles in Ordnung bei dir?«, fragte er sie in seinem seltsam weichen Ton. Weder hoch noch tief, aber trotzdem eine Stimme, die sich einem ins Gedächtnis brannte. Nicht selten passierte es, dass er ihr damit Gänsehaut bereitete, und sie war sich nie sicher, ob das als gutes oder schlechtes Zeichen zu deuten war.

So oder so hatte er etwas an sich ... etwas Vertrautes.

Ein Lächeln stahl sich auf seinen Mund und bestärkte sie in ihrem Gefühl. Anstatt zu antworten, setzte sie sich auf und machte eine Linksdrehung, um ihre Beine nach unten baumeln zu lassen. Nickend klopfte sie rechts neben sich auf den Bugspriet, ohne den Blick von dem jungen Mann abzuwenden.

Ebenso wortlos nahm er ihre Einladung an. Er wickelte den grauen Schweif um das Holz, um sein Gleichgewicht zu wahren und bei einem unerwarteten Ruck der *Singenden Märe* nicht vornüber oder nach hinten zu kippen.

Der Junge folgte ihrem Blick. »Ah ja! Vorsicht ist doch immer besser als Nachsicht, nicht wahr?« Er schenkte ihr ein breites Grinsen, das seine hellgrauen Augen nicht gänzlich erreichte. Ihn schien etwas zu beschäftigen, wenn nicht gar zu beunruhigen.

Seufzend lehnte sie sich vor, bettete ihre Hände in ihren Schoß und schaute ihn eindringlich an.

»Hm? Was ist? Habe ich etwas Falsches gesagt?« Zwischen seinen Brauen bildeten sich Sorgenfältchen, während sich sein Kiefer anspannte.

Sie schüttelte sanft den Kopf, würde jedoch nicht lockerlassen.

›Ist etwas geschehen?‹, formte sie mit ihren Lippen.

Er las ihre Worte aufmerksam und räusperte sich. »Nein, es war nichts. Ich hab' nur schlecht geschlafen.«

Laoka glaubte ihm kein Wort, aber sie wollte ihn auch nicht zwingen, mit ihr über die Gründe zu reden, die ihm den Schlaf raubten.

Er lächelte verlegen, zupfte dabei an den weißen Bandagen herum, die er um seinen linken Unterarm gewickelt hatte. »Machst du dir Sorgen um mich?«

Sie runzelte die Stirn und presste ihre Lippen aufeinander. »Das ist zwar süß, aber das musst du nicht, Käpt'n.« Nachdenklich betrachtete sie die kleinen, nach oben gebogenen Hörner, die aus seiner hellgrauen Haut knapp unterhalb seines Haaransatzes ragten. *›Weißt du, früher habe ich mich vor Dämonen wie dir gefürchtet.‹*

»Du? Der Käpt'n, der als einziger die Dawaische See gezähmt hat und eine ganze Bande von Piraten unter Kontrolle halten kann? Unmöglich!«

›Doch! In den Geschichten, die mir erzählt wurden, waren deinesgleichen immer bluthungrige Bestien, die sich über jeden hermachten, der ihren Weg kreuzte.‹

»Klingt ja fürchterlich!« Sein Ton klang mehr sarkastisch denn ernst, aber sie ließ es sich nicht nehmen, mit ihrer Erzählung fortzufahren.

›War es. So manches Mal hat sich Kalileth oder ein Schattendämon in meine Albträume verirrt, bis ... na ja ... bis ich gemerkt habe, dass Dämonen, wie alle anderen Wesen, ihre guten Seiten haben.‹ Das stimmte nicht ganz. Sie hatte aufgehört, sich vor seiner Art und der Schattengöttin Kalileth zu fürchten, als sie gelernt hatte, was Verrat unter ihresgleichen bedeutete. Die Verbannung aus ihrer ursprünglichen Heimat hatte sie geprägt und ihre Spuren hinterlassen. Ihre kindlichen Ängste vor den unbekannten Kreaturen, den Dämonen aus fernen Landen, waren damals gewichen durch die Taten ihrer eigenen Mutter und deren Liebhaber, durch die Untreue ihrer ehemaligen Freunde, die Laoka in ihrer Jugend sehr nahe gestanden hatten. Seither suchten sie Laoka in ihren Träumen heim, in welchen sie auf sie herabschauten, sie auslachten und niedermachten, als wäre sie Abschaum. Sie verbot sich,

ihre Gedanken daran zu verschwenden. Niemand brauchte davon zu wissen, denn Vergangenheit blieb Vergangenheit. Was zählte, war die Gegenwart. Nichts weiter. Das galt für alle auf diesem Schiff. Selbst für sie.

›Die meisten lassen sich vom Äußeren täuschen. Wahrscheinlich braucht die Welt schlichtweg mehr Zeit, um ...‹ Sie wedelte mit den Händen, auf der Suche nach dem passenden Ausdruck, der ihr nicht einfallen wollte.

»Ich glaube nicht, dass man sich jemals daran gewöhnen kann«, fuhr der junge Dämon stattdessen fort. »Die Hörner, die Flügel ...« Er richtete seinen Zeigefinger dabei zuerst auf das rechte Horn, dann auf seine zuckenden Schwingen. »Auch die Essgewohnheiten ... Oder sagen wir, alles an mir. Ich bin eben doch ein seltener Anblick in diesen Teilen von Vaerys. Selbst wenn ich mich als Prinz bezeichnete, würden mich die meisten nicht meines Ranges entsprechend behandeln.« Er schnalzte mit seiner Zunge, während sie die Augenbrauen hochzog. »Stell dir das vor: mich, Corvyn, als Prinz einer unbekannten Insel am Arsch der Welt. Ein lachhafter Gedanke, nicht wahr?«

Der schelmische Ausdruck auf seinem Gesicht verschwand. Zurück blieben dieser angestrengte, beinahe gehetzte Blick und etwas, das sie häufig in Corvyns Augen sah, wenn niemand anderes hinschaute – Angst. Seine weiten Pupillen verrieten ihn, genauso wie das leichte Beben seiner Lippen.

Sie legte ihm die Hand auf die linke Schulter, doch kaum hatte sie ihn angefasst, entzog er sich ihrer Berührung.

»Nicht!«, zischte Corvyn und plusterte die Federn seiner Flügel auf.

Sie lächelte ihn entschuldigend an, denn ihr war eigentlich bewusst, dass er es hasste, berührt zu werden. Aber manchmal konnte sie diesem Impuls nicht widerstehen. Sie zeigte ihren Männern viel durch solche kleinen Gesten und die meisten beschwerten sich nicht. Nur gehörte Corvyn zu einer sensibleren Sorte von Wesen, die sich anders verhielten, als Laoka es erwartete. Doch sie versuchte, ihn zu verstehen. Für ihn da zu sein und ein offenes Ohr zu haben.

Zögerlich drehte er seinen Kopf zu ihr zurück. Sie packte die Gelegenheit beim Schopf und tippte sich mit dem Finger auf den Mund.

Wieder verkrampfte sich sein Kiefer. »Nein, Laoka! Egal, wie oft du mich noch fragst. Ich will nicht darüber sprechen«, antwortete er ihr. »Es ...« Trotz seiner abwehrenden Haltung schien er über ihr Angebot nachzudenken. »Ich ... hm.« Er sprang auf und kam mit raschelnden Flügeln auf die Füße, als ob jemand ein Feuer unter seinem Hintern angezündet hätte. »Sei's drum! Ich sollte mich nach dem Vorratsdieb umsehen. Den habe ich zwar noch nicht gefunden, aber ich bleibe dran.« Er zwinkerte mit seinem linken Auge, während er erneut ein klickendes Geräusch mit der Zunge von sich gab. Diesmal verharrte sein Blick jedoch länger auf ihr.

›Corvyn?‹

Räuspernd zwang er sich zu einem Lächeln, doch sein Zögern hatte ihr verraten, dass er ihr etwas Wichtiges verheimlichte. Nur was?

»Keine Sorge! Mir entgeht absolut nichts!«, erwiderte er. Ohne sie zu streifen, sprang er über sie hinweg. Stolpernd kam er auf den Dielen des Vordecks auf und eilte auf der

Backbordseite schiffsmittig zur Reling, über die er sich schwang. Mit drei Flügelschlägen preschte er himmelwärts und flog zum Krähennest, wo er sich zu Dravian gesellte.

Stirnrunzelnd sah sie ihm nach.

Sie wollte nicht, dass er über seine Vergangenheit sprach, sondern war nur darauf aus, herauszufinden, warum ihre Männer ihn derart ungerecht behandelten. Und insbesondere, was Corvyn sich dabei alles anhören musste.

Wenn ich ihm doch nur ...

Ein lauter Protestruf durchschnitt ihren Gedankengang. Es polterte und Gelächter erschallte vom Heck. Die Lieder verstummten.

»Lass mich los!«, rief jemand aus, dessen Stimme ihr nicht ansatzweise bekannt vorkam. »Au! Du tust mir weh!«

Um nachzusehen, was vor sich ging, kletterte Laoka leichtfüßig vom Bugspriet hinunter und näherte sich dem Trubel, der sich vor allem auf den Zugang zu den unteren Decks konzentrierte. Die Gebrüder Falkenauge, Cáel und Muiris, die sich bis auf das fehlende rechte Ohr von Cáel eins zu eins glichen, waren vor Sjólfur die Stiege hochgegangen. Ihr Navigator folgte ihnen, hielt dabei einen jungen Mann am Kragen gepackt und trug ihn mit sich.

»Was has'n du da aus'm Lager gezaubert?«, lallte Merdal, der sich neben die Tür gegen die Holzwand lehnte. Der Taldrago hob seinen Krug, um ihn mit einem angetrunkenen Grinsen in Richtung des Jungen zu schwenken. Dabei kippte er gefährlich weit nach vorne, aber er fing sich, indem er den Becher wieder an den Mund setzte und sich weiter am wärmenden Getränk gütlich tat.

Mehr als ein Grummeln lockte er damit nicht aus Sjólfur heraus.

»Hey! Kein Grund, so grob zu werden!« Der schmächtige Junge griff mit beiden Händen nach Sjólfurs Unterarm und hinterließ dementsprechend auch ein paar oberflächliche Kratzer auf dessen Haut. Das schien den Navigator nicht im Mindesten zu kümmern.

»Cáel! Muiris! Richtet Koen aus, dass wir den Langfinger gefunden haben, der uns die Vorräte wegfrisst!«

»Aye!«, antworteten die Gebrüder wie aus einem Munde und stoben in zwei Richtungen, um nach dem Smutje zu suchen. Der lag bestimmt irgendwo angetrunken herum.

Laoka stellte sich vor ihrem Navigator auf und stemmte die Hände in ihre Hüften.

»Sei still, Bursche!«, wies der blonde Hüne ihn zurecht. »Wenn der Käpt'n vor dir steht, sprichst du gefälligst kein Wort!« Er setzte den Jungen ab.

»Aber ...«, begann er mit seiner Widerrede, brach jedoch ab, sobald sie neben ihn trat und ihn von oben bis unten begutachtete. Mit Augen, deren Iris beinahe so schwarz war wie seine Pupillen, starrte er sie an und schien damit zu hadern, ob er sich vor ihr fürchten oder sich ihr trotzig entgegenstellen sollte. Sjólfur grätschte ihm bei dieser Wahl dazwischen, als er ein tiefes Knurren aus seiner Kehle entließ. Der Junge zuckte zusammen, doch er wirkte weniger eingeschüchtert, als er in Laokas Augen beim Anblick des Hünen hätte sein sollen.

»Der Bursche hat sich in der Vorratskammer zwischen drei Fässern versteckt, um sich dort mit Zwieback vollzustopfen.«

Der Junge gab weitere Laute von sich, die sie ignorierte. Sie besah sich ihn genau. Seiner kärglichen und zerschlissenen Kleidung nach zu urteilen, gehörte er nicht gerade zu jenen, die das Leben mit Überfluss beglückte. Vielmehr erinnerte sie die Art, wie er die zueinander unpassendsten Kleidungsstücke trug, an einen Vagabunden, der den Anschluss zu seiner Truppe verloren hatte. Seine an manchen Stellen verfilzten, schwarzen Haare ließen ebenfalls darauf schließen.

Laoka schaute zu Sjólfur hoch. ›Würdest du?‹ Mehr Worte brauchte es nicht, denn der Navigator nickte ihr zu und folgte bereits den Gesten ihrer linken Hand, mit der sie Fragen formte.

Sie spürte den Blick des Jungen auf sich, wie seine Augen zwischen ihnen hin und her huschten.

»Wie heißt du, Bursche?«, fragte Sjólfur geradeaus, wobei seine Stimme so laut dröhnte, dass der Junge sogleich zusammenschreckte.

»Miro! Ich bin Miro Vaharada«, fing sich dieser erstaunlich schnell wieder. »Und ich finde es nicht nett von euch, dass ihr mich ...«

Es reichte aus, dass Sjólfur seine linke Faust leicht anhob, um Miro zum Schweigen zu bringen. Die schwarzen Augen fixierten die breite Hand, als erwartete er, dass der Navigator ihm ins Gesicht schlagen würde. »Was hast du hier zu suchen?«

Laoka sah dem Jungen an, dass er sich zwang, seinen Blick von Sjólfur abzuwenden, um der Frage zu entgehen. Wegdrehen konnte er sich ja nicht, da er ihn nach wie vor am Kragen festhielt.

»Beantworte die Frage, Bursche!«, knurrte der Hüne.

Sein Geduldsfaden schien heute deutlich dünner zu sein als an anderen Tagen. Falten gruben sich ihm vor Ärger tief ins Gesicht und zwei, drei Strähnen seiner dunkelblonden Locken hatten sich auf die linke Seite seines Kopfes verirrt, die er im Gegensatz zu seiner rechten kurz geschoren trug.

»Ich muss wohin!«

»Das ist keine Antwort!«, erwiderte Sjólfur darauf, aber Laoka hob beschwichtigend ihre linke Hand. Um seiner Ungeduld die Luft aus den Segeln zu nehmen, teilte sie zwei weitere Fragen mit ihm, die er für sie übersetzte. »Wohin musst du? Und hat dir jemand geholfen?«

»Nach Qurta'bar, um jemanden zu finden, aber das geht euch nichts an. Genauso wenig, wer mir geholfen hat.« Miro blickte trotzig auf sie herab. Dieser Junge nahm sich mehr heraus, als gut für ihn war, aber Laoka ließ nicht locker.

»Wen suchst du in Qurta'bar und wer hat dir geholfen?«, übersetzte Sjólfur ihre Gesten, doch anstelle einer Antwort übte sich Miro im Schweigen.

›Was für ein loyaler Bengel er ist!‹

»Müsste jetzt nicht sein«, grummelte der Navigator missmutig.

Schulterzuckend lächelte sie ihn an. ›Und was schlägst du vor?‹

»Wahrscheinlich hat ihn jemand aus der Mannschaft absichtlich auf das Schiff gelassen und ihm Zugang zu den Vorräten verschafft. Viele Möglichkeiten stehen uns da nicht offen«, gab er seine Gedanken kund. Der junge Mann unternahm indes einen kläglichen Versuch, sich aus Sjólfurs Griff zu lösen. Als dies nicht gelang, jammerte er vor sich hin und zog eine Schnute. »Wenn du möchtest, lasse ich alle, die infrage kommen, zu dir rufen.«

›Klingt gut.‹ Nachdenklich zupfte sie an den vorderen Schnüren ihres Mieders herum, ohne den Blick vom Hü-

29

nen abzuwenden. ›*Meinst du, er taugt etwas als Schiffsjunge? Kräftig genug scheint er zu sein.*‹ Mit einem breiten Grinsen zeigte sie auf die Kratzer an seinem Arm.

»Kräftig? Wohl kaum. Aber Arbeit gibt es immer«, erwiderte der Navigator und umfasste mit seiner freien Pranke den schmalen rechten Oberarm des Jungen. »Selbst für Landratten wie ihn.«

›*Hast recht*‹, stimmte sie ihm zu. ›*Aber bis ich jemanden gefunden habe, dem ich den Jungen aufs Auge drücken kann, schließen wir ihn vorerst in der Gästekajüte ein.*‹

»Einsperren ist besser, als ihn frei herumlaufen zu lassen.«

»Nein! Ich lass' mich nicht einsperren!«, rief Miro aus und schlug mit der Faust auf Sjólfur ein. Dieser reagierte sofort. Er ließ ihn los, nur um ihn sogleich erneut zu packen und über seine linke Schulter zu werfen.

»Nein!«, schrie der Junge weiter, als würde Sjólfur ihm ernsthaft an die Gurgel gehen. »Hilfe! Lass mich los, du Grobian! Ich brauch' doch nur eine sichere Überfahrt nach Qurta'bar und ich hab' gehört, dass dieses Schiff niemals von Seeungeheuern angegriffen wird. Nicht von Kraken, Sirenen, Seeschlangen oder etwas anderem Flossigen. Stimmt doch, oder? Oder waren das nur Lügenmärchen, die ...«

Etwas Flossigem? Was für ein seltsamer Junge. Kopfschüttelnd beobachtete Laoka, wie Sjólfur den zappelnden Tunichtgut nach unten brachte. Die Stimme des jungen Mannes wurde zwar leiser, aber das dumpfe Geplapper zusammen mit einigen Ausrufen hörte sie bis hier oben.

Zur ersten Stunde des nächsten Morgens – laut der Taschenuhr, die offen auf der Arbeitsfläche lag – klopfte jemand gegen die Tür ihrer Kajüte. Doch in ihrem Fall war dies nicht zu früh. Laoka hatte das Mieder um ihre Taille zugeschnürt und war bereits in ihre ledernen Stiefel geschlüpft. Mit dem roten Tuch – bestickt mit dem Zeichen der Göttin Cardrona – hielt sie ihre störrischen schwarzen Strähnen im Zaum und sie trug wie so oft ihren geliebten Hut, der ihre Kleidung abrundete.

Sie huschte hinüber zu ihrem Schreibtisch, klappte dort den Buchdeckel ihres offenen Logbuchs zu und schob es auf die rechte Tischseite, zusammen mit dem Kohlestift und der Schreibfeder. Durch ihre Unachtsamkeit hörte sie den Federkiel knirschen, aber der hatte ohnehin längst ausgedient. Beim nächsten Landgang würde sie einen Ersatz besorgen.

Sie schob den schweren Vorhang vor dem Fenster beiseite und gewährte dem ersten Licht des Tages Einlass in ihre Kajüte. Durch das Buntglas wurde der schlicht eingerichtete Raum in allen möglichen Farben erleuchtet, sodass er wohnhafter wirkte als so manches Studierzimmer einer Bibliothek. Laoka hätte sich gerne etwas länger mit diesem Anblick aufgehalten, aber das erneute Klopfen erinnerte sie an ihre Pflichten.

Sie drehte den Hahn der Öllampe zu, die am rechten Türrahmen befestigt war, ehe sie die Tür öffnete.

Sjólfur stand mit verschränkten Armen direkt davor, sein ernster Blick ruhte auf ihr.

»Morgen, Käpt'n«, grummelte er. Die violette Färbung unter seinen Augen verriet, dass er sich mit seiner Aufgabe die ganze Nacht herumgeschlagen hatte. Sie linste an ihrem Navigator vorbei und zog die Stirn kraus. Hinter ihm standen Sian und Koen, die beide jeweils von einem silberelfischen Schiffsjungen begleitet wurden. Der Quartiermeister legte Ayen beruhigend die Hand auf die Schulter, doch der Blick des Jungelfen blieb gehetzt. Er hielt sein rechtes Handgelenk umfasst, knetete das dunkelgraue Leder seines Handschuhs und schluckte dabei krampfhaft.

Koen wiederum stupste den ihm zugewiesenen Burschen mit dem Ellbogen an, während er selbst noch damit beschäftigt war, sich die vom Kochen klebrigen Finger an einem Tuch abzuwischen. Nius Ohren zuckten aufgeregt, aber er sah immerhin nicht so verängstigt aus wie Ayen. Zu guter Letzt gesellte sich Corvyn zur wartenden Gruppe, lächelte Laoka selbstbewusst entgegen und stellte sich neben den verschüchterten Silberelfen.

Seufzend schenkte sie dem Hünen ein Lächeln. ›Morgen, Sjólfur. Ich vermute, du hast keinen Schlaf gefunden.‹

»Ich werd' mich hinlegen, sobald sich diese Angelegenheit erledigt hat.«

Nickend trat sie beiseite und bat ihn und die anderen mit einer schwenkenden Geste herein. Schweigend folgten sie ihrem stillen Befehl, weckten damit aber ihr Misstrauen. Sie war sich nicht sicher, unter welchem Vorwand Sjólfur sie hierhergelockt hatte. Überzeugend musste dieser auf jeden Fall gewirkt haben, denn sogar Corvyn war wegen seiner Anweisung hierhergekommen und hatte noch keinen einzigen Kommentar von sich gegeben.

Laoka schloss die Tür mit einem Klicken, verharrte kurz, bevor sie sich der Gruppe zuwandte, die sich von selbst in einem Kreis in ihrer Kajüte aufgestellt hatte. Corvyn hatte es sich auf ihrem Schreibtisch bequem gemacht und stützte seinen Arm entspannt auf seinem rechten Knie ab, während das andere Bein über dem Rand baumelte. Er schwieg noch immer, aber sein selbstgefälliges Grinsen galt wohl Sjólfur, denn die beiden tauschten Blicke aus, die seitens ihres Navigators regelrecht vor unsichtbaren Blitzen sprühten. Der junge Dämon fuhr sich durch die kohlenschwarzen Haare, die im nächsten Moment genau wieder an die Stellen zurückfielen, wo sie vorher gelegen hatten.

Ihr Blick wanderte weiter zu Ayen, der vom Boden zu ihr hochsah und ihr ein nervöses Lächeln zuwarf. Ein seltener Anblick. Seit sie ihn in ihre Mannschaft aufgenommen hatte, hatte sie ihn nur in jenen Momenten lächeln gesehen, wenn er sich mit Corvyn unterhielt. Oder mit einer gewissen Zurückhaltung auch bei Sian. Weil Ayen von einem Fuß auf den anderen trat, dabei gelegentlich zuckte, rieb der Quartiermeister ihm vorsichtig über den Rücken.

»Und aus welchem Grund hast du uns hierherbeordert, Sjólfur?« Mit einem leicht zugekniffenen Auge sah er zum Navigator hinüber. »Du meintest, der Käpt'n braucht uns dringend. Mir ist nur nicht ganz klar, was ihr von Ayen wollt.«

»Es geht hier nicht primär um Ayen. Der Käpt'n möchte herausfinden, wer dem neuen Burschen Zugang zum Schiff und zur Vorratskammer verschafft hat. Ihr alle habt die Möglichkeit dazu, also hat sie euch hierherbeordert, um euch zu befragen«, stellte der Hüne klar und schien neben Laoka um eine Handbreite in die Höhe zu wachsen.

Ihr war schon vor Jahren aufgefallen, dass er sich gerader hinstellte, wenn jemand sein Handeln hinterfragte, und es gefiel ihr. Das ließ ihn gefährlicher aussehen und vermittelte genau den richtigen Eindruck, nämlich, dass sich niemand mit ihm anlegen sollte. So blieben ihr Ärger und respektloses Verhalten anderer erspart.

»Wenn es sein muss«, fügte der Quartiermeister mit einem Seufzer der Ungeduld hinzu. Laoka sah, wie sich Sorgenfalten zwischen seinen Brauen bildeten, als Sian sich wieder Ayen zuwandte.

Corvyn hingegen schnaubte belustigt.

»Was gibt's da zu lachen?« Sjólfur machte einen Schritt auf den Schreibtisch zu, beide Hände zu Fäusten geballt und mit geschwollener Brust. Im Grunde genommen gehörte er zu den entspannteren und geduldigeren Gesellen der Mannschaft, aber immer, wenn Corvyn sich in seiner unmittelbaren Nähe befand, schienen seine Nerven zum Zerreißen gespannt zu sein. Der Dämon verbesserte die Situation mit seinen Sticheleien absolut nicht. Die beiden gehörten schlichtweg nicht zur selben Zeit in denselben Raum.

»Sag du es mir! Warum fängst du nicht einfach mit deiner lächerlichen Befragung an?«, erwiderte Corvyn schulterzuckend. Er zog alle Aufmerksamkeit auf sich – selbst Koen und Sian wandten sich ihm zu.

Der Navigator kniff seine Augen zu Schlitzen zusammen und grummelte. Wäre es nach Sjólfur gegangen, hätte er Corvyn längst die Flügel zusammengebunden und alle Gliedmaßen aneinandergefesselt, um ihn weit fort von jedweder Küste über Bord zu werfen. Aber so weit würde es nicht kommen. Bevor die Lage ernsthaft aus dem Ruder geriet, würde Laoka eingreifen und Konsequenzen daraus ziehen. Bis jetzt hatte es gut mit wenigen beschwichtigenden Gesten geklappt.

Mit seinem frechen Grinsen rutschte Corvyn vom Tisch und näherte sich Sjólfur. Laoka strafte den Dämon mit einem tadelnden Kopfschütteln, doch er ignorierte sie. »Was?« Er verzog sein Gesicht zu einer Unschuldsmiene, schaute mit geschürzten Lippen zu Sjólfur hoch, kaum zwei Schritte von ihm entfernt. »Stelle ich deine Autorität infrage? Ich glaube nicht.« Wieder schmunzelte er.

»Drecksvieh!«, murmelte der Navigator vor sich hin, hob dann aber seine Stimme, sobald er sein Wort an den Quartiermeister richtete. Seine Augen ließen dabei nicht von Corvyn ab. »Sian. Hatte dein Schiffsjunge die Möglichkeit, jemanden an Bord des Schiffes zu schmuggeln?«

»Ich hoffe bei Synia nicht, dass das dein Ernst ist!« Er stellte sich schützend vor Ayen. Dieser wollte schon den Mund öffnen, um sich ebenfalls mitzuteilen, aber Sian gab ihm mit einem eindeutigen Blick über die Schulter zu verstehen, besser zu schweigen. »Schau ihn dir an! Er ist froh um jede Arbeit, die er verrichten darf. So fleißige Schiffsjungen wie ihn findet man selten, dabei muss ich immer aufpassen, dass er sich nicht übernimmt.«

»Er könnt ja trotzdem –«, begann Sjólfur, wurde aber jäh vom Quartiermeister unterbrochen.

»Nein, das könnte er nicht! Ich habe ihn, seit der Käpt'n ihn als Bordmitglied aufgenommen hat, immer im Blickfeld behalten. Das weiß er auch und schätzt es sehr.« Sian tat einen Schritt zurück und legte seine Hand erneut auf Ayens Rücken.

Der Schiffsjunge schaute zu ihm hoch, spielte am unteren Saum seines Hemdes herum und verkniff sich jeglichen Kommentar. Stattdessen huschten seine Augen zu Corvyn hinüber, der seinen Blick mit einem Nicken erwiderte. Vielleicht täuschte Laoka sich, vielleicht interpretierte sie zu viel in diese Geste hinein, aber sie behielt sie im Hinterkopf. Die beiden wussten etwas. Das sagte ihr zumindest ihr Bauchgefühl.

Sjólfur war es ebenfalls nicht entgangen, und er gab ihr dies heimlich mit einem Fingerzeichen zu verstehen. In der Zwischenzeit hatte Sian weitere Punkte zu Ayens Verteidigung genannt, doch sie hatte es verpasst, ihm dabei genau zuzuhören. Laoka runzelte die Stirn und hielt sich weiterhin im Hintergrund.

»Koen, Niu. Ihr dürft gehen!«

Der Smutje warf sich entnervt das Handtuch über die Schulter. »Das war's? Dafür habe ich den ganzen Mist stehen und liegen gelassen? Du weißt schon, dass die Männer jetzt zwei Stunden länger auf ihr Frühstück warten müssen, nur weil –«

»Das reicht, Koen! Zurück an die Arbeit!« Sjólfurs Stimme blieb ruhig, aber bestimmend.

»Ja, ja, schon verstanden!« Koen drehte sich zum Zimmereingang um. »Komm, Niu! Wir haben Besseres zu tun, als hier rumzustehen und uns haltlos beschuldigen zu lassen.« Weiterzeternd ließ er sich vom Jungelfen die Tür öffnen und schritt an Laoka und Sjólfur vorbei aus der Kajüte hinaus, wobei Niu die Tür nach ihm mit einem entschuldigenden Blick zuzog.

»Eine seltsame Befragung«, warf Sian nachdenklich ein. »Dabei habe ich doch ausdrücklich erklärt, dass Ayen es nicht gewesen sein kann.«

Sjólfur überging diesen Kommentar, löste sich von Laokas Seite und näherte sich Ayen, der einige Schritte zurückwich, bis seine Kniekehlen den Rand ihrer Koje berührten. Er verzog durch die leichte Erschütterung schmerzlich das Gesicht. Wie erstarrt blieb er stehen, atmete mit eng an seinen Körper gezogenen Armen ein und wieder aus. Durch den Handschuh und die Stiefel, die er trug, erkannte niemand auf den ersten Blick, was diesem Jungelfen Schmerzen bereitete, doch als Käpt'n oblag es ihr, zu wissen, was mit dem armen Jungen nicht stimmte. Sie hatte es an dem Tag gesehen, als sie ihn vor wenigen Monaten in ihrer Mannschaft aufgenommen hatte: die metallenen Prothesen, die die Glieder seiner rechten Seite ersetzten. Ein herzloses Monster hatte in irgendeinem Labor in Urbs Constructae an ihm herumexperimentiert und ihm jede Möglichkeit auf ein gewöhnliches Leben als Silberelf genommen. Seither war er beim Bordarzt in Behandlung, aber sie bezweifelte, dass dieser ihm wirklich weiterhelfen konnte. Er achtete im Grunde nur darauf, dass sich die Entzündung an den Verbindungsstellen zwischen Fleisch und Metall nicht weiter ausbreitete.

Sian war direkt zur Stelle, half Ayen, sich auf die Bettkante zu setzen und sein rechtes Bein auszustrecken. Selbst Corvyn hatte sich bewegt und beide Handflächen auf der Tischfläche abgestützt, bereit, Ayen jederzeit zu stützen. Mittlerweile war auch ihm das Lachen vergangen.

»War das notwendig?«, knurrte der Quartiermeister in Sjólfurs Richtung, während er seinen linken Handrücken gegen Ayens schweißnasse Stirn hielt.

»Es ist in Ordnung«, presste der Jungelf hervor. Er umfasste schwer atmend seinen rechten Oberschenkel, als versuchte er, etwas zu richten. Es schien ihm allerdings weitere Schmerzen zu bereiten, denn er sog erneut die Luft scharf ein. »Ich möchte gerne für mich selbst sprechen.«

Er unternahm einen Versuch, sich aufzurichten, aber Sian hielt ihn davon ab. Direkt vor Ayen war er in die Hocke gegangen, schaute dem Jungelfen in die Augen und redete in ihrer Muttersprache beruhigend auf ihn ein.

Ayen tat ihr leid. Ihr war bewusst, dass Mitleid ihm nichts brachte, aber sie fand es fürchterlich, dass er andauernd Schmerzen litt.

Sie ging zu ihrem Schreibtisch, achtete dabei nicht auf Corvyn, der ihre Bewegungen verfolgte, sondern öffnete unbeirrt die unterste Schublade, wo sie einige Elixiere und Tinkturen für sich selbst aufbewahrte. Ihre Finger schwebten einen Moment über der Auswahl an kleinen Fläschchen, ehe sie nach einer birnenförmigen Phiole griff, die einen Inhalt wie flüssiges Mondlicht in sich barg. Sobald sie sie in die Hand nahm und bewegte, erstrahlte das Elixier in einem sanften Silberschimmer. Zwei Sichelbeeren schwammen darin – der eigentliche Ursprung des fahlen Lichts. Diese waren, wie ihr Name verriet, wie kleine, leuchtende Sichelmonde geformt.

Rasch huschte sie zu Ayen und reichte es ihm. ›*Hier!*‹

»Wirklich?« Vorsichtig nahm er die Phiole entgegen. »Ich dachte, das letzte Mal war eine Ausnahme. Dadurch hat sich die Entzündung schon deutlich gebessert.« Und trotzdem litt er nach wie vor, obwohl das Elixier das Schlimmste, in diesem Fall Wundbrand oder eine Blutvergiftung, verhindern sollte.

Laoka schüttelte lächelnd den Kopf und zeigte ihm an, mindestens einen Schluck davon zu trinken. Ayen nickte einsichtig.

»Bist du dir absolut sicher, dass du den neuen Burschen nicht kennst?«, kam Sjólfur zurück zur Befragung, nachdem Ayen an der Phiole genippt hatte. Mit zittrigen Fingerspitzen drückte der Jungelf den Korken wieder aufs Fläschchen, schluckte, überlegte, und sah dann erst zum Hünen hoch, der nach wie vor hinter Sian stand.

»Ich habe den Jungen noch nie zuvor gesehen. Also kann ich ihn auch nicht an Bord gelassen haben«, stellte er trocken klar. Die Angst schien etwas von ihm abgefallen zu sein, seit Sian sich neben ihm niedergelassen hatte. »Ich schwöre beim Namen der geduldigen Mutter.« Trotzdem haderte er mit sich. »Bitte schickt mich nicht fort!«

»Das werden wir nicht«, übersetzte Sjólfur Laokas Gesten und setzte ebenfalls eine wärmere Miene auf. »Wir werden auf dich achtgeben und dafür sorgen, dass du nicht nochmals in Gefangenschaft gerätst.«

Ayens Augen erhellten sich. »Tausend Dank, Sjólfur! Tausend Dank, Laoka!« Vor beiden verbeugte er sich tief, ohne sich von der Stelle zu bewegen. »Ihr könnt euch nicht vorstellen, wie dankbar ich euch bin.«

Corvyn hatte zwischenzeitlich seine Arme vor der Brust verschränkt und verdrehte die Augen. »Wie kannst du ihm so etwas während Zeiten wie diesen garantieren? Du schürst Hoffnungen in ihm. Ausgerechnet du? Dir ist doch egal, wie es ihm geht. Sieh ihn dir an!« Naserümpfend hob er seinen Schweif an und richtete die rautenförmige Spitze auf den Jungelfen. »Oder hast du dir überhaupt die Mühe gemacht, dich nach seinem Zustand zu erkundigen?« Selten sah sie ihn so ernst. Und wenn, spielte er es gleich wieder mit einem amüsierten Grinsen herunter.

Ohne Worte wandte sich Sjólfur um, stapfte mit knarrenden Schritten zu Corvyn und packte diesen mit einem ungeduldigen Knurren am Kragen. »Wirst du gefälligst still sein!«

Der Dämon verzog angewidert seinen Mund. »Immer gleich so gewaltbereit, ihr Menschen. Das war in Neuwergen nicht anders. Ich musste etwas tun!«

»In Neuwergen?« Sjólfurs Griff spannte sich so sehr an, dass seine Knöchel weiß unter seiner Haut hervorstachen. »Was meinst du damit? Rede!«

Laoka verstand sofort, tippte Sian auf die Schulter und wies zur Tür. Vielmehr erleichtert als vor den Kopf gestoßen, nickte er ihr rasch zu. Obwohl Ayen ihn mit diesem verbissenen, schuldbewussten Blick ansah, als wüsste er genau, wovon Corvyn sprach, ließ sie zu, dass der Quartiermeister Ayens linken Arm um seine Schultern legte und ihm aufhalf.

»Schlag doch zu, Seekläffer!«, hetzte Corvyn den Navigator weiter gegen sich auf, während sich die anderen beiden zurückzogen. »Du wärst nicht der Erste, der es versucht.«

Mit einem selbstgefälligen Grinsen umfasste er die Handgelenke des Hünen. Sjólfur zog den Dämon knurrend näher an sich, doch langsam, aber sicher wurde Laoka dieses Gehabe zu bunt. Sie klatschte in die Hände – nicht aus Freude, sondern um Sjólfurs volle Aufmerksamkeit zu erlangen. Leider reagierte er nicht darauf, stierte stattdessen weiter auf Corvyns Gesicht.

»Ja, Sjólfur, lass mich los! Der Käpt'n möchte etwas von dir«, trieb es der Dämon auf die Spitze, was das Fass endgültig zum Überlaufen brachte. Noch bevor sie erneut hätte einschreiten können, sah sie, wie der Hüne mit seinem Kopf ausholte und damit dann mit voller Wucht Corvyns Nase traf. Es knackte entsetzlich, gefolgt von einem kurzen, erstickten Schmerzensschrei. Gleichzeitig löste er seinen Griff. Der Junge taumelte nach hinten, ehe er das Gleichgewicht verlor und rücklings auf die Schreibtischplatte krachte.

Laoka stob am Navigator vorbei zu dem Schiffsjungen, der sich zitternd auf dem Tisch krümmte und sich die Hand gegen die Nase hielt, aus der schwarzes Blut triefte. Er hustete, spuckte in Sjólfurs Richtung, traf ihn aber nicht.

Ihren linken Zeigefinger erhoben, tadelte sie den Hünen, doch dieser schien sich keiner Schuld bewusst. Denn seine blauen Augen lagen ruhig auf ihr, als hätte er nicht gerade jemanden zum Bluten gebracht. Sie strafte ihn mit einem vernichtenden Blick.

»Du hast mir die Nase gebrochen ...«, bemerkte Corvyn neben ihr mit zittriger Stimme und betrachtete mit deutlichem Unglauben seine blutigen Handflächen. »Einfach so ...« Sein Mund stand offen.

Bevor sie sich dem jungen Mann widmete, stemmte sie sich mit beiden Händen gegen Sjólfurs Brust und schob ihn in Richtung Tür. Er lief ohne Gegenwehr rückwärts, blieb aber wie ein Fels in der Brandung wieder stehen, sobald sie keinen Druck mehr ausübte. Das war ihr auch egal. Hauptsache, sie brachte Abstand zwischen die beiden.

Mit festem Stand stellte sie sich auf, für den Fall, dass einer der zwei versuchte, auf den anderen loszugehen. ›Bei Dawa! Ihr benehmt euch wie Kinder!‹

Sjólfur und Corvyn erwiderten nichts. Sie hörte nur, wie die Atmung des Dämons rasselte und dessen Schweif immer wieder leicht gegen die hintere, geschlossene Seite der linken Schubladen schlug.

Damit er sich ja angesprochen fühlte, fuchtelte sie Sjólfur zugewandt wild mit ihren Händen. ›Jetzt wirklich! Ich hät-

te von euch beiden ein bisschen mehr Vernunft erwartet. Diese Sache hier ist ernst, aber nicht in dem Ausmaß, dass ihr euch gleich die Köpfe einschlagt.‹ Wenn sie sich Corvyn anschaute, zweifelte sie allerdings daran, dass er gerade in der Lage war, Worte von ihren Lippen abzulesen.

Sie hielt inne, zeigte mahnend mit dem linken Zeigefinger auf den Navigator und wartete. Auf eine Antwort, eine Reaktion – mehr als diesen verachtenden Blick, mit dem er an ihr vorbei Corvyn fixierte. Aber nichts kam.

›*Sjólfur!*‹ Sie klatschte einmal laut in ihre Hände und sofort huschten seine blauen Augen zu ihr.

»Aye, Käpt'n. Verstanden«, grummelte er, tat einen weiteren Schritt zurück und lehnte sich gegen die Tür.

Sie widerstand dem Drang, sich der Schimpftirade in ihrem Kopf hinzugeben und ihrem Ärger Luft zu machen, und widmete sich Corvyn. Zu ihrer Erleichterung hatte er sich mittlerweile wieder aufgesetzt, den rechten Handrücken gegen die Nase gepresst. Knurrend starrte er den Hünen an, während dieser nach wie vor ebenso feindselig zu ihm hinüberlugte.

›*Corvyn! Das gilt auch für dich!*‹ In ihrem Übereifer, diese Auseinandersetzung endlich zu schlichten, berührte sie ihn aus Versehen am Oberarm.

»Fass mich nicht an!«, fauchte er sie an und wich vor ihr zurück. In seinen Augen loderte es wie geschmolzenes Metall, leuchtend hell, wie sie es noch nie zuvor bei einem Wesen gesehen hatte – und sie hatte schon vieles erlebt. Doch sie zuckte nicht mit der Wimper, blieb standhaft und zog nur ihre Hand langsam zurück. »Er brauchte meine Hilfe, verdammt noch mal! Ohne mich wäre er in diesem winzigen Käfig versauert.«

Ein einzelner Blutstropfen löste sich vom schmalen Rinnsal an seinem Kinn und landete auf seiner Hose. Seine Nase war deutlich angeschwollen, krummer als üblich und der Nasenrücken verfärbte sich allmählich dunkel.

»Ich musste ihm aus der Patsche helfen und ihm diese Überfahrt ermöglichen. Platz braucht er auch nicht viel, vor allem nicht, wenn er als Tigeräffchen rumrennt.« Corvyn versuchte verzweifelt, sich das Blut vom Gesicht zu wischen, verteilte es dadurch aber weiter bis über seine Wangen. Zu allem Übel hörte seine Nase nicht auf zu bluten.

Ein Tiermensch also. Laoka atmete erleichtert auf. Mit einem Tigeräffchen konnte sie umgehen. Dass er sich heimlich an der Vorratskammer bedient hatte, war zwar ärgerlich, aber mit dieser Art von Tiermenschen ließ sich sicher reden. Immerhin war Corvyn vernünftig genug gewesen, nicht irgendeine Kreatur an Bord zu schleppen, die ihr mehr Schwierigkeiten bereiten würde als der Junge.

›*Trotzdem hättest du mich um Erlaubnis bitten müssen.*‹

»Was? Die Erlaubnis, jemanden zu retten?«, entgegnete er ihr schnippisch und nahm sich damit zu viel heraus für ihren Geschmack.

›*Dreh mir nicht die Worte im Mund um, Corvyn! Du weißt ganz genau, wie ich es meine!*‹, ermahnte sie ihn. ›*Für alle gilt dasselbe Recht. Das wird also Konsequenzen haben.*‹

»Ja, ja, bestraft den Dämon für seine gute Tat! So wird er es sich das nächste Mal zweimal überlegen, ob er jemandem hilft oder lieber an sich selbst denkt.« Mit einem lauten Schnauben verdrehte er die Augen.

›*Es reicht! Jeder weitere Kommentar macht es nur noch schlimmer!*‹

Er zischte ihr entgegen und plusterte seine Federn. Sie begegnete seiner Geste wiederum mit einem intensiven Blick. Ihre Hände gesenkt, ihren Mund geschlossen, starrte sie ihm direkt in die Augen. Er hielt ihr stand, knurrte dabei drohend, aber das ließ sie kalt.

Sie fixierte ihn weiter, bewegte sich ansonsten nicht im Geringsten.

Sein Knurren verstummte gleichwohl, während seine Fassade allmählich bröckelte, seine Pupillen sich weiteten und er beide Brauen nach oben zog. Verzweiflung und Enttäuschung traten in seine unterdessen wieder grauen Augen, zeigten ihr, wie sehr er damit kämpfte, nicht nachzugeben.

›Corvyn, ich fürchte, ich kann dich nicht in den Status eines Matrosen erheben. Du hättest es dir verdient und ich hatte es auch vor, aber nach dieser Tat wäre es nicht in Ordnung, dich zu belohnen.‹

Seine Brauen zuckten, als er ihr flehend entgegensah. »Aber ... das kannst du nicht tun! Ich wollte ihm wirklich nur helfen!«

›Ich lasse mich nicht umstimmen.‹ Sie blieb hart, verzog keine Miene, auch wenn sich innerlich jede Faser dagegen sträubte und sie ihm am liebsten alles sofort vergeben hätte. Es schmerzte, ihn so zu sehen. So verletzt ... so ausgeliefert. Aber ohne Regeln und Richtlinien ließ sich eine gesamte Mannschaft nun einmal nicht unter Kontrolle halten.

Beschämt wandte er seinen Blick von ihr ab und bescherte ihr damit den Sieg, obwohl es sich nicht so anfühlte. Es tat ihr vielmehr leid, aber es war ihre Aufgabe, bei solchen Vergehen durchzugreifen. Da erlaubte sie sich auch bei ihm keine Ausnahmen. Ganz gleich der Verbundenheit, die sie zu ihm spürte. Nicht einmal dann.

CALLAN

Die Sonne stand bereits im Zenit, als Callan zwischen den Einwohnern der Stadt und den Fremden aus aller Welt über den Markt von Qurta'bar schlenderte. Er grinste, amüsiert über ihre Unwissenheit, dass sie jedes Mal das Risiko eingingen, etwas zu verlieren, wenn sie an ihm vorbeizogen. Kaum jemand schien ihn wahrzunehmen, niemand sein Gesicht zu kennen. Auch kein Wunder, da er selbst erst vor gut einem halben Monat zum ersten Mal einen Fuß hinter diese Mauern gesetzt hatte. Dank der Karte, die er sich besorgt hatte, kannte er zwar die wichtigsten Punkte, aber es gab noch viel anderes zu entdecken. Vor allem reichte das Wichtigste nicht aus, um bestimmte Personen ausfindig zu machen.

Er blieb nicht stehen, sondern folgte weiter dem Strom an Leuten, der sich in Richtung der südwestlichen Docks entlang der Gassen bewegte. Die Marktstände zu beiden Seiten, einige überdacht und zu kleineren Läden ausgebaut, andere nur Tische, die vor Ware überquollen, kämpften um jeden freien Platz, der sich ihnen bot. Dennoch schienen sich die meisten Händler an gewisse Regelungen zu halten, damit sie ihre Stände nicht in die Gassen oder auf den Platz ihrer Verkäuferkumpanen ausweiteten.

Callan entging nicht, mit welchen liebreizenden Versprechungen und weit ausholenden Gesten die Händler versuchten, ihre Kunden anzulocken, wobei es nicht darauf ankam, ob sie exotische Früchte, Tücher oder lebendige Wesen feilboten. Sie sprachen laut, schnell und dazu alle gleichzeitig, sodass Callan kaum mehr seine eigenen Gedanken hörte. Viele ernteten damit Aufmerksamkeit und nutzten diese, um ihre Interessenten mit vielversprechenden Worten zu umgarnen, ihnen teils die Monde vom Himmel zu reden, bis ihre Kunden einknickten oder überzeugt genug waren, die angebotene Ware zu erwerben.

Immer mit halbem Ohr hörte er ihnen zu, vergaß jedoch nicht, nach einem nächsten Opfer Ausschau zu halten. Dazu folgte er keinem Muster, sondern ließ sich vielmehr vom Bauchgefühl und seiner langjährigen Erfahrung leiten, die ihn bisher selten getäuscht hatten.

Und da war es, das auserwählte Opfer: Ein älterer Mann, gepflegt, bürgerlich gekleidet, besah sich Statuetten einer vierarmigen Kreatur mit drei Augen, teils geschnitzt aus Holz, teils hergestellt aus Glas, Edelsteinen oder Gold. Callan hätte sich am liebsten alle gekrallt, aber er war nicht so blöde, sich dieser Gier hinzugeben. Stattdessen löste er die glänzende Brosche – ein feines Abbild eines Käfers – von der Tasche des Mannes und steckte sie ein. So hell, wie die metallene Oberfläche die Sonne reflektierte, schrie sie geradezu nach einem neuen Besitzer, und einer solchen Bitte kam Callan nur zu gerne nach. Er mischte sich wieder unter die Leute, vermied es, seinesgleichen anzurempeln, und achtete darauf, dass ihm nicht versehentlich ein Satyr, ein Zentaur oder ein anderes hufartiges Wesen auf die Füße trat. Gerade rechtzeitig bemerkte er den Taldrago vor sich, ehe er über den kleinen Kerl gestolpert wäre. Dieser reichte ihm mit seinem Kopf knapp bis zur Taille, wie ein etwas zu kurz geratener Mensch, war aber deutlich breiter und kräftiger gebaut als Callan. Mit seinem rundlichen Gesicht, dessen Stirn von einigen dunkelgrünen Schuppen überzogen war, schaute er einen Moment zu ihm hoch, während der Schweif des Dragos hinter ihm zuckte. Stehen blieb er nicht, sondern eilte mit den Schriftrollen in seinen Armen weiter.

Davon ließ sich der Dieb nicht lange ablenken. Er wandte sich wieder achtsam seinem Handwerk zu, immer darauf bedacht, die Aufmerksamkeit der Wachen nicht auf sich zu ziehen.

Heute ging ihm die Arbeit ungewohnt leicht von der Hand, was Callan nicht zuletzt den Spielleuten und den Gauklern zu verdanken hatte, die ihre Melodien ertönen ließen und ihre Kunststücke vollführten. Die Künstler lockten selbst die Reichsten, gekleidet in die teuersten Gewänder, die Callan jemals gesehen hatte, zu diesem Platz des mondialen Handels. So verloren sich die Hände des Diebes wieder und wieder in den Tiefen fremder Taschen, brachten Münzen, Phiolen und allerlei kostbare Dinge ans Licht, die ihm bei einem guten Hehler sicherlich ein nettes Sümmchen einbrachten.

Runde Laternen in allen möglichen Grautönen hingen an Kordeln über Callans Kopf, zogen sich entlang der Marktgasse zu den Eingängen der anderen Stadtviertel. Ob diese überall zu finden waren, wusste er nicht. Bisher hatte er sich hauptsächlich im Markt- und im Bürgerviertel aufgehalten, aber er konnte es kaum erwarten, auch einmal einen Abstecher in das Reichenviertel zu wagen. Wenn er denn einen Weg hineinfand ... Sich Zugang zu diesem sogenannten *Goldenen Viertel* zu verschaffen, war nicht gerade die leichteste Übung, wenn der offizielle Weg durch das Tor nach einer Zutrittsbescheinigung – kurz, einem unnützen Blatt Papier – verlangte. Aber darum machte er sich keine Sorgen. Er hatte bisher immer eine Möglichkeit gefunden, einzubrechen, egal, wie schwierig die Ausgangslage ausgesehen hatte. Nichts hielt ihn auf. Weder Schlösser noch hohe Mauern. Irgendwo gab es stets ein Schlupfloch. Da war Qurta'bar sicherlich keine Ausnahme.

Wenn Wachen seinen Weg zu kreuzen drohten, hielt er sich inmitten von Menschentrauben bedeckt. Selbst dann, wenn er sich in der Menge versteckte, vergeudete er jedoch keine Gelegenheit, seinem Handwerk nachzugehen. Dabei blieben Frauen genauso wenig verschont wie die feinen Herren. Eine adlige Dame, deren dunkles Haar teilweise schon hellere Strähnen aufwies, schlenderte gerade so unachtsam an ihm vorbei, dass er sie mit einem geübten Handgriff um ihren prallen Geldbeutel erleichterte. Bevor es jemand bemerkte, ließ er diesen in seiner Umhängetasche verschwinden und gab vor, einen Apfel hervorzuholen, ehe er geräuschvoll hineinbiss. Auch dieser war frisch – frisch gestohlen vom Obsthändler um die Ecke. Er schmeckte so viel besser als das trockene Brot, das er Stunden zuvor aus der Tasche eines jungen Seemanns erbeutet hatte.

Um sich kurz auszuruhen, lehnte er sich lässig gegen die hölzerne Seitenwand eines festen Marktstandes, kaute und besah sich dabei seine dunklen Schuhe, die nach vorne hin spitz zuliefen. Es überraschte ihn nicht, dass er Weinflecken und eine dünne Schicht Staub darauf entdeckte, so ungeschickt, wie die Leute mit ihren Kelchen und Trinkschläuchen herumhantierten. Für gewöhnlich hätte ihn das bisschen Dreck nicht gestört, denn er war es gewohnt, in schmutzigen Sachen herumzulaufen. Nun aber ärgerte es ihn, da er die teuren Kleider, die er trug, erst vor wenigen Tagen im Marktviertel mühsam zusammengestohlen hatte. Immerhin hatte das graue Gewand mit dem dunkelgrauen Saum kaum etwas abbekommen.

Nachdem er den letzten Bissen heruntergeschluckt hatte, warf er den Rest seines Apfels zwischen die Kisten, die sich neben ihm stapelten, und mischte sich in die Gruppe von Leuten, die an ihm vorbeizog. Normales Fußvolk, schätzte er, genau passend für ihn. Sie trugen kaum etwas bei sich und besaßen offenbar genug Geld, um sich bescheidene Kleidung zu leisten. Mit seinen Händen in den Hosentaschen folgte er ihnen weiter in Richtung des Tors zum Armenviertel. Dort standen die Händler weniger dicht beieinander, ließen den Künstlern mehr Platz, sich auszutoben und ihre Unterhaltung anzubieten.

Funken stoben von rechts über Callans Kopf hinweg, zischend und knisternd, als hätten sie ein Eigenleben entwickelt. Größere Flammen kamen hinzu, formten sich zu einer Kugel wie eine kleine Sonne, nur angenehmer zu betrachten. Der Dieb hielt inne, blinzelte mehrmals, als aus dieser plötzlich ein Vogel ausbrach. Eine sachte Hitzewelle strich über sein Gesicht, während das Wesen mehrere Schritte über dem Boden seine Flügel ausbreitete, mit ihnen schlug und damit die Luft um sich herum zum Flimmern brachte. Callan trieb es beim bloßen Anblick dieses Feuervogels den Schweiß auf die Stirn, ganz zu schweigen davon, dass es in dieser Stadt ohnehin heiß genug war. Mit einem weiteren Flügelschlag stieg das Wesen empor, gab ein melodisches Kreischen von sich, ehe es sich im Gegenlicht der Mittagssonne auflöste.

»Mama, Mama, schau mal! Der rothaarige Mann da speit Feuer!«, bemerkte ein kleines Kind, das am Rock seiner Mutter klebte. Nicht länger gebannt von dieser meisterhaften Kunst, sah sich Callan nach dem Ursprung der Flammen um. Er fand tatsächlich einen Mann mit langen Haaren, barfuß und mit nacktem Oberkörper, auf einer steinernen Bühne stehen. Der Mund des Feuerspuckers öffnete sich leicht, bevor er eine kleine Flammenzunge ohne Hilfsmittel wie Kerzen, Fackeln oder Feuersteine ausatmete. Obwohl er sich für die applaudierende Masse verneigte, blieb seine Miene grimmig, als hätte ihm jemand seine letzte Mahlzeit gehörig versalzen. Er erhob sich, stieg vom Podest und vermied jeglichen Blickkontakt zu seinem Publikum, bis er aus Callans Sichtfeld verschwand.

Die Menge jubelte und klatschte weiter, Erwachsene wie Kinder, einige erhofften sich eine Zugabe dieses Spektakels, was das Glänzen in ihren großen Augen deutlich zeigte. Der Feuerspucker kam trotz der Freude des Publikums für kein weiteres Kunststück zurück, sodass Callans Aufmerksamkeit abschweifte, vorbei an den Bauchtänzerinnen und anderen Gauklern, in den südwestlichen Teil des Marktplatzes. Dieser Ort bescherte ihm ein mulmiges Gefühl.

Ein Mann mit Glatze und ordentlich beleibt lockte dort Leute zu sich an seinen Stand. Leute, die fähig waren, die hohen Preise zu zahlen, welche er für sein exotisches Handelsgut verlangte. Seine weiße Gewandung, verziert mit

Ornamenten aus Gold und gespickt mit Rubinen, sowie das selbstgefällige Lächeln wiesen ihn als reichen Herrn aus, der wusste, wie man Geld zum Fließen brachte. Callan rümpfte die Nase und kratzte sich das stopplige Kinn.

»Diese Stadt widert mich an!«, murmelte er vor sich hin, aber die starren Blicke der Elfensklaven ließen ihn nicht los. Sie zogen Callan an, obwohl sie als Handelsware, nicht als frei denkende Wesen, dargeboten wurden. Deshalb entschied er sich kurzerhand, die Stände trotz seiner Abscheu davor näher in Augenschein zu nehmen.

»Kommt her, ehrenwerte Herren und Damen! Tretet heran, Bürger von Qurta'bar! Beseht euch die beste und schönste Ware ganz Eosirs«, posaunte der Glatzköpfige der Menge entgegen, die sich von seinem Angebot ködern ließ. Er nutzte die Gemeinsprache, damit auch Fremde von anderen Kontinenten mitverfolgen konnten, was er zu sagen hatte. Callan mischte sich unter die Interessenten, schnappte dabei auf, wie einheimische Bürger auf Ferniasisch miteinander diskutierten. Er verstand kein Wort, hatte aber auch nicht vor, sich die Sprache der Wüste anzueignen. Außerhalb dieses Kontinents war diese unnütz.

»Seht nur, wie rein sie sind! So zart! So geheimnisvoll! Ihre Haut fast so weiß wie das Antlitz ihrer Schöpferin!«

Drei Elfen standen auf dem hölzernen Podest – eine Waldelfe und zwei Silberelfen. Regungslos, sodass nicht einmal die Ketten an ihren Hand- und Fußgelenken rasselten. Sie waren still und ordentlich herausgeputzt. Obwohl die beiden Arten zu derselben Rasse gehörten, sahen sie, abgesehen von den spitzen Ohren, vollkommen unterschiedlich aus. Die hellhäutigen Wesen überragten ihre braunhaarige Artgenossin um mindestens eine Kopfhöhe.

Die Gesichter der Silberelfen waren deutlich katzenhafter als dasjenige ihrer Verwandten, doch der Ausdruck war derselbe: leer wie ein Trinkbeutel, den man bis auf den letzten Tropfen ausgepresst hatte.

»Ihre Hörner sind naturbelassen und unversehrt! Das Horn dieses vorzüglichen Exemplars ist sogar drei Fingerbreit lang!« Er zeigte auf die Silberelfe, die gleich neben ihm stand. Sie zuckte nicht einmal zusammen, als er eine geflochtene Silbersträhne aus ihrem Gesicht hinters Ohr strich und ihr gegen die Stirn tippte. Ein Raunen wogte durch die Menge. Getuschel folgte.

»Und diese hier.« Der Händler huschte zur linken Seite der Waldelfe. »Dieses Exemplar stammt aus den weit entfernten Wäldern Nystris', wo der große Kontinent Alceana noch weitere wunderhafte Wesen vor unseren Augen verbirgt.« Er zog den dunklen Gürtel um ihre Taille enger, so eng, dass sie japste. Die graue Tunika rutschte dabei ein Stück nach oben, verdeckte glücklicherweise trotzdem gerade genug, um sie nicht vor der Masse zu entblößen.

Callan ballte seine Hände zu Fäusten, sah sich um, ob wirklich niemand denselben Ekel empfand wie er. Aber er wurde enttäuscht. Er erblickte kein Mitleid in den Gesichtern der Stadtbewohner, sondern Erstaunen, Faszination oder sogar Gier, welche sich in ihren Augen widerspiegelten.

»Unglaublich!«, knurrte er zwischen zusammengebissenen Zähnen und stierte weiter zum Händler hoch, in der Hoffnung, dass er bald an seiner eigenen Spucke erstickte. Doch der Elfenhändler fuhr fort, unberührt von Callans Blick, den er sogar kurz gestreift hatte. »Sie sind alle gezähmt und bereit zum Verkauf! Beseht euch die Schönheit dieser Wesen, Bürger von Qurta'bar, und lasst euch von Xerxan Chafif die besten Angebote darbieten!«

Callan hatte genug von diesem elfenverachtenden Geschwätz, trat vor, um ...

Jemand rempelte ihn an, sodass er über seine eigenen Füße stolperte, zwei, drei Schritte nach vorne taumelte, sich aber rechtzeitig auffing, um selbst niemanden zu schubsen.

»Hey, geht's noch?«, beschwerte er sich und sah in die Richtung, in der er den Schuldigen vermutete. Dieser schlug ihm haarscharf eine Lanze aus weißem Stahl an der Stirn vorbei.

Callan hielt inne, starrte den jungen Bengel, dem nichts weiter als dünner Flaum am Kinn spross, mit zusammengekniffenen Augen an. Das weiße Gewand und der Turban zeichneten ihn als Wache aus und brachten Callan für einen Augenblick ins Stocken.

»Mach Platz für die Oberen!« Wie ein aufgeblasener Hahn baute er sich vor ihm auf, streckte seinen Arm nach ihm aus, um ihn zur Seite zu schieben. Callan ließ es mit sich geschehen, um kein Aufsehen zu erregen, erhob dafür sogar ergeben seine Hände und wich einige Schritte zurück. Eine Söldnerin neben ihm, die breitere Schultern besaß als so mancher Mann in der Menschentraube, war nicht ganz so einsichtig. Sie blieb wie eine Eiche mit tiefen Wurzeln an Ort und Stelle stehen, obwohl der Rotzlöffel sich daran versuchte, sie ebenfalls aus dem Weg zu schaffen.

»Die Oberen? Wo? Ich sehe hier nur einen Idioten, der sich aufspielt, als hätte er mehr Recht, genau an diesem Ort zu stehen, als andere Bürger«, merkte sie an und grinste, während sie jeden Handgriff abwehrte und ihren Gegner sogar dazu brachte, sich mit der eigenen Faust ins

Gesicht zu schlagen. Die Menge rings um sie herum stob unterdessen in alle Richtungen.

»Was haben wir denn hier?« Xerxans bullige Stimme hatte sich erneut erhoben, und zwar gefährlich nah bei Callan, der sich weiterhin bedeckt hielt und gespannt die Situation beobachtete. »Nicht doch, meine werten Herren und Damen! Kein Grund zur Aufregung! Wo liegt denn das Problem?«

»Diese da hat hier nichts zu suchen! Als Repräsentant und Leibgarde meines hohen Herrn obliegt mir das Recht, diesen Tölpel von diesem Platz zu verweisen!«, bellte der Bengel und richtete die Spitze seiner Lanze auf die Söldnerin. Diese zuckte unbeeindruckt mit den Schultern. Xerxan betrachtete sie eindringlich, ehe er ein schmieriges Lächeln aufsetzte.

»Ich glaube, das können wir anders klären.« Der Sklavenhändler nickte der Wache zu und stieg vom Podest herunter. Ein zweiter Händler, offensichtlich ein Assistent von ihm, übernahm seine Stelle und pries die Elfen weiterhin an. Xerxan berührte die Unruhestifterin mit einiger Zurückhaltung an der Schulter, während er sie zur Seite nahm, weg aus dem Zentrum der staunenden und tuschelnden Menge. Unauffällig folgte Callan den beiden mit gespitzten Ohren, um ihrem Gespräch weiterhin zu lauschen.

»Ihr scheint mir eine interessierte Dame vom Fach zu sein!«, bemerkte der Händler, ließ dabei die braungebrannte Hand kurz in einer Seitentasche seines Gewandes verschwinden, ehe er der Söldnerin einen handgroßen Zettel entgegenhielt. »Heute Abend sollt auch Ihr die Möglichkeit bekommen, Euch meine neuste Kostbarkeit von Nahem anzusehen, ohne die Oberen bei ihrer Schau zu stören.«

Sie nahm den Zettel an, aber nicht, ohne der Wache in der vordersten Reihe einen letzten, vernichtenden Blick zuzuwerfen. In der Zwischenzeit entfernte sich der Sklavenhändler. Im Schutz der Menge sah Callan sich vorsichtig um, wartete auf den Moment, in dem sie das Papier zusammenfaltete und dieses links, knapp oberhalb ihres Dolches, unter den Hosenbund klemmte. Nun kam seine Gelegenheit, zuzuschlagen. Nachdem sie sich zum Gehen gewandt hatte, stellte er ihr nach, bis sie die Podeste und Bühnen der Künstler erreichte. Dort tat er, als eilte er knapp an ihr vorbei, ohne sie zu sehr anzurempeln, und schnappte sich geschwind den Zettel.

»Ey da! Pass auf, wo du hinläufst«, schnauzte sie ihn an, während Callan sich zügig weiterbewegte – weg von den Sklavenständen – und hinter dem nächsten Gauklerstand zu seiner Rechten die Biege machte. Besser, bevor sie bemerkte, dass er sie bestohlen hatte. Noch im Gehen entfaltete er den Zettel. Es gefiel ihm nicht, die Elfen ihrem Schicksal zu überlassen, doch waren zu viele Wachen postiert, als dass er sofort etwas dagegen hätte unternehmen können. Zudem war er nicht bereit, bei einem solchen Befreiungsversuch ihr Leben sowie sein eigenes aufs Spiel zu setzen. Vielleicht fand er in der Zeit seines Aufenthalts eine Möglichkeit, ihnen zu helfen.

Irgendwie ...

Zumindest hoffte er es.

Er verlangsamte allmählich seinen Gang, sobald er sich durch die Menge gekämpft und sich einen Weg zum Tor in Richtung Bürgerviertel gebahnt hatte, überflog dabei das Stück Papier in seiner Hand:

Hochverehrte Kaufinteressenten und -interessentinnen,

an jedem Fünften des Monats biete ich euch zur siebten Stunde Zùs in der Weinstube der Breitbeinigen Elfenmaid meine neuste Errungenschaft zum Kauf an. Diese Exemplare haben noch keine Elfenlager von innen gesehen und sind dementsprechend wild und unberührt. Was euch heute erwartet:

In einer anderen Tintenfarbe – dunkelgrau, nicht länger schwarz – stand gleich darunter ein weiterer Absatz:

Eine Silberelfe von 71 Stein und 1,90 Schritt,
langes Silberhaar, Alter unbekannt,
der Magie nicht mächtig, beherrscht die Gemeinsprache bis zu einem gewissen Grad, Exemplar in der Wildnis geboren.

Bei nahem Kontakt ist Vorsicht geboten!
Sie neigt dazu, zu kratzen und zu beißen.

Nur recht so!, dachte Callan für sich. Zitternd zerknüllte er den Zettel, schaute ernst auf seine geballte Hand, wo eine Ecke des Papiers zwischen seinen Fingern hervorlugte. Angewidert schüttelte er den Kopf. Er drückte sich die Faust gegen den Mund, atmete tief ein und wieder aus. Callan verbot sich innerlich, jetzt sofort zu Xerxan zurückzugehen, um ihm einen ordentlichen Tritt in seinen fetten Arsch zu verpassen.

Nein, das tu ich nicht! Das wäre lebensmüde! Andererseits, wer ist auf den absurden Einfall gekommen, Tavernen und Spelunken abschätzige Namen gegenüber Elfen zu geben? Wo, bei den Ärschen aller zweiunddreißig Götter, bin ich hier bloß gelandet?!

Sein Blick schweifte zurück zum Stand, wo der Sklavenhändler seine Arbeit fortführte. Dieser Bastard erlebte bald sein blaues Wunder, denn Callan kam der Einladung allzu gerne nach, wenn das bedeutete, dass er damit einer Silberelfe eine bessere Zukunft ermöglichte und nebenbei Xerxans Geschäfte vermasselte.

Vorsichtig zog er den Zettel nochmals auseinander, um sich die Rückseite genauer anzuschauen. Eine kleine, rudimentär gezeichnete Karte zeigte ihm das verdammte Drecksloch an, wo der Verkauf der Elfe sieben Stunden nach Sonnenuntergang stattfinden sollte.

Ja gut, bei genauer Betrachtung würde er die ganze Stadt als Drecksloch bezeichnen, bei den verdrehten Moralvorstellungen, die an diesem Ort vorherrschten. Da blieb ihm bloß zu hoffen, dass es zumindest im Untergrund von Qurta'bar jemanden gab, der seine Gesinnung teilte und ihn vom Gegenteil überzeugte. Bis er allerdings die nötigen Kontaktpersonen kennengelernt hatte, die ihm den

Zugang zur Unterwelt gewährten, hatte er andere Arbeit zu erledigen.

Zuerst aber brauchte er einen guten Tropfen Wein, um den bitteren Geschmack auf seiner Zunge loszuwerden. Prioritäten setzen – das bereitete ihm keine Schwierigkeiten.

Er steckte den Zettel in seine Hosentasche, trat in den Windschatten zweier breitgebauter Männer, die sich auf Ferniasisch unterhielten. Bei einem Weinstand löste er sich unauffällig von ihnen und nutzte die Verführungskünste der Hafendirne, die den älteren Weinhändler vollkommen in ihren Bann gezogen hatte. Callan achtete mit äußerster Präzision darauf, außerhalb des Augenwinkels des Händlers zu bleiben, als er nach einer Flasche Rotwein griff und sie im Handumdrehen in seiner Tasche verschwinden ließ.

KEYLINN

Dunkelheit umgab sie. Hitze. Sand, der ihr über die Wangen kratzte. Gemurmel in einer Sprache, die sie nicht kannte. Laute, keinem Sinn und Zweck folgend. Der raue Stoff über ihren Augenlidern hielt sie davon ab, zu sehen, und war mittlerweile durchnässt vom Schweiß, der ihr von der Stirn rann. Sie hatte jegliches Zeitgefühl verloren, lag da, gekrümmt, ihre Arme zwischen ihren Beinen eingeklemmt, da die Rundohren die Ketten an ihren Handgelenken mit denjenigen an ihren Fußgelenken verknüpft hatten. Keylinn spürte das tote Holz unter sich, zog erneut an den metallenen Fesseln, die nur leise raschelten. Die Haut darunter war aufgerieben und wund, tat weh, doch der Schmerz nahm ihr nicht den Willen, freizukommen. Vor wenigen Stunden hatte sie sich gewehrt und sich gegen vier voll ausgewachsene Menschenmänner behauptet. Mit Tritten hatte Keylinn sie zum Schreien gebracht. Gebissen, gekratzt und geschlagen hatte sie jeden Einzelnen von ihnen. Sie hatte zwei der Rundohren überwältigt und sich bereits den anderen beiden zugewandt, als ein Fünfter sich an sie herangeschlichen hatte, unbemerkt, um ihr durch einen feinen Stich in den Nacken ein Betäubungsgift zu verabreichen. Sie war zusammengesunken, nicht einmal imstande, nach ihm zu schlagen.

Seither roch sie das trocknende Blut der Rundohren, schmeckte es nach wie vor in ihrem Mund. Gerne hätte sie es mit frischem Wasser ausgespült, um den Geschmack loszuwerden, aber sie zweifelte daran, dass jemand den Knebel allzu bald von ihrem Mund lösen würde. Verständlich, denn sie hätte es sich nicht nehmen lassen, dieser Person erneut kräftig in den Finger zu beißen. Sozusagen als Wiedergutmachung für die hinterhältige Art, mit der die Rundohren sie gefangen genommen hatten.

Vor zwei Tagen hatten sie sie in einer Gasse überfallen und ihr alles abgenommen – ihre Waffen, ihre Kleidung, absolut alles – und ihr dieses Gewand aufgezwängt. Ihre juckende Haut ließ sie vermuten, dass es schon viele vor ihr getragen und währenddessen Qualen erlitten hatten, die sie sich lieber nicht vorstellte. Die negative Energie, die davon ausging, machte ihr zwar zu schaffen, aber Keylinn gab ihr Bestes, ihren Geist davon abzuschirmen. Gleichzeitig ärgerte sie sich über ihre Unvorsichtigkeit, und dass sie so naiv gewesen war, zu glauben, dass es ausreichte, ihre Gestalt mit einem simplen Umhang zu verbergen, um sicher durch die Straßen der Stadt zu gelangen.

Sie war zwar bei ihrer Ankunft in Qurta'bar zusammen mit ihrem Weggefährten, dem Efyonpriester Iberyn Walden, sicher bei einem Bekannten von ihm untergekommen, aber sie wusste nicht, was sie von diesem halten sollte. Grundsätzlich hegte sie keine Vorurteile gegen Alchemisten, Vorsicht schadete jedoch nie. So hatte sie sich – gegen den Ratschlag des Alchemisten Unze hin – geweigert, das Verwandlungselixier zu trinken, das er ihr angeboten hatte. Er hatte ihr erklärt, was es genau bewirkte. Dass es ihre Elfenattribute verschwinden und sie aussehen ließ wie ein gewöhnliches Rundohr.

Allerdings traute sie ihm nicht. Dem Priester vielleicht, der sie auf dem Weg nach Qurta'bar begleitet hatte, aber nicht dem Alchemisten. Bis jetzt hatte sie das meiste allein gestemmt, hatte es bis hierher geschafft, ohne in große Schwierigkeiten zu geraten – Betonung auf *bis jetzt* und *bis hierher*.

Das Holz unter ihr knirschte leise, als sie sich erneut wand und an den Fesseln zog. Der Knebel in ihrem Mund sog sich immer weiter mit Speichel voll, während sie dem Rhythmus ihrer eigenen Atmung lauschte. Aus weiter Entfernung hörte sie Schritte, Stimmen, Gelächter, Gebrüll, alles, was auf einen lebhaften Ort hinwies. Die Lautstärke nahm stetig zu. Schwere Schritte polterten durch die Gegend. Mittlerweile drang auch aus unmittelbarer Nähe Gemurmel an ihre Ohren, doch keine Zunge, die sie im Entferntesten verstand. Mit den wichtigsten Ausdrücken der Gemeinsprache hatte sie sich bereits auseinandergesetzt, aber die Zunge der Wüste, welche die Menschen auf dem Kontinent Côr'hjr so häufig gebrauchten, blieb ihr größtenteils ein Mysterium. Selbst wenn sie die Rundohren in den Gassen bei Unterhaltungen beobachtet hatte, hatten die Gesten, die sie dazu verwendeten, Keylinn eher verwirrt als dazu beigetragen, die Bedeutungen der Worte mitzuteilen oder zumindest anzudeuten.

Ein Klicken, ein Quietschen einer alten Türangel, und wie eine unausweichliche Welle kam ihr der Gestank von vergorenem Saft, gemischt mit dem Schweiß der Männer entgegen, die sich ihr näherten. Sie spürte die unangenehme Wärme, die von ihren feuchten Handflächen ausging, noch ehe sie Keylinn an ihren Unterschenkeln und Oberarmen packten.

Sie bog ihren Rücken durch, fauchte, aber das durchnässte Tuch in ihrem Mund erstickte das Geräusch im Keim, sodass kaum ein Laut hervordrang. Eines der Rundohren murmelte etwas Unverständliches, ein einziges Wort folgte. Sobald sie Keylinn aufhoben, wand sie sich hin und her – zu mehr war sie nicht in der Lage. Je mehr sie zog, desto fester griffen die Männer zu. Innerlich schrie sie, versuchte, ihnen ihren Unmut mitzuteilen, aber es kam nichts weiter heraus als ein verstimmtes Zischen. Der Stein in ihrer Brust drückte ihr schwer gegen die Lungen, als sie harsche Ausrufe vernahm. Die Aufregung trieb ihr die Hitze weiter in den Kopf, sodass sie kaum mehr einen klaren Gedanken fassen konnte. Ununterbrochen bildeten sich kleine Schweißperlen auf ihrer Stirn und sie sehnte sich nach einem kühlen Windhauch, nach einem Moment der Ruhe, um sich zu ordnen und nach einem Ausweg zu suchen.

Unvermittelt wurde sie von den Männern auf dem Holzboden abgesetzt und sie spürte, wie sich zwei von ihnen über sie beugten. Hände kamen näher, strahlten mehr von dieser unerträglichen Hitze aus. Sie drehte ihr Gesicht weg, zuckte sogleich aber durch das schmerzhafte Ziehen an der rechten Seite ihres Halses zusammen, das diese Bewegung verursachte.

Die Brandwunde! Natürlich! Sie hatte sie vollkommen vergessen!

Schwitzige Finger packten sie am Kinn und am Nacken. Es kam ihr nicht in den Sinn, stillzuhalten. Trotz ihres Windens gelang es jemandem, ihr die Augenbinde abzunehmen.

Sie blinzelte einige Male. Schweiß brannte ihr in den Augen, doch sie hielt sie offen und schaute direkt zu den Rundohren hoch. Die drei Männer gafften wie ausgehungerte Tiere. Sie hielt ihren Blicken stand, zog ihre Nase kraus. Derjenige, der sie von der Augenbinde befreit hatte, entblößte mehrere Zahnlücken, als er sie angrinste und sich dann die schmierigen, schwarzen Strähnen nach hinten strich.

»Wirst du stillhalten, wenn ich dich davon befreie?«, fragte er sie in der Gemeinsprache und zeigte mit seinem Finger auf ihren Mund. Anstatt ihm zu antworten, warf sie ihm einen vernichtenden Blick zu. Verstanden hatte sie ihn schon, aber sie wollte ihm nichts versprechen, woran sie sich ohnehin nicht halten würde.

»So stur«, meinte er grinsend. Er stand zwischen den beiden anderen und nickte diesen abwechselnd zu, woraufhin sie die Fesseln an Keylinns Handgelenken bearbeiteten. Einer löste den Knebel und nahm ihn aus ihrem Mund. Ihre Gesichter blieben hinter hellen Tüchern verborgen und nur ihre braunen Augen waren sichtbar. Selbst ihre Haare hatten sie in farbige Stoffe eingewickelt und sahen aus wie Pilze, deren Köpfe zu klein geraten waren.

»*te'gra seyundri lyf neyra'na!*«, fauchte sie, ihre Nase gerümpft vor Abscheu. Sie zweifelte daran, dass sie auch nur ein Wort verstanden hatten, aber die Art der Aussprache schien zu genügen, um es als Beleidigung geltend zu machen.

Sie packten sie erneut an ihren Oberarmen und zogen sie auf die Knie. Zähne fletschend knurrte sie beide an, doch sie ließen sich nicht von ihr einschüchtern. Nicht einen Hauch von Angst roch sie an ihnen. Der Schwarzhaarige beugte sich zu ihr herunter, knackte mit den Knöcheln seiner Hände.

»Wenn ich mit dir fertig bin, wirst du zahmer sein als deine Artgenossen auf dem Markt.«

Sie verstand nicht gänzlich, was er damit meinte, aber der drohende Ton in seiner Stimme sagte ihr alles, was sie zu wissen brauchte. Als Antwort spuckte sie ihm mitten ins Gesicht und sie fühlte sich gleich leichter, während das Gefühl von Genugtuung den Stein in ihrer Brust kleiner werden ließ. Zu spucken war normalerweise nicht ihre Art, aber diese gottlosen Rundohren ließen ihr keine andere Wahl. Sie hörte, wie sich sein Herzschlag beschleunigte, noch ehe er sein Gesicht zu einer wütenden Fratze verzog und mit der Hand zum Schlag ausholte.

Die Tür hinter den Rundohren öffnete sich und hinein trat ein Mann, fast so breit wie der Türrahmen selbst. Sobald dieser die Stimme erhob, hielt der Schwarzhaarige in seiner Bewegung inne und kehrte ihr den Rücken zu. Die Hand sank nieder, während er den Kopf neigte und einen Schritt zur Seite machte. Ohne sich weiter mit den anderen zu befassen, kniete sich der Glatzköpfige vor sie und stellte die Schale, die er in den Händen gehalten hatte, auf dem Boden ab. Beim Anblick des kühlen Wassers ging ein unangenehmer Ruck durch ihren Körper, sodass sie nach vorne schnellte. Doch zwei der Männer hielten sie an Ort und Stelle. Rasch hörte sie auf zu zerren und starrte den dicklichen Mann eindringlich an. Das laute

Knurren vibrierte weiterhin in ihrer Kehle. Ungeachtet seines freundlichen Lächelns, mit dem er ihr entgegenkam, gefiel ihr die Aura nicht, die er ausstrahlte. Er gehörte sicherlich nicht zu jenen, die Gutes mit ihr vorhatten, doch es irritierte sie, dass er für einen Moment sogar seinen Blick senkte, sich leicht verneigte und sie erst danach wieder auf gleicher Augenhöhe ansah. Sie legte ihren Kopf schräg, verwundert über seine Geste, da sie sich nicht sicher war, was diese zu bedeuten hatte. Blinzelnd zog sie die Augenbrauen zusammen.

»Bitte entschuldige diese grobe Behandlung! Sie wissen es nicht besser. Aber du solltest dich ohnehin an weitaus Schlimmeres gewöhnen. Dein zukünftiger Herr wird dich so behandeln, wie es ihm beliebt – ob du es möchtest oder nicht.« Seine schmierige Stimme unterstrich das ungute Gefühl in ihrer Magengrube. Ihr Knurren war verebbt, ihre Gegenwehr hatte deutlich nachgelassen, auch wenn sie weiterhin auf der Hut blieb und beide Männer aus dem Augenwinkel heraus beobachtete.

»*îje!* Niemals!«, erwiderte sie bestimmt, ohne den Blickkontakt zu unterbrechen.

Er tauchte ein kleines Handtuch ins Wasser, wartete, bis es sich vollsog. Schweigen. Nur von außen drang weiterhin gedämpftes Stimmengewirr durch die Wandritzen und den Spalt unter der Tür.

Ihre Augen huschten kurz zu seinem Gesicht, wieder zum Handtuch, das er auswrang, dann zurück zu seinem schmalen Mund.

»Durstig? Wenn du dich benimmst und dich von mir herausputzen lässt, bekommst du als Belohnung etwas zu trinken.«

Seine Worte klangen verlockend, Belohnung genug, um zu gehorchen, aber es gab immer eine Kehrseite. Wenn sie sich von ihrer trockenen Kehle treiben ließ und er ihr, wie versprochen, erlaubte, ihren Durst zu stillen, käme dies einer Niederlage gleich. Und wer wusste schon, was er dem Wasser beigefügt hatte. Sie hatte zwar ihr ganzes Leben in Wäldern außerhalb von jeglicher menschlichen Zivilisation verbracht, aber sie war nicht so naiv, um sich diese Blöße zu geben. Also spielte sie mit. Sie ließ ihn mit dem Tuch in der Hand näher an sich herankommen, folgte jeder Bewegung. Sobald der nasse Stoff ihre Wange berührte, drehte sie ihren Kopf ruckartig in diese Richtung und biss ihm in die Wurzel seines Daumens.

Er schrie auf. Ihre Zähne sanken tief in seinen Handballen, durchtrennten Sehnen und Adern. Blut spritzte ihr in kleinen Tröpfchen entgegen. Keylinn ließ sofort von ihm ab, als er daran zog, ansonsten hätte sich der Biss dadurch vergrößert. Und trotz seiner Untaten war sie nicht darauf aus, ihm ernsthaften Schaden zuzufügen.

In der Zunge der Wüste rief er etwas aus, zeigte dabei auf sie, sodass die beiden Männer direkt auf sie losgingen. Der eine rupfte an ihren Armen und band diese hinter ihrem Rücken zusammen, zerrte so heftig an ihnen, dass es schmerzte. Der andere mit dem gelben Tuch auf dem Kopf schob ihr den Knebel zurück in den Mund. Nach ihm schnappte sie ebenfalls, doch er reagierte schnell genug, sodass sie ihn verfehlte. Statt ihn biss sie auf das harte Gewebe, das ihr beide Mundwinkel unangenehm nach hinten zog. Der bittere Geschmack nach altem Metall breitete sich auf ihrer Zunge aus, während sie sich unentwegt unter den groben Griffen der Männer wand und zischende Laute von sich gab. Sie trat aus und traf einen mitten gegen die Brust, was ihn nach hinten straucheln ließ. Der andere packte sie dafür an ihren Haaren, stand auf und zerrte daran. Schmerz jagte ihr durch den Nacken bis zu ihrem Rückgrat und kribbelte zwischen ihren Schulterblättern, gleich auf der Höhe ihres Herzens. Kälte durchzog ihre Brust, schlängelte sich wie ein unsichtbarer Schatten durch ihre Venen, lechzte danach, freizukommen.

Wenn sie gewusst hätte, wie, hätte Keylinn zugelassen, dass sich die Energie entfaltete. Frei nach dem Belieben des Eissturms, der in ihrem Innern tobte. Seit Längerem hatte sie dieses Gefühl nicht mehr wahrgenommen, doch in diesem Augenblick spürte sie, wie das Verlangen, dieser Kälte nachzugeben, eines Sprösslings gleich keimte und wuchs. Ihr Atem manifestierte sich in Form von kaltem Dunst vor ihrem Gesicht, doch die Narbe zwischen ihren Schulterblättern brannte unentwegt, hielt den Sturm wie in einem Käfig aus Knochen und Fleisch gefangen.

Es war ein Siegel, fast so alt wie sie selbst, und gehörte zu den wenigen unangenehmen Erinnerungen an ihre Kindheit. Sie erinnerte sich nur an Einzelheiten, an die Dunkelheit, den dreizehnten Zwillingsmond ihres Lebens, das bleiche Gesicht einer Frau, das sie am Rande ihres Sichtfeldes gesehen hatte. Flüsternde Stimmen, raue Winde und ein stechender Schmerz, der sie damals über Tage hinweg verfolgt hatte. Zu ihrem und zum Schutz der Waldkindersippe war ihr dieses Siegel auferlegt worden und Keylinn hatte es so hingenommen. Sie hatte die Notwendigkeit davon verstanden und keine Fragen gestellt, damit sie der Position als Sippenwächterin gerecht werden konnte. Magie, die sie nicht imstande war, unter Kontrolle zu halten, führte nur zum Tod vieler Unschuldiger. Und das würde sie immer zu verhindern wissen. Selbst wenn es für sie einen hohen Preis bedeutete.

Die blutige Hand des Glatzköpfigen notdürftig verbunden, rauschte er wieder auf sie zu, seine zuvor freundliche Maske vor Wut verzerrt. »Wenn du mir nicht eine ordentliche Summe Geld einbringst, werde ich mich persönlich darum kümmern, dich zu brechen!«

Seine Drohung entmutigte sie nicht, im Gegenteil. Sie fühlte sich bestärkt darin, alles zu tun, um sich zuerst selbst zu befreien und, sobald sich die Gelegenheit dazu ergab, so viele wie möglich von ihresgleichen zu retten – ganz gleich, welcher Art sie angehörten.

»Du wirst dich jetzt benehmen!«, gebot er ihr und wischte ihr mit dem nassen Stück Stoff grob übers Gesicht. Mittlerweile war das Wasser etwas abgekühlt. Sie sah sich in seinen Augen gespiegelt, beobachtete, wie er die engen Zöpfe in ihren Haaren löste und Strähne um Strähne achtsam über ihre Schultern verteilte. Ihr Blick ruhte auf ihm, ihre katzenartigen Pupillen geweitet, sodass die eisgraue Iris sie nur dünn umrahmte. Er wiederum zupfte weiter an ihr herum, strich ihr gar mit dem Daumen über die Augenbrauen, um auch diese in die richtige Form zu bringen.

So weit, wie er sich zu ihr hinunterbeugte, packte sie die Gelegenheit beim Schopf und bewegte ihren Kopf gezielt nach vorne, sodass sie mit der Hornspitze über die Innenseite seiner Hand kratzte. Das kleine Horn zwischen ihren Brauen war nicht für Kämpfe gedacht, aber wehtun konnte sie ihm damit trotzdem. Wieder schrie er auf, doch dieses Mal wich er nicht zurück, sondern packte sie am Nacken. Keylinn erstarrte.

»Wenn die Auktion nicht gleich losgehen würde, dann ...«, begann er, ehe sich die Tür öffnete und ein weiterer Mann eintrat. Mit seiner Anwesenheit zog eine warme Duftwolke zu ihr herüber. Der Gestank von Schweiß, Alkohol und getrocknetem Blut.

Sie rümpfte die Nase beim Gedanken, dass man sie gleich dorthin bringen würde, wo dieses Rundohr hergekommen war.

Die Aufmerksamkeit des Händlers richtete sich kurz auf den Neuankömmling, der die Tür hinter sich zuzog, dann wieder zu Keylinn. »Ich werde dafür sorgen, dass der Gast, der dich erwerben wird, erfährt, wie er mit dir umzugehen hat.«

Der Mann von außerhalb hob sie auf, als wöge sie nichts, und setzte sich in Bewegung. Panik und Wut ergriffen sie gleichzeitig, schnürten ihr die Luft ab. Sie würde es nicht einfach so über sich ergehen lassen, verkauft zu werden, als wäre sie eine Ware. Niemals! Doch sie sah ein, dass sie in ihrer momentanen Lage kaum imstande war, etwas dagegen zu unternehmen. Ihre unterdrückte Magie nützte ihr nichts, genauso wenig das Wissen, welches sie darüber besaß. Waffen wie etwa einen Bogen oder ein Kampfstab gab es keine in ihrer Nähe. Kein Dolch. Kein Schwert. Nichts.

Die Tür zum Schankraum wurde mit einem lauten Knall aufgeschlagen. Es schmerzte in ihren Ohren wie ein Wolkengrollen, das innerhalb eines Wimpernschlags nach dem Himmelslicht folgte. Auch die Stimmen, tief und grölend, dröhnten wie das Summen eines Schwarms Erdbienen. In diesem Fall hätte sie die friedlichen Tierchen vorgezogen, schon allein wegen der Tatsache, dass sie kaum größer waren als ihre Faust. Ihr Blick huschte umher, überwältigt von den vielen Eindrücken. Sie drückten sie nieder, raubten ihr jeden klaren Gedanken. Instinktiv knurrte sie und zerrte an den Fesseln, wieder ohne Erfolg. Lachen, Gemurmel, alles nahm sie ungefiltert wahr.

»Geduldige Mutter, hilf mir!«, schrie sie, doch niemand schien mehr zu hören als einen erstickten Ruf. Ihr Herz raste. Panik lähmte ihre Glieder. Vorbei an einigen, von mehrheitlich Rundohren besetzten Tischen trugen sie sie weiter.

Inmitten all des Chaos wurde ihr Blick von einem Fremden angezogen, einem jungen Mann, ebenfalls ein Rundohr und ebenso gekleidet wie die anderen, nicht fern vom breiten Holztresen, auf dem die Männer sie absetzten. Während sie ihn anstarrte, hielt sie inne mit ihrem Gezappel. Er musterte sie, sie beobachtete ihn mit diesem warmen Gefühl, das sich von einem Moment auf den anderen in ihrer Mitte ausbreitete. Sein Zwinkern entging ihr nicht, ehe er sich seinem Kelch zuwandte. Sie war sich sicher, dass es ihr gegolten hatte. Es gab ihr Halt, wo sie zuvor befürchtet hatte, in eine tiefe Grube zu rutschen.

Dieser Fremde ... er ...

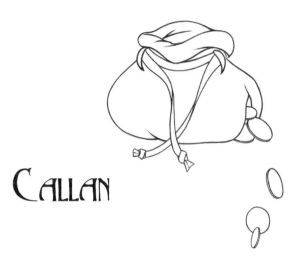

CALLAN

Mit weit aufgerissenen, hellen Augen blickte die Silberelfe zu Callan, so als versuchte sie, einzig durch ihren Ausdruck nach Hilfe zu schreien. Er begriff sofort. Allein kam sie nicht frei. Nicht bei all den Ketten und den vielen Leibwachen, die sie und den Händler umgaben. Acht hatte er gezählt. Und sie alle hatten ein halbes Waffenarsenal an ihre Hüften und Rücken gezurrt.

Niemand hat gesagt, dass es einfach wird. Callan seufzte im Stillen. *Aber immerhin habe ich es endlich geschafft, ins* Goldene Viertel *reinzukommen.*

Auch wenn er sich nach wie vor den Kopf darüber zerbrach, wie er zu so viel Glück gekommen war. Während er in der Nähe des Tors zum Reichenviertel darüber gegrübelt hatte, wie er ungesehen dort hineingelangte, hatte ihm plötzlich ein Wink des Zufalls eine Möglichkeit geboten – in Form einer verruchten, alten Frau, in nichts weiter als verbrauchte Lumpen gekleidet. Betrunken wie sie war, hatte sie die beiden Torwachen angepöbelt, war sogar handgreiflich geworden, als sie versuchten, sie von sich wegzuschubsen. Und genau in dem Moment hatte er

71

die Gelegenheit beim Schopf gepackt und war hinter dem Rücken der Wachen durch das Tor geschlüpft. Einfach so und – hoffentlich – unbemerkt. Nun saß er hier. Er bereute es nicht, dass er bereits vor einer Stunde in diese heruntergekommene Spelunke eingetreten war und sich einen Platz nahe der Schanktheke gesucht hatte. Die Stühle und Bänke hatten sich seither allmählich gefüllt. Trotzdem strömten weitere Menschen, Dragos und Sorkàr, die mit ihrer roten Haut und mit ihren muskelbepackten Körpern kaum zu übersehen waren, hinein. Selbst Hufgeklapper hörte er, konzentrierte sich aber bevorzugt auf die Elfe und die Männer, anstatt sich nach anderen Wesen umzusehen.

Die Schaulustigen unter den Gästen drängten weiter nach vorne, gierig darauf, einen Blick auf das exotische Wesen zu erhaschen. Murmelnd hob Callan erneut den Kelch an und trank. Über den Rand hinweg beobachtete er, wie der Kopf der Silberelfe nervös in alle Richtungen zuckte, während die kräftigsten von Xerxans Männern sie mit festem Griff an Ort und Stelle hielten. Ihr silbernes Haar fiel ihr in langen Wellen über die Schultern. Obwohl es einen Teil ihres bleichen Gesichts verdeckte, sah der Dieb, wie heftig ihre Lippen zitterten. Ihre Stirn glänzte im fahlen Licht der Öllampen, die von der Decke herabhingen. Die Hitze, die sich mittlerweile angestaut hatte, schien ihr nicht zu bekommen. Kein Wunder. Callan war auch andere Temperaturen gewohnt, milderes Wetter mit gelegentlichen Regenschauern. Aber ihm war es wenigstens möglich, sich nach Belieben abzukühlen. Der armen Silberelfe nicht.

Xerxan trat vor sie, den Rücken den wartenden Kunden zugewandt. Er schien mit ihr zu reden oder, wie es Callan auf dem Gesicht des Händlers ablas, ihr zu drohen. Trotzig schaute sie ihm entgegen und ließ sich von seinen Worten nicht unterkriegen. In ihren Augen steckte deutlich mehr Leben als in denen ihresgleichen, die er am Nachmittag im Marktviertel gesehen hatte.

Bedächtig nippte er am Kelch und führte sich den üppigen Wein zu Gemüte. Er gab sich alle Mühe, den Blickkontakt mit der Elfe aufrechtzuerhalten, obwohl diese ihm immerzu auswich oder vom Sklavenhändler abgelenkt wurde. Dieser umklammerte ihr Gesicht mit jener Hand, die nicht verbunden war, und drückte es dann grob zur Seite, ehe er sich der Masse zuwandte. Der Musiker am anderen Ende des Tresens hörte auf, an den Saiten seiner Tar zu zupfen, und verstummte. Auch die Stimmen ebbten ab, bis lediglich Geflüster durch den Raum zog.

»Guten Abend, meine werten Gäste. Mich, Xerxan Chafif, freut es, euch heute meine neuste Errungenschaft anpreisen zu dürfen.« Die Worte des Händlers fühlten sich an wie Honig, den er Callan um den Mund geschmiert hatte.

Normalerweise hätte ihn der Ekel dazu getrieben, eine andere Taverne aufzusuchen, aber dieses Mal bot sich sogar die Gelegenheit, diesem Mistkerl eins auszuwischen. Also ließ er ihn vorerst reden.

»Dieses Schmuckstück hier!« Xerxan trat beiseite und leitete die Aufmerksamkeit der Anwesenden gekonnt zur Silberelfe, indem er in einer fließenden Bewegung mit beiden Händen auf sie zeigte. »Frisch gefangen und noch ungezähmt!«, pries er sie an, machte eine kurze Pause, um die blasse Gestalt der Elfe für sich selbst sprechen zu lassen.

Je länger sie angestarrt wurde, desto mehr weiteten sich ihre Pupillen, bis von ihrer Iris nichts mehr zu sehen war.

»Aber es kommt noch besser.« Der Händler lehnte sich leicht vor, hob eine Augenbraue und setzte ein breites Grinsen auf. »Sie ist jungfräulich und steht kurz vor ihrer Geschlechtsreife. Demnach eine hervorragende Wahl, um eurem Harem oder eurem Freudenhaus einen gewissen außergewöhnlichen Reiz zu verschaffen.«

»Was soll sie kosten?«, rief einer aus den hinteren Reihen. Der Händler verneigte sich leicht vor der aufgebrachten Meute. »Ach, meine hochverehrten Gäste, für euch halte ich die Preise tief und beginne bei 450 Gold«, antwortete Xerxan, als wäre dies nicht bereits eine horrende Summe für einen Normalsterblichen. Selbst für Adlige war es ein nettes Sümmchen.

»Ich halte das Gebot«, erhob sich erneut dieselbe Stimme.

»Ich biete 460«, teilte der hagere Mann mit, der gleich neben Callan saß. Er hob dabei die Hand, um durch seine dünne Stimme im Gewirr der Menge nicht unterzugehen. Sein Turban drohte, sich von seinem Kopf zu lösen, doch mit einem Handgriff wusste er das Schlimmste zu verhindern und beförderte das lose Band des Stoffes an jene Stelle zurück, wo es hingehörte.

Wieder zappelte die Elfe auf dem Tresen herum, sodass ihr der Träger ihres Sklavengewandes von der Schulter rutschte und den Ansatz ihrer linken Brust offen darlegte. Pfiffe durchdrangen die überhitzte Luft. Callan aber schüttelte nur den Kopf. Er verstand nicht, was die anderen dazu trieb, sich so daneben zu benehmen. Selbst der Mann neben ihm schwitzte vermehrt und kaute auf den Fingernägeln herum. Schulterzuckend schaute sich Callan indes weiter um, um den Plan zu vervollständigen, der sich allmählich in seinem Kopf zusammenfügte.

»500!«, trieb eine Drago das Gebot weiter in die Höhe.

Das größte Problem bei der Sache war, dass sich Xerxans Männer wohl kaum ablenken ließen, damit die Elfe ihnen entwischte. Die Fesseln bereiteten ihm ebenso Kopfzerbrechen.

Wobei ... Wie bringe ich sie dazu, freiwillig mit mir mitzukommen?

Wohl eine berechtigte Frage, denn er bezweifelte, dass sie bisher positive Erfahrungen mit Menschen gemacht hatte. *Was für eine verzwickte Scheiße aber auch!*

Wenn sie sich gegen seine Hilfe sträubte und ihm trotz seiner entgegenkommenden Geste nicht genug vertraute, verloren sie dadurch kostbare Zeit.

»Nein, 600 Goldstücke!«

Er nahm ein zu großes Risiko auf sich, wenn er davon ausging, dass sie ihm ohne Gegenwehr folgte. Es schadete also nicht, einen Schritt weiter zu denken, einen zusätzlichen Teil zu seinem Plan hinzuzufügen. *Nur welchen?*

»Spinnst du! Die ist mir mehr wert! Ich biete 750!«

Einige protestierten, da der Inhalt ihres Geldbeutels nicht länger für derart rasant steigende Preise ausreichte. Flüche und Beleidigungen wurden anderen an den Kopf geworfen. Diejenigen, die weiterhin mithalten konnten, schrien ihre Angebote immer lauter, ungehaltener dem Sklavenhändler entgegen. Niemand gab nach. Auch der Kerl neben Callan feilschte fleißig weiter.

»Vergiss es! 1000 Ambrauri ist mein Angebot!«

Callan wusste längst nicht mehr, woher die Gebote alle kamen. Stattdessen beobachtete er weiter, wie die Hände von Xerxans Männern auf den Griffen ihrer Waffen ruhten und ihre Blicke aufmerksam durch die Menge hetzten.

Die zunehmende Unruhe spannte ihre Nerven offensichtlich auf die Folter, genau wie bei ihm. Der Dieb gab sich zwar die größte Mühe, Ruhe zu bewahren, doch die hektische Art der anderen lenkte ihn zu sehr ab, um seinen Plan gescheit auszuarbeiten.

Bald verwandelten sich die mehr oder weniger gewaltfreien Verhandlungen in bitteren Ernst. Härtere Beleidigungen wurden ausgesprochen. Becher flogen durch die Luft, gefolgt von vollen Flaschen, die an den Wänden oder Hinterköpfen zerschellten. Selbst Xerxans sonst geübte Rednerstimme ging in diesem Lärm unter und er schien einzusehen, dass dies nicht die ideale Situation war, seine »Ware« an den Meistbietenden zu verkaufen.

Er wies seine Männer an, alle Sachen zu packen und sich diesem Chaos zu entziehen. Andere bemerkten die Gesten des Sklavenhändlers ebenfalls und sprachen ihn an, wagten es teils, ihm den Weg nach draußen zu versperren. Callan traute seinen Augen kaum. Evra musste ihm hold sein. Die Göttin schenkte ihm genau im rechten Moment ihr Glück, sodass er die Gelegenheit gleich beim Schopf packte.

Die Dreistigkeiten führten rasch zu einem Handgemenge. Drei der Leibwachen versuchten, die gierige Gruppe aufzuhalten, während die anderen den Händler und die Elfe von den Angreifern abschirmten.

Callan hatte sich unlängst erhoben. Er duckte sich unter einer fliegenden Faust hinweg, wich einem stolpernden Schankjungen aus und stand bald der Silberelfe gegenüber, die ihn naserümpfend anstarrte. Er verkniff sich ein Grinsen.

Während Xerxan mit zwei wetternden Interessenten beschäftigt war, schickte Callan ein Stoßgebet an Yggdravarios, den listigen Gott der Diebe, bevor er sich in der Hitze des Gefechts zwischen den Leibwachen hindurchschob und vorerst unbemerkt zur Elfe gelangte. Da sie von sich aus nicht in der Lage war, sich zu bewegen, zog er sie in seine Richtung, um sie sogleich auf die Arme zu heben. Sie wand sich, zielte mit ihren gefesselten Händen mehrmals auf sein Gesicht. Einmal traf sie ihn sogar, mitten auf die Nase, und Callan fühlte schon, wie ihm das Blut aus dem einen Nasenloch tropfte, aber das kümmerte ihn nicht die Bohne.

Er konnte es ihr nicht einmal verübeln. An ihrer Stelle hätte er genauso abwehrend reagiert. Sie gab Töne von sich, von denen er nicht gewusst hatte, dass sie existierten, schrill wie eine angriffslustige Katze, und doch Laute, die sich im entferntesten Sinne zu verständlichen Worten formen ließen. Jedoch verzichtete er vorerst darauf, ihr den Knebel aus dem Mund zu nehmen. Nur zur Sicherheit, da die Hand des Sklavenhändlers an einer verdächtigen Stelle geblutet hatte – als hätte sie ihn dort gebissen. Wenn er nicht aufpasste, erging es ihm nicht anders. Eine blutende Nase reichte ihm vollkommen.

Er hängte sie sich vorsichtig über die linke Schulter, damit sie nicht noch mehr Schaden anrichtete. Selbst da zappelte sie weiter wie ein Fisch im Netz.

»Haltet ihn!«, rief Xerxan ihm hinterher, als Callan durch den dunklen Vorhang in die Vorratsgasse der Taverne gelangte. Zu seiner Rechten erhob sich eine hohe Steinwand, zu seiner Linken tat sich ihm der schmale Weg in Richtung Hauptstraße auf. Hätte er die Silberelfe nicht über der Schulter getragen, hätte er sich für die erste Wahl entschieden. Er wäre hochgeklettert, um zu entkommen. *Ja gut, das erübrigt sich wohl*, dachte er sich und zuckte die Achseln, bevor er auf eine der Kisten sprang, um der gezogenen Klinge eines Söldners zu entgehen, der ohne Zweifel zu Xerxans Gefolgschaft gehörte. Ein gedämpftes Fauchen ging von der Silberelfe aus, während Callan sich mit einem Grinsen im Gesicht umdrehte. Mit der gewohnten Leichtigkeit landete er mit über sechs Schritten Abstand zum Söldner auf den Füßen. Die Spitzen seiner Schuhe kratzten über den sandigen Boden. Er stieß sich ab, ohne dabei zu rutschen, und rannte davon. Bevor er auf die hell erleuchtete Hauptstraße trat, bog er scharf nach rechts ab, direkt in eine schmale Gasse. Dunkelheit umfing ihn, verbarg ihn vor weiteren Verfolgern.

»Dieb!«, hörte Callan den Sklavenhändler rufen. Xerxan war zurückgeblieben und verließ sich darauf, dass der Söldner und seine Leibwachen die Flucht vereitelten. Callan schaute nicht zurück, konzentrierte sich stattdessen darauf, nicht aus den Schatten der Mauern zu treten.

»Wo ist der Bastard?«, rief der eine.

»Da!«, bemerkte der andere.

Die Silberelfe klopfte ihm heftig gegen die linke Schulter, sodass er seinen Kopf leicht zur Seite neigte. Und genau da zischte ihm ein Bolzen haarscharf am rechten Ohr vorbei. Hätte sie ihn nicht zum richtigen Zeitpunkt abgelenkt, wäre die Stahlspitze in seinem Nacken gelandet. Doch dafür, ihr seine Dankbarkeit zu gestehen, war es noch zu früh.

»Nein, verflucht! Schieß doch nicht auf die Ware meines Herrn, du Narr!«

Ohne weiter darüber nachzudenken, huschte Callan um die nächste Ecke und wich der Bettlerin aus, die dort an der Wand lehnte und ihre Schale mit den wenigen Münzen vor Schreck wegwarf. Sie blieb nicht die letzte Per-

son, der Callan die Nacht mit einem kurzen Schreckensmoment versalzte.

Keylinn

9. Stunde Zùs, 5. Efyon 740, ZF, 3Z

K leine Metallplättchen flogen durch die Luft und klimperten, sobald sie den Boden berührten. Die Menschenfrau war vor Schreck aufgesprungen und kreischte wie eine heisere Harpyie. Keylinn klammerte sich am Hemd des Mannes fest, der sie trug, und sah nach hinten. Die Frau wurde ohne Rücksicht von ihren Verfolgern zur Seite gestoßen.

»Stehenbleiben!«, brüllte einer davon.

»... sofort!«, stieß ein anderer keuchend aus.

Ohne sein Tempo zu drosseln, bog vermeintlicher Entführer erneut in eine schmale Gasse ein. So abrupt, dass Keylinn ein weiteres Mal kräftig durchgeschüttelt wurde. Sie knurrte kurz, hoffte aber insgeheim, dass der bärtige Fremde nicht stehen blieb. Sie vertraute ihm nicht. Dennoch zog sie es vor, mit ihm zu fliehen, anstatt erneut in die Hände dieser grausamen Unheilsbringer zu geraten, die ihr Schmerzen zugefügt und sie zur Schau gestellt hatten.

Durch Evras Gnaden hatten ihre Verfolger aufgehört, mit Bolzen auf sie zu schießen. Einer hatte sein Ziel geradeso verfehlt, und das nur, weil Keylinn dem Bärtigen rechtzeitig ein Zeichen gegeben hatte. Er hatte es sofort verstanden und war ausgewichen. Trotzdem kamen sie ihnen gefährlich nahe. Nur knapp zehn Schritte entfernt schrie derjenige, der eine lange, krumme Klinge führte, immer wieder dasselbe in der Wüstenzunge, doch die harschen Rufe ließen den Fremden unberührt. Er ergriff im Lauf den oberen Rand eines Fasses, zog daran und brachte es dadurch zum Fallen. Vor den Füßen des Söldners zerbarst es und ergoss seinen Inhalt in einer kleinen, roten Flut über den Sand. Es schien, als könnte er ihr entgehen, doch er verschätzte sich in seinem Sprung, landete mit einem Fuß auf einer zertretenen Frucht und rutschte aus. Die Waffe glitt ihm aus der Hand, während allerlei zischende Worte aus seinem Mund kamen. Hinter der nächsten Straßenecke verschwanden die Rundohren aus Keylinns Sichtfeld. Ihr Entführer schüttelte sie weiter durch, huschte durch zwei weitere Gassen. Wieder klopfte sie ihm gegen die Schulter und wand sich leicht. Erst ignorierte er es, doch als sie sich zischend aufbäumte, blieb er sogleich stehen. Bedächtig setzte er sie ab, ging vor ihr in die Hocke und befreite sie vom Knebel. Da ihr Magen schon die längste Zeit über rebelliert hatte, beugte sie sich so weit zur Seite, wie es die Fesseln zuließen, und übergab sich direkt auf seine Schuhe. Er legte ihr dabei sachte die warme Hand auf den Rücken. Ausnahmsweise ließ sie es zu und spuckte aus, um den bitteren Geschmack nach Galle loszuwerden, doch er verblieb hartnäckig auf ihrer Zunge. Aus dem Augenwinkel bemerkte sie, wie er zwei schmale Metallstäbchen aus seiner Tasche zückte und sich den Fesseln an ihren Handgelenken und Knöcheln annahm.

Dabei beobachtete sie ihn angespannt, folgte den Bewegungen seiner Finger, wie sie den dünnen Gegenstand drehten und damit innerhalb des Verschlusses herumkratzen. Mit jedem Klicken löste sich eine Kette von ihr. Erleichtert atmete sie auf. *Endlich!* Sie hatte sich bereits an das schmerzhafte Reiben des Metalls gewöhnt, sodass es ihr umso mehr Erleichterung verschaffte, es nun los zu sein.

Abrupt ergriff der Bärtige sie an beiden Oberarmen und zog sie auf die Füße. Ihr Blick schnellte hoch, leicht über seinen Scheitel hinweg. Die Metallstäbchen verstaute er wieder in der Umhängetasche und zauberte im selben Atemzug ein rotes Tuch hervor, das er ihr vor die Brust hielt, sobald er sie losgelassen hatte. Er entfaltete es und zeigte damit auf ihren Kopf. Sie nickte ihm zu und beugte sich leicht nach unten, um ihn gewähren zu lassen.

Als wüsste er genau, was er tat, bedeckte er damit zuerst ihr auffälliges, silbernes Haar und wickelte es dann vorsichtig über ihre spitzen Ohren. Er bemühte sich sogar darum, ihr zwei Fingerbreit langes Horn zu verbergen. Keylinn fiel sein Zögern auf, aber sie war es gewohnt, wegen ihres Aussehens oder ihrer Herkunft anders behandelt zu werden. Bei den Waldkindern, die unter ihrem Schutz standen, war sie als Wächterin hochgeachtet. Teilweise hatten sie sie gar verehrt. Nicht wie eine Göttin, sondern wie einen Schutzgeist. Aber nie hatten sie Keylinn als eine ihresgleichen angesehen. Einzig der Vater ihres Kindes hatte sie bisher auf derselben Augenhöhe betrachtet wie ein normales Wesen mit Empfindungen und Bedürfnissen – wenn dieser Ausdruck von Zuneigung denn wirklich der Wahrheit entsprach. Da war sie sich nicht so sicher.

Sie merkte, wie sie gedanklich zu ihm abschweifte, zwang sich aber, im Hier und Jetzt zu bleiben. Sich in Sicherheit zu wiegen, wäre falsch. Hinter jeder Ecke lauerten Gefahren, denen sie ausgeliefert wäre, wenn sie sich der Unachtsamkeit hingab.

Trotz des Zögerns schwieg der Mann. Mit ernster Miene legte er den weichen Stoff über ihr Horn, wickelte es ihr dann vorsichtig um den Hals und warf die Enden über ihre beiden Schultern nach hinten.

»*nave*«, bedankte sie sich bei ihm und blinzelte dabei einmal langsam.

Er sah sie stirnrunzelnd an, überlegte kurz, schien sich dann aber wieder an die Bedeutung zu erinnern.

»Gern«, erwiderte er, »trotzdem sind wir noch nicht sicher.«

Ihre Ohren zuckten, als sie gehetzte Schritte hörte. Sie nickte ihm zu und schaute zum Eingang der Gasse, von wo sie gekommen waren. In dem Moment traten Wachen mitsamt ihren vorherigen Verfolgern hinter der Ecke hervor. Sie trugen Fackeln bei sich und leuchteten sich damit den Weg, da sie sich in der Dunkelheit der Nacht nicht auf ihre Augen verlassen konnten. Dunkelsicht war ein Segen, den die Götter den Rundohren offenbar verwehrt hatten.

»Da ist er!«, rief der Söldner mit der gekrümmten Klinge und zeigte auf den Bärtigen. Schneller, als ihr Begleiter in der Lage war, zu reagieren, packte sie sein Handgelenk. Sie rannte los und mit kaum einer Verzögerung folgte er ihr, war sogar imstande, mit Keylinn Schritt zu halten. Ungewöhnlich für ein Rundohr, aber sie hinterfragte es nicht.

Die Flucht stand an oberster Stelle. Sie hoffte, dass der Mann sich in dieser Stadt so weit auskannte, dass er ihr bei der Suche nach einem geeigneten Versteck half, bis sie eine Möglichkeit sah, der Angelegenheit, die sie nach Qurta'bar geführt hatte, nachzugehen. Bis dahin würde sie darauf achtgeben, dass der Fremde überlebte. Mit diesem Ziel vor Augen rannte sie in eine Stadtwache hinein, die aus dem Nichts mit einer hell leuchtenden Fackel zu ihrer Linken auftauchte. Sie gab eine Mischung aus einem spitzen Schrei und einem lauten Fauchen von sich, widerstand aber dem Drang, vor der heißen Lichtquelle zurückzuweichen, und packte den Überrumpelten am Kragen, um ihn mit Schwung in Richtung ihrer Verfolger zu schleudern.

CALLAN

Dem Dieb blieb der Mund offen stehen. Er hatte nicht damit gerechnet, dass die Elfe gleich so reagierte, wenn sie eine Wache auf sich zukommen sah. Einerseits war er überrascht und beeindruckt wegen ihrer Kraft, andererseits machte sie das unberechenbar und gefährlich.

Es war ja nicht so, als hätte sie ihm bereits – in ihrem gefesselten Zustand! – direkt ins Gesicht geschlagen und ihm eine blutige Nase verpasst. Wie sähe es dann erst aus, wenn sie beide Hände zu ihrer vollen Verfügung hatte und sich dafür entschied, sich gegen ihn zu wenden?

Der Gedanke kam ihm reichlich spät. Und er nützte ihm nichts, weshalb er ihn beiseiteschob. *Für später*, dachte er sich und übernahm erneut die Führung. Über mehrere aufeinandergestapelte Holzkisten sprang er hinweg und gelangte so zu einem höher gelegenen Balken, an dem er sich hochzog und gut fünfzehn Schritte über dem Boden auf das Gebäudedach auf der anderen Seite der Gasse balancierte. Er hielt inne, um sich nach der Silberelfe umzusehen, dachte sogar einen Moment darüber nach, ihr die Hand entgegenzustrecken. Als er erkannte, wie elegant sie seinen Schritten folgte, fast ohne das Holz mit ihren nackten Füßen zu berühren, überlegte er es sich anders. Durch die Art, wie sie sich fortbewegte, hätte man sie mit einer Wildkatze verwechseln können. Sie tänzelte über den Balken, ohne nachzusehen, wo sie hintrat. Er beobachtete sie schweigend, wartete, bis sie zu ihm aufgeschlossen hatte, und führte sie über Dächer, Gebälk und schmale Steinbrücken zu seinem Versteck. Niemand kam den beiden nach. Niemand entdeckte sie. Der nächtliche Lärm auf den Straßen und Gassen übertönte ihre ohnehin leisen Schritte.

Die Weinflaschen und Trinkschläuche, welche die herumlungernden Männer und Frauen in ihren Händen hielten, riefen nach ihm, aber er durfte dem Ruf nicht nachgeben. *Nicht jetzt. Später.* Er seufzte innerlich. *Ein Bett, ein voller Kelch Wein und eine weiche Decke ... Wohl verdient nach dieser Aktion.*

Er gab einen klickenden Laut von sich, um die Silberelfe auf sich aufmerksam zu machen, und bereitete sich vor, scharf nach rechts abzubiegen. Doch sie huschte weiter über einen langgezogenen Balkon aus demselben Sandstein wie die anderen Häuser im Bürgerviertel – zu weit. Callan sputete sich und erwischte sie am Handgelenk, doch mit dieser Berührung setzte sie sogleich zur Gegenwehr an. Ein Blatt der großen Topfpalme, die in der Mitte des Balkons stand, streifte seine Wange, als er mit einem Ausfallschritt ihrem Tritt auswich. Er hatte Glück, denn der Teppich unter seinen Füßen verrutschte nicht, sondern war fest im Boden verankert. Elegant wie eine Raubkatze sprang sie auf die Brüstung und preschte im nächsten Moment auf ihn zu. Wieder entging er ihrem Angriff, sodass er, ehe sie sich versah, hinter ihr stand und ihren rechten Arm gegen ihr Kreuz drückte. Callan hoffte, dass sie etwas aushielt. Wehtun wollte er ihr nicht.

»Wie unhöflich!«, sagte er und trieb sie vorwärts, weg von der Balustrade hin zum offenen Fenster. »Ich möchte dir helfen.«

Sie fauchte ihn an.

»Wirklich! Ich mein' es so!«, versicherte er ihr. »Hier sind wir vorerst sicher.«

Er lockerte seinen Griff und schubste sie nach vorne, sodass sie mit dem Kopf voraus ins Innere der Herberge fiel, genauer gesagt in Callans gemietete Unterkunft: ein bescheidener Raum mit einem Bett und einem kleinen Tisch. Keine Bilder. Keine Pflanzen. Kein Teppich.

»Geht doch!«, meinte er und kletterte hinterher. Sie war weich auf dem Kissen gelandet, da das Bett direkt am Fenster stand. Rasch atmend schaute sie sich um, machte aber vorerst keine Anstalten, wieder hinauszuklettern. Er hätte es ihr auch zugetraut, die verschlossene Holztür einzutreten, um zurück nach draußen zu gelangen. Dazu fähig war sie zweifelsohne . Ihre Ohren zuckten, während sie ihren Kopf in jede Richtung bewegte, als suchte sie alle Winkel des Zimmers nach möglichen Gefahren ab. Wenn er genauer hinschaute, merkte er sogar, dass ihre Lippen zitterten. Schließlich landete ihr Blick auf ihm, die Pupillen wieder beinahe so groß wie die Iris in ihren Augen.

Er hob beide Hände, um ihr zu zeigen, dass sie von ihm nichts zu befürchten hatte. Ihr Atem flachte ab und er konnte zusehen, wie sich ihre großen Pupillen zu etwas breiteren Schlitzen zusammenzogen und ihre Augenlider wie von selbst leicht hinabsanken. Auf der Kopfseite seines Bettes ließ sie sich nieder. Um sie nicht durchgehend anzustarren, kramte er in seiner Umhängetasche herum und fand den silbernen, mit Saphiren bespickten Kamm, den er am Morgen von einem Schmuckstand hatte mitgehen lassen. Sie brauchte ihn dringender als er, also reichte er ihn ihr. Für einen kurzen Augenblick sah sie ihn schief an, stand dann auf und schritt zur Schale, die Callan früher an diesem Tag mit frischem Wasser aufgefüllt hatte. Dort löste sie das Tuch von ihrem Kopf, legte es gleich daneben auf die Tischfläche und tauchte beide Hände in das kühle Nass ein. Sofort sanken ihre Schultern hinab, als würde ihr schon das Gefühl des Wassers auf ihrer Haut dabei helfen, sich zu entspannen und ihre Verletzungen für kurze Zeit zu vergessen. Mit den tropfnassen Händen strich sie sich erneut durchs Haar und dieses Mal lösten sich die Knoten und Verwirrungen zwischen den einzelnen Strähnen wie von selbst, bis sie in langen Wellen über ihren Rücken fielen. Danach führte sie ihre zu einer kleinen Schale gekrümmten Hände an ihren Mund, doch Callan schoss wie vom Blitz getroffen auf sie zu und zog an ihrem Oberarm, sodass das Wasser in jede erdenkliche Himmelsrichtung spritzte. Sie fauchte und starrte ihn verständnislos an.

»Nicht!«, sagte er. »Damit habe ich mich doch schon gewaschen.«

»Ich bin aber durstig!«, kam es flüsternd aus ihrem Mund, womit sie Callan überraschte. Zuvor hatte er sie nur elfisch reden hören.

»Ähm …« Er räusperte sich und seine rechte Hand verschwand erneut in den Tiefen seiner Tasche. »Hier!« Er zog einen vollen Trinkschlauch hervor, gefüllt mit frischem Wasser.

Sie fuhr sich mit der Zunge über die spröden Lippen und schluckte mehrere Male trocken. Er streckte ihn ihr entgegen, doch ihre Augen zuckten nach wie vor zwischen seinem Gesicht und dem Trinkschlauch hin und her.

»*âre*«, sprach er, nicht sicher, ob er es korrekt ausgesprochen hatte, und musterte sie wachsam.

Zögerlich nahm sie das Gefäß an, löste den Deckel und trank den Inhalt, Schluck um Schluck. Schon seit etlichen Stunden schien sie kein Wasser mehr zu sich genommen zu haben, weswegen Callan es ihr nicht verübelte, dass sie den Trinkschlauch bis auf den letzten Tropfen leerte. Sobald sie ihn abgesetzt hatte, verzog sie kaum merklich den Mund. Callan konnte sich das Grinsen nicht verkneifen. Der Geschmack von gutem Wein ließ sich nicht auswaschen, egal, wie häufig man sein Trinkgefäß säuberte. Zerdrückt gab sie es zurück und legte den Kopf leicht schief, als sie seinen Gesichtsausdruck bemerkte.

»Ach, nichts!«, meinte er und winkte ab. »Es freut mich, zu sehen, dass es dir besser geht. Ich bin übrigens Callan.«

Sie runzelte die Stirn.

»Ich bin Callan«, wiederholte er geduldig, aber mit Nachdruck und legte die offene Hand auf die Brust. Von dieser Geste wusste er, dass sie durchaus von vielen Elfen genutzt wurde, um sich einer unbekannten Person vorzustellen. Diesmal blinzelte sie und tat es ihm nach.

»Mein Name ist Keylinn«, stellte sie sich mit einem strengen Akzent vor. Mit gerecktem Kinn schnupperte sie konzentriert. Sie senkte ihre Schultern und atmete schwer aus, als ob eine Last von ihr abfiel. »Du ... bist nicht von hier.« Mit festem Blick zeigte sie auf ihn, musterte ihn eindringlich, als würde sie damit jede Absicht erkennen, die in seinen Gedanken umherschwirrte.

»Nein, bin ich tatsächlich nicht.« Er schmunzelte kopfschüttelnd und streckte seinen Rücken. »Aber weißt du: Ich glaube nicht, dass du verstehen würdest, warum ich an einem Ort wie diesem gelandet bin.«

Wieder bildeten sich kleine Falten zwischen ihren dunkelsilbernen Augenbrauen. »Dann erkläre es mir. Ich verstehe nicht alles, aber mehr, als du glaubst.«

Die Strenge verschwand aus ihrem Gesicht und wich einem warmen Lächeln. Sofort fühlte auch er sich leichter.

»Iberyn hat mir auf meiner Reise die gemeine Zunge beigebracht, aber viele Rundohren in der Stadt benutzen diese Sprache nicht. Hat er dich geschickt, um mir zu helfen?«

Callan kratzte sich über die Wange, blinzelte dabei mehrere Male. »Bitte was?«

»Iberyn. Hat er dich geschickt?«, hakte sie nach. Bevor er hätte reagieren können, war sie aufgestanden und hatte sie sich ihres Sklavengewandes entledigt. Ihm zugewandt verharrte sie kurzzeitig vor ihm – nackt, wie sie diese Welt betreten hatte –, während ihre hellen Augen auf ihm ruhten.

Callans Blick streifte versehentlich ihre baren Brüste, aber es regte sich glücklicherweise nichts in ihm. Er verschränkte die Arme und schaute mehr aus Respekt vor ihr weg als aus Befangenheit.

»Ähm ... ja, gut. Wer ist Iberyn?« Ihm blieb die Spucke im Hals stecken, als sie nähertrat. Sie bediente sich am Wasser aus der Schale und begann, sich ohne Scham direkt vor ihm zu säubern. In solchen Momenten wünschte er sich, im Dunkeln genauso wenig wahrzunehmen wie andere, damit ihm so was erspart blieb. Elfen und ihre Schamlosigkeit.

»Ein Efyongesegneter. Ich reise zusammen mit ihm und einem Alchemisten.« Eine Pause folgte, die sich über drei Atemzüge hinweg in die Länge zog, aber in keiner weiteren Erklärung endete.

»Aha.« Callan fuhr mit der rechten Hand über seinen Hinterkopf, bis ihm ein Licht aufging. »Moment! Du bist nicht allein hier? Wie kommt's dann, dass du bei einem Sklavenhändler gelandet bist?« Er ritt nicht weiter darauf herum, erwartete auch keine Antwort, sondern fuhr sogleich fort. »Aber ja, umso besser! Wo sind deine Kumpanen?«

»Kumpanen?«

»Oh …« Er zeigte auf sie, ohne sie direkt anzuschauen. »Begleiter oder Freunde?«

Er hörte sie leise in sich hineinlachen. »Iberyn ist ein Freund, der Alchemist nicht.« Wieder eine Pause, in der er kurz einen Blick zu ihr hinüber wagte. Sie nickte. »*ky*, sie sind in der Stadt.«

»In der Stadt …« Callan seufzte schwer. Qurta'bar bestand aus sechs großen Vierteln, mitunter einem weitläufigen Hafen und einem unübersichtlichen Marktplatz. Ungenauer hätte sie sich also nicht ausdrücken können. Frustriert atmete er aus und biss sich auf die Zunge, um sich einen fiesen Kommentar zu verkneifen. Geduld war nicht seine Stärke und ihre vagen Antworten stellten ihn auf eine harte Probe.

»Und wo genau?«, bohrte er nach, nahm sich zusammen, um nicht allzu schroff zu klingen. Zu Callans Enttäuschung zuckte sie lediglich mit den Achseln. Trotzdem gab er nicht so schnell auf, trat in einem absichtlich großen Bogen an ihr vorbei und riss die Decke vom Bett. Er streckte sie ihr entgegen, damit er sich bei seinen Bemühungen, mehr herauszufinden, wenigstens konzentrieren konnte. Und wieder dieser verständnislose Blick, bevor sie ihn anlächelte und seiner unausgesprochenen Bitte nachkam.

Sie ließ sich auf der Kante seines Bettes nieder und trennte ihr Haar in drei gleichmäßige Strähnen auf, um sie in einem einzelnen Zopf zusammenzuflechten. Dabei rutschte ihr die Decke zurück auf den Schoß.

Er räusperte sich. »Könntest du ...?« Das fahle Licht des Nordmonds schien durchs Fenster herein und lenkte Callans Aufmerksamkeit direkt auf die dunklen Flecken an ihrer linken Flanke, die ihm zuvor nicht aufgefallen waren. »Tut es weh?«

Ihre Augenbrauen zogen sich zusammen und sie schüttelte den Kopf, während sie ihren Blick stur auf den Boden heftete. Ihm entging nicht, dass ihre Lippen leicht bebten, aber er kannte diesen Anblick gut genug, um nicht weiter Salz in die Wunde zu streuen. Er hielt den Mund, während er seine Ersatzkleidung, die er im Moment nicht brauchte, zusammensuchte. Aus dem Augenwinkel beobachtete er, wie sie ihr geflochtenes Haar über die linke Schulter legte und somit ein hervorstechendes Brandmal am Ansatz ihrer rechten Nackenseite offenbarte. Zwei Initialen – ein X und ein C – so ineinander verschlungen, dass sie zu einem Zeichen verschmolzen. Es war frisch, kaum drei Tage alt, aber es schien sich dennoch entzündet zu haben. Instinktiv trat er auf sie zu, um das genauer in Augenschein zu nehmen. Langsam, um sie nicht zu verschrecken.

Er stand keine drei Schritte mehr von ihr entfernt, da drehte sie sich ruckartig mit einem Dolch – seinem Dolch

– in ihrer Rechten zu ihm um und fauchte mit gebleckten Zähnen. »Komm nicht näher!«

»In Ordnung. Aber deine Wunden sollte unbedingt jemand versorgen«, meinte er mit einem unsicheren Lächeln.

»*îje!* Es geht schon.«

»Wie du meinst«, erwiderte er. Im Auge behalten würde er ihre Verletzungen trotzdem, um sich gegebenenfalls darum zu kümmern. Obwohl er bis zur anderen Seite des Zimmers zurückwich, ließ sie die Klinge nicht sinken. »Warum soll ich einem Rundohr vertrauen, der einen Dolch unter seinem Kopfkissen versteckt?«

»Guter Punkt«, gestand sich Callan selbst ein und zuckte mit den Schultern. »Vielleicht solltest du das nicht, aber ich habe keinen Grund, dir etwas anzutun. Ich meine, ich habe dir geholfen. Du hast nicht gerade ausgesehen, als hättest du alles im Griff.«

»Glaubst du?« Sie reckte ihr Kinn und zog eine Augenbraue hoch. Callan ignorierte diese Reaktion, genauso wie ihre Frage, warf stattdessen die Kleidung aufs Bett, damit er nicht näher an sie herantreten musste.

»Zieh dir etwas an! Danach kannst du dich auch für einen Moment hinlegen. Nur wenn du willst, natürlich«, schlug er vorsichtig vor. »Ich zwinge dich zu nichts.«

Endlich entspannte sich ihr Waffenarm, doch sie hielt die Klinge mit der stumpfen Seite gegen ihren Unterarm, um weiterhin kampfbereit zu bleiben. Bei den Kleidern war sie nicht wählerisch, obwohl Callan bemerkte, dass sie ihre Nase rümpfte.

Komm schon! So sehr stinke ich doch nicht! Er zog am Hemd, schnupperte daran, aber da war nichts. Er roch wie immer. Er nahm an, dass es am Duft der Stadt lag, der seit der ersten Nacht in Qurta'bar wie eine Duftmarke an ihm klebte. Schwer, süßlich und warm – wie ein altes, abgestandenes Parfüm.

Die Kleider passten ihr nicht und waren deutlich zu breit, aber Callan beobachtete die Elfe fasziniert dabei, wie sie dieses Problem mit dem schwarzen Tuch löste, welches sie ganz unten in seinem Kleiderhaufen gefunden hatte. Sie faltete es in der Mitte, wickelte es sich zweimal um die Taille, um die beiden Enden auf einer Seite zusammenzubinden und stilvoll herunterhängen zu lassen. Callan begriff nicht, weshalb die Einwohner dieser Stadt ein solches Wesen als sittenlos und wild bezeichneten. In der Art, wie sie sich anzog, war nichts dergleichen zu erkennen.

Ihr Kopf drehte sich unvermittelt zu ihm – ausnahmsweise einmal weder fauchend noch Zähne zeigend. Was in ihr vorging, ja, das war ihm ein Rätsel.

Verdutzt runzelte Callan die Stirn. »Was ist los?«

»Nichts.« Mit einem leisen Knurren widmete sie sich weiter der Kleidung.

Ja gut, unberechenbar und wild vielleicht, aber niemals würdig, wie eine niedere Bestie behandelt zu werden.

Der Dieb wandte sich von ihr ab, behielt sie dennoch im Blickfeld, falls sie sich dazu entschloss, etwas Unüberlegtes zu tun. Er hätte es ihr sogar zugetraut, dass sie ihn angriff, sobald er seine Deckung fallen ließ. Nicht aus Böswilligkeit, sondern aus Misstrauen seiner Art gegenüber.

Obwohl er sich noch immer um ihre Verletzungen sorgte, beließ er es fürs Erste dabei und gönnte ihr einen Moment der Ruhe. Zumindest sie sollte sich ausruhen. Callan fand ohnehin keinen Frieden, bevor er nicht den Aufenthaltsort jener in Erfahrung gebracht hatte, deretwegen er die

Reise zur Hauptstadt der Elfenbucht überhaupt auf sich genommen hatte. Wenn die Gerüchte stimmten und sie in den Gassen ihr Unwesen trieben, war er ihnen näher als jemals zuvor. Dieser durchtriebenen Diebesbande – und somit auch den Mördern seines Vaters.

KEYLINN

12. Stunde Zùs, 5. Efyon 740, ZF, 3Z

Seltsam, dieser Mensch, dachte sich Keylinn, während sie ihre Ohren unter das Tuch so gelb wie Löwenzahn strich. Mit Mühe und Not hatte sie ihre Haare und selbst ihr Horn so weit eingewickelt, dass niemand sie auf den ersten Blick sah. Ihre Augen und ihre mondblasse Haut aber blieben für jeden sichtbar. Und jeder, der genauer hinschaute, würde sie als das erkennen, was sie war. Mittlerweile erschien es ihr unmöglich, die Bewohner der Stadt, ganz besonders die Stadtwachen, zu täuschen. Sie hatte es sich so viel einfacher vorgestellt und die Rundohren unterschätzt. Körperlich, geistig, in allen Aspekten. Aber sie hatten sie eines Besseren belehrt. Sie spürte es noch deutlich, das Pochen an ihrem Hals. Der Erinnerung an den Schmerz trieb ihr die Tränen in die Augenwinkel, doch sie blinzelte sie weg. Die Narbe und die Erinnerung blieben zurück, aber die Erfahrung würde sie weiterbringen.

Ihre Gedanken schweiften ab, fort von ihrem eigenen Empfinden zu jemandem, der ihr seit Kindestagen bei-

99

stand. Zu einem Freund, anders als ihresgleichen. Kein Wesen, das Lieder sang, Kunstwerke auf Papier oder aus Material schuf. Nichts dergleichen. Doch als Bestie hätte sie ihren Freund niemals bezeichnet. Sengmi, wie er sich selbst immer nannte, war ein Kirin, ein sanftmütiges Wesen mit einem edlen Geweih, dem Kopf eines Drachen und einer Mähne, die mit jener einer Sphinx ohne Probleme mithielt. Mit seinen Hufen stolzierte Sengmi stets so leise durch das Unterholz, selbst über trockenes Laub, dass kaum jemand ihn hörte.

Keylinn griff sich an die Brust, als das beklemmende Gefühl in ihrem Inneren sie zu überwältigen drohte. Es fiel ihr schwer, frei zu atmen oder überhaupt einen klaren Gedanken zu fassen. Sie wollte sich nicht ausmalen, was ihm alles widerfahren war. Nein, das verbot sie sich.

Sie hoffte, dass er lebte, dass er wohlauf war. Aber mit jedem Tag und jeder Stunde, die Keylinn vergeudete, sank die Chance, ihn wiederzufinden. Sei es lebend und gefangen in den Händen der Rundohren. Sie zweifelte daran, dass er einen weiteren Zwillingsmond überlebte. Wieder kamen Tränen hoch, doch sie schluckte sie herunter. Dafür war Zeit, sobald sie Sengmi gefunden hatte. Lieber vergoss sie später Tränen der Freude als welche aus einem anderen, wenig erfreulichen Grund.

Sie drehte sich zu Callan um. Er hatte sie gerettet, obwohl sie sich kaum dankbar gezeigt hatte. Wenn sie das nachholte, dann ...

Keylinn zauderte mit dem Gedanken, ihm allzu sehr zu vertrauen. Andererseits fehlte der Truppe bestehend aus Iberyn, dem Alchemisten und ihr jemand mit Callans Fähigkeiten. Vielleicht war er derjenige, der sie zu Sengmi führen konnte.

»Callan …« Sie richtete ihren Blick zum Fenster und beobachtete die achtlos umherlaufenden Rundohren, die lärmend über die Straße eilten. Sie spürte, wie er sofort aufhorchte und sie mit aufmerksamen Augen betrachtete.

»Huh?«

Ihr Plan, ihn zu fragen, wurde jäh durchkreuzt, als sie die Männer des Glatzköpfigen, mit dem Söldner an der Spitze, in der Gasse erblickte. Sie führten einen angeleinten Hund mit sich. Keylinn schluckte schwer. »Wir haben ein Problem.«

Ehe Callan aus dem Fenster schaute, hörte sie das Klopfen an der Eingangstür der Herberge im unteren Stock.

»Hä?«, gab er von sich.

Wie kann er in einem solchen Moment nur so begriffsstutzig sein?

»Sie haben uns gefunden«, zischte sie und sprang aufs Bett. Er hingegen erwachte erst jetzt aus seiner kurzzeitigen Verwirrung, aber anstatt ihr direkt nachzukommen und aus dem Fenster zu klettern, stopfte er sich einige Gegenstände, die er allesamt unter dem Bett gelagert hatte, in seine Umhängetasche. Goldene Halsketten, den Kamm, den er ihr hingehalten und den sie dann doch nicht benutzt hatte, Broschen, kleine Seidentücher.

Woher hat er all diese Dinge? Sie starrte ihn mit offenem Mund an, packte ihn dann am Ärmel und zupfte daran. »Komm, Callan! Wir haben keine Zeit!«

»Ja, ich komm ja schon!«, erwiderte er hektisch, drückte ein weiteres kleines Kistchen in seine ohnehin überfüllte Tasche und zeigte dann endlich die Einsicht, sich nach draußen zu bequemen. Keylinn wartete nicht länger, wusste sie doch, dass die Männer des Händlers bereits über die Treppen nach oben stiegen. Das Bellen des Hundes verriet ihr, wie nahe sie waren. Zu nah für ihren Geschmack. Sie war kaum mit den Eigenarten der Menschen vertraut, aber mit dem Prinzip der Jagd kannte sie sich zu Genüge aus.

Sie kletterte hinaus, die sandige Wand entlang hinauf aufs Dach, benutzte dabei hervorstehende Steine, die in die Mauer eingearbeitet worden waren.

Lange ließ Callan nicht auf sich warten. Als sie sich sicher war, dass er ihr folgte, nahm sie mit wenigen Schritten Anlauf und sprang auf das nächstgelegene Dach, fühlte dabei, wie der trockene Sand beim Absprung an ihren nackten Fußsohlen kratzte.

Sie wagte einen kurzen Blick über ihre linke Schulter und sah, wie Callan zu ihr aufholte. Mit einem Nicken setzte sie zu einem weiteren Sprung an, sprang ... und hörte plötzlich einen grellen Ton, der in ihrem Kopf dröhnte. Schmerz zog sich vom Kiefer bis zu ihren Schläfen, vertrieb alles andere – Gedanken, Konzentration, Selbstbeherrschung, alles – und nahm sie ein wie ein Parasit. Ihre Glieder verkrampften sich, sodass sie kaum mehr in der Lage war, eine kontrollierte Bewegung auszuführen. Noch in der Luft verlor sie das Gleichgewicht und flog einer Wand aus robustem Sandgestein entgegen.

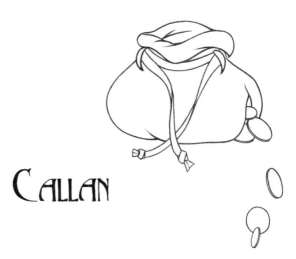

CALLAN

Callan, vollkommen überrascht, dass die Silberelfe ins Straucheln geraten war und den Halt verloren hatte, sprang ihr nach und versuchte, sie aufzufangen. Mit rudernden Beinen und Armen flog er durch die Luft. Es war nicht so, dass er dies zum ersten Mal tat, aber ohne jeglichen Anlauf gestaltete es sich reichlich schwierig, einen eleganten Sprung hinzulegen. Er fluchte vor sich hin, streckte seine Hand nach ihr aus, bekam aber nichts weiter als dünne Strähnen ihres Haars zu fassen. Ungebremst krachte sie gegen die Hauswand, doch er landete – im Gegensatz zu ihr – sicher auf einer Kante, einem Sims, der um eine Fußlänge aus der Wand herausstand, und umgriff im gleichen Atemzug Keylinns Brustkorb. Einen Fall aus dieser Höhe hätte selbst eine Silberelfe wie sie nicht so leicht weggesteckt. Ein gebrochener Knöchel oder eine Gehirnerschütterung hätten ihre Flucht noch verkompliziert. Der Aufprall hatte schon genug Schaden angerichtet.

Benommen, wie sie war, schlang er ihren rechten Arm um seine Schultern und zog sie langsam zum nächsten offenen Fenster. Er linste um die Ecke, vermied es, sich zu weit nach vorn zu lehnen und sich dem Kerzenschein auszusetzen. Durchschimmernde Vorhänge unterteilten den Raum in kleinere Segmente, doch in keiner auszumachenden Regelmäßigkeit. Die Kerzen standen in mundgeblasenen Vasen. Diese bewahrten die Schleier, die im Durchzug leicht wehten, vor Schaden. Süßlicher Rauch drang ihm in Nase und Mund, sodass er ihn sogar auf der Zunge schmeckte. Er zweifelte daran, dass hier nur harmlose Kräuter und Blumen geräuchert wurden.

Überall lagen Kissen in denselben rötlichen Farben wie die hängenden Stoffe herum. Auf ihnen teils sich rekelnde, teils miteinander flüsternde, junge Frauen und Männer. Sie verhielten sich alle ruhig, vereinzelt vielleicht zu entspannt. Er schrieb es dem schweren Rauch zu, der sie zweifelsohne gefügig machte, doch zu welchem Zweck?

Callan schüttelte den Nebel ab. Fürs Erste sah der Dieb niemanden, der sie hätte angreifen können – keinen Sklavenhändler, keine Haudegen, keine Wachen. Ohne einen zweiten Gedanken daran zu verschwenden, kletterte Callan hinein, half Keylinn bei jedem Schritt, nicht, dass sie versehentlich nochmals stolperte und sich neben der Platzwunde an ihrer Schläfe eine weitere Wunde zuzog.

Einige leichte Mädchen schreckten auf, versteckten sich hinter den Vorhängen, während andere mit dem Blick in seine Richtung kicherten und miteinander tuschelten. Callan ignorierte sie, stützte Keylinn, die sich zähneknirschend den Kopf hielt.

»Geht es?«, fragte er sie, doch seine Frage erübrigte sich, als sie aufstöhnte und sich beide Hände auf die Ohren presste.

Sie brach ihm in den Armen zusammen und jetzt erst bemerkte er, wie Blut aus ihren Ohren trat.

»Auf...hören«, flehte sie. Ihre Knie knickten ein. Mit ihrem vollen Gewicht zerrte sie ihn nach unten, aber er ließ sie nicht fallen. Sie wimmerte leise, völlig außer sich.

»Halte durch! Wir schaffen das! Einmal haben wir sie bereits abgehängt und beim zweiten Mal wird es noch einfacher. Glaub mir! Ich kenne mich damit aus«, redete er auf sie ein, obwohl er daran zweifelte, dass sie überhaupt imstande war, ihm zuzuhören.

Ein weiterer Schrei durchschnitt die zähe Luft. Callan sah auf und bemerkte, wie sich eine andere junge Elfe, von derselben Art wie Keylinn, die Ohren zuhielt. Im Nullkommanichts war sie umringt von mindestens einem Dutzend Mädchen, die sich offenbar um ihr Wohl sorgten. Der Drang, auch dieser Elfe zu helfen, trieb ihn schier in den Wahnsinn, aber er konnte es nicht. Er durfte dem nicht nachgeben, ansonsten hätte er Keylinns Flucht gefährdet und im schlimmsten Fall die andere Silberelfe dabei auch noch in Gefahr gebracht. Lieber eine vor ihrem aufgezwungenen Schicksal retten, als beide zu verlieren.

»Steh auf, Keylinn! Du musst durchhalten!« Er hielt ihre Oberarme fest umfasst und bot ihr den Halt, den sie brauchte, um von selbst wieder auf die Beine zu kommen. Sie zitterte, taumelte, riss sich aber so weit zusammen, dass sie eigenständig stand und mehr oder weniger bei Bewusstsein über die Kissen stolperte. Er sog die Luft scharf ein, als sich die Spitzen ihrer Fingernägel durch die Ärmel in seine Haut bohrten. Unbeirrt davon führte er sie weiter voran. Keiner stellte sich ihnen in den Weg; vielmehr kümmerten sie sich mehrheitlich um ihre Leidensgenossin und versuchten herauszufinden, was ihr fehlte. Callan blieb keine Zeit, die Ursache für die Schmerzen der Silberelfen zu erfragen. Später boten sich dafür bestimmt bessere Gelegenheiten. Erst mal zog er es vor, möglichst unverletzt und in einem Stück zu einem Versteck zu gelangen, wo sie sich länger als eine lausige Stunde in Sicherheit wiegen konnten.

Askir

Aus einer Ecke, hinter einem Schleier
versteckt – weitab des Blickfeldes
der Eindringlinge –, beobachtete Askir
das Spektakel voll Tragik und Trubel. Er
ignorierte das Getuschel der Freudenmädchen,
vermied es, sich an ihrem oberflächlichen
Geschwätz zu beteiligen. Es war so offensichtlich,
dass dieses Ereignis ihren Tag versüßte und sie sich
über längere Zeit darüber den Mund zerreißen würden.
Doch auch er hatte so etwas nie zuvor gesehen: eine
verletzte Silberelfe und ein in feine Kleidung ge-
hüllter Mann, der ihr half, auf den Beinen zu bleiben.
Eigenartig, dachte er, während er sich weiterhin im Hintergrund hielt. Der junge Herr erweckte nicht den Anschein, ein Sklavenhändler zu sein; obwohl die Silberelfe
ein frisches Brandmal am Nacken trug.

Eine gewisse Stelle an der rechten Seite seines Halses
kribbelte, aber er widerstand dem Drang, sie zu berühren.
Er hätte dort nichts weiter erfühlt als eine verheilte Sig-
natur, die ihn ebenfalls als Besitz einer anderen Person

kennzeichnete. Ein mit einem B zusammenverschnörkeltes E hob sich von seiner blassen Haut ab und erinnerte ihn jeden Tag daran, dass Ehsan Baitani, einer der renommiertesten Sklavenhändler ganz Côr'hjrs, ihn persönlich mit diesem Brandmal versehen hatte. Lang war es her – vierzehn Jahre oder gar mehr, aber er konnte sich vorstellen, wie gedemütigt sich die Silberelfe durch diese Brandmarkung fühlen musste.

Er zog die Augenbrauen zusammen, während sich sein Kiefer anspannte. Ach, wie gerne er eingegriffen und ihr geholfen hätte, um ihr die Schmerzen, die sich deutlich auf ihrem Gesicht abzeichneten, erträglicher zu machen. Aber was nützte es, wenn er sich einmischte? Der Mann, der sie begleitete, schien zu wissen, was er tat. Die Entschlossenheit in den Augen des Fremden sprach Bände. Als fürchtete er weder Strafe noch Tod.

Askir erhob sich aus seinem Schneidersitz und band sich das blonde Haar zu einem Pferdeschwanz zusammen. Alles in sehr hastigen und doch kontrollierten Bewegungen, um rasch zu Linoriel zu gelangen. Vorsichtig bahnte er sich einen Weg zwischen den anderen leichten Mädchen und den beiden Liebesdienern hindurch, schob die älteste von ihnen – eine klassische Schönheit mit langen, schwarzen Haaren und einer Figur einer Sanduhr gleich – zur Seite.

»Hey, Askir! Was soll das?«, beschwerte sie sich, aber er blendete es aus.

Seine Leidensgenossin, die sich so sehr auf dem Boden krümmte, als schlüge ihr Meister mit einem Dreschflegel auf sie ein, hatte Vorrang. Er hatte sie erst vor ein paar Monaten kennengelernt, und doch schon eine Art Beschützerinstinkt entwickelt. Er hatte es sich zur Aufgabe gemacht, sich um sie zu kümmern – soweit es dieses Umfeld ihm ermöglichte.

Er kniete sich neben sie, nahm sie in seine Arme. Sie zitterte heftig, weinte, als könnte selbst seine Umarmung sie nicht trösten, und hielt sich indes die Ohren zu. Er hörte zwar nicht, was sie vernahm, aber hatte den größten Teil seines Lebens in Qurta'bar verbracht und erkannte, wenn Côrs Vollstrecker eine Elfenflöte benutzten, um entflohene Elfen wieder einzufangen. Es passierte höchst selten. Denn sie flohen nicht, sobald sie gebrochen waren. Wenn es aber geschah, glich die Stadt einer einzigen Folterkammer. Schreie und Schluchzer der Sklaven und die scheltenden Rufe ihrer Besitzer trieben durch die Gassen, verwandelten sie in eine teils trostlose, teils angespannte Welt, in welche er es hasste, einzutauchen. Nicht, dass Qurta'bar nicht ohnehin beides permanent in sich barg – nicht ohne Grund war diese Stadt der beliebteste Ort für Sklavenhändler. Sie verschlang jeden, der nicht darauf achtgab, seine Fassade aufrechtzuerhalten und sich niemals eine Blöße zu geben. Aber Elfen kannten dieses Intrigenspiel nicht und verstanden nur selten, worum es sich dabei genau handelte. Das war mitunter einer der Gründe, warum sie meist innerhalb weniger Monate zugrunde gingen. Gerüchten zufolge lebte in Qurta'bar kaum eine Elfe länger als fünf Jahre, aber diese Zahl überraschte Askir keineswegs. Selbst er als gewöhnlicher Mensch kämpfte jeden Tag aufs Neue damit, seine Maske nicht zu verlieren. Jene, die er sich über die Jahre hinweg Schicht für Schicht aufgetragen hatte. Seit Kindesalter zählte er zum Besitztum seines Meisters, hatte erst als Küchenjunge,

Laufbursche und Haushaltshilfe gedient und nebenbei allgemeinbildenden Unterricht genossen, der ihm von einem Privatlehrer nahegebracht worden war. Als Kind hatte er sich nichts dabei gedacht und das Wissen über Götter, die Weltgeschichte, Etikette und allerlei andere Themen aufgesogen wie ein Schwamm. Bis zu jenem Zeitpunkt vor bald sechs Zwillingsmonden, als sein Meister ihn dazu gezwungen hatte, sich dem Liebesgeschäft anzunehmen.

Seither gehörte er zu den privilegierteren Huren der Stadt. Die Kunden rissen sich um ihn, waren bereit, mehr für ihn zu zahlen, als sie es bei anderen Liebesdienern und Freudenmädchen taten. Er galt als exquisite, belesene Ware aus dem fernen Land Kèl, vom nördlichen Kontinent Feyremor. Dementsprechend exotisch erschien er den Leuten, die nach ihm verlangten, mit seiner hellen Haut, seinem blonden, gekrausten Haar, seinen tiefblauen Augen. Seine stattliche Größe und Statur gehörten zu den weiteren Vorzügen, die zusätzliche Freier und Verehrerinnen anlockten.

Frauen wie Männer wollten sich verabreden, sich von ihm verführen lassen und mehr. Und ihnen war es erlaubt, auch sonst alles Mögliche mit ihm anzustellen, wenn der Preis stimmte und sich die Wünsche im vernünftigen Rahmen hielten. Grausame Folter blieb ihm dank seines Meisters erspart, aber Askir wusste, dass dieser nur darauf bedacht war, seine Ware unbeschädigt zu wissen, um keine Einbußen zu erzielen. Narben, die ihn verunstaltet hätten, waren schlecht fürs Geschäft.

Dies bedeutete nicht, dass er keine besaß. Meister Baitani ließ zwar stets Vorsicht walten, wenn er ihn bestrafte, aber so manches Mal war der Zorn mit ihm durchgegangen und hatte ihn dazu gebracht, Askir kräftiger als beabsichtigt zu züchtigen. Mit der Folge, dass ein Arzt das ein und das andere Mal die Wunden hatte behandeln müssen. Die Haut an der Innenseite seiner beiden Handgelenke juckte. Rasch huschte sein Blick zu den ledernen Armschienen, doch sie waren nicht verrutscht und auch die hellgegerbten Bänder, welche sie an seinen Unterarmen festhielten, hatten sich nicht gelöst. Gut. Seine Maske durfte nicht bröckeln, zu keinem Zeitpunkt.

Keine Schwäche zeigen. Die Scharade niemals lüften, bläute er sich gedanklich ein, wie ein Mantra, das sich stets wiederholte.

Erleichtert atmete er aus, strich Linoriel im selben Augenblick über den Scheitel.

»Askir«, flüsterte sie mit gebrochener Stimme. »Ich hab' Angst.«

»Ich weiß, aber dir wird nichts geschehen. Das versichere ich dir.«

Ihr Atem ebbte beim Klang seiner tiefen Stimme weiter ab, als hätte er sie damit hypnotisiert. Ihre Schluchzer verstummten und stattdessen schmiegte die Silberelfe ihren Kopf noch näher an seine Brust. Schmale Finger spielten mit seinem kurz gestutzten Vollbart, kratzten immer wieder über sein Kinn. Er spürte ihre Wärme und ihr süßlicher Blumenduft kribbelte ihm in der Nase, aber seine Aufmerksamkeit schweifte von ihr ab. Er blickte hoch, über ihren Kopf hinweg. Als der junge Herr und die Silberelfe durch den schweren Vorhang nach draußen traten, schaute Askir ihnen hinterher, seufzend.

Evra, bei all der Gnade, die Ihr in Euch tragt, helft diesen beiden, auf dass Ihr sie sicher aus der Stadt geleitet und ihnen die Flucht glückt.

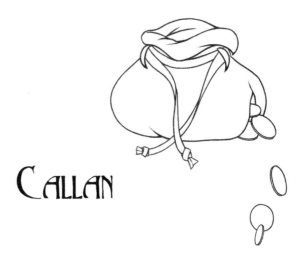

CALLAN

Wir müssen weg von hier!«, zischte Keylinn wie von Sinnen und zerrte an ihm.

Callan biss die Zähne zusammen, als ihre Fingernägel weiter in sein Fleisch schnitten. Er hatte sich diese ganze Flucht deutlich einfacher vorgestellt. Nach seinen Plänen wäre alles glatt verlaufen. Kein Aufsehen, keine Verletzten und in aller Heimlichkeit. Aber die Elfe verpasste ihm einen fetten Strich durch die Rechnung. Ihr Fauchen zog nur weiter unangenehme Aufmerksamkeit auf sie, und wenn er nicht aufpasste, dann ...

Keine zehn Schritte vor ihm stand ein Wachsoldat mit der Hand an seinem Schwertgriff und schaute ihn mit weit aufgerissenen Augen an. Er versperrte ihnen den Weg zum Übergang, einer kleinen Brücke, geschmückt mit Blumen, Gestrüpp und allerlei Firlefanz, welcher über dem metallenen Geländer hing.

Beide – Callan sowie der Wachsoldat – blieben wie angewurzelt stehen und lieferten sich einen Starrwettstreit. Keiner wandte den Blick ab, keiner wagte es, zu blinzeln. Nur Keylinn gab ein weiteres Fauchen von sich. Doch genau dieser Laut riss sein Gegenüber aus der Starre, sodass er den Säbel aus der Schwertscheide zog und ihn gegen ihn und seine Begleiterin erhob. »Stehen bleiben!«

Unbeeindruckt runzelte Callan die Stirn. »Klappt das jemals?«

Die Wache antwortete nicht, sah nur verdutzt drein, ehe er einen Schritt auf ihn zutrat. Sieben Schritte Distanz und eine zaudernde Wache gaben Callan genug Zeit, um sich nach allen erdenklichen Auswegen umzusehen. Der Weg zurück kam nicht infrage. Zu viele Leute in einem Raum und Huren waren nicht gerade für ihre Verschwiegenheit bekannt – ganz besonders nicht, wenn für Informationen Geld floss. Es reichte, dass er einmal sein Gesicht gezeigt hatte, und so konnte er nur hoffen, dass ihn möglichst keiner genau angeschaut oder gar beachtet hatte.

Unter all dem Stimmengewirr, das von der Straße nach oben drang, hörte er rollende Räder. Callan reckte seinen Kopf, bemerkte den Stoffkarren, der die Gasse unter ihnen ordentlich ausfüllte und in wenigen Momenten unterhalb der Brücke durchfahren würde. Ein Grinsen stahl sich auf seinen Mund, ehe er sprang und Keylinn mit sich zog. Sie hingegen – unvorbereitet, wie sie war – versuchte, sich von seinem Griff an ihrem linken Oberarm zu befreien und von ihm abzustoßen. Doch er hielt sie fest, auch wenn es bedeutete, dass sie ihm quer über die Brust kratzte. Im Fall drehte sie sich, schaute dadurch mit dem Gesicht nach unten, und gab einen spitzen Schrei von sich.

Wie geplant landeten die beiden weich auf dem Haufen aus teuren Stoffen – Seide, Samt, Wolle, alles, was das Herz erfolgreicher Geschäftsleute, Tuchhändler oder Diebe begehrte. Callan nahm sich zwei Seidentücher, die klein genug waren, um sie sich um die Taille zu binden. Um sie in seine Tasche zu stopfen, bot diese gerade nicht genug Platz.

Keylinn schien nicht begeistert darüber, dass er sie vom Dach gestoßen hatte, so weit, wie sie ihre Augen aufgerissen hatte. Sie hatte ihre Finger tief in den Stoffen unter sich vergraben und schaute sich mit gehetztem Blick wie dem einer Katze, die gerade durch eine Gasse gejagt war, um.

Callan lachte auf und klopfte ihr auf die Schulter. »Was denn? Springst du etwa nie von Dächern oder habe ich dich damit überrascht?«

Keine Antwort, aber das steife Kopfschütteln genügte ihm, um zu wissen, dass er mit letzterer Aussage den Nagel auf den Kopf getroffen hatte.

»Hey!«, rief der Stoffhändler aus, der den Karren zum Stillstand gebracht und sich zu ihnen umgedreht hatte.

Keylinn fauchte ihn an, ehe sie die Stoffe weiter durchwühlte, um sich über den Rand des Wagens auf die Straße zu schwingen. Sie erweckte den Eindruck, als hätte sie sich von dem erholt, was ihr zuvor derart heftig zugesetzt hatte. Doch es blieb ihm keine Gelegenheit, über die Gründe nachzudenken. Noch nicht.

Ein seidenes Stofftuch hing an ihrem Fuß fest, als Callan ihr nachrannte. Mittlerweile gab sie sich keine Mühe mehr, den Menschen und anderen Kreaturen auszuweichen, rempelte sie an, sprang über sie hinweg, alles, um so aus dem Visier der Wachen zu gelangen. Äpfel rollten durch die Gegend, Kindergeheul folgte auf die Ausrufe von verärgerten Stadtbewohnern, doch was Callan wirklich Sorgen bereitete, war die Unberechenbarkeit der Silberelfe. Er kannte sie nicht. Oder nicht lange genug, um sie richtig einzuschätzen.

Unvermittelt änderte sie die Richtung, weg von der Hauptstraße, und kletterte über Fässer, Kisten und Leitern zurück nach oben. Ein Flechtkorb kippte um und Orangen rollten ihm entgegen, aber er wich jeder einzelnen leicht-füßig aus. Er ließ sich nicht so leicht abschütteln, schon gar nicht, wenn er sich etwas in den Kopf gesetzt hatte. Keylinn sah es vielleicht noch nicht ein, aber sie brauchte seine Hilfe. Dringend!

Mit mehr Schwung als nötig stieß sie sich von einer Ba-lustrade ab, um aufs Dach zu gelangen, sodass Callan Staub entgegenrieselte. Er blinzelte heftig, drehte den Kopf weg, aber es nützte alles nichts. Halb blind zog er sich hoch, wischte sich mit dem Ärmel den Sand aus den Augen.

»Ärgerlich!«, knurrte er vor sich hin und sah gerade noch, wie sie Anlauf nahm und über die Gasse zur nächs-ten Mauer sprang, geradewegs über die Grenze zu einem anderen Stadtviertel. Augenblicklich änderte sich die Bauart der Dächer und auch die Menge an teurer Deko-ration, welche die Fenster und Balustraden im *Goldenen Viertel* schmückte, nahm deutlich ab. Er hätte die Bauten in diesem Viertel niemals als billig bezeichnet, aber sie kamen mehr an gewöhnliche Gebäude heran, die teils fast schon bescheiden wirkten.

Trotz Keylinns rasanten Tempos geriet Callan nicht ins Straucheln und auch vom Sand in seinem Gesicht ließ er sich nicht aus der Fassung bringen. Er blieb weiter an ihre Fersen geheftet, trat dorthin, wo sie hingetreten war, und ließ sich nicht durch ihre ruckartigen Richtungswechsel abwimmeln. Selbst die Dunkelheit bereitete ihm kaum

Probleme. Seit jeher sah er im Dunklen besser als seine Mitmenschen. Seine Welt jedoch bestand aus den unterschiedlichsten Grautönen, sodass er sich das Konzept von Farben nur entfernt vorstellen konnte. Als Einschränkung hätte er es allerdings nicht bezeichnet, sondern wohl eher als Herausforderung, die es zu meistern galt, und bisher hatte er sich stets gut geschlagen.

Bevor er es mit seinen Augen wahrnahm, wusste er längst, wo seine Füße hintraten und wo er sich mit den Händen abstützen konnte. Er flog über die Dächer hinweg, spürte den schwülen Nachtwind auf seiner Stirn. Callan wäre bald in einen regelmäßigen Trott gefallen – Anlauf, Sprung, Lauf –, wenn sich die Silberelfe nicht abrupt von einem Dach hätte fallen lassen. In seiner Verblüffung gefangen verlangsamte Callan seinen Gang und schritt blinzelnd an den Rand, um hinabzuschauen.

Wie eine Katze war sie auf allen vieren gelandet und erhob sich bedacht, als wollte sie sichergehen, dass sie sich nicht verletzt hatte. Callan schüttelte ungläubig den Kopf.

»Die hat sie doch nicht mehr alle!«, murmelte er. Sie begegnete seinem Blick mit einem zufriedenen Grinsen und reckte ihm keck das Kinn entgegen, geradeso, als forderte sie ihn damit heraus, sich ebenso halsbrecherisch wie sie vom Dach zu stürzen.

Er zeigte ihr den Vogel, nicht ohne, dass sich seine Mundwinkel ebenfalls leicht nach oben zogen. Verständnislos starrte sie ihn an, schien nicht zu begreifen, was Callans Geste bedeutete, doch sie ließ sich davon nicht lange aufhalten. Ihre Aufmerksamkeit schweifte ab, fokussierte sich auf die Gasse. Selbst von Weitem sah er, wie ihre Ohren kurz zuckten, ehe sie wie von einer Biene gestochen losrannte. Sie stob davon, als hätte jemand versucht, ihr einen Pfeil in den Arsch zu jagen.

»Was zur Geierharpyie? Hey, warte!«, rief er ihr hinterher. Keylinn reagierte nicht darauf. Vor sich hin fluchend blickte Callan über den Rand des Daches nach unten und hielt Ausschau nach Fensterbrettern oder aufgespannten Stoffblachen, irgendetwas, um einen Sturz abzufedern.

»Scheiß drauf!« Ohne lange zu fackeln, trat er ins Leere und fiel. Nicht so wie zuvor die Silberelfe. Vielmehr drehte er sich in einer halben Achse und erwischte mit den Fingern nur knapp die Dachkante. Der Stein unter seinen Händen bröckelte leicht, aber Callan war viel zu sehr damit beschäftigt, an einer bröselnden Wand Halt zu finden, wo es kaum welchen gab. Schweiß rann ihm über die Stirn, während er der Silberelfe nachsah. Sobald er der Kraft in seinen Armen genug vertraute, das Gleichgewicht zu halten, ließ er los.

Der Wind pfiff ihm um die Ohren, als er lautlos an der Wand entlang hinabschlitterte. Sand rieselte zwischen seinen Fingern hindurch, blieb an seinen feuchten Handflächen haften. Normalerweise war er es gewohnt, gehetzt von Dächern zu springen, um den Wachen zu entkommen, aber genau das war der Punkt. Es ging hier nicht um ihn. Er floh vor niemandem, sondern versuchte, jemanden zu verfolgen, der ohne ihn aufgeschmissen war. Das unterschied sich von seinen üblichen Diebeszügen und genau das war es, was ihn ins Schwitzen brachte.

»Diese Elfe ... die bringt mich noch um den Verstand«, fluchte er leise vor sich hin, ehe er mit einem Satz fest auf beiden Füßen landete. Er hatte sie aus den Augen verloren, innerhalb eines verdammten Augenblicks. »Unmöglich!«

Er legte den Sprint seines Lebens hin, bog derart rasant um die Ecke, dass er mit ganzer Kraft dagegenhalten musste, um nicht gegen die gegenüberliegende Hausmauer zu rutschen. Seine Eile zahlte sich aus, denn er holte so weit zu ihr auf, dass er einen kurzen Blick auf sie erhaschte, bevor sie hinter der nächsten Ecke verschwand. Dankbar über die beinah leeren Straßen folgte er ihr weiter – ausnahmsweise geradewegs eine schmale Ladengasse entlang. Keylinn befand sich knapp zwei Dutzend Schritte vor ihm, als sich auf der rechten Seite unter einem mit Unkraut überwucherten Balkon eine Tür öffnete, durch welche die Elfe, ohne zu zögern, eintrat.

Was? Sie ist definitiv lebensmüde!

»Warte, Keylinn!«, rief Callan ihr hinterher, doch als er die letzten Schritte zur robusten Holztür überwunden hatte, bemerkte er einen in eine Alchemistenrobe gekleideten Mann, der gerade etwas Kleines aus seiner Hand quer durch den Raum warf, ehe er sich ihm zuwandte und ihn böse anfunkelte. Kaum einen Wimpernschlag später wurde ihm die Tür direkt vor der Nase zugeschlagen und von innen abgeriegelt.

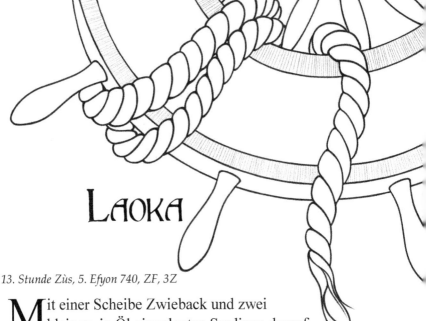

Laoka

Mit einer Scheibe Zwieback und zwei kleinen, in Öl eingelegten Sardinen darauf bog sie aus der Schiffsküche in den Gang. Sie gähnte und biss dann in ihr Frühstück, ehe sie bemerkte, dass Sjólfur vor ihrer Kajüte auf sie wartete. Er musterte sie und lachte auf. »Noch nicht ganz wach, aye?«

Sie nickte. ›So was kommt vor, wenn man nachts schlecht schläft.‹

»Schon wieder? Woran liegt's?«

Seufzend zuckte sie mit den Achseln. ›Wenn ich das nur wüsste. Irgendetwas knistert im Gebälk, Sjólfur. Ich kann es fühlen.‹

»Aye, wahrscheinlich.« Mit ernstem Blick knurrte er vor sich hin, keine Worte, sondern Laute, ehe seine Stimme wieder an Lautstärke zunahm. »Mach dir darüber jetzt keine Gedanken, Käpt'n! Ich hab' gute Nachrichten für dich.«

Sie horchte auf und sah mit großen Augen zu ihm hoch.

»Dravian hat mir vorhin mitgeteilt, dass sich ein Handelsschiff keine Meile von uns entfernt auf unserem Kurs befindet.«

Genau das war es, was sie jetzt brauchte. Einen netten, morgendlichen Überfall, um die Waren weiter aufzustocken, die sie in Qurta'bar verkaufen würde.

›Grandios!‹ Vor Freude stapfte sie mit dem rechten Fuß auf den Boden und warf in einer ausfallenden Bewegung beide Arme nach oben. ›Sag Phis, er soll sich für einen Angriff bereitmachen. Empfangen wir unsere Seekumpanen mit einer Überraschung, die sie nie vergessen werden.‹

Er nickte, wobei er das freudige Grinsen nicht in seinem Bart verstecken konnte.

›Aber‹, sie hielt ihn kurz auf, ›er soll die Schiffsladung und die Händler verschonen, nur ihre Kanonen ausschalten. Um den Rest der Besatzung kümmern wir uns.‹

»Verstehe! Er meinte zwar, es sei beim letzten Mal ein Versehen gewesen, aber ich werde ihn nochmals nett daran erinnern, vorsichtiger vorzugehen«, sagte Sjólfur und ging los, um ihrem Befehl nachzukommen.

Sie hoffte darauf, dass der Auftritt des Krakentiermenschen ihr die Müdigkeit aus den Knochen treiben würde. Schließlich hatte nicht jeder Kapitän das Glück, einen eigenen Kraken an Bord seines Schiffes zu haben, und dann auch noch als ein Teil der Mannschaft.

Seufzend stieg sie hinauf aufs Hauptdeck, wo sich der Großteil ihrer Männer bereits versammelt hatte. Auf ein Zeichen wartend stand Phis auf der Reling, hatte seine Kleidung abgelegt und die kleinen Zöpfe aus seinem silberblauen Haar gelöst, die ihm sonst immer über die dunklen Schultern fielen. Er zählte knapp fünfundzwanzig Zwillingsmonde, aber da er keinen Bart trug und etwas rundlicher gebaut war, schätzten ihn die meisten deutlich jünger ein. Dass er einer seltenen Art von Tiermenschen angehörte, sah man ihm auf den ersten Blick nicht an – geschweige denn, dass er ursprünglich aus dem Watumeer stammte, welches die beiden Kontinente Alceana und Côr'hjr verband.

Sie gab ihm mit einem Wink zu verstehen, sich auf den Weg zu machen. Er nickte knapp und sprang kopfüber in die See. Sobald er mit einem Platschen eingetaucht war, wurde es wieder still. Langsam schritt Laoka zur Reling, stützte sich darauf ab und wartete. Andere taten es ihr nach.

Lange geschah nichts. Nicht einmal Luftblasen stiegen zur Oberfläche. Es deutete nichts auf eine lauernde Gefahr hin. Doch ... plötzlich ebbte der Wellengang ab. Alle Fische in unmittelbarer Nähe verschwanden, als schienen sie zu wissen, was bevorstand. Als nähmen sie die Bedrohung wahr, die von Phis ausging, sobald er sich vollständig gewandelt hatte. Laoka lächelte voll Freude, wie ein kleines Kind, das bald ein großes Geschenk erhalten würde. Und das tat sie im Grunde ja auch. Sie holte es sich einfach, für sich und ihre Männer.

Sie klopfte mit ihrer offenen Handfläche gegen das Holz des Geländers, hielt inne, bis sich ihr alle zugewandt hatten.

Grinsend hob sie ihre offene Hand, ehe sie Finger um Finger anzog. Erst den Daumen, dann den kleinen Finger, gefolgt vom Ringfinger und Mittelfinger, bis nur noch der Zeigefinger übrig blieb. Sobald ihre Hand zur Faust wurde, drang ein dunkles Grollen aus den Tiefen des Meeres. Die See hob sich, als holte sie tief Luft, bäumte sich auf, sodass die losen Taue umherschwangen und der Bug unter dem wachsenden Druck ächzte. Die Männer schwiegen, doch auf fast jedes Gesicht stahl sich ein breites Grinsen, nur einige Schiffsjungen blieben ernst oder wussten nicht, was vor sich ging. Unter ihnen auch Miro, der wie ein verschüchtertes Kätzchen von der Reling zurückwich und es mit der Angst zu tun bekam. Er machte Anstalten, sich umzudrehen und in Richtung Unterdeck zu rennen, doch er hatte die Bewegungen der ungestümen See nicht mit einberechnet. Ihre *Singende Märe* neigte sich kurz nach links, sodass die gesamte anwesende Mannschaft – Miro erging es nicht anders – gegen die Reling gedrückt wurde oder über das Hauptdeck strauchelte, ehe die See mit einem Grummeln niedersank und die Anspannung von Laokas Schiff hinfort nahm. Eine kühle Brise strich über ihr Gesicht, während ihr Blick der Bestie folgte, die leise und wenige Knoten unter der Meeresoberfläche mit einem silberblauen Schimmer dahinschwamm. Das Wasser kräuselte sich immer wieder an den unterschiedlichsten Stellen, doch niemand auf dem Handelsschiff würde auch nur ansatzweise erahnen, was sie erwartete.

Sie wandte sich an Sjólfur und deutete ihm die nächsten Anweisungen.

»Männer! Verlangsamt den Seegang unserer schönen *Singenden Märe* und genießt das Spektakel!«, gab er ihre Gesten wieder, grinste dabei genauso breit wie sie.

Ein Raunen zog über die Mannschaft hinweg. Ein Teil verharrte weiter an Ort und Stelle, die anderen machten sich daran, einzelne Segel einzuziehen. Laoka schritt nach vorne, gemächlich und mit den Händen hinter ihrem Rücken. Sie beobachtete, wie sie alle ihrer Arbeit nachgingen, ohne zu jammern, ohne ihren Befehl infrage zu stellen.

Nachdenklich schaute sie an sich herab, zurrte ihren Waffengurt fester, damit er sich ja nicht löste. Ihr Säbel

Meerzahn saß exakt dort, wo er hingehörte, genauso ihre beiden Dolche *Klang* und *Sang*. Es wäre ein Jammer, wenn sie auch nur eine ihrer geliebten Klingen in der Hitze eines Gefechts verlor. Sie waren ihr so heilig wie Kinder für eine Mutter, denn sie hatte mit ihnen schon einiges erleben müssen, um an jenen Posten zu gelangen, den sie seit Jahren innehatte. Sie hatte das Deck anderer Schiffe geschrubbt. In Seeschlachten gekämpft. Sirenenangriffe abgewehrt. Und so viel mehr.

Weiter stolzierte sie voran, hüpfte dann auf den Bugspriet, wo sie bis zur Mitte balancierte, sich an einem Seil festhielt und stehenblieb. Sie nahm das goldene Fernglas von ihrem Gurt und schaute hindurch.

›*Perfekt*‹, formte sie mit ihren Lippen, da sie sah, wie reibungslos alles ablief. Die Besatzung des Handelsschiffes ging unbehelligt ihren Aufgaben nach, ohne die leiseste Ahnung, dass sich aus dem Wasser heraus lange Tentakel ihren Weg am Schiff entlang nach oben bahnten. Dank der gewöhnlichen Handelsflagge, die Laoka immerzu auf dieser vielbefahrenen Handelsroute hissen ließ, schöpfte niemand auf dem anderen Schiff zu früh Verdacht. Jedenfalls nicht wegen ihrer *Singenden Märe*. Aber da! Jemand hatte das Ungeheuer bemerkt und schlug Alarm. Glocken läuteten. Laute Rufe durchschnitten die Luft. Die Männer brachen in Panik aus, doch es war bereits zu spät, die Waffen zu holen und die Kanonen zu stopfen. So schob der Krake seine Fangarme zielgerichtet durch die Klappen, welche die massigen Feuerwaffen hinter sich bargen, und riss das schwere Geschütz heraus. Das Holz splitterte in riesigen Stücken an den Rändern der tiefen Einschlaglöcher ab, die er durch die Wucht seines Angriffes in den Seiten des Schiffes hinterließ.

Elegant zog sie *Meerzahn* aus der Schwertscheide und gab den Gebrüdern Falkenauge, Caél und Muiris, das Zeichen, vorzupreschen, ehe sie sich zu Ea-nasir drehte, einem hageren Gesellen mit spitzem Kinn und einer unerklärlich unheimlichen Ausstrahlung. Ihm gab sie mit derselben Geste zu verstehen, was er zu tun hatte. Alle drei verwandelten sich in Wanderfalken, zischten mit dem Wind wie lebendig gewordene Pfeile auf das Handelsschiff zu. Ein lautes Krachen hallte über die See hinweg bis zu ihr. Phis hatte einen Tentakel um den Hauptmast geschlungen und daran gerüttelt, bis dieser unter seiner enormen Kraft gebrochen und zersplittert war. Schreie folgten.

Die Segel ihres Schiffes wurden auf ein Neues gesetzt, sodass die *Singende Märe* sich ihrem Opfer unentwegt näherte. Bereit, es einzunehmen und zu verschlingen. Laoka drehte sich um, *Meerzahns* Spitze weit über ihrem Kopf erhoben, und verzerrte ihr Gesicht zu einem stummen Rufen.

»Wer sind wir?«, rief Sjólfur für sie und folgte mit seinen Stahlfäusten ihrem Beispiel. Seine Waffen, Handschuhe aus Leder und gehärtetem Metall, leuchteten regelrecht im Schein der aufsteigenden Sonne.

»Die Söhne Dawas!«, antworteten die Männer wie aus einem Munde.

»Und wer ist unser Käpt'n?«, fügte der blonde Hüne ohne ihr Zutun hinzu.

»Laoka! Laoka! Laoka!«, jubelte die gesamte Mannschaft mit ihrerseits erhobenen Klingen, Hämmern, Peitschen und allerlei anderen Waffen.

Laoka freute sich über ihre Antwort und posierte mit stolzgeschwellter Brust, bevor sie sich vor ihren Männern verneigte, mitsamt ihrem Hut in ihrer Rechten. Wie im Tanz balancierte sie über den Bugspriet, sprang hinunter auf das Deck zu ihren Männern, klopfte dem ein oder anderen gegen die Schulter oder den Rücken. Lautlos lachte sie dabei vor sich hin.

Die anwesende Besatzung grölte noch lauter, doch auf einen Wink ihrer Klinge drosselten sie ihre Lautstärke. Laoka nickte Sjólfur zu, der einige anwies, das Hauptsegel erneut einzuziehen. Estral hatte ihr Schiff so geschickt an das Handelsschiff heranmanövriert, dass die Männer ohne Probleme eine Planke mit Widerhaken herbeitragen und auf der Reling der fremden Karavelle platzieren konnten. Sie als Käpt'n ging voraus, um die Lage auszukundschaften. Und da waren sie, ihre Vorboten! Sie hatten sich zurückverwandelt und waren bereits mitten in einen hitzigen Kampf verstrickt. Trotz der geringen Größe des Schiffes kämpften sieben schwer ausgerüstete Männer gegen Muiris, Caél und Ea-nasir. Söldner, wie Laoka vermutete. Klingen schlugen klirrend gegeneinander. Flüche wurden ausgesprochen. Die Gebrüder Falkenauge beschäftigten die Verteidiger mit rasenden Hieben, während sich Ea-nasir seiner Gegner mit seiner ganz eigenen Art zu kämpfen annahm. Er veränderte seine Gestalt so weit, dass er aussah wie der Mann, der ihm direkt gegenüberstand. Verwirrt und überrascht zugleich stutzte dieser, vergaß, die Arme zur Abwehr zu heben, sodass Ea-nasir ihm mit seinem Degen zwischen die Rippen stach. Ein kurzes, aber schmerzloses Ende für jeden, der sich ihm entgegenstellte.

Am Rand des Kampfes blieb sie stehen.

Sjólfur und Sian schlossen zu Laoka auf, einer an ihrer jeden Seite. Kurzzeitig wandte sie ihren Blick vom Geschehen ab und nickte erst dem Quartiermeister, dann ihrem Navigator zu.

»Ergebt euch und ihr werdet verschont!«, brüllte Sjólfur.

Sechs Gesichter wandten sich ihm zu, während ihre Männer ihre Deckung wahrten und ihre Befehle abwarteten.

»Fresst Dreck, ihr Ratten!«, entgegnete der Jüngste der Söldner. Laoka zweifelte daran, dass er mehr als zwanzig Zwillingsmonde erlebt hatte. Ein anderer, weitaus älterer wischte sich das Blut von den Lippen und grinste sie an.

»Wie niedlich! Hat sich die Bordschlampe dazu entschieden, in 'nen Kampf zu steigen, anstatt ins Bett eines Mannes«, sagte dieser mit kratziger Stimme und brachte damit seine Söldnerkumpanen zum Lachen.

Sie war solche Kerle gewohnt, von den Beleidigungen ganz zu schweigen, aber gefallen ließ sie sich das nicht. Nie wieder.

Auf ein Klicken ihrer Zunge griffen ihre Männer die Söldner an. Sie selbst trat mit unberührter Miene auf denjenigen zu, der sie verhöhnt hatte.

»Ja, komm zu mir, mein Täubchen. Dann zeig ich dir, was ich mit Weibern wie dir anstelle«, sprach er weiter.

Doch ihm verging das Lachen, sobald sie nach vorne preschte, mit *Meerzahn* voraus, und einen Angriff andeutete. Er hob seinerseits die Klinge, um ihren Hieb zu parieren, aber darauf hatte sie abgezielt. Ihre Finte saß und so war sie imstande, sich mit dem Schwung ihres Streichs um die eigene Achse zu drehen. Den Hut hielt sie mit der freien Hand fest, während sie ihren Säbel waagrecht über den Bauch des Söldners zog.

Meerzahn glitt durch seine Lederrüstung wie durch Butter, sodass ihr sein Blut entgegenspritzte. Sie zuckte dabei nicht einmal mit der Wimper und ergötzte sich an der Genugtuung, die ihr der panische Ausdruck in seinen Augen gab. Er hatte es herausgefordert. Er allein musste nun mit den Konsequenzen leben oder – wie in seiner derzeitigen Lage – daran sterben. Laoka stieß ihm einen Fuß gegen die Brust, um ihn so zu Fall zu bringen. Er zuckte noch einige Male wie eine gestrandete Qualle, starrte sie an, während sie ihm *Meerzahn* zwischen die Rippen trieb und seinen rechten Lungenflügel zerstach. Hustend und röchelnd versuchte er noch, ihr etwas an den Kopf zu werfen, aber sein Mund füllte sich rasch mit Blut. Während er gurgelnd nach Atem rang, punktierte sie auch noch seine andere Seite, um seinem Leben ein Ende zu setzen und sich von ihm abzuwenden.

In der Zwischenzeit hatten ihre Männer alle Söldner bis auf einen niedergestreckt und sich auf der Karavelle verteilt. Sjólfur hatte das Steuerrad ergriffen, die Gebrüder verschwanden unter Deck und Sian folgte ihnen. Nur Eanasir blieb in ihrer Nähe. Er trat langsam auf den Letzten zu, der seine Waffe zitternd auf Brusthöhe hielt. Der Jungspund lachte nervös in ihre Richtung. »Was wollt ihr eigentlich? Wir können das doch friedlich regeln.«

Der Zweifel in seiner Stimme amüsierte sie. Meinte er, dadurch ihr Herz zu erweichen und sie dazu zu bewegen, ihn zu verschonen?

Mit erhobener Klinge sprang sie auf ihn zu und schlug unaufhörlich auf ihn ein. Er parierte jeden ihrer Schläge, doch sie erwartete auch nichts anderes von einem Söldner aus Côr'hjr. Dies waren harte Zeiten und wer sich auf der cardronischen See nicht zu wehren wusste, traf schneller auf Cardrona, als ihm lieb war. Unzählige vor ihm hatten allerdings denselben Fehler begangen – sie zu unterschätzen. Sie mochte klein sein, doch ihr voller Busen hatte sie in keinem einzigen Kampf daran gehindert, zu siegen. Eine Klinge zu führen, lag ihr im Blut, genau wie das Steuern eines Schiffes.

Sein Schwert ächzte unter *Meerzahns* Hieben, hielt ihr aber stand. Die Körperkraft des Söldners überstieg zwar ihre eigene, jedoch bewegte sie sich gewandter und so viel schneller, dass er schon nach kurzer Zeit aus der Puste geriet. Sie tänzelte zwei Schritte rückwärts, um ihm eine Atempause zu gewähren, und wartete ab. Der Schweiß auf seiner Stirn, sein rasselnder Atem, seine zitternden Finger – all das verriet ihr, dass er am Ende seiner Kräfte war.

Sie verringerte mit einem gewagten Ausfallschritt den Abstand zwischen sich und ihrem Kontrahenten, um ihn sogleich mit einer Reihe von rasch aufeinanderfolgenden Säbelstößen anzugreifen. Zweien davon vermochte er entgegenzuhalten, die drei anderen schnitten ihm in Arme und Brust, alles oberflächliche Wunden, die ihn dennoch schwächten. Er grunzte wie ein Tier, während sie ihm gezielt weitere Schnitte an seinen Beinen und im Gesicht zufügte. Obgleich sie ihre Verteidigung keineswegs vernachlässigte, erwischte er sie trotzdem an ihrem linken Unterarm und brachte sie zum Bluten.

Sie verzog ihre Miene zu einer wütenden Fratze, ließ zu, dass ihre Beißer spitz wurden und zusätzliche Nadelzähne aus ihrem Zahnfleisch trieben. Ein Zischen entwischte ihr, von der Hitze des Kampfes mitgerissen.

Mit großen Augen erstarrte er, doch ihr entging seine Unachtsamkeit keineswegs und sie schlug ihm die Waffe aus der Hand. Ganz nah trat sie an ihn heran, packte ihn am Kragen, ihren Mund geöffnet. Der Söldner stank nach Angstschweiß und Pisse, die ihm an den Beinen hinunterlief.

Was für ein zufriedenstellender Anblick, dachte sie sich und entschied sich dazu, ihn noch ein wenig länger leiden zu lassen. Langsam presste sie ihre Lippen aufeinander und formte sie zu einem unschuldigen Schmollmund, sah ihn dabei an, als könnte sie keiner Fliege etwas zuleide tun. Sie berührte seine linke Wange und ließ ihn spüren, dass er nichts zu befürchten hatte. In ihren Fingern kribbelte es angenehm durch die beruhigende Magie, die bis zu ihren Fingerspitzen floss. Ihr Zauber blendete ihn und wirkte sofort. Seine Anspannung löste sich, seine Angst ließ nach und Misstrauen zeigte er überhaupt keines. Sie zog ihn am Kragen zu sich herunter, um ihren Mund auf seinen zu drücken. Erst wehrte er sich nicht einmal, schien es zu genießen, bis sich an diesem Kuss etwas veränderte. Er hatte ihr seine Zunge so willig entgegengestreckt, dass sie nicht darauf verzichten wollte, seine Geste zu erwidern. Nur eben ein wenig anders, als er es erwartete. Mit einer abrupten Bewegung biss sie ihm die Zungenspitze ab und stieß ihn von sich, sodass er über seine eigenen Füße stolperte und zu Boden fiel. Angewidert spuckte sie das warme Fleisch aus.

Ein gurgelnder Schrei drang zwischen den Fingern hervor, die er auf seinen blutenden Mund hielt. Er krabbelte rückwärts auf allen vieren von ihr weg, vergebens, denn sie folgte ihm auf Schritt und Tritt, mit einem blutigen Lächeln im Gesicht. Um sein Leben hätte er gebettelt, wenn er noch dazu in der Lage gewesen wäre, doch nun würde er als Fischfutter enden und die Perlensammlung der Meeresgöttin um eine Seele erweitern. Sie zweifelte daran, dass er schwimmen konnte, wollte sich dessen aber selbst überzeugen. So wies sie Ea-nasir, der sich das ganze Spektakel schweigend zu Gemüte geführt hatte, an, den zappelnden Söldner hochzuheben und ihn über Bord zu werfen. Genau zweimal trat er um sich, ehe er von einem Tentakel in die Tiefe gezogen wurde und der Krake ihn ohne Umschweife der großzügigen Göttin als Opfer darbot.

»Ihr seid wirklich unvergleichlich, Käpt'n«, schmeichelte ihr Ea-nasir, näherte sich ihr und hob die Hand. Mit der Rechten schlug Laoka ein, sodass er ihr schief grinsend zuzwinkerte und sie ihn ebenfalls anlächelte.

»Sollen wir nachschauen, wie weit die anderen gekommen sind?«, fragte er sie und zeigte zur offenen Tür, die jemand aus den Angeln gerissen hatte. Eine zersplitterte Mastspitze lag quer vor dem Rahmen, aber sie war glücklicherweise nicht so groß, dass sie ihnen den Weg zum Schiffslager versperrte.

Sie nickte Ea-nasir bestimmend zu.

»Phis wird wohl kräftig genug sein, die Karavelle zu halten. Ich komm mit, Käpt'n!«, rief Sjólfur vom Steuerrad zu ihr herüber.

Lächelnd hob sie ihren Daumen, ehe sie Ea-nasir hinterhereilte. Sie scherte sich nicht darum, dass Blut von ihrem Mund tropfte. Ganz im Gegenteil! Die feigen Händler würden vor ihrem Anblick erzittern und sie um ihr Leben anflehen.

Raschen Schrittes stieg sie hinab ins Unterdeck und schloss zu den anderen auf. Kajüte und Lagerräumlichkeiten waren kaum getrennt. Nur angedeutete Wände, die bis zur mittigen Höhe des Lagers reichten, hielten die Waren dort, wo sie hingehörten, oder grenzten den Bereich zu den Schlafplätzen ab. *Wer bitte hat denn dieses Schiff konstruiert?* Laoka schüttelte angewidert den Kopf und rümpfte die Nase. *Und der Gestank erst ...*

Der faulige Geruch nach verrotteten Muscheln und schimmelnden Früchten schlug ihr entgegen. Sie hustete einmal, um das Würgen zu unterdrücken. Ea-nasir erging es nicht besser, denn auch er lehnte sich an einen Balken und kämpfte gegen die Übelkeit an. Nur Sjólfur schien der Gestank nichts anzuhaben. Ein Schulterklopfer seinerseits half ihr, die Fassung wiederzugewinnen. Während sie sich noch nach vorne gebeugt auf ihre Oberschenkel stützte, sah sie zu ihm hoch und nickte ihm zu. Dank Caél und Muiris hatte sich die Lage hier unten längst geregelt. Sie hatten die drei Händler, die sich versteckt hatten, an die linke Wand gedrängt. Die Männer standen mit dem Rücken zu ihr, einer zitterte mehr als der andere.

»Keinen Schritt, sonst ...«, begann Caél drohend.

»... verarbeiten wir euch zu Fischfutter!«, führte Muiris den Satz zu Ende. Sie grinsten sich gegenseitig an und strichen sich dann gleichzeitig das kurze, braune Haar zurück.

Der Händler, der ganz links stand, gab ein unverständliches Jammern von sich. Im dumpfen Licht sah Laoka sogar, dass er weinte. Sie trat näher.

»Käpt'n.« Muiris wandte sich ihr zu. »Was machen wir nun mit ihnen?«

Laoka hob eine Hand, um den Gebrüdern zu signalisieren, dass sie es sich überlegte. Mit umherschweifendem Blick trat sie an ihnen vorbei zu Ea-nasir, der der sich mittlerweile ebenfalls wieder gefangen hatte und einige seltene und dementsprechend teure Stoffe zusammenband. Sjólfur schritt umher, prüfte kritisch die Waren, die teils offen herumlagen, teils in Kisten gelagert wurden. Schmuckstücke, Alchemisteninstrumente, kleine Käfige. Allerlei.

Doch etwas anderes zog ihre Aufmerksamkeit auf sich. Ein Scharren und Schnauben. Es war kaum zu übersehen, woher die Geräusche stammten. Sie näherte sich dem drei Schritt hohen Käfig, der bis auf die rechte untere Ecke von einem dunkelgrauen Tuch verdeckt wurde.

Magie schwirrte durch das Lager, hörte sich in ihren Ohren an wie das Surren einer Libelle. Je näher sie trat, desto mehr nahm sie es wahr. Die raschen Schwingungen und die Wärme, die sich vor allem in ihrer Magengrube konzentrierte. Es kribbelte ihr in Händen und Füßen, schenkte ihr eine ungeheure Energie, die sie sonst nur erfuhr, wenn sie sich in den Tiefen der See wiederfand und ihrer wahren Natur freien Lauf ließ.

Sie streckte eine Hand danach aus, begierig darauf, zu wissen, was sie hinter diesem Tuch erwartete. Nur noch ein Stück, dann ...

»Vorsicht, Käpt'n.« Sian war neben sie getreten und hatte das Gelenk ihrer ausgestreckten Hand ergriffen. »Wir wissen nicht, was sich dahinter verbirgt.«

Der Zauber verflog und entließ sie aus seinem Griff. Sie blinzelte. Trotzdem ... Sie musste erfahren, was hinter diesem Vorhang lauerte. So lächelte sie ihrem Quartiermeister zuversichtlich zu und zerrte am schweren Stoff.

Was sie dabei zutage förderte, war nicht von dieser Welt und raubte ihr den Atem. Ein Tier mit silberbrauner Mähne, ähnlich einem Pferd, stand vor ihr. Gebeugt durch den Käfig, und doch bot es einen stolzen Anblick. Seine Nüstern hoben und senkten sich rasch, genauso wie seine breite, geschuppte Brust. Die schwarzen Hufe kratzten nervös über den Holzboden, als Sjólfurs Stimme durch den ganzen Lagerraum schallte.

»Was in Cardronas Namen ist das?«

Sie zuckte die Achseln. Sian schwieg. Selten hatte sie so etwas Schönes gesehen, ein Tier, dessen dunkelgrüne Augen sie trotz Angst aufmerksam beobachteten. Dieser Blick voll Weisheit ließ selbst den Käpt'n der *Singenden Märe* vor Ehrfurcht erschaudern. Sie wollte dieses Wesen besitzen, es ihr Eigen nennen und zähmen. Das wäre eine wundervolle Vorstellung.

Das Tier stapfte unvermittelt mit den Vorderhufen und gab ein leises Wiehern von sich. Es erschien Laoka kräftig genug, sich zu wehren und selbst einem großgewachsenen Mann einen schmerzhaften Tritt zu verpassen. Sie würde sich also davor hüten, sich der Kreatur allein anzunehmen.

Sjólfur stand mittlerweile neben ihr und strich sich am Kinn durch den Bart. »Was hast du mit diesem Prachttier vor?«

Sie erzählte ihm von ihren Plänen, holte wild mit ihren Händen aus und lächelte ihn dabei an, als ob ihr Vorhaben keineswegs mit Risiken verbunden wäre. Seine Augenbrauen hoben sich.

»Wenn du nicht du wärst, Käpt'n, hätt' ich dich für verrückt erklärt.«

Sie streckte ihm die Zunge heraus, grinste dann aber wieder und teilte ihm mit wenigen Gesten die nächsten Schritte mit.

»Sian. Ea-nasir. Besorgt Seile!«, übersetzte Sjólfur und wandte sich den angesprochenen Männern nacheinander zu. »Am besten robuste Taue, damit sich das Vieh hier nicht befreien kann. Und holt die anderen, sie sollen sich gefälligst nützlich machen und die Waren zur *Singenden Märe* bringen.«

»Jawohl!«, erwiderte Ea-nasir grinsend.

»Natürlich, Käpt'n!«, meinte Sian ruhig und ging ihm voran.

»Entschuldige, Käpt'n!«, meldete sich Caél zu Wort. »Wir möchten dich nicht stören, aber wir warten immer noch auf eine Antwort.«

»Caél!«, zischte Muiris.

»Was?«

»Der Käpt'n ist beschäftigt!«

Caél runzelte die Stirn. »Na und?«

»Scht!« Muiris hielt seine Klinge weiterhin auf die Händler gerichtet, damit diese nicht auf törichte Ideen kamen.

»Hast du mich gerade —«

»Scht!«

Caéls Gesichtszüge entgleisten weiter, trotzdem bewegte er sich nicht vom Fleck.

»Bitte! Nehmt alles, was ihr möchtet, aber lasst mich am Leben!«, flehte einer der Händler. Ein junger, schmächtiger Bursche in seinen besten Jahren. Allerdings trug er das Wappen einer Sklavenhändlerfamilie am Saum seines rechten Ärmels, weswegen Laoka nicht viel auf seine Bitte gab.

»Scht! Nach deiner verkorksten Meinung hat niemand gefragt!«, brachte Caél ihn zum Schweigen und wandte sich wieder seinem Bruder zu. »Arsch!«

»Selber Arsch!«, entgegnete Muiris.

Sjólfur verschränkte die Arme neben ihr und schien die Szene lediglich zu beobachten. Es gehörte zur Tagesordnung, dass sich die Brüder stritten.

»Sie können es einfach nicht lassen«, brummelte ihr Navigator. Sie hob schulterzuckend ihre Hände nach oben, bevor sie ihm gegen den Oberarm tippte. Seine Augen verfolgten wachsam jede ihrer Bewegungen.

»Muiris. Caél. Bringt sie nach oben!« Freudig rieb er die Hände aneinander. »Die Göttin wird sich freuen, wenn wir uns gut um sie kümmern.«

So viel zu ihrem anfänglichen Plan, die Besatzung heil zu lassen.

KEYLINN

1. Stunde Ans, 6. Efyon 740, ZF, 3Z

Kopflos rannte Keylinn ins Haus hinein, durch die offene Tür auf den graugewandeten Menschen zu, der direkt dahinterstand, als hätte er eben hinausgehen wollen. Unruhig suchte sie nach dem Ursprung des betörenden Dufts.

Während sie danach schnupperte, bemerkte sie, dass der Mann etwas in der Hand hielt, worauf sie, ohne zu zögern, zusteuerte – etwas, das so göttlich süß und herrlich würzig roch, dass sie nichts anderes mehr um sich herum wahrnahm. In hohem Bogen warf er das grüne Samtsäckchen vor den kleinen Tisch inmitten des Halbkreises aus übergroßen Kissen.

Hinter ihr schloss sich die Tür mit einem Knall, bevor etwas dagegen polterte, aber sie achtete nicht weiter auf dieses Detail.

Zielsicher sprang sie darauf zu und verharrte auf dem Boden, mit dem Säckchen zwischen ihren Händen. Völlig verrückt danach rieb sie es sich gegen den Mund, die Nase, die Wangen und quer übers ganze Gesicht, während sie sich rücklings hin und her wälzte. Ein lautes Schnurren vibrierte in ihrer Brust. Nur am Rande bemerkte sie, dass zwei Männer sie beobachteten, aber es erschien ihr nebensächlich. Solange sie ihr nicht zu nah kamen, war es ihr egal. Sie wollte den göttlichen Duft, den dieses weiche Säckchen verströmte, gänzlich in sich einsaugen, ihre Haut und ihr Haar damit einreiben. In ihrer Vorstellung träumte sie davon, auf einem Bett aus Blüten und Blättern zu liegen, umgeben von blassem Dunst, der sich sanft auf ihre Haut niederlegte und pures Glück in ihr weckte.

»Keylinn?«, drang ihr eine bekannte Stimme ans Ohr, doch sie ignorierte den gehörnten Mann, dem sie gehörte. Stattdessen kaute sie auf dem Säckchen herum, bevor sie es sich wieder fest gegen die Nase drückte.

»Sie kann Euch nicht hören«, meinte eine andere, leicht kratzige Stimme, ihr ebenfalls nicht unvertraut, aber auch diese Bemerkung war ihr gleichgültig. In Wonne schnurrte sie weiter, ohne sich unterbrechen zu lassen.

»Was habt Ihr mit ihr gemacht, Herr Unze?«, fragte der Gehörnte aufgebracht, klapperte mit seinen Hufen zu ihr herüber und ging neben ihr in die Hocke.

Sie hielt inne, als er eine Hand nach ihr ausstreckte, und zog die Nase kraus. Fauchend drückte sie sich den Samtbeutel gegen die Brust, aus Angst, er könnte ihn ihr wegnehmen. Umgehend zog er seine Hand zurück, musterte sie aber nach wie vor mit besorgter Miene, bevor sie das Säckchen erneut in ihren Mund nahm.

Der Mann im grauen Gewand grinste. »Elfenminze. Elfen kriegen davon nicht genug.«

»Ist das nicht ungesund für sie?«, hakte der Gehörnte nach und zeigte mit dem Finger auf ihre Hände, oder eher auf das, was sich in ihnen verbarg.

»Ich wüsste nicht, weshalb es ihr schaden könnte«, meinte Unze achselzuckend.

»Wenn Ihr meint. Ihr seid ja schließlich der Alchemist.« Der Satyr erhob sich und zupfte sich sein grünes Priestergewand zurecht. »Es geht auf Eure Kappe, wenn Ihr ihr damit Schaden zufügt.«

Der Alchemist winkte ab. »Ach, Herr Walden, Ihr macht Euch über alles und jeden zu viele Sorgen. Ich meine, immerhin haben wir sie gefunden.«

»Gefunden? Dank Evras Glück ist sie heil zurückgekehrt. Ich hätte mir das nie verzeihen können, wenn ihr etwas geschehen wäre. Den Göttern sei Dank!« Er füllte sich eine Tasse mit Tee und trank einen Schluck.

»Es ist ja nichts passiert.« Unze klang nach außen hin sicher und erleichtert, aber Keylinn spürte, wie sich in seinem Innern etwas zusammenzog.

Die Sorge um sein Befinden zwang ihre Aufmerksamkeit zurück zum Wesentlichen. Ihr Herzschlag beruhigte sich und das Rauschen in ihren Ohren ebbte allmählich ab. Das Säckchen war mittlerweile so durchnässt von ihrem Speichel, dass es den angenehmen Duft verloren hatte und sie von ihm abließ. Sie setzte sich auf, starrte dabei auf das nasse Etwas, das neben ihrem Knie lag, wobei ihr linkes Ohr zuckte. Ihr schwirrte der Kopf, aber nach und nach klärte sich ihre Sicht auf Iberyn.

»Siehst du? Mehr oder weniger unverletzt!«, gab der Alchemist an und wies mit der offenen Hand auf sie.

»Mehr oder weniger?« Iberyn Walden stellte seine Tasse zurück auf den Tisch, um sich Keylinn näher anzusehen. »Ist Euch etwas zugestoßen?«

Der Saum seines Ärmels, der mit schlichten Efeublättern bestickt war, streifte sie an der Schulter. Sie roch sogar die Seife, mit der er seine nussbraunen Haare vor Kurzem gewaschen haben musste. Zweimal nacheinander blinzelte sie und legte den Kopf schief. »Euch ... zugestoßen?«

»Ah ja, stimmt! Tut mir leid! Ich vergesse immer, dass du die Gemeinsprache noch nicht so gut beherrschst. Ist dir etwas passiert?«, formulierte er seine Frage um.

»Ich war ... gefangen«, erwiderte sie nachdenklich und Scham stieg ihr in die Wangen.

»Gefangen? Du liebe Güte! Haben sie dir etwas getan?« Iberyn legte eine Hand auf ihre Schulter, doch sie entzog sich seiner Berührung.

»Nein. Sie wollten mich verkaufen – für Gold.«

»O weh!« Er setzte sich neben sie und begann, in seiner Tasche zu kramen. Aus Neugier beugte sie sich vor, reckte ihren Hals, um zu sehen, was sich alles darin befand. Aber auch dieses Mal – wie die letzten Male, als sie das getan hatte – drehte ihr den Rücken zu, damit sie den Inhalt nicht erspähte.

»Aber was ist das denn?« Der Alchemist war näher herangekommen und hatte ihr Haar etwas zur Seite geschoben, um sich das auffällige Brandmal an ihrem linken Nackenansatz anzusehen. »Das nennst du *nichts*?«

Sie zeigte ihm ihren Unmut, indem sie nach der Hand schnappte, mit der er sie berührt hatte, aber zu seinem Glück erwischte sie ihn nicht. Ihr gefiel der verachtende Unterton in seiner Stimme überhaupt nicht. Der Alchemist, der sich selbst Lyon Unze nannte, mochte sich noch so nett gegenüber dem Satyr verhalten, geheuer war er ihr trotzdem nicht. Er wirkte nach außen hin unscheinbar, doch jedes Mal, wenn er sprach oder auch nur den Raum betrat, stellten sich ihr die Nackenhaare auf. Seine genauen Absichten kannte sie zwar nicht, aber ihre Intuition sagte ihr, ihm niemals zu vertrauen. Sein Auftreten allein verbarg Geheimnisse, die Keylinn nur zu gerne ans Licht gebracht hätte, und doch zügelte sie sich. Jetzt war nicht der Zeitpunkt dafür.

»Ein ... Unverständnis«, antwortete sie darauf.

»Du meinst Missverständnis«, korrigierte Iberyn sie.

»Ja.«

Er hatte sich wieder zu ihr umgedreht, hielt eine braune Glasflasche und saubere Tücher in den Händen und begutachtete mit zusammengezogenen Augenbrauen die immer noch blutende Wunde auf ihrer Stirn. »Sollen wir nach oben gehen, damit ich dich in Ruhe verarzten kann?«

Sie nickte und versuchte, nicht allzu versessen an das eigenartige Rundohr zu denken, das sie vor weiterem Leid bewahrt hatte, während sie Iberyn ins obere Stockwerk folgte.

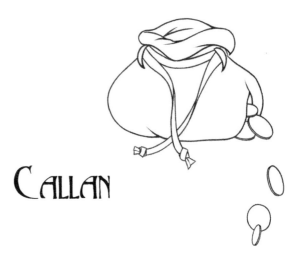

CALLAN

Um Haaresbreite krachte der Dieb gegen die verschlossene Tür, nutzte jedoch den Abstand zwischen sich und dem hölzernen Hindernis und setzte einen Fuß dagegen. Im Schwung des Sprungs zog er den zweiten Fuß nach, überschlug sich sogleich in der Luft. Alles – von seinem Dolch bis zu seiner Tasche – blieb dort, wo es hingehörte, selbst als er lautlos wie ein Schatten auf dem Boden aufkam.

Er stieß einen überschüssigen Atemzug aus, starrte dabei stirnrunzelnd auf die Tür. Sein Atem beruhigte sich von einem Moment auf den anderen, als wäre er nicht über längere Zeit quer durch halb Qurta'bar gehastet. Doch innerlich wühlte ihn die Tatsache auf, dass die Silberelfe direkt wieder in Schwierigkeiten hineingeraten war. Im Grunde genommen hätte er es einfach dabei belassen und sich seiner eigenen Suche annehmen sollen, aber der Gedanke an Keylinns Wohlergehen ließ ihn nicht los. Er murmelte vor sich hin, trat langsam und unauffällig von der Tür weg. Sie ihrem Schicksal zu überlassen, kam nicht infrage. Das wäre nicht rechtens.

»Aber leicht macht sie es mir nicht«, sagte er zu sich selbst und spazierte bedächtig um die Ecke des Gebäudes. Er spürte den Blick einer vorbeihuschenden Händlerin auf sich, sodass er kurz zu ihr hinüberlinste und sah, wie sie in Richtung Hauptstraße abbog. Besser für sie. Schaulustige Weiber und Gecken konnte Callan nämlich überhaupt nicht ausstehen, speziell dann, wenn sie für seinen Geschmack zu viel gesehen hatten. Nicht, dass er zu der Art Halsabschneider gehörte, die solche Leute ohne Gnade beseitigten. Er regelte die Dinge anders, weniger tödlich, aber trotzdem nachhaltig. Schon das Aufblitzen einer scharfen Klinge und eine simple Drohung reichten oftmals aus, um sich Schweigen zu sichern.

Sein Dolch ruhte an diesem frühen Morgen jedoch weiterhin in der Halterung, während Callan mit gelegentlich umherschweifenden Augen nach einem offenen Fenster Ausschau hielt. Die Dunkelheit der Nacht hatte ihn mit den ersten Sonnenstrahlen aus ihrer schützenden Umarmung entlassen und würde ihn erst nach der letzten Stunde Ans wieder vor den Blicken übervorsichtiger Einwohner verbergen. Nichts, womit er nicht gelernt hatte, umzugehen.

Das Fenster, das ihn offen einlud, ins Haus einzusteigen, befand sich gute sechs Schritte über seinem Kopf. Eine Tatsache, die so manch einen abgeschreckt hätte, nicht aber Callan. Er krempelte die Ärmel hoch, schaute sich unauffällig nach Wachen um, von denen sich dank Yggdravarios' Gunst keine her verirrt hatte. Es schadete nie, den Gott des Diebstahls, der Täuschung und der Lügen auf seiner Seite zu wissen.

Sein Blick schweifte weiter. Die herumstehenden Gegenstände, darunter Kisten, Sitzbänke oder Abdeckungen für einen Verkaufsstand, ließen zu wünschen übrig. Selbst der Abstand zwischen den Hauswänden half ihm nicht weiter, um zum Fenster zu gelangen. Aber nichts war unmöglich, solange er atmete.

In seiner tiefen Konzentration fiel ihm zu spät auf, dass sich der dunkle Putz von der Steinwand löste, gegen die er sich zum Ausruhen gelehnt hatte. Sein Ärmel war stellenweise eingefärbt.

»So ein Scheiß!«, fluchte er vor sich hin und rieb über den Stoff – eher erfolglos. Er verschmierte die Farbe mehr, als dass er die öligen Flecken losbekam. Naserümpfend wandte er sich zu der Schmiererei um, die er schon an etlichen Hauswänden Qurta'bars gesehen hatte. Über eine Ellenlänge breit geschrieben stand da »*Preiset Côr, den Meister des Lichts!*«. Und er wusste schlichtweg nicht, was es damit auf sich hatte. Auf seinem Heimatkontinent Evrasi hatte er nie etwas von einem Côr gehört, geschweige denn von einem Meister des Lichts.

»Bestimmt ein weiterer Sektenführer, der aus dem Arsch der Welt dahergekrochen kommt«, schlussfolgerte Callan und tat es mit einem Achselzucken ab, genauso wie das ruinierte Hemd. Darüber würde er sich weder heute noch sonst irgendwann den Kopf zerbrechen.

Langsamen Schrittes und mit beiden Händen in den Hosentaschen ging er nach links, um die nächste Ecke, tat so, als gäbe es nichts Spannenderes als die Spitzen seiner Schuhe und den Sand unter seinen Füßen. Auch da stand leider nichts Nützliches, kein Fass, keine Leiter auf der anderen Seite der Gasse – nur eine Gestalt, die an der Wand lehnte, breitschultrig und ganz in Schwarz gehüllt. Sie drehte ihren Kopf in Callans Richtung, sobald er stehenblieb. Wie eine unsichtbare Mauer hielt ihn das kalte Gefühl zurück, welches ihm übers Rückgrat kroch und ihm eine Gänsehaut bereitete. Normalerweise passierte ihm das nicht, wenn er den Weg mit einem Kerl kreuzte, der sich ihm nicht einmal entgegenstellte. Doch er hatte gelernt, seinem Bauchgefühl zu vertrauen und sich nicht vom Schein täuschen zu lassen. Nicht nachdem, was ihm als kleiner Junge widerfahren war. Nicht selten versteckten sich hinter den Masken gewöhnlicher Menschen die grausamsten Monster, die nach Lust und Laune mordeten, brandschatzten und vergewaltigten.

Die Kapuze hatte er sich tief ins Gesicht gezogen, damit lediglich sein breites Kinn mit dem graumelierten Bart zu erkennen war. Das krause Haar verdeckte trotz seiner Dichte kaum die wulstige Narbe, die sich vom Kinn den Hals hinabzog. Aufgesticktes Leder hob sich vom Stoff seiner Ärmel ab und schmückte diese mit dünnen Linien, die aussahen wie die Zweige eines großen Baumes, vielleicht sogar eines Gezeitenbaumes. Ein Umhang aus schwarzem Samt glitt an seinem Rücken hinab, reichte nicht weiter als bis zu den Kniekehlen. Über seiner Brust bildete das Leder kein eindeutiges Muster, aber trotzdem hatte sich diese Art von Kleidung, genau mit diesem Schwarz, genau mit dieser Machart, in Callans Gedächtnis gebrannt.

Er zögerte, doch sein Verstand blieb klar. Dieser Fremde. Er gehörte unverkennbar zu ihnen, den Schattenlosen 10, zu Dirion, dem Mörder seines Vaters, und seiner Bande von herzlosen Bastarden. Callan stellten sich sogleich die Nackenhärchen auf, sodass er mit der Linken den Griff seines Dolches umfasste. Dennoch versuchte er, mit jeder

Faser seines Körpers die Ruhe zu wahren, um nicht unüberlegt zu handeln.

»Tritt näher!«, sprach der Fremde und winkte Callan zu sich. Diese tiefe, grummelnde Stimme verursachte ihm weiteres Unbehagen. Noch konnte er sie keinem Gesicht der Bande zuordnen, doch nicht im Traum dachte er daran, sich ihm zu nähern. Lieber zog er es vor, etwas Abstand zu wahren.

Der Dreckskerl gab ein Grummeln von sich und löste sich von der Wand, um seinerseits auf Callan zuzukommen. Als Reaktion darauf zog dieser seine Klinge bis zur Hälfte aus der Dolchscheide heraus und wartete ab. Er schwieg, schenkte ihm einen vernichtenden Blick, bevor ihn die Erkenntnis wie ein Schlag traf.

»Answin! Du ...!«

»Ruhig Blut, Bengel! Ich darf dir nichts tun, ansonsten wäre er sehr verärgert.« In aller Seelenruhe strich er sich über den Bart und hob dann die Hand, fast so groß wie die eines Bären.

»Er?«, entwich es Callan mehr unbewusst als beabsichtigt, aber er kam nicht umhin, Genaueres über den Verbleib des verfluchten Anführerbastards herausfinden zu wollen. Er fühlte, wie sich sein Inneres verkrampfte und sich seine Gedanken überschlugen. »Von wem sprichst du?«

Ohne zu antworten, zog Answin beide Mundwinkel nach unten.

Callans Geduldsfaden riss. Wut und Verachtung trieben ihn dazu, die paar Schritte zwischen ihm und Answin zu überwinden, und das innerhalb eines Wimpernschlags. Obwohl sein Gegenüber ihn deutlich überragte, ließ er sich nicht davon abbringen, ihm seine Klinge an die bare Kehle zu halten. Mit der Rechten hielt er sich an Answins Kragen fest, damit sich dieser ja nicht aus seinem Griff wand.

»Halt mich nicht zum Narren!«, knurrte Callan.

Answin verzog keine Miene. »Versuchst du, mir Angst einzujagen, Bengel?«

Callan starrte unbeirrt in die Augen des herzlosen Drecks- kerls und sah nicht das kleinste Anzeichen von Angst, ob- gleich er wahrnahm, dass die Klinge ganz leicht in seine Haut gesunken war und einen Tropfen Blut hervorbrachte.

»Was willst du tun?«, fragte Answin trocken, als hielte Callan nicht gerade sein Leben in den Händen.

Vor wachsender Anspannung traten seine Fingerknöchel weiß hervor, so fest umklammerte er Dolchgriff und Kra- gen. Jahrelang hatte er auf eine solche Möglichkeit gewar- tet und nun stand er kurz davor, denjenigen zu treffen, der das Leben seines Vaters auf dem Gewissen hatte. Doch er musste einen kühlen Kopf bewahren. Wenn seine Hand im Affekt ausrutschte, wäre eine weitere Chance auf Rache vertan. Der Narbengesichtige war seit Monaten die erste heiße Fährte, die direkt zum Mörder seines Vaters führte.

»Wo ist er?« Callan ließ nicht locker. »Er ist bestimmt in der Nähe, nicht wahr?« Trotz der Blöße, die er sich dadurch gab, sah er wild umher, suchte jeden Winkel nach Answins Anführer ab. »Wo ist Dirion, verdammt noch mal?« Erst, als er ein scharfes Stechen in seiner linken Leistengegend spürte, realisierte er, dass sein Gegenüber den Moment genutzt hatte, um ein kleines Messer zu zü- cken. Die Schmerzen zeigten ihm, in welch heikler Lage er steckte.

»An deiner Stelle würde ich mich nicht so im Ton ver- greifen«, ermahnte Answin ihn und übte seinerseits etwas mehr Druck auf seine Klinge aus, sodass Callan fühlte, wie kalter Stahl in sein warmes Fleisch stach. »Immer noch ein vorlauter Rotzlöffel.« Er rümpfte verachtend die Nase.

»Du nimmst es wohl auch nicht so genau mit den Befehlen deines Anführers«, raunzte Callan.

Answin runzelte die Stirn. »Wie bitte?«

Callan kniff die Augen zu Schlitzen zusammen und überwand sich dazu, seinen Griff etwas zu lockern. Gleichzeitig spürte er, wie die Spitze des Messers zurückgezogen wurde. Er sah an sich herab, zu der Stelle, wo der Typ ihn eben verletzt hatte.

»Du solltest mir doch nichts antun«, trieb er es weiter. Selbst seine Mundwinkel zuckten kurz vor Genugtuung, dass er Answin allein mit Worten dazu brachte, seine Klinge zu senken. Das schien diesem aber so gar nicht in den Kram zu passen. Mit knirschenden Zähnen packte er Callan am Nacken und zog ihn näher an sich. Eine gefährliche Position für Callan. Ihm war bewusst, dass der Fiesling imstande war, ihm mit einem Handgriff das Genick zu brechen.

»Wenn du nicht unter Dirions Schutz stehen würdest, dann ...«

Callan schlug das Herz bis zum Hals, aber nicht im Traum würde er kleinbeigeben. Die dunkel anlaufende Nase von Answin verriet ihm, dass er innerlich mit seiner Rage kämpfte. Offensichtlicher hätte es nicht sein können, dass er nicht zu solcherlei Spielchen taugte. Nicht wie dieser hinterlistige Bastard Dirion.

Mit einem tiefen Knurren gab der Narbengesichtige sich geschlagen, entließ Callan aus dem kritischen Griff, aber wandte die Augen nicht von ihm ab. Schwer strömte ihm der Atem durch die Nase, während er ihn anstierte, als könnte er Callan allein mit seinem Blick töten.

»Das reicht, Bengel! Ich soll dir von Dirion etwas ausrichten.«

Callans Ohren spitzten sich umgehend. »Raus damit!«

Wieder grummelte Answin. »Wenn er möchte, dass du ihn findest, wird er es dich wissen lassen.«

»Was hat das wieder zu bedeuten?« Callan schnaubte ungehalten.

Der Narbengesichtige zuckte mit den Achseln und trat mit langsamen Schritten zu jener Ecke, um die Callan zuvor gebogen war. »Und ich soll dir helfen, da hochzukommen.« Er zeigte zum Fenster, bevor er sich darunter stellte und leicht in die Knie ging, um seinen Stand zu festigen. Während Callan ihn mit einem misstrauischen Blick bedachte, schob Answin seine Hände ineinander. »Bringen wir es hinter uns.«

Es nützte ohnehin nichts, auf weitere Informationen aus dem Mund dieses Mistkerls zu hoffen. Also entschied sich Callan dazu, Anlauf zu nehmen. Mit Schwung hievte Answin ihn hoch und machte es ihm damit leicht, das offene Fenster zu erreichen, das er zuvor angepeilt hatte. Allerdings ließ er es sich nicht nehmen, absichtlich haufenweise Sand aufzuwirbeln und ihm beim Absprung noch gegen das Kinn zu treten.

ASKIR

Nach einer gefühlten Ewigkeit der Hysterie, der die meisten leichten Mädchen und Jungen im Raum verfallen waren, hatte sich die Stimmung allmählich beruhigt. Evra sei Dank hatte niemand Kerzen umgestoßen und damit die rotvioletten Schleier in Brand gesetzt. Nur die Kissen hatten etwas gelitten, aber auch diese waren wieder zurechtgezupft worden. Askir hatte geholfen, das Chaos zu beseitigen, hatte jedoch immerzu ein Auge auf Linoriel geworfen, die sich mit gehetztem Blick in eine Ecke verkrochen hatte. Keiner fühlte sich sonst für sie verantwortlich und so lag es an ihm, sich der Silberelfe anzunehmen, sie zu beruhigen und zu waschen.

Er rieb sich mit beiden Händen übers Gesicht, um die Müdigkeit zu vertreiben, und kniff die Augen zusammen, als ihm durch das offene Fenster das helle Licht der Morgensonne direkt entgegenschien. In diesem ganzen Durcheinander war ihm entgangen, dass der nächste Tag angebrochen war, doch er wunderte sich nicht darüber, dass die Gäste, für welche sie alle hier ausharrten, sich Zeit ließen, zu erscheinen. Sie trieben bei Nacht ihr Unwesen und vergnügten sich in den frühen Morgenstunden. Es konnte sich demnach lediglich um wenige Augenblicke handeln, bis sie eintrafen. Askir beeilte sich, eine der Wasserschalen, die in der Räumlichkeit zwischen Kissen, Wein und Kerzen verteilt standen, zur Silberelfe herüberzutragen und sich vor ihr hinzuknien.

Sie ließ zu, dass er ihr mit einem nassen Lappen das Blut, das aus ihren Ohren getreten war, vom Hals wischte. Still blickte sie zu ihm auf, mit diesem dumpfen Grün, das ihre Pupillen bis auf einen schmalen Strich verbarg. Apathisch klammerte sie sich an seinem Arm fest, bewegte dabei gelegentlich ihre Lippen, ohne dass ein hörbares Wort herauskam. Dem armen Ding hatte jemand die Seele aus dem Leib gerissen, ob durch körperliche oder seelische Gewalt ...

Nein. Innerlich schüttelte er den Kopf. Genauer wissen wollte er es nicht. Vorsichtig fuhr er ihr über die Wange und strich ihr die losen Silbersträhnen hinter die langen, spitzen Ohren.

»Das wird wieder«, sprach er ihr gut zu, obgleich es ihm schwerfiel, selbst an seine Worte glauben. Er wusste es besser, doch war auch er nicht in der Lage, sich dieser Wahrheit jemals zu entziehen. Niemand konnte das, nicht in Qurta'bar. In der Stadt, wo der Meister des Lichts herrschte, gab es kein Recht für Sklaven oder magische Wesen ohne Erlaubnis für ihren Aufenthalt. Der reiche Mensch stand hier im Mittelpunkt und Côrs Anhänger – die sogenannten Vollstrecker Côrs – sorgten dafür, dass diese Ordnung beibehalten wurde. Papiere und Siegel bestimmten den Stand jedes Einzelnen, verfügten über Schicksale wie über den Wert einer Ware. Bürokratie und

Ordnung, die Gier nach Macht, das Streben nach Erhabenheit – alles repräsentierte dieser Côr, und egal, wie er es drehte und wendete, Askir verstand nicht, wieso er von so vielen verehrt wurde. Diese Ausstrahlung, das hochgereckte Kinn, der arrogante Blick – Wesenszüge und Eigenschaften, die er von Weitem an ihm beobachtet hatte und die er nicht für außergewöhnlich hielt. Wenn dieser selbsternannte Meister des Lichts in seinem goldenen Gewand durch die Stadt schritt, wurde allerdings jedes Mal kurzfristig alles organisiert, was ein Fest benötigte, und jedes Mal erschien es Askir noch prunkvoller als das vorherige. Dieses Lichtwesen wurde besungen, bekam Hunderte von Einladungen in die Häuser der Stadtbewohner und Unmengen von Gold wurden ihm dargeboten. Sogar Silberelfen schenkte man ihm, über welche er sich immer besonders freute; jedenfalls hatte Askir das durch sein Zimmerfenster des Freudenhauses beobachtet, das einen Blick auf eine der wichtigsten Straßen Qurta'bars bot.

An solchen Festtagen florierte das Geschäft mit der käuflichen Liebe in höchstem Maße, sodass Askir von der hohen Menge vielzahlender Kunden kaum ein Moment blieb, sich auszuruhen. Côr hatte es nicht ausgelassen, auch Meister Baitani, dem Besitzer des Hauses der Seidenrosen und Askirs Herr, die Ehre eines persönlichen Besuches zu erweisen. Erst vor drei Monaten hatte der Möchtegerngott nach einer Silberelfe verlangt – und hatte Linoriel bekommen. Damals war ihr noch einen kläglichen Rest ihres eigenen Willens geblieben, danach aber, als das Lichtwesen seine Bedürfnisse an ihr gestillt hatte, trübte sich ihr Blick und kein Lächeln war seither über ihre Lippen gekommen.

Tränen traten nun aus ihren Augen und die Hoffnungslosigkeit in ihnen verbiss sich in sein Herz wie ein Raubtier in seine Beute.

»Ich wünschte, ich könnte dir helfen, Linoriel«, flüsterte er ihr zu.

Vorsichtig hauchte er ihr einen Kuss auf die Stirn, doch sie zuckte zusammen, als fürchtete sie sich davor, dass er ihr etwas antat. Es versetzte ihm einen Stich in der Brust, doch er ließ sich nichts davon anmerken.

Er seufzte schwer. »Tut mir leid.«

Trotzdem machte sie keine Anstalten, sich von ihm abzuwenden, und lehnte sich stattdessen zitternd an ihn. Sie begann, mit den schmalen, blonden Zöpfen zu spielen, die er sich nach dem Aufräumen in sein ansonsten offenes Haar geflochten hatte. Ohne seinen Kopf zu heben, linste er zu den jungen Frauen hinüber, die ihn teils feindselig, teils interessiert anstarrten. Die Blicke galten nicht Linoriel, sondern ihm. Nichts Neues. Viele – Menschen, Elfen sowie auch andere Wesen – neigten dazu, sich nach ihm umzuschauen, ob bewusst oder nicht, das sei dahingestellt. Ebendiese Faszination, die er auf andere ausübte, nutzte sein Herr zu seinem Vorteil. Für Meister Baitani war dies ein geldreicher Segen, für Askir ein Fluch.

Er begegnete den Blicken der leichten Mädchen und Jungen nicht, sondern ließ den seinen zum dunkelroten Vorhang gleiten, unter welchem er das Flackern einer Fackel wahrnahm und ein paar Füße, die vor dem schweren Stoff stehen geblieben waren. Dumpf hörte er Worte, verstand aber nur Fetzen davon. Selbst aus diesen entstand kaum ein Zusammenhang.

Meister Baitani hatte für diesen frühen Morgen zehn Gäste angekündigt, eine Gruppe von Dieben und Meuchelmördern, deren Namen man weit über Côr'hjr hinaus kannte. Nicht zum ersten Mal war Askir ihretwegen in dieses Ambiente beordert worden, denn schließlich zählte sein Herr die Schattenlosen 10 zu seinen meistzahlenden Gästen und bot ihnen dementsprechend nur die beste Unterkunft an, die sich in seinem Besitz befand.

Der Name der Diebe kam nicht von irgendwoher, sondern bedeutete exakt das, was er besagte: Die Mitglieder besaßen keine Schatten, weder bei Tag noch bei Nacht. Vielmehr sahen sie sich als ihre eigenen Schatten, finster und lautlos in ihrer Gestalt, und wer nicht aufpasste, war schneller tot, als dieser jemand mit den Wimpern schlagen konnte. Und doch wunderte sich Askir über die Zahl, da er niemals zehn zur selben Zeit zählte. Vielleicht gab es jemanden unter ihnen, der die Gesellschaft von Huren mied. Vielleicht machte er sich auch zu viele Gedanken darüber. Wer wusste das schon?

Der Vorhang wurde beiseitegeschoben. Ein kalter Schauer jagte durch seinen Körper, als er sie als Erstes eintreten sah – eine Frau mit bronzefarbener Haut und dunkelbraunem Haar, das zu vielen kleinen Zöpfen zusammengebunden worden war. Sie fielen ihr nur bis knapp zu den Schultern, wo die Spitzen am Saum einer schwarzen Kapuze ruhten.

Mirha ... Allein ihr Name bereitete ihm Bauchschmerzen.

Zielstrebig suchte sie mit ihren dunkel geschminkten Augen den Raum ab und fand ihn nach wenigen Augenblicken. Sie grinste ihn an, während er sich innerlich anspannte und geistig darauf vorbereitete, was sie von ihm verlangen würde.

Als Nächstes trat Dirion ein, der Anführer der Schattenlosen 10, und richtete seinen selbstgefälligen Blick ebenfalls auf Askir. Er lächelte, als könnte er keinem Spatzen schaden, aber die schwarzen Augen dieses Mannes sahen ihm immerzu durchdringend entgegen, als wäre Askirs Seele wie die Seite eines offenen Buches. In seiner Gegenwart fühlte er sich entblößt, seiner Fassade beraubt, aber er verbarg sein Unbehagen hinter einem aufgesetzten Lächeln. Er konnte ihm ohnehin nicht ausweichen, ihm noch weniger als ihr.

Sie lachte freudig auf und jagte ihm damit ein weiteres Schaudern durchs Rückgrat. Er unterdrückte das Zittern und erhob sich, den Kopf leicht geneigt, den Blick gesenkt. Die Silberelfe klammerte sich weiterhin an ihm fest, sodass er jeden ihrer Finger vorsichtig vom Stoff seiner leichten Tunika lösen musste, ehe sie ihn losließ. Bei Mirhas Anblick, die Askir mit einer Geste zu sich zitierte, griff Linoriel nach einer Kissenecke und drückte sie sich gegen die Brust. Ein leises Wimmern drang an sein Ohr, während er selbst die Furcht hinunterschluckte, die einen Kloß in seiner Kehle geformt hatte. Er hob seinen Blick, allerdings darauf bedacht, stets Demut und Respekt zu zeigen. Alles andere erachtete Mirha als Beleidigung und galt für sie als Grund, ihm Schmerzen zuzufügen.

Gehorsam trat er auf sie zu, obgleich es enorme Überwindung brauchte, um seine Furcht nicht offen zu zeigen. Sie besaß längst nicht seine körperliche Größe, aber das benötigte sie auch nicht. Ihr grausamer Ruf eilte ihr weit voraus, sodass Askir ihren und Dirions Namen schon gehört hatte, Jahre bevor sie zum ersten Mal in sein Leben getreten waren.

»Wie sehr ich mich gefreut habe, dich wiederzusehen, mein hübscher Askir.« Sie lehnte sich an seine Brust und strich ihm mit ihrer Hand über den Bauch. Er schlang den linken Arm um sie, um keine falsche Scheu zu zeigen; je zurückhaltender er sich nämlich zeigte, desto herrischer wurde sie.

»Ihr sollt während der nächsten Stunden frei über mich verfügen, Herrin.« Er rang sich ein Lächeln ab, das bis zu seinen Augen reichte. Lange hatte er dafür geübt und alle glaubten ihm, dass er sie immerzu ehrlich anlächelte – selbst sie, eine der Schattenlosen 10. Nur bei Dirion war er sich nicht sicher, ob er Askirs Schauspiel nicht längst durchschaut hatte. Er vermied es, zu ihm hinüberzuschauen, widmete sich ganz Mirha.

»Wieso diese Förmlichkeiten? Sind wir uns denn nicht schon nähergekommen?«, neckte sie ihn in ihrem starken ferniasischen Akzent, während sie erneut ein Lachen von sich gab, das aus den Tiefen ihrer Kehle entstammte.

Darauf wusste er keine Antwort. Er erlaubte sich, kurz die Lage zu überblicken, und nahm wahr, wie sich weitere Mitglieder – sechs an der Zahl – im Ambiente verteilt hatten und sich ein Mädchen oder einen Jungen nach ihrem Belieben als Bettgenossen wählten. Zwei fehlten und so blieben einige von Meister Baitanis Auserwählten unbeschäftigt, hielten sich aber respektvoll im Hintergrund. Mittlerweile hatten sie aufgehört, miteinander zu tuscheln, und übten sich in Schweigen.

»Hey, Hübscher! Ich bin hier!« Mirha packte ihn grob am Kinn. »Wir wollen doch nicht, dass mir langweilig wird.«

Umgehend galt seine volle Aufmerksamkeit wieder ihr. Ihre Augen musterten ihn wie feingeschliffene Edelsteine, links ein Malachit, rechts ein Achat von einem dunklen Braun, und sprühten von der Magie in Mirhas Adern förmlich über.

»Nein, das wollen wir nicht.« Er lächelte sie an, gab ihr das Gefühl, die schönste Frau auf Vaerys zu sein, und sie sprang darauf an. Sie schlang ihre Arme um seinen Nacken und zog ihn ruckartig zu sich herunter. Askir wehrte sich nicht dagegen, erwiderte den Kuss, den sie ihm aufzwang. Ihre Lippen forderten mehr und mehr, drückten sich gegen seine, bis sie ihm schließlich in die Unterlippe biss. Er zog sich nicht zurück, sondern gab ihr stattdessen, was sie verlangte, und hielt ihre Taille fest umfasst. Solange er gehorchte, hatte er kaum etwas zu befürchten.

Wenn ihre unheimliche Ausstrahlung nur nicht wäre. Aus jeder Pore strömte sie Gefahr aus, Dominanz und eine großzügige Prise Wahnsinn , was jeden Mann, der einen klaren Verstand besaß, vertrieb. In ihm sträubte sich alles gegen sie, aber wenn er sich widersetzte und sich weigerte, sich ihrer Bedürfnisse vollends anzunehmen, wartete auf ihn etwas weitaus Schlimmeres als eine milde Strafe seines Meisters.

Während er sie weiter küsste, nahm er am Rande seines Blickfelds wahr, wie ihre Hand kurzzeitig in ihrer Umhängetasche verschwand, die sie noch nicht abgelegt hatte, und ihre geliebte *Schmerzensbringerin* hervorzog: eine neunschwänzige Katze aus robustem Leder, schwarz und glänzend.

Sein Atem beschleunigte sich.

»Was ist denn los, mein Hübscher? Hast du sie etwa nicht vermisst?«, fragte sie ihn in ihrem mokierenden Tonfall und hielt ihm ihre Peitsche direkt unter die Nase, sodass ihm deren strenger Geruch nach Lederöl und altem, getrocknetem Blut entgegenschlug.

Er schluckte den Kommentar hinunter, der ihm auf der Zunge gelegen hatte, und setzte erneut ein Lächeln auf.

»Nicht sie, meine Herrin, sondern Euch«, log er und strich ihr mit seiner Linken über die Wange. »Eure Schönheit ist einzigartig und es ehrt mich, Euch des Nachts dienen zu dürfen und all Euren Wünschen nachzukommen.«

Von einem Moment zum nächsten änderte sich der selbstgefällige Ausdruck auf ihrem Gesicht. Ihre Züge wurden weicher und ihre Haltung entspannte sich. Im Klang seiner tiefen Stimme schmolz sie dahin, lächelte sogar verlegen, was sonst selten passierte und auch nur, wenn er sie verführte. Ihre Wangen nahmen einen rötlichen Ton an, doch er trieb dieses gefährliche Spiel noch weiter und streifte mit seinen Fingern durch ihre Zöpfe.

»Lasst mich Euch verwöhnen, Herrin. Nur Euch, denn Ihr seid etwas Besonderes«, flüsterte er ihr ins Ohr. Sie keuchte erregt.

»Glaubst du?« Sie blickte mit großen Augen zu ihm auf und blinzelte ihn starr an. Er hielt sie mit ihrer Faszination für ihn gefangen, berührte sanft ihren Nacken und vermied es, den Blickkontakt mit ihr zu unterbrechen.

»Ja, das tue ich, Herrin. Ihr seid wahrhaftig einzigartig«, erwiderte er. »Alle liegen Euch zu Füßen und verehren Euch.«

Askir griff vorsichtig nach dem Träger ihrer Tasche und schob ihn über ihre Schulter, bis sie mit einem dumpfen Aufprall zu Boden glitt. Mirha zuckte unvermittelt zusammen, als ob sie aus einem Traum erwacht wäre, bewegte sich ruckartig und, ehe er sich versah, hielt sie ihm ein kleines Messer an die Kehle.

Durch und durch dem Wahnsinn verfallen ...

»Fass nie wieder mein Eigentum an!«, fuhr sie ihn an. Sie reckte sich zu ihm hoch, so weit, bis ihre Augen auf seiner Kinnhöhe waren. »Hast du das verstanden, Hure?«

»Ja, das habe ich.« Er ignorierte das leichte Brennen an seinem Hals. »Herrin.«

Aus nächster Nähe hörte er ein dunkles, selbstgefälliges Lachen. Als er aufsah, erkannte Askir, dass Dirion sich auf eines der übergroßen Kissen bequemt und das Gespräch zwischen Mirha und ihm die ganze Zeit über mitverfolgt hatte. Er machte nicht den Anschein, als würde er ihr offenbaren, wie sehr Askir sie manipuliert hatte. Andererseits unternahm er ebenso nichts gegen Mirhas Vorhaben und beobachtete weiterhin das herrische Gehabe seiner Kameradin.

»Auf die Knie, Hübscher! Meine werte *Schmerzensbringerin* verzehrt sich danach, deinen schönen Körper zu liebkosen. Das wollen wir ihr doch nicht verwehren.« Rasch zog sie die kleine Klinge zurück, um sie in einem Futteral, das an ihrem linken Bein befestigt war, zu verstauen.

Der Zauber war gänzlich verflogen und Askir folgte ihrem Befehl, sah aber den ersten Schlag, den sie vollführte, nicht kommen. Dieser zischte knapp an seinem linken Ohr vorbei, über die Wange und hinterließ dabei einen winzigen Schnitt, der aufflammte wie ein kleines Feuer. Angespannt schnappte er nach Luft.

»O weh, jetzt habe ich dein schönes Gesicht getroffen. Schade drum, aber immerhin wissen wir jetzt, dass du mir gegenüber immer Respekt zeigen solltest. Nicht wahr, mein Hübscher?«, ermahnte sie ihn.

Askir nickte geschlagen. »Ja, Herrin. Ich werde mich kein weiteres Mal vergessen.«

»Gut so!« Das gefährliche Grinsen kehrte auf ihre dunkelroten Lippen zurück. »Und jetzt solltest du mich verwöhnen, bevor ich es mir anders überlege und dich doch lieber meiner *Schmerzensbringerin* überlasse.«

In wenigen, geschmeidigen Bewegungen entledigte er sich seiner Tunika und kümmerte sich darum, Mirhas Begierden zu stillen, während er – angetrieben durch das Bild der fliehenden Silberelfe und des Diebes – an seine eigenen, jedoch gescheiterten Fluchtversuche nachdachte. Ein Funke entsprang diesem Gedanken und setzte sich in seiner Brust fest. Vielleicht war es doch noch zu früh, die Hoffnung vollends aufzugeben. Vielleicht hatte diese Begegnung tatsächlich etwas zu bedeuten ...

CALLAN

Mit genügend Schwung stieg Callan durch das offene Fenster und setzte seine Füße auf dem festen Steinboden des Zimmers ab. Es war leer, die Tür gänzlich geschlossen, kein Licht entzündet. Es schien unbewohnt und verwahrlost, zumindest deuteten die zerschlissenen Vorhänge und die dicke Staubschicht, die sich auf dem einzigen Möbelstück – einer zerkratzten Kommode – abgesetzt hatte, darauf hin. Er erlaubte sich einen Blick zurück aus dem Fenster, lehnte sich vor, um sich davon zu überzeugen, ob er dem Dreckskerl vielleicht sogar eine blutige Schramme verpasst hatte. Doch Callan wurde enttäuscht, denn dort, wo Answin zuvor gestanden hatte, gab es keine Indizien, die verrieten, dass sich vor einem Augenblick noch jemand an jener Stelle befunden hatte. Nicht einmal Fußspuren hatte er im Sand hinterlassen. Callans eigene dagegen führten bis zur Wand und hörten dort abrupt auf. Viel zu auffällig für seinen Geschmack, aber er hatte sich zu sehr ablenken lassen, um daran zu denken. Wieder herunterzuklettern, kam nicht infrage – nicht, bevor er der Silberelfe geholfen hatte.

Ein gedämpftes Fiepen drang an seine Ohren, sodass er sich abrupt zum Ursprung des Geräusches umdrehte. Aber da lungerte nichts herum. Obwohl ihm dafür eigentlich keine Zeit blieb, trat er mit einer Hand auf dem Dolchgriff instinktiv näher an die einsame Kommode heran und horchte erneut. Wieder hörte er ein leises Fiepen.

Stirnrunzelnd kratzte er sich am Nacken, gepackt von Neugier, ehe er den Griff der Schublade umfasste und daran zog. Kein Stück bewegte sie sich. Er rüttelte an ihr, aber sie klemmte.

Das gibt's doch nicht! Callan krempelte seine Ärmel hoch, stellte sich noch näher ans Möbelstück heran, um aus einem leicht anderen Winkel daran zu ruckeln. Er hörte nicht auf, bis die Schublade tatsächlich nachgab und aufschwang.

Einige Silberstücke lagen auf dem schwarzen Seidenstoff, der offenbar in Eile zusammengeknüllt und in die Schublade geworfen worden war. Callan schnappte sich die Münzen, um sie sich in die Hosentaschen zu stopfen. Trotz der Ablenkung bemerkte er, dass sich der Stoffhaufen kurz aufbäumte und dann gleich wieder niedersank. Erst hielt er es für eine Sinnestäuschung, doch da hob sich der Stoff erneut. Er stutzte, fixierte das Bündel, ehe er danach griff. Etwas Weiches und Warmes lag in seiner Hand, winzig, kaum größer als seine Faust, und es quiekte protestierend.

»Was zum …!«, stieß er überrascht aus. Er nahm eine Falte des Stoffes achtsam zwischen Zeigefinger und Daumen seiner linken Hand, hob diese an und sah eine winzige Pfote mit nadelspitzen, ausgefahrenen Krallen unter dem Tuch erscheinen. Darauf folgte eine spitz zulaufende Schnauze,

bevor ihn verschlafene schwarze Kulleraugen anstarrten. Das kleine Tier gähnte und entblößte seine Raubtierzähnchen. Die abgerundeten Öhrchen zuckten, während sich das Wesen mit der dunklen Zunge die Pfote leckte. Sachte streckte Callan die Hand nach ihm aus, und da es weder vor ihm zurückschreckte noch Anstalten machte, ihn zu beißen, berührte er mit seinem Zeigefinger die Stelle zwischen den Ohren. Es hielt still und schloss die Augen.

»Na, Kleines? Bist du ganz allein hier?« Wärme breitete sich in Callans Brust aus und entlockte ihm ein Lächeln.

Als er aufhörte, das Tierchen streicheln, gähnte es erneut, streckte sich und kroch dann unter dem Seidenstoff hervor. Er hätte mit einem gewöhnlichen, wenn auch überaus zutraulichen Marder gerechnet, aber wie sich herausstellte, stimmte die Wirklichkeit nur teils mit seinen Erwartungen überein. Zum Vorschein kamen nämlich zwei Flügel, eng angelegt an den schmalen Körper, und ein Schweif, so lang wie Callans Hand, dessen Ende ein Federfächer zierte. Obwohl er in seiner Heimat kein Wesen dieser Art je gesehen hatte, wusste er aus den unzähligen Geschichten, die sein Vater ihm in seiner Kindheit vorgelesen hatte, dass es sich um ein Drachenkätzchen handelte. Zwar fehlten die kleinen Hörner, aber es war auch erst ein Welpe und würde noch wachsen.

Es gab ein jammerndes Piepsen von sich, wieder und wieder, und hielt Callan den offenen Mund entgegen. Als erwartete es etwas von ihm, setzte es sich auf und hörte nicht auf zu betteln. Aus Angst, dass es jemand hörte, bedeckte er es mit dem Tuch, in der Hoffnung, dass es auf diese Weise keine Geräusche mehr von sich gab. Doch so einfach machte es ihm das kleine Wesen nicht. Das Drachenkätzchen jammerte nur noch lauter und zerrte und trat gegen den Stoff, als hinge sein Leben davon ab.

»Nicht so laut!«, redete er flüsternd auf das Tierchen ein. »Ich kann leider nichts herbeizaubern.«

Oder, Moment ... hab' ich da nicht noch ...?

Eilig kramte er in seiner Tasche herum und holte ein kleines Stück Trockenfleisch hervor, das er wiederum in mundgerechte Brocken brach. Vorsichtig befreite er das hungrige Biest vom Stoff und hielt ein Fleischstück vor die Nase des Wesens. In seinem Eifer schnappte es danach, traf aber nicht das Futter, sondern Callans Finger.

Um sich den Fluch zu verkneifen, der ihm auf der Zunge kribbelte, spannte er die Kiefer an, während er die Zähnchen sachte aus seiner Fingerkuppe löste. Das Tier wehrte sich nicht, gab aber ein weiteres Fiepen von sich, sobald sich nichts mehr in seinem Mund befand.

»Ruhig, kleines Biestchen!« Um es zu beruhigen, legte er ein Stück Fleisch in das winzige Maul. Gierig schlang es das Essen hinunter und nahm kaum wahr, wie er es achtsam hochhob, um die kleine, pelzige Kugel auf seiner Handfläche ausgiebig zu begutachten. »Hm. Dich kann ich doch nicht einfach so zurücklassen.« Callan brachte es nicht übers Herz, es zurück in die Schublade zu stecken, weshalb er sich dazu entschied, es vorsichtig in seine Tasche, direkt auf seinen Geldbeutel, zu setzen. Er war sich sicher, dass er es später bereuen würde, vor allem, da es bestimmt alles anknabbern und zerfetzen würde, was er darin verstaut hatte, aber das war ein Problem für Zukunfts-Callan. Es gab deutlich bessere Orte für dieses arme Wesen und wer wusste schon, wie lange es hier festgesteckt hatte – so ausgehungert, wie es war.

Er schnürte seine Umhängetasche sorgfältig zu und ermahnte sich, sich nicht von weiteren Dingen ablenken zu lassen. Schließlich stand das Leben der Silberelfe auf dem Spiel. Je mehr Zeit er verplemperte, desto größer war das Risiko, dass ihr bereits etwas Schlimmeres zugestoßen war. Dennoch vergaß er nicht, die Schublade zuzuschieben und seine Handabdrücke im Staub wegzuwischen, um keine Spuren zu hinterlassen. Dass ihn jemand anhand seiner Unachtsamkeiten verfolgte, war definitiv etwas, was er nicht gebrauchen konnte.

Bevor er näher zur Tür trat, hielt er inne, horchte aufmerksam, ob er Geräusche aus der unmittelbaren Nähe hörte. Und tatsächlich drang eine männliche Stimme zu ihm, viel zu nah für Callans Geschmack. Auf jeden einzelnen Fußtritt bedacht schlich er zur Tür, die sich mit einem leichten Kratzen über den Boden nach außen hin öffnen ließ. Niemand hatte sich darum bemüht, ein verlassenes, offenbar unbenutztes Zimmer abzuschließen, da wohl niemand damit rechnete, dass ein Dieb in dieser Höhe einsteigen würde. Die meisten Leute unterschätzten leere Räume, oft zu Callans Gunsten, wie das Beispiel von eben ihm wieder einmal gezeigt hatte. Er streckte seinen Kopf durch den Spalt, um sich umzusehen, doch das Einzige, was ihn begrüßte, war das leise Rauschen einer Öllampe, die an der Wand gleich neben der gegenüberliegenden Tür befestigt war. Auch unter diesem Durchgang flackerte Licht und Schatten bewegten sich.

»Warum ist der Trankmischer noch da?«, hörte er Keylinns Stimme dahinter sagen.

»Er hat dir doch versprochen, dir bei der Suche nach Sengmi zu helfen«, antwortete ihr eine weiche Männerstimme, die Callan hingegen nicht erkannte. »Meine Hilfe hast du auch.«

Er sprach mit ihr wie mit einem Kind, das er zu belehren versuchte. Die Elfe ließ es offensichtlich an sich vorbeiziehen, denn sie reagierte nicht darauf. Schweigen folgte.

Callan hielt den Atem an.

Das Rauschen der Öllampe erschien ihm plötzlich unerträglich laut. Gleichzeitig war es ein Segen, da das Geräusch alle Zeichen seiner Anwesenheit schluckte. Ein Fauchen zerriss unvermittelt die Stille, daraufhin kippte etwas Hölzernes um und knackte fürchterlich.

»Tut mir leid, Keylinn! Ich war unvorsichtig«, entschuldigte sich der Typ, aber Callan zögerte nicht weiter, sondern schlug die Tür mit einer schwungvollen Handbewegung auf und hechtete ins Zimmer. Sie stand mitten im Raum, ein Holzstuhl zu ihren Füßen und mit nacktem Oberkörper, sodass er die blauen Flecken und Striemen sah, die sich über ihre Haut zogen – an einigen Stellen stärker als an anderen. Ein abgerissenes Stuhlbein hielt sie in ihrer Rechten und starrte Callan mit gerunzelter Stirn an.

»Wer seid Ihr?«, fragte ein Satyr ihn mit leicht erhobener Stimme, die vor Überraschung um fast eine halbe Oktave höher klang.

»Callan?« Mehr kam nicht aus ihrem Mund, bevor sie ihren Blick auf das abgebrochene Holz richtete. Sie wirkte verwirrt, überfordert mit allem, was gerade um sie herum geschah. Zitternd ließ sie es fallen, öffnete ihren Mund, doch kein Wort kam ihr über die bebenden Lippen. Sie zuckte zusammen und spannte ihren Kiefer an, als würde ihr jede Bewegung Schmerzen bereiten.

»Keylinn? Du kennst diesen Mann?«, setzte der Satyr an, während sein Blick immer wieder zwischen Callan und ihr wechselte.

Sie nickte. »Er hat mir Hilfe geschenkt.«

Callan stand da, zwischen Tür und Angel, runzelte die Stirn und wusste nicht recht, wohin mit sich selbst.

»Das heißt, er hat dir geholfen«, verbesserte der Satyr sie. Sie reagierte nicht darauf, sondern beäugte Callan wachsam.

»Ähm … In Ordnung ...?« Er kratzte sich am Kopf. »Dann brauchst du mich ja nicht länger.«

Sobald er sich zum Gehen umgewandt hatte, schnellte Keylinn vor und ergriff den Riemen seiner Umhängetasche. »Bleib hier!«

Ein Teil von ihm trieb ihn voran und erinnerte ihn daran, weswegen er ursprünglich in diese Stadt gekommen war. Doch ein anderer Teil konnte dieses Flehen in ihren Augen nicht einfach als nichtig abtun.

»Kann ich Ihnen helfen?«, mischte sich der Satyr nun doch ein und trat mit ausgestreckter Hand auf Callan zu. »Ich bin übrigens Iberyn Walden. Falls Ihr gerade unter körperlichen Beschwerden leidet, kann ich mich dieser sehr gerne annehmen.«

Callan drehte sich zu ihm um. »Alles gut. Du solltest dich lieber um sie kümmern.«

Er schaute auf die Hand des Satyrs und ergriff diese zögerlich. *Ein händeschüttelnder Satyr! Das ist neu.* »Callan Fernel. Freut mich!«

Der Gehufte ließ seine Hand los und trat hinter ihn, um die Tür zu schließen.

»Nur zu ihrer Sicherheit«, meinte er lächelnd und lenkte Callans Aufmerksamkeit mit einer leichten Kopfbewegung in Keylinns Richtung. Mit einer kleinen Sorgenfalte zwischen ihren Brauen lächelte sie ihm zu und er sah ihr an, wie ein Teil ihrer Unruhe von ihr abfiel.

»Setzt Euch doch!«, bot Iberyn ihm an und zeigte auf die Liege, die in der Mitte des Raums gleich neben einer zweiten stand.

»Lieber nicht. Ich habe noch etwas anderes zu erledigen.«

»Bitte, ich bestehe darauf!«, meinte Iberyn, huschte indes an Keylinn vorbei, um Callan ein Glas voll Kräuterwasser anzubieten. »Mein eigenes Rezept. Probiert!«

Er drückte es ihm in die Hand, sodass ihm nichts anderes übrig blieb, als es anzunehmen. Ob er es trank, ließ er im Raum stehen, obwohl er eher dazu tendierte, es nicht zu tun. Auch nicht aus Höflichkeit. Arschkriechendes Gehabe hatte schon so manchem einen Gifttod beschert und darauf verzichtete Callan lieber. Er musterte seinen vollen Becher, während er aus dem Augenwinkel sah, wie sich Keylinn auf das Bett legte und die dünne Decke über ihre Beine zog. Unüberhörbar klapperte Iberyn mit seinen Hufen zu ihr hinüber, setzte sich an den Bettrand.

»Darf ich?«, fragte er sie um Erlaubnis und wartete geduldig, bis sie zustimmend nickte. Dann nahm er sich weiter der Brandwunde an ihrem Nacken an. »Nun denn, Herr Fernel. Was hat Euch in diese Stadt geführt?«

Callan sprach das Naheliegendste aus, was ihm in den Sinn kam. »Der Handel.«

Im Grunde genommen hatte es den Satyr nicht zu interessieren, aber ihm war nicht danach, zu diskutieren. Er dachte an Answin und zog aus dessen Anwesenheit die Konsequenz, dass Dirion sich ebenso in Qurta'bar aufhielt. Nicht mehr lange und er würde sich diesem Bastard entgegenstellen und ihn büßen lassen. Er würde seinem erbärmlichen Leben ein für alle Mal ein Ende setzen.

»Oha! Der Handel soll in dieser Stadt besonders gut laufen. Ich wünsche Euch Ambars Wohlwollen beim Verkauf Eurer Ware.« Iberyn beließ es dabei und lenkte in seinem Unwissen das Thema zurück zum lauwarmen Kräuterwasser zwischen Callans Fingern. »Schmeckt es nicht?«

»Mhm!«, entgegnete er, vertieft in seine Gedanken, ehe er einen Schluck trank.

»*anjet*, Callan, giftig!«, warf Keylinn ein, streckte die Hand nach ihm aus. In einem Schwall spuckte er das Kräuterwasser wieder aus und hustete sich die Seele aus dem Leib.

»Hey!«, beschwerte sich der Satyr und blökte entsetzt. »Als ob ich einen Gast vergiften oder sonst jemandem schaden würde! Niemals, in Efyons Namen!«

»Das war ein Scherz.« So staubtrocken, wie sie es sagte, hätte es Callan ihr kaum geglaubt. Erst als das scheue Lächeln folgte, verstand auch er ihren schwarzen Humor.

»Der war gut!«, krächzte er und ein weiterer Hustenanfall packte ihn.

Hektische Schritte näherten sich ihm und im nächsten Moment spürte er den Griff warmer Hände an seinen Schultern. »Alles gut bei Euch? Es war wirklich nur kalter Kräutertee, nichts weiter. Das schwöre ich bei Efyon.«

»Ja, ja! Wird schon wieder!«, versicherte er dem Satyr. Er trank demonstrativ einen weiteren Schluck aus dem

Becher, konnte den Hustenreiz jedoch kaum unterdrücken.

Sobald er das Gefäß absetzte, fühlte er den Blick des Satyrs auf sich ruhen, schaute weg und wieder zurück zu ihm. »Ist was? Hab' ich etwas im Gesicht?«

»Nein, ich wollte mich nur vergewissern, dass es Euch wirklich gut geht.«

Callan tat seine Aussage mit einer lässigen Handbewegung ab. »Ach, so einfach kriegt man mich nicht tot. Glaub mir! Hab' schon Schlimmeres erlebt.«

Keylinn horchte auf und ihre langen, spitzen Ohren zuckten leicht. »Was für schlimme Dinge?«

Er winkte ab. »Erzähl ich dir ein anderes Mal!«

»Ein anderes Mal?«, fragte sie nach, und erst da merkte Callan, dass er sie nach diesem Tag wahrscheinlich nicht mehr wiedersehen würde. Sie war in Sicherheit und es kümmerte sich sogar jemand um ihre Verletzungen. Er hatte ihr geholfen und von nun an lag es an ihr, sich nicht erneut in Gefahr zu begeben. Er hatte anderes zu erledigen. Angelegenheiten, die er nicht länger aufschieben wollte. Unbewusst hatte er sich der Tür genähert und seine Hand auf die Türklinke gelegt.

»Wollt Ihr schon gehen?« Der Satyr wischte sich die Hände an einem Tuch sauber, während er seine Stirn in Falten legte. »Wäre es nicht auch sicherer für Euch, hierzubleiben? Wir haben noch ein freies Bett und genug zu essen. Ich schätze es sehr, was Ihr für Keylinn getan habt, denn auch wir hatten so unsere Mühe, sie in diese Stadt einzuschleusen, ohne dabei entdeckt zu werden.«

Callan hielt inne. »Warum habt ihr es überhaupt getan? Nur ein Narr schmuggelt eine Elfe in eine Stadt, in der

Elfen als Ware angesehen werden. Wie seid ihr auf diese unsinnige Idee gekommen?«

Iberyns Augen zuckten und Callan sah, dass ihn seine Worte verletzt hatten. »Wir wollten ihr helfen, einen Freund zu finden.«

»Und bringt sie dafür in Gefahr? Ihr tätet alle gut daran, der Elfe wieder aus diesem Schlamassel herauszuhelfen, in den ihr sie gebracht hat.« Callan konnte bei so viel Torheit nur den Kopf schütteln. »Aber das ist nicht mein Problem. Tschüss!«

In dem Moment öffnete sich die Tür nach außen. Er rutschte ab, stolperte, fing sich aber rechtzeitig, um nicht in den Kerl hineinzulaufen, der vor ihm stand.

»Wen hast du denn hier schon wieder aufgegabelt, Iberyn?«, warf der Neuankömmling dem Satyr vor, unterließ es jedoch nicht, Callan mit einem verachtenden Blick zu strafen. »Sieht mir diesmal aber nicht nach einem Spitzohr aus.«

»Wie unhöflich! Was bist denn du für einer?«, konterte Callan, während er anhand des Gewandes, das der Kerl trug, herauszufinden versuchte, welche Profession dieser ausübte. Der Stoff war an einigen Stellen mit glänzendem Faden bestickt und auch die Ohrringe, die an seinen Ohrläppchen hingen, waren für einen Bürger des gemeinen Volkes kaum bezahlbar. Der Stand des Adels traf auf diesen arroganten Wichtigtuer definitiv zu, aber was zu seiner beruflichen Tätigkeit gehörte, blieb Callan ein Rätsel. Vom Aussehen her unterschied er sich kaum von den anderen Menschen in dieser Stadt. Dunkler Teint, dunkle Augen und Haare, alle denselben hochnäsigen Ausdruck auf ihren Visagen.

Der Kerl blinzelte einmal und wandte seinen Blick Iberyn zu. »Was will der hier?«

»Er hat Keylinn geholfen, zu fliehen«, antwortete dieser.

»Auch gut! Wir können jede Hilfe gebrauchen, selbst von Leuten«, er sah verachtend an ihm herab, »die es mit dem Gesetz vermutlich nicht immer so genau nehmen. Es wäre also gedankenlos, sich in den nächsten Stunden nochmals auf offener Straße blicken zu lassen. Die falschen Leute könnten davon Wind bekommen.« Adelig mochte er aussehen, doch er besaß das Mundwerk eines Bauern.

Callan runzelte die Stirn, ignorierte aber die Drohung hinter dessen Worten. »Ich weiß, was ich tue. Glaub mir.«

»Tust du das? Ein Fehltritt und du könntest auch das Spitzohr in Gefahr bringen«, fügte der hochnäsige Schnösel hinzu.

»Herr Unze, glaubt Ihr nicht, dass es allmählich reicht? Ich denke, Herr Fernel hat verstanden, dass er lieber hierbleiben sollte. Gegen ein bisschen mehr Gesellschaft hätte ich ohnehin nichts einzuwenden«, meinte der Satyr schlichtend. Er machte sich daran, frisches Wasser aufzukochen, nebst der Zubereitung einer neuen Kräutermischung. Unze trat indes an Callan vorbei in den Raum und entledigte sich seiner Tasche, die er neben den Schreibtisch an der Wand gleiten ließ.

Callan bemerkte Keylinns gehetzten Blick, wie sie Unze nicht aus den Augen ließ und ihn mit unübersehbarem Misstrauen strafte.

»Ein Tag und eine Nacht schaden bestimmt nicht«, gab er mit einem Schulterzucken nach und grinste. »Es ist ja nicht so, als hätte ich etwas Besseres zu tun.«

Sich zurück in sein Versteck zu verziehen, lag ihm als Option nicht länger offen, da ihn die Stadtwachen dort sicherlich schon erwarteten. Callan fläzte sich also auf die Liege und gab sich keinerlei Mühe, noch Platz für eine weitere Person übrig zu lassen.

»Exzellent! Dann hätten wir das wohl geklärt.« Dieser Mistkerl konnte offenbar nicht davon absehen, ihn selbst ohne beleidigende Worte, sondern mit Sarkasmus zwischen den Zeilen zu despektieren. Sobald ihm Unze mit seiner möchtegern-eleganten Robe den Rücken zukehrte, um sich beim Schreibtisch einigen Büchern anzunehmen, atmete Callan tief durch und versuchte, seinen Ärger unter einem entspannten Grinsen verborgen zu halten.

Der Satyr schien sich von dieser unangenehmen Atmosphäre nicht anstecken zu lassen, sondern gesellte sich zu Unze, um sich mit ihm über Kräuter und über eine Tinktur, an der der Kotzbrocken arbeitete, zu unterhalten.

Während er die beiden beobachtete, spürte er Keylinns Blick auf sich. Sie hatte sich mittlerweile aufgesetzt und musterte ihn mit zusammengezogenen Augenbrauen. Ihm erschien sie nicht wie jemand, der sich in dieser Konstellation wohlfühlte, und nun verstand er auch, weshalb. Er hatte es für selbstverständlich genommen, dass ihre Begleiter sich um ihr Wohl sorgten, aber wie es aussah, war sie in der Gegenwart von Unze nicht so sicher, wie er zuerst angenommen hatte.

ASKIR

Nach Stunden des begehrlichen Rausches kehrte allmählich Ruhe in das wilde Treiben des Tages ein. Askir hatte Geschehnisse beobachtet, die er versuchte, in die Welt des Vergessens zu stoßen, war dabei selbst von weiterem Leid verschont geblieben. Bisher hatten sich lediglich Dirion und Mirha zurückgezogen. Alle anderen schliefen – teils allein, teils in einer engen Umarmung mit einem der Freudenmädchen oder Liebessklaven. Mirha hatte ihn vor knapp einer halben Stunde für heute entlassen, was ihm wiederum die Möglichkeit bot, sich um die Silberelfe zu kümmern. Linoriel saß erneut zusammengekrümmt in einer Ecke und schluchzte leise vor sich hin. Er zupfte seine Tunika zurecht, ehe er sich zu ihr gesellte. Ihm schwindelte leicht, denn seine Dienste forderten nun doch ihren Tribut. Sein Körper lechzte mit jeder Faser nach einer Befreiung, die ihm nur der Inhalt der kleinen Phiole gewährte, die er immerzu in einer versteckten Tasche, eingenäht in den Hosenbund, bei sich trug. Um

Linoriels Willen hatte er dem Drang danach bisher widerstanden. Für den Moment zumindest, denn sobald er sich auch nur einen Tropfen davon gönnte, verlor er sich in einem Reich, fern von jeglicher Realität, erfüllt von Wärme, Ruhe und Freiheit.

»Linoriel, komm!«, flüsterte er ihr zu, während er einen Schleier um ihre nackten Schultern schlang. »Ich bringe dich in unser Zimmer.«

Vorsichtig half er ihr auf die Beine, die wie Espenlaub zitterten. Wie es zu erwarten gewesen war, brach sie gleich wieder zusammen, weshalb er sie auf seine Arme hob und sich dann zwischen den schlafenden Gästen und ihren Bettgenossen hindurchschlängelte. Trotz der Differenzen, die er mit ihnen teilte, tat es ihm trotzdem leid, die anderen bei diesem Pack von herzlosen Dieben zurückzulassen, aber im Geschäft der käuflichen Liebe war sich leider jeder selbst der Nächste.

Nur bei Linoriel machte er eine Ausnahme, weil sie tatsächlich seine Hilfe brauchte und diese auch dankbar annahm. Mit der rechten Schulter stieß er durch den dicken Vorhang nach draußen, wo ihn eine weitläufige Balustrade erwartete. Mehrere steinerne Brücken führten zu den Obergeschossen der benachbarten Gebäude, eine davon auch direkt zum offenen Dach vom *Haus der Seidenrosen*. Eine Wache stand zu seiner linken an der Wand und beobachtete ihn mit Argusaugen, damit er sich auch ja nicht dem falschen Pfad zuwandte. Ihre Hand ruhte auf dem Schwertgriff, jederzeit bereit, ihre Waffe zu ziehen, um sie Askir drohend entgegenzuhalten. Aber er hatte nicht vor, sie herauszufordern. Er nickte ihr lediglich zu, als ihm sogleich ein angenehmer Lufthauch entgegenwehte. Er trocknete zwar nicht den Schweiß auf seiner Stirn, dennoch beruhigte es seinen aufgekratzten Gemütszustand so weit, dass er imstande war, frei durchzuatmen. Der pochende Schmerz in seinem Kopf ließ etwas nach, aber er würde bald einen Tropfen aus der Phiole einnehmen müssen, damit keine Zitterkrämpfe seine Glieder heimsuchten. Gleißender Sonnenschein strahlte ihm gnadenlos entgegen und trieb ihm Tränen in die Augen, doch davon ließ er sich nicht in die Knie zwingen. Dadurch bemerkte er jedoch den Mann zu spät, der sich wenige Schritte zu seiner Rechten gegen die Mauer gelehnt hatte und ihn beobachtete.

»Wohin des Weges?«, erklang die dunkle Stimme Dirions.

Askir schluckte schwer. Nicht, weil er sich vor dem Anführer der Schattenlosen 10 fürchtete, nein, das nicht. Aber er hegte großen Respekt ihm gegenüber und war nicht so töricht, zu glauben, ihm etwas anderes auch zu bieten. Ungehörig wäre ebenso die Dreistigkeit, ihm ins Gesicht zu lügen, weshalb er sich für die Wahrheit entschied.

»An einen ruhigen Ort, wo sie sich ausruhen kann«, antwortete er und drehte sich bedächtig und mit gesenktem Blick zu Dirion um. »Herr.«

Der Dieb hielt die Arme vor seiner Brust verschränkt, als er von der Wand weg auf Askir zutrat. Ein bedrohliches Grinsen stahl sich auf Dirions Lippen und bereitete ihm Gänsehaut. Er versuchte, sich nichts anmerken zu lassen, betrachtete stattdessen die zitternde Silberelfe in seinen Armen. Ihre Augen waren halb geöffnet, ihre Lippen bebten, während ein leises Wimmern ihren miserablen Zustand verriet.

»Ich weiß, was du mit Mirha angestellt hast.«

Askir widerstand dem Drang, hastig nach oben zu schauen, ließ sich vielmehr alle Zeit der Welt, bis seine Augen bei Dirions Miene angelangt waren. Dieser grinste noch breiter.

»Tut Ihr das?«

»Ja. Und ich nehme an, du weißt, dass es mir nicht entgangen ist. Habe ich recht?«, bohrte er nach, bewegte sich aber nicht von der Stelle. Der Wind wirbelte um ihn herum, ließ jedoch sein nach hinten gekämmtes Haar unberührt. Und trotz der Hitze und der schwarzen Gewandung, die Dirion trug, glänzte kein einziger Schweißtropfen auf seiner Stirn. Sein makelloses Antlitz zeigte keine Anzeichen, dass er sich wilden Fleischeslüsten hingegeben hatte. Als hätte er die vergangenen Momente abgestreift wie eine Schlange ihre Haut. Diese Fassade ohne Fehl und Tadel irritierte Askir und bereitete ihm gleichzeitig ein ungutes Gefühl.

Um das Gespräch nicht mehr als nötig in die Länge zu ziehen, nickte er zur Bestätigung seiner Frage. »Ich bitte Euch darum, mich gehen zu lassen. Sie benötigt unbedingt Ruhe.«

Unbehagen breitete sich in seiner Brust aus, fühlte er doch Dirions durchdringenden Blick auf sich, derart heftig, dass es beinahe schon physisch schmerzte – als kratzte ihm jemand mit der Längsseite eines Dolches gegen die Innenseite seines Brustkorbes. Erneut neigte er sein Kinn weiter nach unten.

Dirion lachte auf. »Ausnahmsweise gewähre ich dir diesen Wunsch, Askir. Bedenke aber, dass wir uns bald wiedersehen werden.«

Bei diesem Lachen zuckte er weder zusammen noch regte sich ein Muskel, der seine kontrollierte Miene hätte zunichtemachen können. Zu lange hatte er an den Künsten

des Schauspiels gefeilt, um jetzt an einem solch gefähr-
lichen Mann wie Dirion zu scheitern. Er blieb standhaft,
wusste jedoch, dass der Anführer der Schattenlosen 10
noch nicht das letzte Wort gesprochen hatte.

»Wann soll ich Euch treffen?«, entgegnete Askir, um
diese ganze Farce etwas zu beschleunigen.

»Hast du es eilig?«, bemerkte Dirion und versperrte ihm
den Weg zum schmalen Durchgang, wo die Treppe in die
anderen Stockwerke des *Hauses der Seidenrosen* hinführte.

Askir verbot sich, den Dieb mit einem herausfordernden
Blick zu strafen, und zog es vor, seine Aufmerksamkeit
auf die Silberelfe zu lenken, die mittlerweile eingeschlafen war. Dirion trat näher heran und minimierte den Abstand zwischen ihren Gesichtern auf eine knappe Ellenlänge. Die Aufregung fraß sich in Askirs Magengrube und
ließ gleichzeitig weiße Funken vor seinen Augen tanzen.
Er brauchte einen Tropfen, nicht mehr, und es ginge ihm
wieder besser.

Nur ein Tropfen ...

»Askir, ich habe dir eine Frage gestellt«, erinnerte Dirion ihn mit einem dunklen Unterton, der ihn sofort auf-
horchen ließ.

»Ja!«, erwiderte Askir kurz angebunden und deutete mit
seinem Blick auf Linoriel. Obwohl er sich zusammenriss,
ging sein Atem schneller. Seine Oberarme zitterten mittlerweile unter dem Gewicht der Silberelfe.

»Nun denn. Ich werde in den nächsten Tagen auf dich
zukommen.« Dirions Worte klangen wie ein unheilvolles
Versprechen, welches er auf jeden Fall einhalten würde.
Er trat zur Seite, gerade so weit, dass er mit seinen Fuß-
ballen auf der äußersten Kante des erhöhten Übergangs

stand, ohne gefährlich nach hinten zu kippen. Wie eine Statue verharrte er in dieser Position und verfolgte Askir mit seinem pechschwarzen Blick, während dieser in gemäßigten Schritten an ihm vorbeiging.

Askir blickte nicht zurück, obgleich sein Nacken kribbelte, als tanzten Dutzende kleiner Spinnen darauf herum. Und erst, als er die Brücke überquert hatte und das Dach des Freudenhauses betrat, realisierte er, dass er seinen Atem kurzzeitig angehalten hatte. Geradeso gelang es ihm, die Treppe hinabzusteigen, durch den Gang zu huschen, in sein Zimmer zu stolpern, welches er mit der Silberelfe teilte. Er bettete sie auf ihre dünne Matratze, ehe er vor ihrem Bett herniedersank, zitternd und nass vor Schweiß. Seine Umgebung nahm er wie durch einen weißen Schleier wahr, verschwommen und dumpf, dennoch gepaart mit pochenden Schmerzen, die in seinem Kopf widerhallten. Er tastete sich blind und kriechend auf dem Boden entlang durchs Zimmer zu einem kleinen, brunnenartigen Gebilde mit dem Sockel einer goldgespickten Säule. Es stand exakt in der Mitte des Raumes, kaum drei Schritte entfernt von Linoriels Bett, aber für ihn zog sich dieser Weg unendlich in die Länge. Am Fuß dieser Säule lag noch der Kupferbecher vom Vortag, mit dem er frisches Wasser aus dem kleinen Brunnen schöpfte, sobald er sich zurück auf die Beine gezwungen hatte. Er holte die Phiole aus der versteckten Sauminnentasche hervor, öffnete sie nach mehreren Anläufen mit seinen bebenden Händen, um dann einen Tropfen der unbezahlbaren Blütenessenz mit dem Wasser zu vermischen. Wie von selbst verstaute seine Hand das kleine Fläschchen zurück in der Tasche, denn Askir hatte alles um sich herum vergessen.

Wo er war, was er hier tat, das kümmerte ihn nicht länger. Er sah nur den Becher mit der geruchlosen Flüssigkeit darin, spürte nur den pochenden Schmerz in seinem Kopf. Weit fort von allem kippte er die Flüssigkeit hinunter, ohne den Becher abzusetzen. Er wollte, nein, er brauchte den Rausch, der ihn von alldem befreite, ihn über alles Weltliche hinwegsetzte.

Es dauerte nicht lange, bis die gewünschte Wirkung einsetzte, das Zittern aufhörte und von einer wohligen Wärme abgelöst wurde, die all seine Sinne berauschte. Er legte den Kopf in den Nacken, lächelte und schloss die Augen. Leichtigkeit erfasste ihn und führte ihn an Orte, wo Sirenen ihn singend wiegten und Dryaden sanft seine Wangen küssten. Ein weiches Seidentuch umhüllte seine unruhigen Gedanken und sog den Schmerz in sich auf, bis er nichts mehr davon spürte. Der Becher fiel ihm aus der Hand und rollte weg, während sich Askir, gegen den Längsbalken seines Bettes gelehnt, dem Hochgefühl ganz und gar hingab.

LAOKA

Während Sjólfur sich um die Ordnung an Deck kümmerte, kratzte in der Kapitänskajüte die Spitze der Feder eifrig übers Papier. Laoka versuchte, alles niederzuschreiben und zu dokumentieren, was sie über die letzten Tage hinweg erlebt hatte. Jedes Detail, jede noch so unbedeutende Beobachtung wurde vermerkt, aber sie erhoffte sich damit, besser zu verstehen, was sie gesehen hatte.

Dieses Kirin.

Wieder tunkte sie die Feder in die pechschwarze Tinte und notierte weiter. Es kribbelte in ihren Fingern, nach Büchern zu diesem mystischen Wesen zu suchen, mehr darüber zu lesen und zu erfahren, aber Bibliotheken lagen gerade außerhalb ihrer Reichweite. Dafür musste sie sich noch gedulden, bis sie Qurta'bar erreichten. Immerhin befand sich dort ein Sammelsurium an Wissen, das nur darauf wartete, sie mit den Informationen zu bereichern, die sie begehrte.

In ein paar Tagen ...

Ihr Kopf wurde schwer und sie kippte beinahe nach vorne weg. Sie fing sich gerade noch rechtzeitig, um sich keine üble Beule an der Stirn zuzuziehen. In ihrer Konzentration war Laoka nicht aufgefallen, wie sehr sie dieser Logbucheintrag ausgelaugt hatte. Es war mittlerweile so schlimm, dass sie ihre Augenlider kaum offenhalten konnte. Aber dafür war jetzt keine Zeit. Schlafen würde sie später. Sie war noch lange nicht fertig mit ihren Notizen. *Nur noch ein bisschen durchhalten.*

Sie tätschelte sich mit der Linken die Wange, um die Müdigkeit abzuklopfen. Doch sobald sie sich wieder ihrem Logbuch widmete, rutschte sie nach vorne ab und ihr Kopf landete schneller auf dem Schreibtisch, als sie hätte reagieren können.

Ein Schleier aus Dunkelheit und Wärme umgab sie, hüllte sie in eine sanfte Umarmung. Der Boden schwankte ausnahmsweise nicht, dennoch kippte der Stuhl, auf dem Laoka saß, unvermittelt um, sodass sie unsanft darauf landete. Sie sah nichts, nicht einmal die Hand vor Augen. Und doch fühlte es sich nicht an wie ein Albtraum.

Laoka rappelte sich auf und schaute umher, um in der Ferne ein fahles Licht zu erkennen. Es war rund und leuchtete wie ein verirrtes Irrlicht in einer Neumondnacht. Mit langsamen Schritten trat sie auf die Lichtquelle zu, zögerte einen Moment, bevor sie die linke Hand danach ausstreckte, um die schimmernde Kugel zu berühren. Je näher sie ihr kam, desto mehr Hitze strahlte sie aus. Es schien ihr beinahe unerträglich, aber Laoka wurde von dieser eigenartigen Erscheinung zu sehr angezogen, um auf die letzte Fingerbreite aufzugeben.

Sie gab sich einen Ruck und griff direkt in die Hitze hinein, doch von einem Moment auf den anderen kühlte sich das Licht ab. Es veränderte seine Form, verzog sich dabei in alle Richtungen, bis vor ihr das Abbild des Kirins stand. Das Wesen schaute mit leuchtenden Augen auf sie herab, schnaubte und schüttelte seinen Kopf.

›*Erwache, Erkorene! Erwache aus deinem Traum und finde den Pfad, der dich mit den anderen verbindet*‹, sprach das Kirin und stapfte nervös mit seinen Vorderläufen. ›*Der Wechsel der Gezeiten naht.*‹

Aus dem Nichts stellte sich das Kirin auf seine Hinterläufe und bäumte sich vor ihr auf. Laoka wich stolpernd zurück – zu ihrer Überraschung direkt an den Rand einer Schlucht, wo sie an der Kante den Halt verlor und in die Tiefe fiel.

In bodenlose Leere.

Weiter und weiter, auch wenn es sich nicht nach einem Fall anfühlte. Vielmehr, als läge sie in einem Bett aus Federn und dunklem Samt, der ihr sanft über die Haut streichelte. Sie genoss das Gefühl, wiegte sich in Sicherheit, sodass sie sogar ihre Augen schloss. Ein Fehler, wie sich herausstellte.

Ungebremst kam sie auf dem Boden auf. Es schmerzte kaum, aber der Aufprall drückte ihr trotzdem alle Luft aus der Lunge und jagte ein unangenehmes Beben durch ihren Körper. Sie lag einen Moment da, versuchte, sich zu sortieren und ihre Empfindungen zu ordnen. Schmerzen blieben trotz des Sturzes fern, doch Verwirrung nagte an ihr. Laoka konnte sich keinen Reim darauf machen, was dieser Traum zu bedeuten hatte.

Spitze Kieselsteinchen stachen in ihre Handflächen, als sie sich auf dem Boden abstützte. Sie betrachtete erst ihre Hand, um mehr oder weniger blind die Brocken aus ihrer

Haut zu ziehen, dann hob sie ihren Blick. Vor ihr öffnete sich ein Pfad zwischen zwei schwarzen Felswänden, kaum sichtbar in der Dunkelheit, und führte sie geradewegs zu einem hoch in den Himmel gewachsenen Baum, dessen Krone einen leicht bläulichen Schimmer abgab. Der Holzkoloss stellte alles andere um sich herum in den Schatten. Er erinnerte sie an die Aufzeichnungen, die sie über Gezeitenbäume gelesen hatte. Wut stieg in ihr auf und formte einen dumpf pochenden Kloß in ihrem Hals. Laoka konnte nicht anders. Sie musste auf diesen Baum zugehen, sich ihn genauer ansehen, auch wenn dies alles nur ein Traum war und sie einem echten Gezeitenbaum kein Stück näherbrachte. Sie fühlte sich davon angezogen, als wären sie durch ein unsichtbares Tau magisch verbunden. Und dieser Baum zerrte daran, sodass sie wie von selbst einen Schritt vor den nächsten setzte. Sie war umgeben von Schatten und Stille. Einzig der Gezeitenbaum schimmerte in einem zarten, saphirnen Licht und offenbarte ihr etwas, sobald sie kaum ein Dutzend Schritte von seinem Stamm entfernt innehielt. Nach und nach formten sich Schemen in einem Kreis um den Baum herum – Personen, die sie nie in ihrem Leben gesehen hatte. Ein blonder, groß gewachsener Kerl, der sie sehr an Sjólfur erinnerte. Ein unscheinbarer Mann mit schiefer Nase. Eine Elfe mit silbern leuchtendem Haar und suchendem Blick. Und andere, aus deren Gestalt Laoka nicht recht schlau wurde. Bis sie Corvyn erkannte. Er schien sich vor etwas zu ängstigen, streckte nichtsdestotrotz seine Hand nach dem Baumstamm aus. Genau dasselbe tat Miro, der halb verborgen links von Corvyn stand. Nur wirkte der Junge deutlich selbstbewusster als der Dämon.

Laoka überwand sich, in Corvyns Richtung zu stolpern, doch schon nach einem Schritt lösten sich alle Schemen auf. Selbst der Gezeitenbaum verschwand und überließ sie der Dunkelheit, die sie umschlang, sie niederdrückte und erstickte. Sie versuchte, zu schreien, trat um sich und stürzte erneut ins Leere.

Sie schreckte auf und hörte ein leises Zischen unmittelbar aus ihrer Nähe. Als sie ihre Augen aufschlug, blickte sie Corvyn entgegen, der mit aufgeplusterten Federn und mit riesigen Pupillen bei der Tür kauerte. Sein Schweif peitschte aufgeregt umher, während er versuchte, sich mit kontrollierten Atemzügen zu beruhigen.

Laoka blinzelte sich den Schlaf aus den Augen und wischte sich die getrocknete Spucke vom rechten Mundwinkel, sobald sie mehr oder weniger aufrecht auf dem Schreibtischstuhl saß. ›Corvyn? *Ist etwas vorgefallen?*‹, formte sie mit ihren Lippen.

Zähneklappernd schüttelte er den Kopf. »Nein, nicht wirklich. Ich wollte nur sichergehen, dass mit dir alles in Ordnung ...« Sein Blick huschte zum Tintenfass, das er im Schreck heruntergerissen hatte. Die schwarze Farbe verteilte sich ungehalten auf dem Teppich und verunstaltete die Szenerie der darauf abgebildeten Seeschlacht. Das blanke Entsetzen stand ihm ins Gesicht geschrieben. »T-tut mir leid! Ich mach das gleich wieder weg.«

Müde winkte Laoka ab und rieb sich den Schlaf aus den Augen. Sie bog ihren Rücken durch,

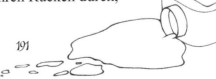

streckte sich, während Corvyn sich nicht rührte. ›Keine Bange! Es ist nur ein Teppich.‹

Er nickte steif. »In Ordnung.« Anders als sonst gelang es ihm diesmal nicht, seine Anspannung mit einem selbstsicher wirkenden Grinsen herunterzuspielen. »Ich gehe dann mal.« Bereits halb der Tür zugedreht zeigte er mit beiden Händen zum Zimmerausgang, doch sie klopfte zweimal in rascher Folge auf den Tisch, damit er innehielt. Wie erwartet zuckte er zusammen und fuhr herum. »Ja?«

Derart ängstlich hatte sie ihn schon lange nicht mehr gesehen.

Sie lächelte ihn an, hoffte, dass ihre Mimik einen Teil seiner Angst fortspülte. ›Ich muss mich bei dir entschuldigen.‹

»Wofür?« Ein fragender Ausdruck trat in seine Augen und bildete eine Falte zwischen seinen Brauen.

›Dass ich dir die Chance verwehrt habe, zum Matrosen aufzusteigen.‹ Das schlechte Gewissen in ihrer Brust brachte sie dazu, für einen Moment Corvyns Blick auszuweichen, doch sie zwang sich dazu, sich ihm kaum zwei Wimpernschläge später wieder zuzuwenden. ›Es war nicht rechtens. Das weiß ich jetzt, aber ich konnte dich auch nicht ohne Bestrafung davonkommen lassen. Das hätte nur für Unruhe bei den anderen Männern gesorgt.‹

»Ich weiß. Ich hätte es dir sagen müssen«, meinte er einsichtig und rieb sich die linke Schläfe. »Dann wären auch nie Missverständnisse aufgekommen.«

Erfreut darüber, dass er so dachte, atmete sie erleichtert auf. ›Du wirst deine Chance noch erhalten. Mir ist bewusst, dass die Zeit als Schiffsjunge nicht einfach für dich ist – gerade deiner Herkunft wegen.‹

»Laoka, müssen wir darüber wirklich sprechen?« Als wäre ihm das Thema unangenehm, verlagerte er sein Gewicht immer wieder von einem Fuß auf den anderen.

›Vielleicht täte es dir gut, damit du mit jemandem die Last teilen kannst, die auf deinen Schultern liegt.‹

»Wohl kaum. Meine Herkunft hat mich immerhin fast das Leben gekostet.«

Da hatte er nicht unrecht. Sie erinnerte sich noch ganz genau an den Tag – den 4. Eos 738 –, als sie ihn bewusstlos und rücklings auf dem Meer treibend entdeckt hatte. Aus einer klaffenden Wunde in seiner linken Leistengegend war Blut ausgetreten, das das Salzwasser um ihn herum pechschwarz getrübt hatte. Sein linker Flügel hatte fürchterlich verdreht ausgesehen, aber Felgur, der dragonische Bordarzt, hatte ihn richten und verarzten können – genauso die anderen Verletzungen.

Corvyn hatte nie darüber gesprochen, was passiert war, aber seinem damaligen Zustand nach zu urteilen, hatte ihm jemand übel mitgespielt.

Er schien nicht recht zu wissen, wohin er seinen Blick wenden sollte, tat dann aber so, als würde er das Buntglasfenster genauer inspizieren, ohne näher heranzutreten. Um sich seine Aufmerksamkeit wieder zu sichern, schnippte sie einmal.

Er seufzte schwermütig. »Was bringt es? Solange ich an Bord der Singenden Märe bleibe, werden sie mich nicht finden.«

Endlich! Da war er. Dieser kleine Hinweis auf seine Vergangenheit! ›Sie?‹

»Côrs Vollstrecker! Sie haben mich aus Qurta'bar vertrieben, mich quer durch die Elfenbucht bis auf die offene See gejagt und dabei erwischt. Ich bin ihnen gerade so entkommen, aber irgendwann aus Erschöpfung in die Cardronische See gestürzt. Jetzt zufrieden?«, zischte er ihr entgegen und rümpfte die Nase, als ekelte er sich davor, es ausgesprochen zu haben.

Sie schenkte ihm einen mitfühlenden Blick. ›Ich werde nicht zulassen, dass dir die Schergen dieses verblendeten Hochstaplers ein weiteres Mal Schaden zufügen.‹

»Ein ziemlich riskantes Unterfangen. Denkst du nicht?« Corvyn schnaubt ungläubig und rollt die Augen.

Lächelnd zuckte sie mit den Schultern und hob die Hände. ›Mit derlei Risiken kann ich umgehen.‹

»Niemand soll etwas davon erfahren!«

›Meine Lippen sind versiegelt.‹ Sie tat so, als schlösse sie ihren Mund mit einem Schlüssel ab, vollführte dann eine wegwerfende Handbewegung.

»Witzig!«, meinte Corvyn zuerst wenig begeistert, trotzdem entspannten sich seine straffen Schultern etwas.

Sie nickte ihm zur Bestätigung zu, ehe sie wieder ernst wurde, um ihn mit einer ganz anderen Angelegenheit zu konfrontieren. ›Ist dir in irgendeiner Form etwas Absonderliches passiert, seit wir das Kirin an Bord gebracht haben?‹

Nachdem sie die Frage vollständig ausformuliert hatte, wurde ihr bewusst, wie seltsam sie klingen musste. Womöglich vollkommen aus der Luft gegriffen, aber sicherlich aberwitzig.

»Nein«, antwortete Corvyn etwas zu schnell und ohne zu blinzeln.

Sie hob eine Augenbraue. ›Bist du sicher?‹

»Ja, Käpt'n.« Seine Stimme blieb zittrig.

Da sie beide etwas neben der Spur waren, beließ sie es dabei und erlaubte ihm mit einem kurzen Handzeichen, zu gehen. Doch das bedeutete nicht, dass sie es vergessen würde. Was auch immer es war, was sie gesehen hatte, Corvyn hatte etwas damit zu tun. Er wusste mehr, als er bereit war, zuzugeben.

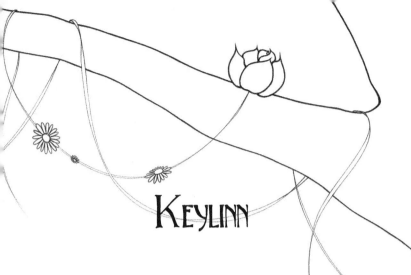

KEYLINN

S teif wie ein Brett saß Keylinn auf der
Kante des Bettes und starrte ins Leere.
Sie war in einen Tagtraum hineingefallen,
hatte sich an einen weit entfernten Ort treiben lassen,
tief in einen Wald hinein. Es handelte sich nicht um
ihre Heimat, denn nichts um sie herum kam ihr bekannt
vor. Dennoch genoss sie die schillernden Farben der Blüten und Früchte, der Blätter und Tiere, die sich vor ihrem
inneren Auge manifestierten. Sie hätte sich dem gerne
länger hingegeben, doch aus dem Nichts drängte sich ihr
ein Gedankenbild auf, dem sie sich nicht entziehen konnte. Das Bild eines mächtigen Gezeitenbaumes. Und nicht
nur das. Andere Wesen standen in einem Kreis um ihn
herum. Eines sonderbarer als das andere, doch einer war
unter ihnen, ein Mensch, den sie gleich erkannte: Callan.

Ein Schnippen direkt vor ihrem Gesicht holte sie zurück
in die Gegenwart. Unze hatte sich ihr gegenüber auf einen
Holzstuhl gesetzt. Vergebens versuchte er, ihr zu erklären, wie wichtig es sei, ihre elfischen Attribute, wie er es
nannte, vor den Augen der ganzen Stadt zu verbergen, um

nicht erneut als Sklavin zu enden. Sie verstand ihn zwar, war aber noch zu abgelenkt von ihrem Tagtraum, um seine Worte zu verarbeiten.

»Hast du verstanden, was ich dir gesagt habe?«, fragte er nach und presste es dabei auf unnatürliche Weise hervor, als würde er sich geradewegs dazu zwingen.

Keylinn schaute ihn mit großen Augen an und schüttelte den Kopf. Der Alchemist warf die Hände in die Luft. Das wiederum begriff sie ohne Mühe. Er war kurz davor, die Geduld mit ihr zu verlieren, und bemühte sich auch nicht darum, es vor ihr zu verbergen. Erneut wechselte er in jene Sprache, die viele Rundohren in dieser Stadt ihre Zunge nannten, wodurch sie wieder gar nichts verstand, außer seine Mimik, die ihr verriet, dass er sie beleidigte. Sie wurde nicht schlau aus diesem Menschen. Er hatte bereits mehrmals indirekt beteuert, dass er ihr helfen würde, Sengmi zu finden. Um genau zu sein, hatte er seine Hilfe Iberyn zugesichert, nicht ihr, aber beim Satyr wusste sie wenigstens, dass er es ehrlich meinte. Sie fühlte es, intuitiv. Iberyn gehörte zu den gutherzigsten Wesen, die sie jemals getroffen hatte, und er erinnerte sie mit seiner aufrichtigen Art an zu Hause.

Unze hingegen behielt etwas für sich, wichtige Wahrheiten, Geheimnisse – sie wusste es nicht genau. Sicher war sie sich jedoch mit der Tatsache, dass sie ihm nicht vertraute, und daran würde sie sich jeden Tag neu erinnern.

Er beschwerte sich weiter in dieser heimischen Zunge, erhob sich dann und verließ den Raum. Mit einem Stirnrunzeln schaute sie ihm hinterher, ehe ihr Blick auf ihre Hände hinabsank, die sie auf ihren Schoß gelegt hatte. Ihre Aufmerksamkeit fiel auf die kleine Tätowierung an der Wurzel ihres linken Daumens: ein Rotkehlchen. Sie strich darüber, lächelte und schweifte in Gedanken ab in ihre Heimat, zu ihrem Sohn, der dort sehnsüchtig auf ihre Rückkehr wartete. Er hatte geweint, als sie sich von ihm verabschiedet hatte, bittere Tränen, und hatte ihr dennoch versichert, dass er ihr nicht böse sei, wenn sie für Sengmi wegginge. Vor sechzehn Zwillingsmonden hatte sie ihn auf die Welt gebracht und bei ihrer Sippe aufgezogen. Mit Feysirions Gnade verbrachte sie nach ihrer Rückkehr in den Wald noch viele Jahre damit, ihm alle Werte und Prinzipien nahezulegen, die für sie zählten. Bis zu dem Tag, an dem er erwachsen werden würde und bereit war, seinen eigenen Weg zu gehen.

»Ilko«, flüsterte sie lächelnd und rieb ein weiteres Mal über das kleine Rotkehlchen. *Wie viele Monate sind vergangen, seit ich ihn und meine Sippe verlassen habe? Drei oder bereits mehr?*

Sie schürzte ihre Lippen, während sie anfing zu zählen. Am Ende des Monats Ambar, des letzten Herbstmonats, war Sengmi entführt worden und kaum einen Tag danach war sie aufgebrochen. Seither waren Feysirion, Alcea und Zeelin ins Land gezogen – über drei Monate. Ihr selbst kam es deutlich länger vor. Vieles war in letzter Zeit passiert, doch kein Tag verging, an dem sie ihren Sohn nicht vermisste. Da sie ihn allein erzogen hatte, wusste sie, was für eine zarte Seele ihm innewohnte, so rein und vertrauensselig wie selten jemand, dem sie in ihrem Leben begegnet war. Die Erinnerung an ihn rief ihr ins Gedächtnis, dass sie nicht zu viel Zeit an einem Ort wie diesem verschwenden durfte. Es war ihre Aufgabe, seine Unbescholtenheit zu bewahren, und dazu war sie nur in der Lage, wenn sie sich beeilte, Sengmi zu finden, und wieder zu Ilko zurückkehrte.

Callan gab ein leises Schnarchen von sich und regte sich auf der Liege, auf der er es sich vor einigen Stunden bequem gemacht hatte. Er schien von ihrem Gespräch mit Unze nichts mitbekommen zu haben, geschweige denn war er davon aufgewacht. Ohne ein Geräusch zu verursachen, stand sie auf, um sich nach wenigen Schritten über ihn zu beugen. Vorsichtig roch sie an ihm und nahm seinen strengen Geruch wahr, der ihr säuerlich in der Nase brannte. Sie betrachtete sein kurzes, wildes Haar und das stoppelige Kinn, um herauszufinden, wie viele Zwillingsmonde er bereits zählte. Bei Menschen empfand sie dies als besonders schwierig, vor allem, wenn sie Bärte trugen wie Callan. Trotzdem schätzte sie ihn jung ein, vielleicht etwas über zwanzig Zwillingsmonde. Sie lehnte sich noch tiefer zu ihm hinab, streckte ihre Hand nach seiner Wange aus, doch ein zögerliches Klopfen am Türrahmen brachte sie dazu, ihre Finger zurückzuziehen und sich wieder gerade aufzurichten. Iberyn trat ein, sah sie dabei schuldbewusst an, als hätte er sie bei etwas Wichtigem unterbrochen.

»Ich hoffe, Ihr habt gut geschlafen.« Mit klappernden Hufen kam er auf sie zu.

»Ja«, erwiderte sie knapp, denn tatsächlich fühlte sie sich so ausgeruht wie schon lange nicht mehr.

»Dank sei Efyon!«, meinte er und schwenkte in seiner linken Hand ein glänzendes Etwas. Da er es mit seinen Fingern verdeckte, konnte sie nicht genau ausmachen, was es war. »Dann seid Ihr jetzt sicher bereit für Euer Bad.«

»Bad?« Sie überlegte, ob der Alchemist zuvor etwas erwähnt hatte, konnte sich aber nicht entsinnen.

»Ja, Herr Unze hat das Bad für Euch reservieren lassen, damit Ihr Euch waschen und diese Tinktur auftragen könnt.« Er streckte ihr eine kleine Phiole entgegen, gefüllt mit einer dunkelgoldenen Flüssigkeit, die teils violett schimmerte, wenn er sie bewegte.

»Auftragen?« Sie nahm das Fläschchen aus Glas zögernd entgegen und beäugte abwechselnd den Satyr und die Phiole.

»In die Haut einreiben, mit ganz viel heißem Wasser. Die Hitze wird eine Verwandlung auslösen, die Euch wie ein Mensch aussehen lässt«, erläuterte er ihr geduldig und rieb sich gleichzeitig mit der Rechten über den linken Unterarm. Sein Tonfall hellte sich auf, wie wenn er mit einem Kind sprach, doch sie sah darüber hinweg. Sie vertraute ihm, auch wenn ihr der Gedanke nicht gefiel, den Rundohren zu ähneln.

»In Ordnung.« Sie lächelte ihn an und steckte das kleine Glasfläschchen in die Seitentasche ihrer weiten Hose. »Danke.«

Sie verlor kein weiteres Wort und zwang sich, auch ihrem Sohn für den Moment keinen Gedanken mehr zu schenken, um beim Wesentlichen zu bleiben. Behelfsmäßig wickelte sie sich ein Tuch um den Kopf und nahm die frische Kleidung entgegen, die Iberyn ihr ebenfalls hingehalten hatte, ehe sie sich durch die Tür in den Gang hinauswagte. Sie fühlte sich unwohl, geplagt von dem wachsenden Druck in ihrer Magengrube. Diese Stadt machte sie krank, zehrte an ihr und sog an ihrer Lebenskraft wie ein hungriger Parasit. Alles in ihr trieb sie zur Flucht, weit fort von dieser Stadt, aber diese Möglichkeit blieb ihr nicht – nicht, bevor sie nicht zumindest einen Hinweis von Sengmis Aufenthaltsort aufgespürt hatte.

Sie betrachtete erneut den kleinen Vogel auf ihrer linken Hand, während sie das Bad aufsuchte. Die Narbe auf ihrem Rücken brannte wie Feuer, als sie durch den schweren Vorhang in den großen, runden Raum trat, in dessen Mitte sich ein ebenso kreisförmiges Becken befand. Heißer Dampf schlug ihr entgegen, sodass sie einige Schritte nach hinten taumelte. Ihr schwindelte und hätten Hände sie nicht rechtzeitig aufgefangen, wäre sie gestürzt. Sie hielten sie fest, führten sie bestimmt zum Rand des Beckens, wo sie sie grob nach unten drückten, damit sie sich setzte.

Die Hitze, die ihr so gar nicht bekam, trieb ihr Tränen in die Augen, ließ sie zittern, jede Orientierung verlieren. Sie stand in einem zu enormen Kontrast zur kühlen Magie in ihrem Innern, sodass Keylinn zu schwitzen begann, hustete und nach Luft rang, während eine männliche Stimme sie anwies, sich zu beruhigen. Doch mit der Hitze, die ihr zu Kopf stieg, verfiel sie in Panik. Sie konnte ihren Atem nicht länger kontrollieren, sah Dinge, die nicht waren – Schatten, Gesichter, ein violetter Schimmer, ehe Schwärze ihr Sichtfeld umrahmte. Ihr Herz raste, ihre Gedanken drehten sich im Kreis, um diese Gefahr, die sie nicht hatte kommen sehen.

Keylinn schrie auf, fuchtelte vor ihrer Stirn herum, um die Hände von sich fernzuhalten, die von hinten in ihrem Sichtfeld auftauchten. Sie griffen nach ihr, packten ihre Handgelenke, was ihre Panik nur noch mehr schürte. Da sie sich derart heftig wehrte, lösten sich einige Finger von ihr, stattdessen drückte jemand etwas gegen ihren Mund, und während sie versuchte, einzuatmen, strömte ein beißender Geruch in ihre Nase, ihren Mund, ihre Lunge. Ihr Schrei wurde erstickt. Schneller, als sie imstande war, zu begreifen, wurden ihre Glieder schwer, wie wenn ihr jemand eine robuste Eisenrüstung angelegt hätte. Mit weit aufgerissenen Augen verharrte sie, hatte den Arm gepackt, der sich um sie geschlungen hatte, aber sie sah ein, dass es zwecklos war, sich dieser Schwere zu widersetzen. Ein dichter Schleier schob sich vor ihren ohnehin schon verschwommenen Blick, ehe sich ihre Augen von selbst schlossen und Keylinn wegdämmerte.

CALLAN

Ein lauter Schrei drang an Callans Ohr, markerschütternd und grell, riss ihn aus seinem leichten Schlaf. Er schreckte auf und sprang von der Liege. Iberyn schob er aus dem Weg, als der Satyr halbherzig versuchte, ihn aufzuhalten. Etwas stimmte nicht. Keylinn war nicht hier. So nahm Callan an, dass sie es war, die geschrien hatte. Er stürmte aus dem Zimmer, den Schreien entgegen, die allmählich dumpfer wurden, hoffte dabei inständig, dass er nicht zu spät kam. Vor einer halb geöffneten Tür hielt er an, verharrte aber kaum einen Wimpernschlag, bevor er in den heißen Dampf trat.

Was er dort vorfand, bestätigte seine schlimmsten Befürchtungen. Dieser Unze saß dort, mit der Silberelfe vor sich, welcher er gerade ein Tuch aufs Gesicht drückte. Er schaute ertappt zum Dieb hoch, doch es schien ihm nicht in den Sinn zu kommen, sie loszulassen oder zumindest den weißen Stoff von ihrem Mund zu nehmen.

»Geht's noch? Weg von ihr!«, brüllte Callan ihm entgegen, ehe seine Faust durch die Luft flog. Er traf ihn direkt ins Gesicht. Durch die Wucht des Schlags gab Unze Keylinn sofort frei, verlor den Halt und fiel ins Becken mit dem heißen Wasser. Callan kümmerte es nicht, dass ihm ein Schwall davon entgegenspritzte, da er zu sehr damit beschäftigt war, die Silberelfe aufzufangen und sie vom Beckenrand wegzuziehen. Sie gab keinen Ton von sich, rührte sich nicht. Selbst als er sie absetzte, um ihre Wange zu tätscheln, wachte sie nicht auf. Was auch immer dieser inkompetente Drecksack getan hatte, hatte sie in einen tiefen Schlaf versetzt.

»Bist du nicht ganz bei Trost?«, beschwerte sich der Alchemist, nachdem er aufgetaucht war und lautstark nach Atem gerungen hatte.

»Wer wollte hier gerade eine Elfe missbrauchen?«, knurrte Callan. Hätte er mit seinem Blick töten können, wäre Unze wieder untergetaucht und ertrunken.

»Wie bitte?! Missbrauchen? Sicherlich nicht! Ich wollte ihr helfen!« Er stieg aus dem Becken und entledigte sich seiner Robe, die er, tropfnass, wie sie war, nach und nach auswrang. Seine vor Wut verzerrte Miene schleuderte ebenso viele Vorwürfe umher wie Callans.

»In ihrer jetzigen Gestalt fällt sie in Qurta'bar zu sehr auf, um sicher durch die Straßen spazieren zu können. Sie hat mein Hilfsangebot lediglich falsch interpretiert und sich gewehrt. Deshalb war ich gezwungen, zu einem beruhigenden Hilfsmittel zu greifen.«

»Aha …« Callan hob seine Augenbrauen an.

»Wirklich! Hilfe war meine einzige Intention ... Was denkst du nur von mir?«

»Ich kenn dich nicht, also was soll ich denn von dir denken, wenn ich so etwas sehe?«, erwiderte der Dieb nüchtern, legte Keylinn indes sanft auf dem Boden ab. Er strich ihr über die schweißnasse Stirn, entfernte das Tuch um ihren Kopf und schob seine beiden Arme vorsichtig unter sie.

»Nicht!«, fuhr der Alchemist ihn an, trat währenddessen näher. »Ich muss erst ihre Gestalt verändern, bevor sie aufwacht!«

Callan zuckte die Achseln und hob sie hoch.

»Es ist nur zu ihrem Besten!«, beharrte Unze. Er unterließ es dabei nicht, Callans Oberarm zu berühren.

»Das solltest du lieber lassen«, ermahnte Callan ihn und schaute auf die Hand des Alchemisten. Er schien in seinem Leben nie hart gearbeitet zu haben, denn keine Narben, keine Schwielen zogen sich über seine Finger. Nicht einmal von trockenen Stellen war er geplagt.

Es war also kein Wunder, dass er arrogant wie ein hoher Herr durch die Gegend stolzierte und sich dabei fast an jedem Türrahmen die Nase anschlug. Unbeirrt harrte seine Hand aus. Der Alchemist zuckte nicht einmal mit der Wimper, sondern hielt Callans bösem Blick stand.

»Ich war noch nicht fertig mit ihr, Dieb!«

»Jetzt schon«, berichtigte Callan ihn, zögerte nicht länger, das Bad zu verlassen und sie zurück auf ihr Zimmer zu bringen.

»Sei nicht so unvernünftig!« Unze kam ihm nach. »Sie wird bald wieder in derselben prekären Situation landen, wenn sie nicht wie ein Mensch aussieht und die Leute Qurta'bars auch dementsprechend davon überzeugen kann.«

Callan verlangsamte zwar seine Schritte nicht, doch er fing an, sich über Unzes Worte Gedanken zu machen; schließlich hatte er nicht ganz unrecht. Jeder in dieser Stadt erkannte sie an ihren Merkmalen als Elfe und zudem prangte da dieses grässliche Sklavenzeichen an ihrem Hals, was ebenfalls nicht dazu beitrug, unauffällig durch die Straßen zu gelangen. Ihm war, um ehrlich zu sein, auch nicht danach, sich permanent um die Silberelfe zu kümmern. Lieber wollte er sich seiner eigenen Angelegenheiten in dieser Stadt wieder annehmen, anstatt sich Weiteres aufzubürden – vor allem, wenn Dirion in greifbarer Nähe durch die dunklen Gassen streifte, durfte er diese Chance nicht verstreichen lassen. Dennoch zwang ihn sein Gewissen, ein Auge auf sie zu haben, selbst wenn das bedeutete, dass seine Suche nach diesem Mörder dadurch behindert wurde.

Was für ein Dilemma.

»Na schön!« Er legte eine abrupte Kehrtwende hin, vermied es, ihre Füße gegen die Wand zu schlagen, und stand dann Unze gegenüber, der stocksteif zum Stehen kam, verdutzt und wortlos. Der Dieb schritt an ihm vorbei, allerdings nicht, ohne ihm einmal kräftig auf die Zehen zu treten. Der Alchemist atmete scharf ein, schluckte schwer und sagte nichts. Callan hätte es ohnehin nicht gehört. Er war zu beschäftigt mit seinen Gedanken, überlegte sich, wie er den Anführer der Schattenlosen 10 fand und wann und wo es passte, ihm aufzulauern. Selten passierte es, dass Dirion nicht wusste, was vor sich ging. Ihm war es längst zu Ohren gekommen, wo sich Callan hier herumtrieb, wenn er Answins Worten Glauben schenken konnte.

Wenn ich diesen Mistkerl in die Finger bekomme, dann ...

Weiter kam er nicht mit seinem Gedanken, denn er spürte, wie eine zitternde Hand sein Hemd packte und daran zog. »Callan?«

Keylinn öffnete ihre Augen, ihr Blick wie benebelt und nicht gänzlich anwesend.

»Wo ist Ilko?«, murmelte sie, gerade so laut, dass er sie verstand.

»Wer?«, fragte er nach.

»Ilko. Wo ist mein Sohn?« Tränen stiegen ihr in die Augen. Vor dem Badezimmer setzte er sie ab und nahm sie in seine Arme, worauf sie sich näher an seine Brust schmiegte. »Wo ist Ilko?«

Sie klammerte sich zitternd an ihm fest. Callan hingegen schaute mit zusammengezogenen Augenbrauen zu Unze hoch. »Jetzt siehst du, was du angerichtet hast!«

»Dann erledige es doch selber!«, keifte der Alchemist ihn an und machte sich rar, ohne dass Callan ihm einen Tritt in den Arsch verpassen musste.

Als er dem Dieb bereits den Rücken zugekehrt hatte, winkte er Unze nach und rief ihm hinterher: »Tschüss! Das hatte ich sowieso vor!«

Mit deutlich gemäßigter Stimme fuhr er an die Silberelfe gewandt fort: »Ruhig, Keylinn. Du wirst deinen Sohn wiedersehen.« Er hatte keine Ahnung, ob das stimmte, ob ihr Sohn noch lebte oder ob sie überhaupt die Absicht verfolgte, ihn zu suchen. Es fühlte sich für Callan einfach richtig an, es ihr zu sagen. Erstaunlicherweise zeigten seine Worte tatsächlich Wirkung, denn ihr Zittern ebbte ab und wurde von einem leisen Schluckauf abgelöst.

»Ja ...«, flüsterte sie zwischen zwei Schlucksern.

Während er ihr vorsichtig über den Kopf strich, spürte er, wie ihr Brustkorb zu vibrieren anfing. Ein Schnurren wie das einer Katze drang aus ihrer Kehle, wurde lauter, je länger er in dieser Position verharrte. Obwohl sie sich spürbar wohlfühlte, war Callan etwas unbehaglich zumute. Er räusperte sich und hörte auf, sie zu streicheln.

»Ähm ... Genau.«

Um sie nicht zu kränken, entzog er sich ihr nicht sofort, sondern wand sich allmählich aus ihrem Griff. Sie blinzelte ihn verdutzt an.

Verwirrt blinzelte er zurück. »Wir sollten das möglichst schnell hinter uns bringen.«

Sie legte den Kopf schief, ließ ihre hellen Augen für einen Moment umherwandern, bis sie plötzlich größer wurden. Ihre linke Hand verschwand in der Hosentasche und holte ein kleines Fläschchen hervor. »Das hier?«

Er zuckte nickend mit den Schultern. »Ich denke schon.«

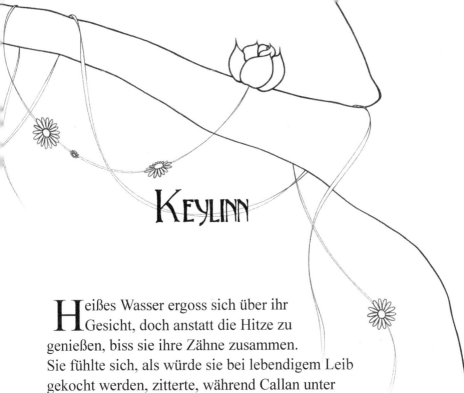

KEYLINN

Heißes Wasser ergoss sich über ihr Gesicht, doch anstatt die Hitze zu genießen, biss sie ihre Zähne zusammen.

Sie fühlte sich, als würde sie bei lebendigem Leib gekocht werden, zitterte, während Callan unter Keylinns Anweisungen die Tinktur Tropfen um Tropfen auf den nassen Scheitel träufelte. Sie richtete ihren Blick auf den Haufen frischer Kleidung, der auf einem hölzernen Schemel an der Wand lag.

»Meinst du, er hält sich dran?«, hakte Callan nach. Er saß am Rand, mit dem halbleeren Fläschchen in der Hand.

»Wer?« Zögerlich hob sie ihre bebenden Hände aus dem Wasser und begann, sich die Haare mit der ölartigen Substanz einzureiben. Sie verteilte sich rasch, wirkte ebenso schnell ein. Ihre Haut brannte, was sie nicht einmal überraschte, da diese einen rötlichen Stich angenommen hatte.

»Iberyn. Vertraust du ihm?« Er ließ den Rest des Phioleninhalts auf ihre bloßen Schultern tropfen. Sie verrieb es zügig, nickte ihm dabei zu. Ihre Ohren taten ihr weh, als ob jemand heftig an ihnen zog.

Hilfesuchend schaute sie zu Callan, der sie mit großen Augen beobachtete. Aus dem Augenwinkel sah sie, wie ihr Haar seine Farbe änderte, von Silber zu einem dunklen Grau, das sich alsbald zu einem Schwarz wandelte. Sie nahm die fremdartigen Haare in ihre Hand, musterte sie und erkannte so auch, wie ihre Haut dunkler wurde, zwar war sie nach wie vor hell, aber nicht länger blass wie Schnee. Wie der Staub von Blüten wurde die Blässe fortgespült. Sie rieb sich die juckenden Augen, stockte, als sie merkte, dass auf ihrer Stirn etwas fehlte. Schockiert strich sie darüber, suchte nach dem kleinsten Anzeichen, aber ihr Horn war fort. Sie schrie hysterisch auf, griff nach ihren Ohren, doch auch diese waren nicht länger spitz, sondern so abgerundet wie jene der Rundohren. Callan beugte sich zu ihr und versuchte, sie zu packen. Sie hingegen dachte nicht daran, dies zuzulassen, und fuchtelte wild herum, erwischte ihn dabei mehrmals an den Armen und einmal im Gesicht. Wasser spritzte in alle Richtungen und sie kreischte wie eine Greifenharpyie, bis ihr plötzlich eine Hand gegen die linke Wange klatschte. Abrupt verstummte sie und hörte auf, um sich zu schlagen. Verstört starrte sie in Callans Gesicht, dem es mittlerweile gelungen war, zumindest ihr linkes Handgelenk zu ergreifen.

»Keylinn«, drang seine Stimme zu ihr durch. Sie blinzelte ihn an, als wäre sie gerade aus einem Albtraum erwacht, und schwieg. »Keylinn?«

Beschämt schaute sie weg und rang angestrengt nach Luft.

»Tut ... mir ... leid«, brachte sie stockend hervor. Sie knirschte mit den Zähnen und kräuselte ihre Stirn vor Sorge, ehe sie ihre Hände zurückzog, die der Dieb losgelassen hatte. »Ich habe dich verletzt.«

Er tat es mit einem Wink ab. »Nah, nur ein Kratzer.«

»Du blutest«, bemerkte sie. »Hier.« Sie zeigte auf die Stelle zwischen ihren Lippen und ihrer rechten Wange.

»Geht schon.« Er lächelte sie an, um sie damit zu beruhigen, und tatsächlich – ihre Mundwinkel bewegten sich zaudernd nach oben.

Callan stemmte sich hoch, um aufzustehen und ihr ein Tuch zu bringen. »Komm! Bringen wir dich an einen kühleren Ort.«

Sie nickte vehement. »*ky!*«

Das ließ sie sich nicht zweimal sagen. Ungestüm sprang sie ihm entgegen, aber er fing sie ohne Mühe auf und wickelte sie ins Tuch ein.

»Nicht so eng!«, beklagte sie sich, löste sich von ihm und lockerte den Stoff, wobei sie nicht einmal versuchte, ihren nackten Körper zu verbergen.

»Entschuldigung«, meinte Callan schnaubend, doch für einen Moment wollte es ihm nicht gelingen, seinen Blick von ihrem Gesicht abzuwenden.

Mit gekräuselter Stirn fauchte sie ihm entgegen. »Ist etwas?«

»Nichts!« Er wandte sich mit einem Räuspern von ihr ab und beließ es dabei.

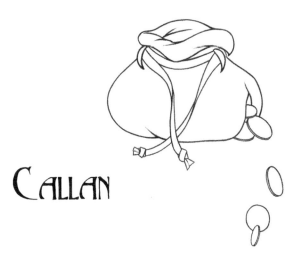

CALLAN

Er konnte nicht anders, als die Silberelfe anzulügen. Wie hätte er ihr beibringen sollen, dass sie ihn in dieser unschuldigen Gestalt an jemanden, der ihm am Herzen lag, erinnerte? Der Ausdruck ihrer großen Augen ähnelte dem der jungen Frau, mit welcher er noch bis vor Kurzem so viele Stunden verbracht hatte. Bei genauerem Hinschauen sahen sich Keylinn und sein Mädchen jedoch äußerlich kaum ähnlich. Umso mehr verblüffte es Callan, dass er sie direkt mit Wendelin verglichen hatte.

Er seufzte schwer. Obwohl er es sich selbst nicht eingestehen wollte, vermisste er sie – ihr Lächeln, ihre strahlenden Augen, ihre liebreizende Stimme. Alles an ihr. Dabei hatten sie sich beide geschworen, sich niemals ineinander zu verlieben, nur Freunde zu sein, nicht mehr und nicht weniger. Sie war schließlich verlobt mit dem Apotheker der Stadt, der sich ein ganz ordentliches Ansehen bei den Bewohnern von Feldweilen verdient hatte. Da konnte er nicht mithalten. Und sowieso: Wenn es ihr Wunsch war, nicht mit ihm, einem einfachen Dieb, zusammen ihr Leben zu verbringen, so akzeptierte Callan dies. Egal, wie schwer der Klumpen in seiner Brust wog. Er wünschte sich für sein Mädchen nur das Beste, selbst wenn das bedeutete, dass er sie niemals wieder in seinen Armen halten würde.

Drei Tage vor ihrem Eostag, an welchem Wendelin die Ehe mit ihrem Verlobten eingegangen wäre, hatte er sich dazu entschieden, ihrem Glück nicht länger im Weg zu stehen. Er hatte seine Sachen gepackt und selbst sein Ziehvater, ein drolliger Taldrago namens Skalli Silberzange, der die Tage damit verbrachte, Waffen, Werkzeuge und gelegentlich kleine Konstrukte anzufertigen, hatte ihn nicht länger in Feldweilen gehalten. Callan war ihm dankbar für alles, was er ihm in seiner Jugend geboten hatte, das Dach über dem Kopf, das Essen, die Möglichkeit, zur Schule zu gehen. Aber nicht einmal Skalli war imstande gewesen, ihn vergessen zu lassen, was damals passiert war. Den Tag, an dem er gleichzeitig sein Zuhause und seinen Vater verloren hatte.

Und trotzdem. Ihm war bewusst, dass er aus seinem Heimatstädtchen abgehauen war, um ihr aus dem Weg zu gehen, nicht ausschließlich wegen des Mörders seines Vaters. Er würde es nicht ertragen, sie mit einem anderen an ihrer Seite zu sehen. Der Anblick hätte ihn bloß gequält, womöglich sie beide, und er hätte es sich niemals verziehen, ihr solche Qualen zuzufügen.

Er konnte also nachvollziehen, was in Keylinn vorging. Kurz überlegte er sich, sie auf ihren Sohn anzusprechen, entschied sich dann aber dagegen. Callan war nicht danach, ein Gespräch zu beginnen, welches das Thema möglicherweise auf sein geliebtes Mädchen lenkte. Wenn er nach ihrem Sohn fragte, wäre es nur wahrscheinlich, dass Keylinn auch bei ihm nachhakte, ob ihm jemand nahestand. So war es immer. Doch je weniger andere über ihn wussten, desto besser. So lautete zumindest seine Devise. Damit lebte es sich deutlich einfacher, und bislang hatte er diesbezüglich nur bei Wendelin eine Ausnahme gemacht. Bei anderen überlegte er es sich zweimal oder versuchte, es gar nicht erst so weit kommen zu lassen und jedes tiefere Gespräch zu vermeiden.

»Callan?«

»Huh?« Er drehte sich zur Silberelfe um, nur um zu bemerken, dass sie das Tuch wieder hatte zu Boden fallen lassen. Plötzlich wurde die Decke spannender als alles andere im Raum. Er kratzte sich übers stoppelige Kinn und betrachtete die kleinen Risse, die sich teils durch die oberen Ecken des Zimmers zogen.

»Hilfst du mir, meinen Freund zu finden?«, fragte sie ihn, stand da, wie die Göttin der Elfen sie geschaffen hatte, während sie Anstalten machte, ihre Kleidung zusammenzusuchen. Dabei spürte er, wie ihr Blick immer wieder voller Erwartung auf ihm lag.

Unsicher rieb er sich den Nacken, schaute überall dorthin, wo er möglichst wenig von ihrem nackten Körper sah. »Du, also eigentlich hab' ich selber ziemlich viel zu tun.«

Diese großen, unschuldigen Augen ließen nicht von ihm ab.

»Du hast doch Iberyn und diesen charmanten Unze, die dir helfen«, versuchte er, sich herauszureden, leider ohne Erfolg, wie sich schnell zeigte.

»Aber ich traue Unze nicht.«

»Verständlich!«, erwiderte er. »Ich auch nicht.«

Sobald sie in frische Kleidung geschlüpft war, eine Pluderhose und ein enges Oberteil, das ihre Oberweite fast zu sehr betonte, wanderte sein Blick zurück zu ihr.

Der Dieb seufzte. »Vielleicht kann ich ja nebenbei ein bisschen Zeit entbehren. Wie sieht dein Freund denn aus?«

»Auf seinem Kopf sitzt ein riesiges Geweih und Schuppen schmücken seine Stirn und seinen Rücken wie Regentropfen. Seine Mähne sieht aus wie ...«

Callan hob seine Arme, um sie in ihrer Beschreibung zu unterbrechen. »Moment! Was beschreibst du mir hier gerade?«

»Sengmi, meinen Freund.« Sie legte den Kopf schief und musterte ihn fragend. »Willst du nicht wissen, wie Sengmi aussieht?«

Räuspernd kratzte er sich am Nacken. »Doch, aber ich hätte jetzt nicht damit gerechnet, dass du einen Drachen als Freund hast.«

»Nein, Callan!« Sie schüttelte wild den Kopf. »Kein Drache! Sengmi ist ein Kirin.«

»Ein Kirin?« Seine Stirn kräuselte sich, als er angestrengt darüber nachgrübelte, ob er jemals etwas von einem Kirin gesehen oder gehört hatte. Seine linke Schläfe fing bereits an zu pochen, doch tatsächlich erinnerte er sich an eine alte Legende, die ihm sein Vater einst – nebst vieler anderer – vorgelesen hatte. Doch darin hieß es, dass Kirin aus dem Reich der Träume entstammen und nicht in der Wirklichkeit existierten. »Du meinst diese hirschähnlichen, geschuppten Wesen, die alle elementaren Attribute in sich vereinen und als Boten der Gezeitenbäume in Erscheinung treten?«

»*ky.*«

Mithilfe seiner Kindheitserinnerungen hatte er sich etwas zusammengebröselt und ins Blaue geraten, aber er hatte nicht damit gerechnet, dass er gleich richtig lag. Er hätte sich auch nie träumen lassen, dass ein solches Wesen überhaupt existierte, und nun erwähnte es Keylinn so nebensächlich, als wäre nichts dabei, mit einem Kirin befreundet zu sein.

»Na dann. Wenn's weiter nichts ist.« Callan hatte bisher nie ein Bild von dieser Kreatur gesehen, aber er vertraute darauf, dass Keylinn reagierte, wenn sie ihren Freund erspähte.

Ein Lächeln trat auf ihr ernstes Gesicht, als sie ihm bedächtig zublinzelte. »*nave*, Callan *Fey'vian*.«

»Nah, du bist eine Jungfrau in Nöten.« Er zögerte, weiterzusprechen, da ja seine Aussage nicht ganz der Wahrheit entsprach, und kratzte sich hinter dem Ohr. »Oder sagen wir eine Elfe in Nöten. Da mach' ich natürlich gerne eine Ausnahme.«

»Ilko dankt dir auch.« Mit der rechten Hand über dem Herzen blinzelte sie ihn an.

»Er muss ein guter Junge sein.«

»Ja, das ist er.« Ihre Gedanken schienen erneut abzuschweifen, aber er wusste das zu verhindern.

»Willst du mir erzählen, wo du deinen Freund das letzte Mal gesehen hast?«, lenkte er das Gespräch wieder zurück zum Wesentlichen. Es war nicht seine Art, in der Vergangenheit anderer herumzustochern, und sie machte auch nicht den Eindruck, als würde sie frei Schnauze jedem auf die Nase binden, was sie in ihrem bisherigen Leben alles erlebt hatte.

»Können wir dafür bitte ...?« Keylinn zeigte zur Holztür, ehe sie sich den Dunst oder den Schweiß – oder vielleicht beides – von der Stirn wischte. In der Hitze des Bades war es kaum mehr möglich, es zu unterscheiden.

Callan trat zur Seite. »Nur voraus!«

Sie tat wie ihr geheißen, wartete aber hinter der morschen Tür auf ihn. Mit geübten Handgriffen flocht sie ihre Haare zu einem schlichten Zopf zusammen, den sie sich dann über die linke Schulter nach vorne warf. Sie führte es in einer unbeirrten Art aus, achtsam, und es schien, als könnte sie währenddessen niemand davon ablenken. Ihre Miene wirkte friedlich und ohne jegliche Sorge, aber vielleicht täuschte er sich gehörig.

Callan musterte sie einen Moment lang fasziniert, bevor er weiterging. Sie war seltsam, diese Silberelfe, tatsächlich so, wie Elfen in den meisten Büchern und Schriften beschrieben wurden: unnahbar, keinem klaren Muster folgend, in sich gekehrt. Das waren keine schlechten Eigenschaften, vor allem mit Letzterem konnte sich Callan anfreunden. Er fasste sich gerne kurz und normalerweise gehörte Neugier nicht zu den Eigenarten, die ihn plagten – ja gut, wenn es sich um etwas Wertvolles handelte, das es zu stehlen galt, dann schon –, aber es reizte ihn, mehr über Keylinn zu erfahren.

Irgendetwas an ihr hatte Callan dazu angehalten, hierzubleiben, aber was es war – ihre Ausstrahlung, ihre Art oder doch etwas gänzlich anderes –, konnte er sich nicht erklären. Und genau das galt es, herausfinden. Die Zeit und die Möglichkeit dazu hatte er nun. Vielleicht würde sie, wenn er sich gescheit anstellte, im Gegenzug für seine Hilfe ihre Unterstützung anbieten, was das Auffinden von Dirion betraf. Da Silberelfen Wächter anderer Elfenarten waren, besaß sie bestimmt Fähigkeiten, mit denen sie ihm behilflich sein konnte. Wer wusste schon, ob sich womöglich eine besondere Begabung in der Fährtensuche hinter diesen Augen versteckte. Callan würde es bald wissen.

Schweigend kehrten sie ins Zimmer zurück, wo Iberyn bereits ein Frühstück für alle zubereitet hatte. Unze glänzte mit seiner Abwesenheit. *Besser so!* Ansonsten wäre Callan erneut die Faust ausgerutscht und der Alchemist hätte den Verlust einiger Zähne beklagen dürfen.

»Alles in Ordnung?«, fragte der Satyr nach, betrachtete erst Callan, dann die Silberelfe und stutzte. »Oh! Dann hat die Tinktur tatsächlich gewirkt.«

»Ja, sieht wohl so aus«, erwiderte Callan, beobachtete Keylinn ebenfalls. Sie wiederum schien sich wiederholt in ihrer Gedankenwelt zu verlieren. Seine Gedanken richteten sich dagegen zurück auf Iberyns Worte. »Moment! Du warst dir nicht einmal sicher, ob die Tinktur etwas taugt?« Verständnislos schüttelte Callan den Kopf, während der Satyr sich verlegen über den linken Handrücken rieb.

»Jedes Wesen reagiert anders auf bestimmte alchemistische Zusammensetzungen. Herr Unze hat mir natürlich versichert, dass die Tinktur keinen Schaden für Keylinn birgt.«

»Aber hundertprozentig sicher warst du dir trotzdem nicht?« Iberyn schüttelte den Kopf.

Callan gab ein unzufriedenes Grummeln von sich. Im Nachhinein nützte es ihm nichts, wegen dieser Fahrlässigkeit einen Groll gegen den Satyr zu hegen. Keylinn ging es wieder besser. Deshalb schob er seine Sorgen für einen Moment beiseite, bevor er sich an den Tisch setzte und sich über die einladenden Speisen hermachte.

CALLAN

Die Morgensonne schien Callan warm aufs Gesicht, als er das Stadttor in Richtung Marktplatz passierte. Keylinn ging schweigend neben ihm und blickte nervös umher. Er legte ihr eine Hand auf die Schulter, in der Hoffnung, dass sie sich dadurch etwas beruhigte. Mit ihrem Verhalten riskierte sie, unnötig die Aufmerksamkeit der Wachen auf sich zu ziehen, die auf dem Marktplatz nicht gerade rar verteilt ihren Posten eingenommen hatten, und das wollte Callan tunlichst vermeiden.

Bei seiner Berührung zuckte sie zusammen, gab dabei ein leises Fiepen von sich. Callan presste die Zähne aufeinander und verzog seine Lippen. »Das solltest du besser unterlassen.«

Sie warf ihm einen fragenden Blick zu.

»Ähm …« Er tippte sich – etwas überfordert mit dem Ganzen – auf den eigenen Kehlkopf. »Solche Geräusche. Ich meine, du siehst aus wie ein Mensch, aber du benimmst dich nicht so und läufst auch nicht so umher.«

Abrupt blieb sie stehen und starrte auf ihre Sandalen. Als Nächstes zupfte sie an den feinen Lederriemen herum. Obwohl sie nur auf einem Fuß balancierte, schwankte sie nicht, sondern richtete ihr Fußwerk, bis die Riemen weniger an ihrer geröteten Haut rieben. »Was ist falsch?«

»Du tänzelst herum wie eine Blütenfee ohne Flügel.«

Keylinn rümpfte die Nase. »Das ist ein schlechter Vergleich.«

»Nah! Find ich nicht«, erwiderte er grinsend und winkte ab. »Du solltest unbedingt etwas mehr durch die Gassen schlurfen und dich nicht so kerzengerade halten.« Er demonstrierte es ihr, damit sich nicht weitere Fragen auftaten. Sie blinzelte ihn dabei an, legte den Kopf schief und fing an zu kichern.

Sein Blick huschte kurz umher. »Was?«

»Menschen gehen nicht so«, bemerkte sie.

»Doch!«, beharrte Callan und war sich ganz sicher, dass er es ihr richtig gezeigt hatte. Sein Urteil war diesbezüglich griffiger als ihres. Und selbst wenn sie es, aus welchem Grund auch immer, besser wüsste als er, wäre sie bestimmt nicht so herumgelaufen, als hätte sich jemand einen Scherz damit erlaubt, eine Katze mit einer Hupfdohle zu kreuzen. Er zuckte die Achseln und schlurfte weiter. So schnell konnte er ihr ihre natürlichen Bewegungen sowieso nicht austreiben.

Im Gegensatz zur Innenstadt bot der Marktplatz einen weitläufigen Ausblick bis hin zum Hafen, was dem Boden zu verdanken war, der leicht schräg zum Meer hin absank. Callan wusste gar nicht genau, wohin er den Blick wenden sollte, obwohl er diesen Ort während der letzten Tage nicht nur einmal ausgekundschaftet hatte. Jedes Mal schien sich etwas zu verändern. Einige Stände wie die der Fruchthändler oder sonstiger Lebensmittelverkäufer standen noch immer am selben Ort, andere waren ihm zuvor nie aufgefallen und wieder andere wechselten ständig ihre Nachbarn. Der Händler, der Öllampen anbot, war ein solcher Fall. In den wenigen Tagen, die Callan in dieser Stadt verbracht hatte, hatte dieser schon mindestens dreimal seinen Stand abgebaut, um diesen neben einem anderen Handelskumpanen wiederaufzustellen.

Wie die Tage zuvor schlenderte er gemütlich zum Händler heran, mit den Armen hinter seinem Rücken, den Blick verträumt zum Himmel gerichtet. Keylinn folgte ihm leichtfüßig. Vor der Bude hielt er inne und stemmte sich die linke Hand an die Hüfte, schnalzte dabei mit der Zunge, als hätte er etwas zwischen den Zähnen.

»Côr grüßt Euch! Was kann ich für Euch …«, sprach der Händler ihn an, stockte aber sofort, als er Callan wiedererkannte. Seine Augen weiteten sich, fixierten ihn, doch unbekümmert langte Callan nach einer Lampe von dunklem Silber, hielt sie an sein Ohr, schüttelte und rieb dann über die glatte Oberfläche. Seine trockenen Finger verursachten ein unangenehm kratzendes Quietschen, aber das hinderte ihn nicht daran, nach der nächsten, diesmal matt hellen Öllampe zu greifen und dasselbe bei dieser zu wiederholen. Das linke Auge des Händlers zuckte krampfhaft. Sein Turban verrutschte einen Fingerbreit, wurde jedoch von seinem rechten Ohr aufgehalten.

»Callan?« Keylinn zupfte an seinem Ärmel. Zu sehr damit beschäftigt, die einzelnen Lampen zu begutachten, nahm er es nur am Rande wahr und machte weiter, bis er ein ungeduldiges Grummeln von der anderen Seite der Ausstellungsfläche hörte.

Er sah auf. »Huh?«

»Kauft Ihr heute noch eine oder befingert Ihr nur jede einzelne?«, presste der Händler hervor.

»Vielleicht morgen«, meinte Callan und stellte die Öllampe wieder zurück.

Entgeistert betrachtete der Händler zuerst ihn kritisch, dann Keylinn. Er legte seine Finger an die Schläfen, verdeckte die Adern, die dort hervorstachen.

»Callan, er mag dich nicht«, bemerkte die Silberelfe flüsternd, nachdem sie ihm auf die Schulter getippt hatte, und ließ sich von der geschäftigen Masse mittreiben.

»Bis morgen«, verabschiedete er sich vom Lampenhändler. Hinter sich hörte er nur noch ein Fluchen, denn Callan hatte sich längst umgewandt, um sich an ihre Fersen zu heften.

Jemand rempelte sie an, was sie mit einem Fauchen beantwortete. Zu Callans Überraschung blieb sie stehen, ebenso derjenige, der zu nah an ihr vorbeigeeilt war. Er zog gerade den Saum seiner hellen Robe zurecht, als Callan zu ihr aufholte.

Der adelige Schnösel hatte sein langes, schwarzes Haar zu einem strengen Pferdeschwanz nach hinten gebunden und reckte seine zu schmale Nase so weit gen Himmel, als käme er gerade aus dem Palast der Hochnäsigkeit. Genauso stank er auch nach irgendwelchen teuren Ölen, die er sich reichlich auf die Haut geschmiert hatte. Kleine Fläschchen und zwei Rezeptbücher in fremder Schrift ragten ihm aus der Umhängetasche und verrieten Callan, was er zu wissen brauchte. Dass der Alchemist ihn indessen böse anfunkelte, ließ Callan kalt. Keylinn allerdings runzelte ihre Stirn und zog die Nase kraus. Dabei betrachtete sie nicht einmal ihn, sondern den jungen Silberelfen, der ihn begleitete. Hager von Gestalt, mit dunklen Schatten unter den hellen Augen. Vielleicht war es auch gar kein junger, aber wer konnte das bei diesen Wesen schon genau sagen – auf jeden Fall nicht Callan. Aus seiner Sicht waren sie entweder Kinder oder Erwachsene mit zeitlosen Mienen, vom Alter unberührt.

Der Elf trug ein Halsband, an welchem ein Seil befestigt war. Dass das Edelmetall bespickt mit feinen Edelsteinen und er in eine elegante Leinenrobe gekleidet war, trieb Callan die Galle hoch. Wie ein geschmücktes Haustier führte der Alchemist den Elfensklaven vor, hielt ihn mit dem Seil ganz nah bei sich, obwohl der abgemagerte Kerl nicht danach aussah, als wäre er imstande, davonzurennen. Trotz der erzwungen geraden Haltung, die er eingenommen hatte, bemerkte Callan ein leichtes, linksseitiges Humpeln. Es grenzte an ein Wunder, dass er sein Gewicht überhaupt auf seinen linken Fuß verlagern konnte, denn sein Knöchel hatte sich dunkel verfärbt, war mehr als deutlich geschwollen. Callan musste kein Medikus sein, um zu erkennen, dass ihm diese Verletzung Schmerzen bereitete. Der Blick des Elfen blieb gesenkt und er bewegte sich nur, wenn sein sogenannter Meister an der Leine zog.

»Aus dem Weg!« Der Alchemist schwenkte seine Hand abwertend nach rechts, in Erwartung, dass sich beide fortbewegten. Doch weder Callan noch Keylinn traten beiseite, sondern warfen sich gegenseitig fragende Blicke zu.

»Ts! Ich geh doch nicht jedem dahergelaufenen Schnösel aus dem Weg«, entgegnete Callan und legte seine rechte Hand auf den Knauf seines Dolches, nur um sicherzugehen, dass dieser Arsch auf keine dummen Gedanken kam.

»Weißt du eigentlich, wer vor dir steht, Straßenabschaum?« Seine Stimme hatte sich leicht erhoben und hielt in ihrem Klang eine lauwarme Drohung für Callan bereit.

Nachdenklich kratzte sich der Dieb am Kinn. »Lass mich mal sehen!« Er musterte ihn. »Vor mir steht ein arroganter Arsch, der sich an jedem Torbogen die Nase anschlägt, wenn er unten durch läuft. Zudem stinkst du, als wärst du in einen Blumentopf gefallen, und meinst wohl, dass dir die Welt zu Füßen liegt.«

»Du anmaßender …«, begann der Alchemist, doch Callan hob seinen Zeigefinger.

»Wie unhöflich! Ich war noch nicht fertig!«

»Genug!« Die Hand des Adeligen schnellte nach oben. Durch eine rasche Bewegung blitzte der Stein an seinem Goldring in einem grellen Licht auf. Callan blinzelte geblendet, öffnete den Mund, aber brachte kein Wort heraus, nur Laute, die nicht einmal ansatzweise erklärten, was ihm auf der Zunge lag.

»Nun schweigen die Respektlosen! Vor dir steht er, der hoch angesehene Artefaktmagier und Alchemist Azim al'Salé'bar. Dementsprechend erwartet er, dass ihm der gebührende Respekt entgegengebracht wird.«

Der Magier führte seine Hand unters Kinn und präsentierte sich in all seiner Pracht. Callan hingegen verzog das Gesicht zu einer Grimasse, als würde er sich gleich übergeben. Dieser eingebildete Dreckskerl machte ihm mit diesen Tricks keine Angst. Solcherlei Zauber lösten sich mit der Zeit ohnehin wieder von selbst auf. Es war also nichts weiter als ein schwacher Bluff und reine Machtdemonstration.

Al'Salé'bar war zu sehr mit sich selbst beschäftigt, um Callans Mimik zu bemerken. Also entspannte er seine Gesichtszüge wieder, während er zu einer Verneigung ansetzte und diese mit einem übertriebenen Wink seiner Hand unterstrich. Das wiederum sah der Artefaktmagier und schmunzelte hämisch, in der Unwissenheit, dass Callan ihn gerade vor jedermanns und -fraus Augen auf die Schippe nahm. Blaublütige Mistkerle wie er achteten nur auf Dinge, die sie in ihrer Genugtuung bestärkte. Das zu wissen, gehörte zu seinem Handwerk als Dieb.

Er legte die flache Hand auf seine Brust und nickte gespielt demütig. In seiner Arroganz grinste der Magier noch breiter. »Ihm gefällt, was er sieht. Dem sei so! Der Straßenabschaum scheint gelernt zu haben, wie er sich zu benehmen hat.« Al'Salé'bar hob seine Hand und machte damit eine elegante Geste nach oben.

Callans taube Zunge kribbelte unvermittelt und juckte, bis er sie wieder selbst bewegen konnte. Er räusperte sich, schluckte und grinste. Übertrieben tief verbeugte er sich erneut vor dem Mistkerl. »Herzlichsten Dank für diese großzügige Geste!« Wobei er ihn mit einem langgezogenen O verhöhnte.

Al'Salé'bar reckte die Nasenspitze ein kleines Stück weiter nach oben, unberührt von Callans sarkastischem Unterton. Seine Augen auf ein anderes Ziel gerichtet, schritt er an ihm und Keylinn vorbei, ohne Ausdruck und kommentarlos.

Callan warf dem Silberelfsklaven einen kurzen Blick zu, doch dieser starrte wie eine wandelnde Leiche zu Boden, während er seinem Meister folgte. Dennoch wagte Callan es nicht, die Hand in der hinteren Öffnung der Alchemistentasche verschwinden zu lassen, obwohl deren Inhalt zum Greifen nah war. Das Schaudern, das sich über seinen Nacken zog, hielt ihn davon ab. Besser, er misstraute der gleichgültigen Miene des Elfen, anstatt das Risiko einzugehen, dass er seinen Besitzer rechtzeitig vor einem Diebstahl warnte. Der Schreck wegen des Zaubertricks, der ihm die Sprache genommen hatte, saß ihm doch tiefer in den Knochen, als er es zugeben wollte. Er behielt beide Hände bei sich, vorerst, aber dieser Vorsatz dauerte gerade so lange an, bis er der nächste Adelsschnösel an ihm vorbeilief. Dank seiner geübten Hand löste Callan die Schlaufen, packte den Geldbeutel rasch und ließ ihn einen Atemzug später in seine Umhängetasche gleiten. Innerlich triumphierend lachte er über die Dummheit mancher Leute, die tatsächlich glaubten, ihre Geldbörsen an ihrem Gürtel zu befestigen sei sicherer als die Dunkelheit ihrer Taschen. Alles passierte so schnell, dass es niemand bemerkte, außer Keylinn, die ja nach wie vor neben ihm stand, und dem jungen Drachenkätzchen, das vor Kurzem noch friedlich geschlafen hatte. Es gab piepsende Geräusche von sich, als protestierte es dagegen, dass Callan es gewagt hatte, etwas in die Tasche zu werfen.

»Entschuldigung, Kleiner! Hab' ich dich getroffen?« Aus dem Augenwinkel sah er, dass Keylinn zu ihm herüberspähte.

Um sich zu vergewissern, dass dem Drachenkätzchen nichts geschehen war, öffnete er seine Tasche und schaute hinein. Das kleine Wesen guckte mit seinen schwarzen Kulleraugen zu ihm hoch, den winzigen Mund mit den spitzen Zähnchen geöffnet, aber es sah nicht danach aus, als hätte der Beutel es erwischt. Es schien sich nur leicht erschrocken zu haben. Um den Schreck zu vertreiben, streichelte er dem Biest mehrere Male über den Kopf, bis es sich auf seinem abgenutzten Notizbuch niederließ und sich zu einem flauschigen Knäuel zusammenrollte.

»Woher hast du dieses Drachenkätzchen?«, fragte Keylinn und reckte ihren Hals, als wollte sie sich das kleine Tierchen genauer ansehen.

»Hey! Wie unhöflich! Schaust du immer in die Taschen fremder Leute?« Er betrachtete amüsiert Keylinns verwirrte Miene, bevor er auflachte. »Ich hab' es gefunden.«

»Gefunden? Das glaube ich nicht. Drachenkätzchen sind die Boten von Yggdravarios. Dass du auf eines gestoßen bist, ist kein Zufall.«

»Wirklich?« In Gedanken versunken betrachtete er das kleine Knäuel. »Das wusste ich nicht.«

»Du solltest vorsichtig sein«, ermahnte Keylinn ihn, brachte ihn damit zwar zum Stutzen. Ernstnehmen konnte er ihre Warnung trotzdem nicht.

»Ja, klar. Weil dieses kleine Wesen hier ach so gefährlich ist. Es könnte mir ja einen Finger abbeißen oder die Augen auskratzen.«

»Callan, ich meine es ernst. Yggdravarios wacht über dich durch dieses Wesen, aber jede Gunst hat seinen Preis.« Sie hörte sich an, als wüsste sie, wovon sie sprach, aber Callan ließ sich erneut vom Drachenkätzchen ablenken, als es sein winziges Maul für ein Gähnen aufriss.

Er winkte ihre Bedenken ab. »Ach was, das ist ein Problem für mein Zukunfts-Ich.« Vorsichtig stupste er das Tierchen mit dem Finger an die Nase. »Wie soll ich dich nennen?«

Es blinzelte müde.

»Wie wär's mit Merle?«

Rasch schnellte der kleine Kopf nach oben und es gab ein lautes Fiepen von sich, gefolgt von einem zarten Gurren.

Er schmunzelte. »Ja gut, das scheint dir zu gefallen. Dann ist es eindeutig Merle.«

So gern hätte er sich weiter mit dem Drachenkätzchen beschäftigt, doch er horchte auf, als die Worte *Kirin, majestätisches Wesen* und *verkauft* zusammen in einem Satz fielen. Zwei Gelehrte – ihre Taschen vollgepackt mit Schriftrollen, einigen Büchern und anderem Krimskrams – schritten an ihm vorbei, unterhielten sich weiter über das besagte Kirin. So verschwendete Callan keine Zeit, tat einen ausfallenden Schritt nach rechts, um sogleich auf der Stelle kehrtzumachen und den beiden Herren unauffällig hinterherzulaufen. Keylinn, sichtlich verwirrt, folgte seinem Beispiel, nur etwas eleganter als er, und stellte keine Fragen.

»Ja, wahrhaftig! Es war so schön, wie es in Büchern beschrieben wird. Mir war es sogar erlaubt, eine Illustration davon zu erstellen. Möchtet Ihr sie sehen?«, plauderte der eine Gelehrte, der gerade seine Brille zurechtrückte.

»Unbedingt!« Der andere zappelte aufgeregt neben ihm her und klatschte in seine weichen Hände. Bereits auf diese Reaktion vorbereitet, klappte der Brillenträger das Notizbuch auf, das er sich zuvor gegen die Brust gedrückt hatte, und erklärte seinem Begleiter im Gehen die Anatomie des Wesens. Callan lugte ihnen dabei unauffällig über die Schultern, um einen Blick auf die Illustration zu erhaschen, die der Gelehrte in sein Notizbuch gezeichnet hatte. Für einen Laien wie ihn hätte sie als Drache ohne Flügel und zierlichen Beinen durchgehen können, aber bei genauerer Betrachtung erkannte jeder, dass es sich trotz der Ähnlichkeiten um ein gänzlich anderes Wesen handelte. Wenn die Abbildung der Wahrheit entsprach, strahlten allein die Augen des Kirins eine Ruhe aus, die viel von der Wildheit wettmachten, welche die wallende Mähne und das Geweih erzeugten.

Callan kratzte sich mit zusammengezogenen Augenbrauen am Kinn. Wenn er von den Schuppen und der Kopfform absah, hätte er es eher mit einem kräftig gebauten Hirsch, der im Besitz eines langen Schweifes war, verglichen. Womöglich nicht die beste Beschreibung, doch für ihn passte dieser Vergleich.

Gerne wäre er auf einem solchen Wesen über ein weites Feld oder durch einen Wald geritten, denn er konnte sich nur zu lebhaft vorstellen, wie frei er sich fühlen würde, wenn er auf ihm saß und seinen Bewegungen folgte. Dank seiner Reitkünste wäre er bestimmt in der Lage, sich nicht abwerfen zu lassen, vorausgesetzt, das Kirin erlaubte es ihm, überhaupt auf seinen Rücken zu klettern. Für einen Augenblick beneidete er Keylinn um deren Verbindung, verstand jetzt aber – nebst der Freundschaft, welche sie und die Kreatur verband –, warum sie so energisch nach ihrem Kirinfreund suchte.

Nun war es an der Zeit, die beiden Gelehrten direkt anzusprechen und zu befragen, bevor sie bemerkten, dass sie verfolgt worden waren. Ohne Zurückhaltung drängte er sich zwischen sie und legte die Arme um ihre Schultern. »Entschuldigt, die Herren! Euer Gespräch klingt ja wirklich aufregend und die Zeichnung, die ihr euch da gerade angeschaut habt: einfach faszinierend! So kompetent, wie ihr ausschaut, könnt ihr mir sicher sagen, wo ihr dieses Wesen zuletzt gesehen habt!«, schmeichelte er ihnen, grinste dabei zuerst den einen, dann den anderen an. Derjenige mit der Brille verzog den Mund, sein Begleiter schaute Callan nur mit großen Augen an.

»Nicht? Ich brauche wirklich eure Hilfe«, schob er nach, doch auch das zeigte nicht das erhoffte Ergebnis. »Hm?

Schade! Was tun wir dagegen? Wisst ihr, diese nette Dame hier«, er deutete auf Keylinn, die mittlerweile zu ihnen gestoßen war, »lässt sich sehr leicht für solche Kreaturen wie dieses Kirin faszinieren. Die werte Dame wüsste gerne eines in ihrem Besitz. Also wenn ihr mir schon nicht helft, dann bietet zumindest ihr eure Unterstützung an.«

Damit hatte er sie beide am Haken. Der Brillenträger klappte das Buch zu und klemmte es sich unter den Arm, um sich das Haar glattzustreichen. »Zuletzt habe ich das Tier vor sieben Tagen gesehen. Der Kuriositätenhändler Delenbar al'Soma hat es feilgeboten und mir erlaubt, eine Abbildung davon anzufertigen.«

»Wo genau?«, hakte Callan an Keylinns Stelle nach.

»Dort, im westlichen Teil des Marktplatzes, gleich neben Xerxan Chafif, dem besten Elfenhändler überhaupt, heißt es. Ich muss schon sagen, dass ich mir auch gerne einmal eine Silberelfe aus der Nähe ansehen möchte. Ob sie im Bett auch so weich sind wie gewöhnliche Frauen?«

Unbemerkt glitt Callans linker Arm zu einem versteckten Fach an seinem Hosenbund, aus dem er eine kleine Klinge erscheinen ließ. Diese hielt er dann verborgen an die Hüfte des wüsten Gelehrten. »Das willst du lieber nicht herausfinden!«

Der Mann zuckte zusammen und bekam es mit der Angst zu tun, als der Stoff und ebenso die oberste Hautschicht unter dem Druck der scharfen Spitze nachgaben. Seine Augen riss er so weit auf, dass sie beinahe aus ihren Höhlen fielen. »Ist gut! Ist gut! Ich lass' es! Versprochen!«

»Geht doch!« Zufrieden steckte Callan das Messer weg und wuschelte ihm durchs feine Haar. Er wagte es nicht einmal, deswegen zu protestieren. »Dann lass ich doch die Herrschaften wieder ihren Studien nachgehen.« Callan löste sich von den beiden Gelehrten. Er trat einige Schritte beiseite, um nicht vom Strom der kauffreudigen Kundschaft mitgerissen zu werden.

Keylinn hingegen schaute verwirrt in der Gegend umher, ehe sie zu ihm herüberkam. »Du hast sie angelogen!«, warf sie ihm vor und runzelte die Stirn.

»Gelogen? Nö, ich habe nur mit der Wahrheit gespielt«, sagte er mit einem schelmischen Grinsen. »Ich meine, wir haben jetzt eine Möglichkeit bekommen, wo wir anfangen könnten, deinen Freund zu suchen.«

»Lügen alle Menschen?«, fragte sie.

»Japp!« Er faltete seine Finger an seinem Hinterkopf und streckte sich. »Ausnahmslos alle! Aber mir kannst du vertrauen. Du warst nett zu mir, also werde ich auch nett zu dir sein und dich niemals anlügen. So funktioniert das!«, schwindelte er, aber es war einfacher, als ihr die Wahrheit über die menschliche Gesellschaft beizubringen.

Sie lächelte zögerlich. »Wirklich?«

»Kannst du!«, bestärkte er und ließ seine Arme baumeln. »Gehen wir zu diesem schmierigen Kahlkopf Chafif!«

Keylinn fauchte bei der Erwähnung dieses Namens, und nickte ihm mit festem Blick zu.

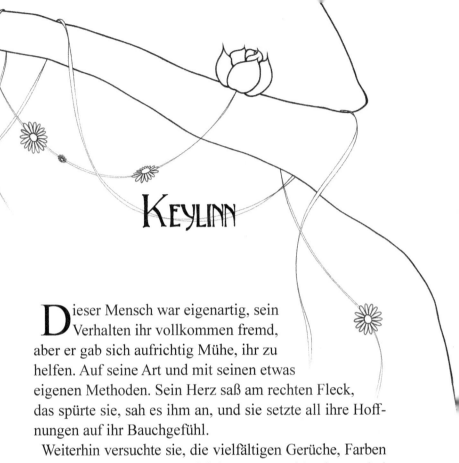

Keylinn

Dieser Mensch war eigenartig, sein Verhalten ihr vollkommen fremd, aber er gab sich aufrichtig Mühe, ihr zu helfen. Auf seine Art und mit seinen etwas eigenen Methoden. Sein Herz saß am rechten Fleck, das spürte sie, sah es ihm an, und sie setzte all ihre Hoffnungen auf ihr Bauchgefühl.

Weiterhin versuchte sie, die vielfältigen Gerüche, Farben und lauten Geräusche um sich herum auszublenden, wobei sie mit Ersterem am meisten zu kämpfen hatte. Neue Dufteindrücke strömten aus allen Richtungen zu ihr, überwältigend und unausweichlich. Ein herzhafter Duft von rechts, wo jemand mehr als zehn Schritte entfernt gebratenes Fleisch unterschiedlichster Tiere anbot, ein anderer süßlicher Duft von links, wo ein Mann mit sanfter Stimme zwei Menschenfrauen einige Tropfen Öl auf das Handgelenk träufelte. Von weiter vorne drang der Geruch des Meeres an ihre Nase, frisch, jedoch gemischt mit dem Gestank von verdorbenem Fisch, verrottendem Holz und vom Schweiß der Männer, die zu lange kein Bad mehr gesehen hatten.

»Alles in Ordnung bei dir?« Callan hatte sich zu ihr umgewandt, ohne dass sie es wahrgenommen hatte. Sie schluckte schwer, um die Übelkeit, die diese rohe Mixtur der Gerüche verursachte, zu unterdrücken. Als sie durch den Mund einatmete, ebbte das würgende Gefühl in ihrer Kehle deutlich ab, dafür trocknete er aus, was sie in dieser Situation jedoch gerne in Kauf nahm.

»*ky!*«, antwortete sie Callan heiser und nickte einmal knapp. Mit ihr war alles in Ordnung, nicht aber mit ihresgleichen, die sie überall auf dem gigantischen Platz verteilt erblickte. Nebelkinder, Waldkinder, Silberkinder – beinahe alle Arten waren hier vertreten. Nur die Wüstenkinder etwas seltener, da sie die besten Kenntnisse über unauffindbare Bauten unter der Erdoberfläche besaßen. Dementsprechend liefen sie weniger Gefahr, gefangen genommen und verkauft zu werden, und Keylinn wünschte sich bei Feysirions Gunst, dass das auch in Zukunft so blieb.

Früher – im Schutz ihrer Heimat – hatte sie nie geglaubt, dass die Sklaverei der Elfen so grausame Züge angenommen hatte, aber sie sah ein, dass sie sich geirrt hatte. Ihre Hände ballten sich zu Fäusten. Sie musste helfen, um jeden Preis, denn sie konnte nicht mit ansehen, wie ihresgleichen litt. Es gab einen Weg und diesen würde sie finden, sobald sie Sengmi in ihre Heimat zurückgebracht hatte. Mit diesem Ziel vor Augen folgte sie Callan weiter in westliche Richtung der Stadt, dorthin, wo sich dieser vermeintliche Kirinhändler befinden sollte.

Ein leises Knurren vibrierte in ihrer Kehle, doch der Lärm der Menge, der Händler, der Tätigkeiten begrub es unter sich wie Herbstlaub, das sich auf dem Waldboden niederließ. Ihre Schritte beschleunigten sich derart, dass sie ihren Begleiter bald überholt und die Führung übernommen hatte.

»Ähm ... Keylinn. Hör auf damit! Das könnte vielleicht etwas zu sehr auffallen.« Callan griff nach ihrer linken Hand. Sie entwand sich ihm, ohne innezuhalten, denn dazu war keine Zeit. Die Unruhe hatte sie gepackt, trieb sie weiter voran. Im Gehen zog sie sich die Kapuze ihres erdfarbenen Umhangs tief ins Gesicht, prüfte mehrmals, ob sie hielt. Niemand erkannte, was sie wirklich war, aber sie hatte sich so lange versteckt und ihre Gestalt verborgen gehalten, dass es sich zu einem Tick entwickelt hatte. Ohne ihre Schritte zu verlangsamen, drehte sie sich zu ihm um. »Ich bin vorsichtig.«

»Ja, gut, daran zweifle ich nicht.« Er kratzte sich am Hinterkopf. »Trotzdem.«

»Zuerst finde ich Sengmi, dann befreie ich alle Elfen.«

»Huh?« Der Unglaube in seiner Stimme war kaum zu überhören. »Das war ein Scherz, oder?«

Keylinn schüttelte verneinend den Kopf und musterte sein Gesicht, in welchem sich an jeglichen Partien Falten bildeten. Er schien sie nicht zu verstehen, aber das brauchte er auch nicht. Für sie stand das Wohl anderer an höchster Stelle, dementsprechend war sie allzeit dazu bereit, ihr eigenes Wohlergehen hintenan zu stellen.

Sie schlängelte sich durch die Menge, vermied es, Vorbeigehende zu berühren oder ihren Blick zu auffällig in deren Richtung zu erheben.

»Keylinn!«, murmelte Callan hinter ihr, doch sie ignorierte ihn. Sie wusste, was sie tat, und ließ sich davon nicht abbringen. Nicht durch Callan. Nicht durch die Rundohren, von denen einige direkt vor ihrer Nase vorbeischritten. Da sie nicht die Einzige war, die eine Kapuze trug, gehörte sie dadurch schon zu den weniger Auffälligen, im Gegensatz zu jenen, die sich mit leuchtend farbiger und mit Gold verzierter Kleidung aufplusterten. Tränen bildeten sich an den Augenwinkeln, während ihr der Schweiß langsam über die Schläfe rann. Wie sie diese Stadt hasste – die Hitze, den Gestank, die feindliche Gesinnung! Die Wut darauf trieb sie weiter voran, näher und näher an ihr Ziel.

Sie hörte ihn schon von Weitem. Chafif, dieses verfluchte Rundohr. Er stand auf einer Anhöhe, rechts neben fünf weiblichen Silberkindern – zwei nervöse Jungelfen und drei Ausgewachsene.

»Tretet näher, meine werten Damen und Herren, und beseht euch die frisch eingetroffene Ware aus dem mystischen Kontinent Alceana«, begann er seine Verkaufsrede und lächelte der Menge entgegen, die er mit seiner lauten, prägnanten Stimme bereits angezogen hatte.

Keylinn mischte sich unter die Leute, sah sich dabei um, wer in welchem Ausmaß Interesse zeigte. Zu viele starrten mit gierigen Blicken auf die armen Seelen, tauschten sich untereinander aus. Andere, wenn auch wenige, holten klimpernde Beutel aus ihren Taschen, prüften deren Inhalt. Manche bewegten ihre Lippen, während sie zählten. Dieser Anblick bereitete ihr Übelkeit. Sie verschränkte die Arme vor der Brust, drückte die Fäuste gegen ihre Rippen, zitterte vor Wut. Dennoch zwang sie sich, die Ruhe zu bewahren und ihre Gefühle zu beherrschen. Sie schluckte sie hinunter wie eine bittere Brühe aus Wurzeln und Pilzen.

»Je nach Wunsch werden die beiden Jungelfen noch gezähmt oder wild belassen. Das dürft Ihr, werte Damen und Herren, selbst nach ihrem Kauf entscheiden.« Er beugte sich leicht vor, um den Zuhörenden etwas näher zu sein. Keylinn schaute nur so weit zu ihm hoch, wie es die Kapuze zuließ.

»Beseht Euch dieses seidene Haar.« Chafif packte eine der Jungelfen am Kiefer und brachte sie dazu, die Zähne zu zeigen. Sie schätzte sie jünger ein als Ilko, vielleicht vierzehn Zwillingsmonde. »Sie ist so jung, dass nicht einmal ihre Eckzähne gänzlich ausgereift sind.«

Unvermittelt fasste sie sich an die Lippen, berührte nacheinander die langen, spitzen Fangzähne neben den Schneidezähnen. Sie wunderte sich, warum sich diese trotz der Tinktur nicht verändert hatten. Vermutlich lag es daran, dass die Tinktur nur dort Veränderung bewirkte, wo sie auch tatsächlich hingelangte. Geschluckt hatte sie das Mittel nämlich nicht. Feysirion sei Dank war ihr das noch aufgefallen, bevor sie mit irgendjemand anderem als Callan oder Iberyn gesprochen hatte. Erleichtert fühlte sie sich dadurch nicht, denn das Silberkind in Chafifs Griff gab ein Japsen von sich, gefolgt von einem lauten Fauchen.

Keylinn lehnte sich nach vorne, setzte schon zum Sprung an, doch eine Hand umfasste ihren linken Oberarm und hielt sie zurück. »Nein, nicht jetzt.«

»Ich muss«, knurrte sie und stierte in Chafifs schmierige Fratze.

»Es geht nicht, Keylinn«, redete Callan weiter auf sie ein, ließ sie los, als sie sich aus seiner Berührung wand.

»Aber ...«

»Nein!«, sagte er bestimmend, jedoch mit gedämpfter Stimme. »Wenn sich die Möglichkeit dazu ergibt, können wir sicher ein paar Elfen befreien, aber nicht jetzt.«

Schweigend wandte sie sich von der Szenerie ab. Tränen bildeten sich und machten ihrem Frust, ihrer Hilflosigkeit Luft. Es zerriss sie innerlich, ihresgleichen im Stich zu lassen und ihr grausames Schicksal nicht abwenden zu können, aber es war vernünftiger, Callans Ratschlag zu folgen, anstatt dem Sklavenhändler im Versuch, den anderen zu helfen, blindlings in die Arme zu laufen.

»Wachen!«, rief der Elfenhändler unvermutet aus und Keylinn starrte erschrocken in seine Richtung. Für einen Schreckensmoment dachte sie, er hätte sie entdeckt, doch seine Aufmerksamkeit galt nicht ihr, sondern Callan, der nach wie vor direkt neben ihr stand.

»Das ist der Dieb! Fasst ihn!«, befahl er ihnen.

Die Überraschung auf Callans Gesicht war nicht zu übersehen. Alle Lockerheit fiel von ihm ab, bevor er sich an Ort und Stelle umdrehte und die Flucht ergriff. Sie verlor ihn in der Menge und zögerte in der Aufregung der Rundohren nicht lange, um unbemerkt durch die Marktgassen zu gelangen. Obwohl sie ihn kaum kannte, wurde ihr klamm und ein Klumpen bildete sich in ihrem Hals. Sie hoffte, dass sein Prahlen sich nicht nur als leere Worte herausstellte und er heil davonkam. Dafür betete sie sogar in einer stillen Seitengasse, versteckt hinter einem Stapel Holzkisten, zu einem Gott, dem sie für gewöhnlich nicht huldigte, gar sonst um jeden Preis mied ...

ASKIR

Mit der Sonne im Gesicht schreckte Askir
aus einem Albtraum und spürte,
wie auf einen Schlag der Schmerz in
jedem Teil seines Körpers eintraf. Er wagte
es nicht, sich zu rasch zu bewegen, geschweige
denn sich zu strecken, um die Müdigkeit aus
seinen Gliedern zu treiben. Vorsichtig drehte er sich
auf die andere Seite, damit er mit dem Rücken gegen
die Wand lag, biss die Zähne zusammen, als er sich
aufrappelte und sich an den Rand des Bettes setzte.
Er stützte sein Gesicht auf die flachen Hände, seufzte
dabei schwer.

Die letzte Nacht hatte nicht enden wollen. Zwei Frauen
hatte er verführt und sie auf eine Ebene voll süßem Be-
gehren und Ekstase gelockt. Weit fort von hier.

Ansonsten hatten hauptsächlich männliche Freier seine Dienste verlangt. Drei von ihnen hatten sich in ihrer
Männlichkeit beweisen müssen, ihn dominiert, unterwor-
fen, gedemütigt. Ohne Rücksicht auf Verluste. Sie hatten
ihn geschlagen und ihren Frust an ihm ausgelassen, bis er

geblutet hatte. Doch er hatte es still ertragen. Es ausgehalten und sich nicht gewehrt, sodass er nun den Tribut dafür zahlte. Schmerzen zogen sich an seinem Rücken entlang bis in die Lenden.

Er reckte sich leicht und holte eine kleine Stofftasche hervor, die er immer unter der rechten Matratzenecke am Fußende versteckte. Zielbewusst griff er nach der schlichten Holzpfeife und dem Kräutersäckchen, die er darin aufbewahrte, und begann, sie zu stopfen. Trotz der zitternden Hände gab er darauf acht, nichts zu verschütten.

»Askir …«, flüsterte eine schwache Stimme vom anderen Bett aus.

»Linoriel.« Er spannte sich an, um aufzustehen, sog aber die Luft scharf ein, als ihm ein schmerzhafter Stich übers Rückgrat jagte. »Warte einen Moment! Ich bin gleich bei dir.«

Er nahm eines der Schwefelhölzer aus der Tasche, das er in die Flamme der fast heruntergebrannten Kerze hielt. Bis er draußen war, konnte er nicht warten, weshalb er sich die Pfeife gleich hier und jetzt mit dem Schwefelhölzchen anzündete und vorsichtig daran zog, um sie gleich noch etwas weiter nachzustopfen. Mit dem noch brennenden Holz in der Hand sengte er auch diese angedrückten Kräuter an und zog dieses Mal stärker daran, während er mit einer wedelnden Bewegung die kleine Flamme auslöschte. Das Hölzchen legte er danach neben die Kerze. Für einen Augenblick hielt er die Luft an, vergaß alles um sich herum, spürte nur, wie sein Herz heftig gegen seine Brust hämmerte. Erst als sich sein Herzschlag allmählich verlangsamt hatte, entließ er den Rauch aus seiner Lunge. Betäubt von der Wirkung des Hyrsinenkrauts darin ließ der Schmerz nach, was es Askir erlaubte, sich zu erheben. Mit bedachten Bewegungen zog er sich eine Pluderhose und eine schlichte, eng anliegende Tunika über, schnürte danach die Sandalen an seinen Füßen zu. Rasch fuhr er sich mit der Hand durchs krause Haar, um es mehr schlecht als recht zu bändigen. Selbst ein Tröpfchen Rosenöl aus einer Phiole, die auf der Kommode neben dem Zimmereingang stand, half da nicht weiter. Erneut genehmigte er sich einen Zug vom süßlichen Rauch, ließ sich umgarnen von der befreienden Gefühlstaubheit, die folgte.

Er legte die Pfeife auf die obere Kante seines Bettes, darauf bedacht, dass sie nicht umkippte, ehe er sich zu der Elfe begab.

»Es ist alles in Ordnung, Linoriel. Niemand ist hier, der dir wehtun möchte«, versicherte er ihr und setzte sich neben sie.

Mittlerweile hatte sie sich ebenfalls aufgerichtet, gegen die Wand gelehnt und umarmte ihre angezogenen Beine. Sie wippte vor und zurück, so weit, wie es das Mauerwerk in ihrem Rücken zuließ. Tränenerfüllte Augen schauten zu ihm hoch, ihre verletzte Unterlippe bewegte sich leicht.

»Wie lange noch?«, hauchte sie, ehe weitere Tränen über ihre eingefallenen Wangen kullerten. Er hatte sich solche Mühe gegeben, sie immer wieder zum Essen zu überreden, aber sie weigerte sich stetig. Und wenn sie etwas aß, konnte sie es kaum bei sich behalten, das arme Ding.

Sachte, um sie nicht zu verschrecken, rutschte er näher heran und nahm sie in seine Arme. Sie ließ es zu, drückte sich aus freien Stücken an seine Brust und tränkte seine Tunika mit ihrer Traurigkeit. Er wollte ihr helfen, so sehr, aber es ging nicht. Sie waren beide Gefangene in einem System, aus dem es kein Entrinnen gab, keine Hoffnung auf Freiheit, kein Ziel, das es zu verfolgen galt, außer dem erlösenden Tod. Trotzdem genügte manchmal nicht einmal das.

Letzten Herbst hatte er versucht, sich das Leben zu nehmen – mit einer tödlichen Dosis Mohnsaft. Wäre seine Unternehmung von Erfolg gekrönt gewesen, säße er nun nicht mehr hier. Damals hatte ihn eine Frau, an deren Gesicht er sich nicht erinnern konnte, in einer Gasse des Bürgerviertels, nahe dem Tempel Côrs, gefunden. Er hatte kaum noch geatmet und sie hatte sofort nach Hilfe geschrien, was – zu Askirs Pech – direkt ein Medikus gehört hatte. Und rein zufällig hatte dieser ein Mittel bei sich getragen, um die Vergiftung zu verlangsamen. Es hatte ihm wichtige Stunden geschenkt, die sein Überleben sicherten, und dem Medikus genügend Zeit verschafft, ihm ein geeignetes Gegenmittel zu verabreichen. Obwohl die Nachwehen seines Beinahetodes ihn Monate danach geplagt hatten, war er nach wenigen Tagen wieder auf die Beine gekommen und hatte den finanziellen Verlust aufgearbeitet, den er Meister Baitani beschert hatte.

Dennoch glaubte Askir nicht an Zufälle. Vielmehr sah er es als ein Zeichen, dass das Schicksal einen anderen Weg für ihn vorsah. Welche Richtung dieser nahm, hatte sich ihm bis jetzt nicht offenbart. Es blieb ihm also vorläufig nichts anderes übrig, als seinen Schmerz zu betäuben, jeden Tag aufs Neue aufzustehen und weiterzuatmen.

»Nicht mehr lange«, log er und schob den Träger ihres leichten Nachthemdes zurück auf Linoriels Schulter. Etliche Sorgen um sie und sich selbst schlummerten dank der Droge tief in seinem Unterbewusstsein. »Es wird dich bestimmt bald jemand retten und zurück in deine Heimat bringen.«

»Wirklich? Zurück? In die Heimat?«, hauchte sie, ein hoffnungsvolles Glänzen in ihren hellen Augen.

»Ja, wirklich!«, erwiderte Askir unerschüttert. »Sie sind wahrscheinlich schon auf der Suche nach dir.«

»Versprichst du es mir? Dass jemand kommen wird, um uns zu befreien?«

Seine Mundwinkel zuckten leicht nach oben, während er seine Brauen streng zusammenzog. Seine Sorgen vermochte er zu betäuben, aber Tatsachen blieben Tatsachen – ihm würde niemand zu Hilfe kommen. In Qurta'bar hatte das Leid der Elfen ein so schlimmes Ausmaß angenommen, dass jeder, der bereit war, zu helfen, übersah, wie es allen anderen Wesen in Sklaverei erging. Viele vergaßen, dass auch Menschen aus fremden Ländern geknechtet wurden und ein elendes Dasein fristeten. Am untersten Rand der Gesellschaft, unbekannt und ungesehen. Er hoffte zumindest für Linoriel, dass seine Lüge sich zu gegebener Zeit in wahre Worte umwandelte.

»Wie könnte man einer hübschen Elfe wie dir nicht zu Hilfe eilen?«, schmeichelte er ihr und zwang sich, eine entspannte Miene aufzusetzen. Es gelang ihm, denn jeder Schmerz lag begraben unter einer Decke aus süßlich duftenden Rosen und Tränen der Nacht. Die Müdigkeit plagte ihn nach wie vor, aber sie machte ihm nichts aus. Sie gehörte zu seinem Alltag wie die Luft, die er atmete.

Die Silberelfe lächelte schüchtern und klammerte sich an ihm fest. Mittlerweile hatte sie sogar aufgehört zu weinen. »Was täte ich nur ohne dich, Askir?«

Langsam schob er sie von sich, damit er sie nicht kränkte. »Denke nicht daran! Ich bin hier, um dich zu beschützen.« »*nave*!«, bedankte sie sich, blinzelte und reckte sich dann zu Askir hoch. Ihr Mund lag schneller auf seinem, als er ausweichen konnte. Überrumpelt saß er da, ließ ihren Kuss trotzdem zu. Sie schlang ihre Arme um seinen Nacken, presste ihren Körper an seinen, aber wohl fühlte er sich dabei nicht. Er wollte sie doch bloß beschützen. Gefühle hatten an einem Ort wie diesem keinen Platz und er würde sie auch niemals wieder zulassen. Nicht hier, weder jetzt noch zu einem anderen Zeitpunkt. Er sah sie als Schützling, nicht als jemanden, den er körperlich begehrte. Dabei würde es bleiben.

Sachte fasste er sie unter den Armen und zog sie von sich weg. Ihre Pupillen waren stark geweitet vor Erregung, ihre Lippen noch feucht vom Kuss. Er wischte sie mit seinem Daumen trocken, schenkte ihr dabei ein distanziertes Lächeln.

»Bin ich ... nicht gut genug?« Die Sehnsucht in ihren Augen versetzte ihm einen Stich ins Herz.

Zerknirscht berührte er ihre Wange. »Sag so etwas nicht! Du bist mehr als genug.«

»Aber warum ... warum hast du mich weggestoßen? Magst du mich etwa nicht?«, flüsterte sie außer Atem.

»Natürlich mag dich! Es ist nur ...« Askir dachte scharf darüber nach, was er ihr sagen sollte, ohne sie noch mehr zu verletzen. »Ich habe einen Kunden, der auf mich wartet«, wich er ihr aus.

Enttäuscht wandte sie ihren Blick ab.

»Linoriel.« Er ergriff ihre rechte Hand und lächelte. »Ich bin bald wieder zurück. Dann können wir reden.«

Nun rang sie sich ebenfalls ein Lächeln ab, obwohl ihr erneut Tränen über die blassen Wangen kullerten. »In Ordnung. Dann warte ich auf dich.«

Ohne ein weiteres Wort stand er auf, nahm die Pfeife von seinem Bettrand und ging langsamen Schrittes aus dem Zimmer, um ihr nicht das Gefühl zu geben, dass er vor ihr floh. Er wusste selbst, dass es stimmte. Er lief vor diesem Problem davon, hatte ihr ins Gesicht gelogen, anstatt sich dieser Komplikation zu stellen und ihr die Wahrheit zu sagen. Andererseits war ihm klar, dass die Wahrheit sie töten würde. Wenn er ihr die Hoffnung nahm, die Gefühle nicht erwiderte, die sie so deutlich ihm gegenüber hegte, würde es kaum Tage dauern, bis sie in einer dunklen Gasse oder im Bett eines Fremden aufzufinden war – verzweifelt, allein und schließlich tot. Er wollte es nicht dazu kommen lassen, also erhielt er ihre Illusion so lange aufrecht, bis der rechte Zeitpunkt kam, um ihr alles zu erklären, ohne dass sie daran zerbrach.

Nachdem er sich bei seinem Meister die Erlaubnis für einen Ausflug in die Stadt geholt hatte, eilte er durch die Tür des Freudenhauses. Draußen ergötzte er sich sogleich am Licht der Sonne, das ihn zwar im ersten Moment blendete, dann aber seine helle Haut angenehm erwärmte. Die Bewohner des Stadtviertels ignorierten ihn, als er an ihnen vorbeischritt, oder warfen ihm höchstens hochnäsige Blicke zu. Er beachtete sie nicht, sondern genehmigte sich stattdessen gelegentlich einen Zug von seiner Pfeife, folgte dabei der Hauptstraße in Richtung Marktplatz. Der Lärm, der ihn bereits am Tor erwartete, war eine willkommene Abwechslung, half er ihm doch, die kreisenden Gedanken in seinem Kopf zu übertönen. Mit den lauten Geräuschen hob sich auch die Stimmung der Einwohner. Gaukler, Köche, Tänzer und viele weitere Künstler erhellten die Gemüter mit ihren Talenten und machten Efyons Tage des Friedens alle Ehre. Obwohl unzählige Mauern mit dem Götzenzeichen Côrs beschmiert waren, verehrte der Großteil der Bevölkerung primär die wahren Götter und ließ es sich nicht nehmen, von Zeit zu Zeit den Gottheiten gewidmete Feste ausladend zu feiern.

Askir hätte gern gesehen, wie die Straßen im Licht der Laternen über seinem Kopf beleuchtet wurden, aber dazu war kaum Zeit, wenn er sich nachts den Bedürfnissen seiner Kunden annahm. Gerade wünschte er sich, von jedem Stand einen Happen von den Köstlichkeiten zu probieren, welche die Händler anboten, doch die Münze in seiner Hosentasche bewahrte er sich lieber für einen späteren Zeitpunkt auf. Seufzend klopfte er seine Pfeife aus und verstaute sie in dem Stoffsäckchen, in dem er auch den Rest der Krautmischung aufbewahrte, bevor er es wieder an seinem Hosenbund festzurrte.

Der Marktplatz selbst quoll förmlich über von den Massen, die sich zu den Festlichkeiten versammelt hatten. Wenige Schritte nach dem Tor des *Goldenen Viertels* fiel sein Augenmerk auf eine Tribüne, geschmückt mit Tüchern in den wärmsten Farben und kleinen Girlanden aus runden Glöckchen und Miniaturlaternen. Ein Nayruni, türkisfarben wie die See in den frühen Morgenstunden, tanzte dort zu den Flöten und Trommeln der Musizierenden. Askir trat näher, angezogen von den fließenden Bewegungen, den Augen, die sich allmählich öffneten und ihre Farbe von zartem Altrosa offenbarten. Das leichte Gewand, das seinen Körper umhüllte, bewegte sich mit, als wäre es ein Teil von ihm. Es haftete etwas an ihm, etwas Außergewöhnliches, Undefinierbares. Und es lag nicht an seinen schmalen, geschwungenen Hörnern, die zwischen seinem langen, zusammengebundenen Haar hervorlugten, oder am geschuppten Schweif, der dem Rhythmus der Melodie ebenfalls folgte.

Der Nayruni lächelte der Meute entgegen, ehe er seinen drachenartigen Fuß hob, der kaum etwas mit dem eines Menschen gemein hatte, und zu einer Umdrehung ansetzte. In der Folge ließ er sich zu Boden fallen. Die Instrumente verstummten abrupt. Askir sah allerdings, dass es gespielt war, um eine Reaktion bei den Zuschauenden hervorzurufen. Es gelang ihm. So entlockte er einigen ein Raunen, anderen blieb der Atem weg, wieder andere sogen die Luft scharf ein. Er schien genau zu wissen, wie man ein Publikum fesselte. Um die Spannung weiter anzutreiben, verharrte er dort – ein, zwei Atemzüge – und setzte sich mit dem ersten Klang der Flöte wieder auf. Seine Wangen hatten einen dunkleren Ton angenommen, dennoch schien er kaum außer Atem zu sein. Er beugte sich vor, über den Rand der Tribüne zu einem Herrn mittleren Alters, gehüllt in ein Gewand aus goldenem Brokat. Mit seinen schmuckbesetzten Fingern fasste der Mann in den Stoff, als suchte er Halt.

Askir stand kaum einen Schritt entfernt, und da die Leute um ihn herum nichts weiter taten, als zu tuscheln, zu jubeln oder wortlos den Nayruni anzustarren, vernahm er die Worte des Drachenwesens.

»Lust auf ein kurzes Zwischenspiel?« Dabei warf er Askir einen flüchtigen Seitenblick zu und biss sich auf die Lippen, ehe er sich wieder ganz dem Adeligen vor sich widmete. »Traut Ihr Euch dieses Wagnis zu?«

Der edle Herr blinzelte, als erwachte er aus einem Traum, und rümpfte die Nase. »Weg von mir, Abschaum!«

Er stieß den Nayruni von sich und ergriff unvermittelt die Flucht.

»Schade.« Der Abgewiesene zuckte mit den Achseln, erhob sich und führte seinen Tanz unbeirrt fort. Askir schmunzelte darüber, wie direkt und unverfroren er sich gab, doch überraschte es ihn nicht. Liebesdienste anzubieten war ein hartes Pflaster, und wer sich keine dicke Haut zulegte, hatte kaum Chancen, zu überleben.

Er schaute dem Nayruni noch etwas länger zu, ehe er sich selbst seiner Arbeit widmete und Ausschau nach potenziellen Kunden hielt. Obgleich er ihn nicht als Konkurrenz betrachtete, vergeudete er besser keine Möglichkeit, einigen Herrschaften und Damen den Besuch im *Haus der Seidenrosen* schmackhaft zu machen. Ohne jemanden unhöflich wegzustoßen, löste er sich aus der Menschentraube und entdeckte nicht weit entfernt eine Gruppe von fünf Menschenfrauen, die sich am Rand einer gerade leeren Tribüne versammelt hatten. Während er auf sie zuschritt, lächelte er ihnen entgegen, woraufhin sie anfingen zu kichern und sich nervös die Hände vor den Mund zu halten. Drei davon waren sicherlich jünger als er, aber hatten genügend Zwillingsmonde erlebt, um als junge, erwachsene Frauen angesehen zu werden.

»Die Damen!« Mit einem höflichen Nicken zog er an ihnen vorbei, hörte, wie eine schmachtend seufzte. Er hätte beiläufig eine Unterhaltung mit ihnen begonnen, sie alle um den Finger gewickelt, wäre seine Aufmerksamkeit nicht zu einer anderen Frau abgeschweift, die erhobenen Hauptes auf ihn zuschritt. Er ging weiter, achtete nicht länger auf die reichen Damen. Er kannte sie, diese schwarzhaarige Nayruni hinter dem violetten Schleier, der ihre immerroten Lippen verbarg. Ihre bernsteinfarbenen Augen wurden in dem Moment weicher, als sich ihre Blicke trafen.

»Askir«, erhob sich ihre Stimme, in der ein sanftes Lächeln mitschwang. »Ich habe gerade an dich gedacht.«

»Wie schön, das zu hören, Orakel Khadira«, erwiderte er und trat zu ihr. Ihm lag weitaus mehr auf der Zunge, doch er behielt seine Gedanken für sich. Bei ihr, dem ehrenwerten Orakel, brauchte er sich nicht zu verstellen und ihr Honig um den Mund zu schmieren. Sein Anblick allein genügte, um sie zu erfreuen.

»Bist du auf einem deiner Streifzüge, mein liebster Liebesdiener?«

Er nahm wahr, dass sie hinter ihrem Schleier lächelte, und erwiderte es mit einem Schmunzeln. »Ihr kennt mich. Mein Herr verlangt es und ich folge seiner Bitte.«

Sie strich sich eine lose Strähne hinters linke Ohr – ein Tick, dem sie stets unterlag, bevor ihr Blick abschweifte und ins Leere wanderte. Immer dann sah sie Begebenheiten, die sich nicht im Hier und Jetzt abspielten. Auch nun geschah es. Sie starrte durch ihn hindurch, ohne Fokus und beinahe regungslos. Schützend legte er ihr eine Hand auf den Rücken, führte sie langsam an den Rand der Gasse zwischen den Marktständen. Ihre Beine taten ihren Dienst wie von selbst. Er achtete darauf, dass niemand sie anrempelte, konnte aber nicht verhindern, dass sie einige Male auf ihr pflaumenfarbenes Kleid trat und sich am unteren Saum Risse bildeten. Um den Schaden gering zu halten, hob er sie auf seine Arme und bahnte sich einen Weg zurück zum Tor des *Goldenen Viertels*. Nicht zum ersten Mal trug er sie in diesem Zustand in ihre Bleibe. Deshalb hielt ihn auch keine Stadtwache mit irgendwelchem bürokratischen Unsinn – wie der Nachfrage nach einer Zutrittsbescheinigung – auf, als er das Reichenviertel betrat und über die Hauptstraße eilte. Sobald er vor der Tür ihres Heims stehen blieb, blinzelte sie und wachte aus ihrer Starre auf. Sie schaute zu ihm hoch, verwirrt, noch nicht ganz in der Gegenwart angekommen, doch sie lächelte ihn an.

»Wie ungeschickt von mir«, gab sie kaum hörbar von sich, während er sie vorsichtig auf die Füße stellte. Er ließ sie nicht los, bis sie sich sicher am Türrahmen angelehnt hatte. »Dabei sollte ich doch keine Zeit vergeuden.«

Er musterte sie mit einem freundlichen Lächeln, um sich zu vergewissern, dass sie nicht in Ohnmacht fiel, denn sie zitterte am ganzen Leib.

»Wollt Ihr meine Dienste in Anspruch nehmen?«, fragte er sie direkt, damit er nicht zu viel ihrer kostbaren Zeit mit unnötigem Gerede verschwendete. »Ich könnte Euch massieren.«

Mit einem leichten Kopfschütteln wies sie sein Angebot ab. »Nicht nötig, aber ich werde in einigen Tagen vorbeikommen, wie gewohnt. Momentan braucht jemand deine Dienste dringender als ich.«

»Wer?« Askir zog die Augenbrauen hoch, verschränkte die Arme vor der Brust und wartete auf die Erklärung. Sie hingegen runzelte die Stirn, strich sich mit der obsidianfarbenen Klaue über die Wange, ehe ihr Zeigefinger am linken Mundwinkel verharrte. Geistesabwesend huschten ihre Augen umher, doch sie gab einen präsenteren Eindruck ab als zuvor.

»Hinter dir«, begann sie, »zehn Schritte weiter die Gasse entlang, dann nach rechts.« Sie blinzelte und richtete ihren Blick wieder auf ihn. »Dort solltest du warten.«

»Wie Ihr meint«, sagte er. Obwohl es für ihn kaum Sinn ergab, wagte er es nicht, ihre hellseherischen Künste infrage zu stellen. Sie blieben für ihn ein Mysterium, unerklärlich und teilweise beängstigend. Dennoch ... Er hörte ihr gerne zu, wenn sie von Ereignissen der Welt erzählte – vergangenen wie kommenden. Und die Tatsache, dass sie dabei in seinen Armen lag und immerzu die Ruhe bewahrte, half ihm, während jener Nächte nicht in Panik zu geraten. Sie berichtete häufig von Krieg und Chaos, hatte immer wieder erwähnt, dass bald neue Götter aufstiegen, was er kaum glauben konnte. Auch da hatte er geschwiegen und sie reden lassen. Er hatte längst aufgegeben, bei allem nachzufragen und es in seiner Gänze zu verstehen, da ihm Neugier meist nur Prügel eingebracht oder Kopfschmerzen beschert hatte.

»Und bevor ich es vergesse.« Khadira hatte bereits ihre Haustür einen Spalt breit geöffnet, hielt dann jedoch mitten in der Bewegung inne. »Gib dir nicht an allem die Schuld. Einige Dinge sind unvermeidlich, vor allem jene, zu denen sie dich zwingen.«

Überfordert von ihren Rätseln wandte sich Askir zum Gehen. »Eos sei mit Euch, ehrenwertes Orakel!«

»Noch eines!«, warf sie hinterher und brachte ihn dazu, noch etwas länger auszuharren. »Gibt es eine Speise, die du besonders gerne isst?«

Askir überlegte, kam aber zu keinem ehrlichen Schluss. Bei der Auswahl des Essens, das ihm jeden Tag aufgetischt wurde, hatte er ja kein Mitspracherecht. Dementsprechend hatte er es sich nie leisten können, wählerisch zu sein. »Nichts Besonderes.«

Er lächelte sie erneut an, um seine Verwirrung zu überspielen.

»Dann werde ich dich mit der Kleinigkeit überraschen müssen, die mir vorschwebt«, meinte sie und winkte ihm zum Abschied zu. »Geh, sonst kommst du zu spät!«

Um es nicht darauf ankommen zu lassen, nickte er ihr höflich und knapp zu, ehe er an den Ort in den Gassen eilte, den sie ihm beschrieben hatte. So sauber und aufgeräumt wie in diesem Viertel fand man selten eine Seitenstraße vor. Strengen Gesetzen und harter Sklavenarbeit war dies zu verdanken. Die Reichen konnten es sich natürlich leisten, Ersteren zu folgen, denn sie besaßen alles im Übermaß. Sie plagten keine anderen Probleme, als sich mit der Schwierigkeit auseinanderzusetzen, welche Kleidung sie an diesem Tag trugen oder welches Gelage sie als Nächstes veranstalteten.

Mit verschränkten Armen sah er sich weiter um, blieb jedoch an der besagten Straßenecke wie angewurzelt stehen, um diesen Jemand nicht zu verpassen, von dem Khadira gesprochen hatte. Sein Blick wurde von einem roten, prägnanten C, welches drei leere Augen zierten, angezogen: das Zeichen Côrs. Als ob die Schmiererei selbst nicht schon genug war, stand darunter in Großbuchstaben:

EHRET CÔR,
DEN MEISTER DES LICHTS,
VOLLSTRECKER DER ORDNUNG
UND HEILSBRINGER!

Askir rümpfte die Nase. Der sogenannte Meister des Lichts hatte sich vor Jahren selbst in den Status einer Gottheit erhoben und war der Schutzpatron dieser Stadt, was nichts Gutes über ihn aussagte. Er repräsentierte Sklaverei, gesellschaftliche Ungleichheit und den Kampf gegen die natürliche Ordnung der Magie, womit er sich mithilfe seiner Vollstrecker sogar noch brüstete.

Abscheulich, dachte Askir seufzend.

Aus dem Nichts klatschte ein weißes Etwas gegen die Steinwand und hinterließ quer über dem Zeichen einen Striemen. Überrascht blickte Askir hoch, um nach der Quelle des klebrigen Geschosses Ausschau zu halten. Allerdings hörte er das Schlagen kleiner Flügel, bevor er eine zwitschernde Kreatur entdeckte, die über seinem Kopf hin und her flatterte. Das Vögelchen mit seiner roten Kehle zog drei weitere Kreise, ehe es auf Askir zusteuerte. Willkürlich schnappte es sich ein loses Haar von seiner Schulter und flog so schnell von dannen, wie es erschienen war. Der Frechheit des Rotkehlchens wegen musste er lachen, lobte es im Stillen für seine Treffsicherheit und bedankte sich bei den Göttern für dieses amüsante Spektakel.

Sein Lachen erstarb jedoch, als er das Scheppern von Rüstungen und Waffen aus der Ferne vernahm. Von der Quergasse her hörte er, wie Sohlen über den Sand schlitterten und jemand um die Ecke gerannt kam. Und tatsächlich legte ein junger, braunhaariger Mann einen abrupten Halt an der Abzweigung zu Askir hin und starrte ihn mit großen Augen an.

»Verdammter Dieb! Wohin ist er verschwunden?«, hörte er eine Wache von der Hauptstraße her brüllen.

Askir grinste den jungen Mann an. »Ihr seht aus, als könntet Ihr ein Versteck gebrauchen. Zu Eurem Glück erwartet Euch auch eines ... in meiner Hose .«

»Was in Serissas Namen ...«, begann er mit einem Ausdruck des Entsetzens auf dem Gesicht, aber Askir unterbrach ihn damit, dass er ihn am Unterarm packte und weiter in die Gasse hineinzog.

»Wir sollten keine Zeit verlieren!«, raunte er dem Dieb zu und schaute um die nächste Ecke, bevor er ihn – außerhalb des Sichtfeldes der Stadtwachen – über die Hauptstraße in die direkt gegenüberliegende Seitengasse zerrte. Ganz knapp gelang es den beiden, darin zu verschwinden, ohne dass die Wachen sie sichteten.

Askir spähte erneut auf die Hauptstraße, ließ aber den völlig verdatterten Dieb nicht los. Dieser drückte sich neben ihm gegen die Wand, atmete hastig, als wäre er bereits durch die ganze Stadt gerannt. Wahrscheinlich war er das sogar, seiner tropfnassen Stirn nach zu urteilen.

Die Wachen standen nicht allzu weit entfernt bei zwei Damen, die ihre Haare mit den teuersten Tüchern hochgebunden hatten. Sie zeigten in die Gasse, in welche der Dieb zuvor verschwunden war. Weiter beobachtete Askir das Geschehen nicht, denn je länger er zögerte, desto unmöglicher wurde es, den jungen Mann rechtzeitig in Sicherheit zu bringen.

»Kommt!«, flüsterte er. »Ich zeige Euch, wie man in einer Stadt wie dieser untertaucht.«

Trotz der Gegenwehr seitens des Diebes zog er am Ärmel des Fliehenden, um ihn zu seinem Glück zu zwingen. Er versuchte, sich seinem Griff zu entwinden, zerrte und fluchte leise vor sich hin, aber Askir würde ihn nicht loslassen.

»Stellt Euch nicht so an!« Geschickt huschte Askir durch die Gassen, achtete dabei stets darauf, in raschen, aber lockeren Schritten zu gehen, wenn sie an Passanten vorbeikamen, ehe sie um die nächste Ecke bogen und ihr Tempo wieder beschleunigten. Dass sich zwei junge Männer miteinander vergnügen wollten, war in Qurta'bar kein seltener Anblick – selbst nicht in den weniger belaufenen Seitengassen des Reichenviertels. Niemand schenkte ihnen deswegen Beachtung und Askir hoffte inständig, dass das so bleiben und der Dieb nicht auf den dummen Gedanken kommen würde, in ein fremdes Haus einzusteigen und sich persönlich zu bereichern. Normalerweise verurteilte er Langfinger nicht für ihre Tätigkeit, denn er war selbst nicht unschuldig, was das Stehlen betraf. Er hatte hohe Herren ebenfalls schon um ein paar Münzen erleichtert. Allerdings war seither einige Zeit ins Land gezogen und er hatte längst mit eigenen Augen gesehen, was die Gesetzeshüter mit Dieben anstellten. Grauenvolle Dinge, Strafen, die jemanden ein ganzes Leben lang behinderten – eine abgeschlagene Hand, zwei oder mehr fehlende Finger, ein abgerissenes Ohr, um nur einige Beispiele zu nennen. Er plädierte demnach auf die Vernunft des Diebes, seine Sicherheit vorzugsweise in den Vordergrund zu stellen. Was danach mit ihm geschah, konnte Askir herzlich egal sein. Eigentlich ...

Trotzdem beschäftigte ihn eine Sache. Wenn das Orakel etwas derart deutlich betonte und dafür sogar auf seine Dienste verzichtete, schien das Schicksal noch vieles für den Dieb bereitzuhalten. Nur erweckte dieser junge Mann nicht den Eindruck, dass ihm das bewusst war. Zudem wunderte sich Askir, welche Rolle er selbst dabei spielte. Helfer, Beschützer, Überbringer, Begleiter – er hätte sich alles vorstellen können. Und doch war er gebunden, nicht in der Lage, diese Stadt jemals lebendig zu verlassen.

Vor der nächsten Abzweigung blieb er abrupt stehen und hielt dem Dieb die offene Hand gegen die Brust, damit dieser nicht versehentlich in die Wachen rannte, die an ihnen vorbeizogen. Es waren andere als jene, die seinen Begleiter verfolgt hatten. Sie unterhielten sich, grüßten Damen, die ihren Weg kreuzten, und folgten der Hauptstraße, bis sie sich aus Askirs Sichtfeld verloren. Angespannt atmete er durch, verharrte etwas länger als notwendig an der Mauer, um das Risiko, so kurz vor seinem Ziel entdeckt zu werden, zu schmälern.

»Hier entlang!«, gab er dem Dieb zu verstehen und zeigte auf einen engen Durchgang, der kaum mehr als fünf Schritte von ihnen entfernt zu einer Treppe führte. Er löste sich von der Mauer, vergaß aber nicht, einen weiteren Seitenblick auf die Hauptstraße zu werfen. Mit leisen Sohlen tat es ihm der junge Mann nach. Ein dunkler Schatten säumte die ersten Stufen, doch die nächsten wurden vom Licht violetter Fackeln beleuchtet.

Der Dieb zögerte.

»Vertraut Ihr mir nicht?«, forderte Askir den jungen Mann heraus, musterte ihn mit einem Lächeln.

»Natürlich vertraue ich jedem, der mir ein Versteck in seiner Hose anbietet«, entgegnete der Dieb mit hochgezogenen Augenbrauen. Der skeptische Unterton in seiner Stimme war dabei nicht zu überhören.

Kopfschüttelnd lachte Askir in sich hinein, ehe er mit einer sachten Handbewegung nach unten wies. »Entweder das oder diejenigen, die nach Euch suchen. Ihr habt Euch das Viertel mit den am besten ausgebildeten Wachen ausgewählt. Wie seid Ihr überhaupt hineingelangt? Ich glaube ja nicht, dass Ihr die offiziellen Erlaubnispapiere dazu besitzt, nicht wahr?«

Der Dieb starrte ihn an, bewegte sich aber kein Stück. Mit einem Seufzen sandte Askir ein Stoßgebet an die Götter, dass sie ihm die Muße schenkten, diesen Trotzkopf nicht einfach an Ort und Stelle stehen zu lassen. Er verlangte nicht, dass er ihm blindlings vertraute, aber es ärgerte Askir, dass er sich wie ein sturer Bock anstellte, der keine Hilfe annahm.

»Wie Ihr wollt! Euch ist bewusst, dass ich die Wachen einfach hätte rufen können, um sie auf Euch aufmerksam zu machen«, meinte er ruhig, gab sich jedoch kaum Mühe, sich das Grinsen zu verkneifen.

»Sag mal!«, zischte der Dieb. Ehe Askir sich versah, hatte er seinen Dolch gezückt und drückte ihn gegen die Wand. »Tu das lieber nicht!«

»Ein Wort und sie kommen mindestens zu dritt hierher, um Euch zu fassen«, fuhr Askir fort. »Ihr habt ja keine Ahnung, was sie mit einem Verbrecher wie Euch anstellen werden.«

»Und du schon?« Er schaute zu Askir hoch und richtete die Spitze des Dolches gegen die Unterseite seines Kiefers, sodass Askir seinen Kopf kaum nach unten zu neigen wagte. »Ja, zu gut. Die Einzelheiten möchte ich Euch lieber ersparen.«

Es machte nicht den Anschein, dass Askirs Worte ihn beruhigten – ganz im Gegenteil. Die scharfe Spitze stach in seine Haut, nur etwas, vermutlich, um ihn zum Schweigen zu bringen.

»Es liegt mir nichts ferner, als Euch zu drohen. Ich möchte Euch helfen«, versicherte er dem Dieb, zum ersten Mal mit ernster Miene. »Wirklich.«

Die Augen seines Gegenübers wurden schmal vor Misstrauen. Nichtsdestotrotz ließ er seine Waffe sinken und steckte sie zurück in die Dolchscheide.

»Ja gut, es steht ja nur mein Leben auf dem Spiel, wenn du mich reinlegst«, grummelte er, drehte sich um und ging voraus.

Askir empfand seine sarkastische Art als sehr erfrischend. Für gewöhnlich boten sich ihm kaum Möglichkeiten, sich offen mit Leuten zu unterhalten, geschweige denn mit Dieben. In den Kreisen, in welchen er sich bewegte, erforderte es von jedem, der nicht von den Reichen und Mächtigen verschlungen werden wollte, eine Maske. Offenheit gehörte somit zu einem Gut, das er sich nicht leisten konnte.

Er eilte dem jungen Mann hinterher und legte ihm nach der letzten Treppenstufe seine Hand auf die Schulter.

»Hier!« Er lächelte ihn an und zeigte mit dem Kinn in Richtung des Türrahmens zu ihrer Linken. Ein karmesinroter Schleier verwehrte ihnen den Einblick in den Raum dahinter. Trotz Windstille wogte dieser hin und her und strahlte eine Energie aus, die Askirs Neugier weckte und ihn trotzdem auf Abstand hielt, als machte sich der Vorhang über ihn lustig. Leise Stimmen flüsterten ihm zu, in einer fremden Sprache, deren Worte er nicht verstand und die ihm doch seltsam vertraut vorkam. Askir nahm wahr, wie sich seine Nackenhaare aufstellten und sich ein mulmiges Gefühl in seiner Magengrube ausbreitete. Viele hätten eine solche Reaktion als lächerlich und irrational abgestempelt, aber er wusste es besser. Die Magie der Unterwelt barg Geheimnisse außerhalb der Vorstellungskraft eines gewöhnlichen Sterblichen. Auch er begriff die Gefahren und Mysterien, die unter dieser Stadt verborgen lagen, nur in ihrem Ansatz, wagte aber nicht zu behaupten, schlau daraus zu werden.

Scheinbar unberührt von der düsteren Aura des Schleiers blieb der Dieb unmittelbar vor diesem stehen, warf einen Blick voll Argwohn zurück zu Askir. Doch lange musterte er diesen nicht, sondern streckte die Hand nach dem dichten Stoff aus. Er bekam ihn aber nicht zu fassen, griff erneut danach – und wieder hielt er nichts zwischen seinen Fingern. Der dunkle Samt hatte sich zwischen ihnen hindurchgeschoben, versperrte den beiden Männern nach wie vor den Weg.

Askir unterdrückte ein Schmunzeln.

»Verkaufst du mich für dumm?«, knurrte der Dieb verärgert.

Er strich sich durch den Bart. »Nein.«

Ohne eine weitere Reaktion abzuwarten, holte Askir sein Kräutersäckchen hervor, worin er nebst seiner Kräutermischung und seiner Pfeife stets eine saubere Nadel, in ein Stück Stoff gewickelt, mit sich trug. Damit stach er sich in den rechten Handballen und verstaute beides wieder sorgfältig an seinem Platz.

»Diese Stadt verlangt für alles ein Opfer«, antwortete er auf die unausgesprochene Frage.

»Aha.« Er tat desinteressiert, und doch erkannte Askir einen Funken Neugier in seinen Augen.

Lächelnd berührte Askir mit seiner blutenden Hand den Vorhang, der sich sogleich in seine physische Substanz wandelte und sich beiseiteschieben ließ. Askir machte Platz und wies den Dieb an, hineinzugehen. »Willkommen in der wahren Schatzkammer Qurta'bars.«

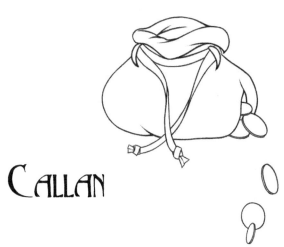

CALLAN

Die sogenannte Schatzkammer war klein, kaum größer als das Zimmer, welches er mit der Silberelfe, dem Satyr und dem Alchemisten geteilt hatte. Dennoch barg sie Gegenstände, die Callan nie zuvor gesehen hatte. Bücher mit reich geschmückten Einbänden, Kelche in den unterschiedlichsten Formen, gespickt mit Edelsteinen, Fläschchen, jedes gefüllt mit seinem eigenen geheimnisvollen Trank, Instrumente, Waffen, Schmuckstücke aller Art und noch vieles mehr. Er fühlte sich wie im Paradies und kam aus dem Staunen nicht mehr heraus.

Er trat näher an die Vitrine, gleich links vor dem Tresen, der ebenso mit Waren überladen war wie die bis hin zur Decke vollgestopften Regale. Sein Blick schweifte über eine helle Holzflöte, deren Verzierung aus eingravierten Vögeln und schwungvollen Linien bestand, weiter zu einem Schwertgriff. Callans volle Aufmerksamkeit war direkt gebannt. Das Heft leuchtete dort, wo keine schwarzen Lederriemen es verdeckten, jedoch nicht beständig, sondern vielmehr so, als wäre das Innere des Hefts flüssig wie geschmolzenes Metall.

Sein Blick fiel auf den Mann zurück, der ihn an diesen Ort geführt hatte, während er mit dem Finger auf seinen Fund zeigte. »Ähm ... ist das ...?«

Der seltsame Kerl schmunzelte. »Ja, tatsächlich! Das ist der Schwertgriff des Flammenschwertes von Aruch'dàl. Schön, nicht wahr?«

»Der ist bestimmt ein Vermögen wert«, bemerkte Callan und kramte nach seinen Dietrichen. Das Schloss, das ihn von diesem Artefakt trennte, sah nicht sonderlich stabil aus, weswegen es bestimmt kein Problem darstellen sollte, es zu knacken.

»Das solltet Ihr nicht tun. Bestehlt keinen Hehler, der unter dem Schutz mehrerer Unterweltkönige steht. Oder bedeutet Euch Euer Leben etwa nichts?«, wies ihn der große Kerl zurecht. Sein Vater musste ein Riese gewesen sein, bei der Größe.

Obwohl es Callan in den Fingern juckte, besann er sich eines Besseren, da der Typ nicht unrecht hatte. Mit den Unterweltkönigen wollte es sich kein Dieb verscherzen, wenn es nicht unbedingt notwendig war. Ansonsten hätte er sich nur weitere Steckbriefe mit deutlich höheren Kopfgeldern angelacht, als ohnehin bereits auf seinen Kopf ausgesetzt waren.

»Dein sogenannter Freund ist also ein Hehler?«, sagte er ruhig und tat, als ließe ihn diese Information kalt. »Ich hätte nicht gedacht, dass sich ein feiner Kerl wie du, der nach Rosen duftet, in solchen Kreisen aufhält.«

Der Riese verschränkte die Arme vor der Brust und blieb im Abstand von zwei Schritten wie eine Eiche stehen. »Tja! Ich bin immer für eine Überraschung gut.«

»Überraschung? Ich glaube eher, es gefällt dir nicht, dass ein anderer Dieb in deinem Territorium Leute bestiehlt.

Mache ich dir deinen Platz streitig?« Callan ließ sich auf den Sessel plumpsen, der gegenüber der Vitrine stand, und inspizierte den Dreck unter seinen Fingernägeln.

Das Lächeln auf dem Gesicht des Kerls schwächte sich ab. »Nicht wirklich ...«

»Nicht wirklich was?«, hakte Callan nach und ließ sich noch weiter in das weiche Polster sinken, seine Beine breit aufgestellt und mit beiden Armen auf den gemütlichen Lehnen. »Warum das lange Gesicht?«

Der blonde Kerl schnaubte. »Nichts.« Er rieb sich über die rechte Seite seines Halses, an dem Callan ein Sklavenmal erkannte. Sofort fühlte er sich schlecht wegen seiner taktlosen Bemerkung.

»Oh!« Er kratzte sich am Hinterkopf. »Tut mir leid! Ich wollte dir nicht zu nahe treten.«

»Schon gut! Seid Ihr nicht«, erwiderte er und fand sein Lächeln wieder. Callan fragte sich, woher der Kerl die Kraft für diese freundliche Miene nahm. Für gewöhnlich sah er keinen der Sklaven lächeln, sondern bloß ins Leere starren.

Der Dieb atmete erleichtert aus, ehe er sich nach vorne lehnte. »Und ich dachte schon, ich hätte es mir mit dir verspielt.«

Der Kerl schüttelte den Kopf und schnaubte, offenbar amüsiert. »Nein, habt Ihr nicht. Da müsste deutlich mehr passieren.«

»Ja gut, aber du musst mich wirklich nicht wie einen Adeligen ansprechen.« Er stand auf und hielt ihm seine Rechte hin. »Ich bin Callan.«

Ohne Zögern ergriff er seinen Arm. »Nenn mich Askir.«

»Gut, Askir also.« Ihm kam der Name bekannt vor. Wenn er sich nicht täuschte, hatte er ihn immer wieder auf den

Straßen gehört – am häufigsten auf dem Marktplatz, wo sich viele Frauen trafen, um miteinander zu tratschen. Sein Name war oft im Zusammenhang mit dem *Haus der Seidenrosen* gefallen, und dass sie sich von den Künsten des besten Liebhabers Qurta'bars am liebsten selbst überzeugen wollten. Dieses Getratsche und das Sklavenzeichen an Askirs Hals reichten aus, um dieses Thema zu meiden. Callan hatte nicht vor, nochmals in ein Fettnäpfchen zu treten.

Sobald sie sich voneinander gelöst hatten, schaute er sich weiter um. »Und wonach suchen wir hier?«

Wieder hörte er Askir in sich hineinlachen, während dieser mit seinen Händen an der Seite eines hölzernen Regales entlangfuhr. Er verrückte dabei nicht einen einzigen Gegenstand. »Nach einem Weg, dich sicher aus diesem Viertel herauszuschaffen.«

»Und welcher wäre das?« Callan trat näher zu ihm heran, um herauszufinden, wonach Askir genau suchte. Er war nicht groß genug, um dem blonden Riesen über die Schulter zu schauen, sodass er stattdessen an ihm vorbei auf die Finger sah. Mittlerweile war seine rechte Hand im Spalt zwischen Regal und Wand verschwunden, doch er zog sie mit einem Stirnrunzeln rasch wieder hervor, ehe er sich das Möbelstück etwas ratlos besah.

»Ich hätte schwören können ...« Askir verstummte mitten im Satz, als er erneut zum hölzernen Gestell griff, dieses Mal jedoch sehr zielgerichtet ins zweitoberste Regal. Dort, an der rechten Innenkante, ruhte seine Hand für einen Augenblick, ehe ein Klicken an Callans Ohren drang und Askir sogleich einige Schritte zurückwich. Callan tat es ihm gleich, um nicht von dem Einrichtungsgegenstand getroffen zu werden, der wie eine Tür aufschwang und den Zugang zu einem geheimen Pfad freigab. Mit einem selbstzufriedenen Lächeln klopfte Askir ihm auf die Schulter und wies mit einer einladenden Handbewegung auf den Durchgang. »Deswegen sind wir hier.«

»Nicht schlecht«, erwiderte Callan gespielt trocken, obwohl er innerlich kaum aus dem Staunen herauskam. Er hatte mit vielem gerechnet: einem Unterschlupf, neuen Kleidern oder vielleicht sogar einer Falle, aber nicht damit. »Wohin führt dieser Weg?«

Askir verschränkte die Arme vor der Brust und schenkte ihm ein geduldiges Lächeln. »Zu einem unterirdischen Labyrinthsystem. Es heißt, dass Yggdravarios höchstpersönlich es vor langer Zeit erbauen ließ, um seinen Schützlingen stets einen Fluchtweg in sein Reich zu bieten.«

Mit einer gesunden Zurückhaltung spähte Callan in die Dunkelheit hinein, erkannte aber nichts weiter als eine Treppe, die hinab ins Ungewisse führte, und grob behauene Felswände. »Worauf warten wir noch?«

»Ich warte auf dich. Du scheinst dem Braten nicht ganz zu trauen, oder irre ich mich?«

»Ach so! Hm, ... Kann sein. Vertrauen liegt mir nicht so«, erwiderte Callan. Grundsätzlich traute er niemandem in dieser Stadt, aber Askir machte einen durchaus vertrauenswürdigen Eindruck und wirkte nicht, als würde er zum ersten Mal einem Dieb aushelfen. Auch seine Intuition schlug keinen Alarm und darauf konnte er sich für gewöhnlich verlassen.

Während sich Callan die ersten Stufen hinunterwagte, hörte er, wie Askir hinter ihm mit einem Zischen eine Sturmlampe entzündete, ehe er ihm damit folgte. Callan hatte nach der fünften Treppenstufe innegehalten, um sich nach ihm umzusehen. Schließlich hatte er etwas von einem Labyrinth erwähnt und das klang leider sehr danach, dass er Gefahr lief, sich zu verirren, falls er Askir aus den Augen verlor. »Gehst du voraus?«

»Natürlich.« Askir glitt an ihm vorbei, ohne ihn zu berühren, und leuchtete ihnen den Weg.

Eine Weile gingen sie schweigend nebeneinander, während Askir ihn selbstbewusst durch die Gänge führte, die in Callans Augen alle gleich aussahen. Nicht einmal blieb er stehen oder schien zu zögern.

»Es überrascht mich, dass du tatsächlich auf meinen Rat gehört hast«, unterbrach Askir unvermittelt das Schweigen und schmunzelte dabei erneut. »Als Dieb muss es dir sicherlich schwerfallen, deine Hände bei dir zu behalten.«

»Wie unhöflich! Wirfst du immer gleich alle in einen Topf?« Doch Callan lachte auf, da er den neckischen Unterton in Askirs Stimme durchaus bemerkt hatte.

»Nein, nichts läge mir ferner«, meinte er mit einem Lächeln, ehe dieses verblasste und einem nachdenklichen Ausdruck wich. »Ist es dir gelungen, die Silberelfe sicher aus der Stadt zu bringen?«

Die Frage traf Callan wie ein unerwarteter Schlag, sodass er erst gar nicht wusste, wie oder ob er überhaupt darauf reagieren sollte. »Welche Silberelfe? Ich kenne keine Elfen.«

»Du bist ein schlechter Lügner, Callan. Vor zwei Tagen bist du in Begleitung einer Silberelfe in eine Kammer voller Liebesdiener und Freudenmädchen eingedrungen und hast für ordentlich Aufregung gesorgt. Natürlich kann ich mich auch irren, aber dafür kommt mir dein Gesicht einfach zu bekannt vor.«

Mit einem Räuspern winkte Callan ab. »Ich hab' ein Allerweltsgesicht. Wahrscheinlich verwechselst du mich mit jemandem.«

»Das bezweifle ich.« Askir erweckte nicht den Eindruck, als würde er vom Thema ablassen, aber auch Callan beabsichtigte nicht, ihm zu viel zu offenbaren.

»Denk, was du willst. Ich habe nichts mit irgendwelchen Elfen am Hut und ziehe lieber mein eigenes Ding durch.«

Mit hochgezogener Augenbraue beäugte Askir ihn skeptisch. »Und was ist dein eigenes Ding?«

Callan hatte nicht bedacht, dass Askir nachfragte, aber dafür hatte er direkt eine Antwort parat. »Nichts, was für dich klug wäre, zu erfahren.«

»Es ist nie klug, sich in die Angelegenheiten anderer einzumischen. Dennoch weckst du mein Interesse, wenn du so vage daherredest.«

»Sollte ich dir so schnell vertrauen? Wir kennen uns erst seit heute«, merkte Callan an, klang dabei abweisender als beabsichtigt.

»Dem ist wohl so.« Askir wandte seinen Blick wieder nach vorn und führte sie bei der nächsten Abzweigung nach links.

Innerlich quälte Callan das beklemmende Gefühl, dass er etwas Falsches gesagt hatte. Ihm war bewusst, dass dieser Kerl ihm gegenüber keine bösen Absichten hegte, aber er war immer vorsichtig, wenn andere versuchten, ihre Nase zu tief in seine Probleme hineinzustecken und dabei nicht locker ließen.

»Ich ...«, begann er, doch Askir fiel ihm direkt ins Wort.

»Dort vorne ist der Ausgang, der dich direkt zur Hinter-gasse einer Heilalchemistenschule führt. Ich hoffe, dass du von da aus den Weg zurück zu deinem Versteck fin-dest.« Trotz Callans abweisendem Ton zuvor schwang in Askirs Stimme nach wie vor dieselbe Freundlichkeit mit, mit der er ihm anfangs begegnet war. »Aber lass dich nicht erwischen! Auch im Bürgerviertel achten die Wa-chen auf jedes Gesicht, das ihren Weg kreuzt.«

»Das krieg ich hin!«, versicherte Callan ihm und steuer-te geradewegs auf die Stufen zu, die durch das Licht der Sturmlaterne allmählich sichtbar wurden. Sie führten zu einem trockenen Grund eines schmalen, runden Brun-nens, doch als Callan sich nach einer Leiter oder derglei-chen umsah, entdeckte er nichts. Er warf Askir, der auf der letzten Treppenstufe stehengeblieben war, einen fra-genden Blick zu. »Und jetzt?«

Mit den Armen vor der Brust zuckte Askir die Achseln. Er hielt die Laterne dabei mit Bedacht fest, damit er sich weder an Armen noch am Oberkörper verbrannte, als sie durch seine Bewegungen leicht hin und zurück wippte. »Als Dieb bist du doch bestimmt imstande zu klettern.«

»Sicher!«, gab er an und krempelte seine Ärmel hoch. »Nichts leichter als das!«

»Dann überlasse ich dich wieder dir selbst. Die Götter seien mit dir.« Askir machte bereits kehrt, als Callan sich räusperte und ihn damit zum Innehalten bewegte.

»Danke ... für deine Hilfe, meine ich.«

Mit einem Blick über die Schulter seufzte Askir schwer. »Keine Ursache. Vergeude diese Möglichkeit nicht, damit man sich nicht zum letzten Mal gesehen hat!«

»Ähm … in Ordnung. Was auch immer du damit meinst«, erwiderte Callan verwirrt und kratzte sich am Hinterkopf. »Man sieht sich!«

Wortlos zog Askir von dannen, während Callan an den Steinen, die gelegentlich aus dem Mauerwerk herausragten, entlang nach oben kletterte.

»Was für ein seltsamer Kerl«, murmelte er vor sich hin, als er sich über den Rand des Brunnens stemmte und anschließend – unauffällig im Schatten der Gassen – zum Haus des Alchemisten zurückkehrte.

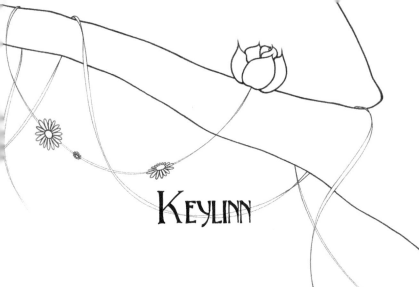

Keylinn

Die Tür krachte hinter ihr ins Schloss, als Keylinn ins gemietete Zimmer huschte.

»Keylinn? Da bist du ... JAAAA!« Zu abgelenkt von dem Knall bemerkte sie zu spät, dass Iberyn mitten im Raum gestanden hatte, und rannte ihn über den Haufen. Tassen zerschellten auf dem Boden, während der Satyr mit einem dumpfen Aufprall auf seinem Rücken landete.

»Autsch, autsch, autsch!«, gab er von sich.

»Huch!« Rasch stieg Keylinn von ihm herunter und half dem Satyr, sich aufzusetzen. »Entschuldige.«

»Wie geht's dir?«, fragte Iberyn sie. Er rieb sich über die linke, untere Seite seines Rückens.

»Das wollte ich dich fragen. Tut mir leid.« Sie musterte ihn von oben bis unten, entdeckte aber nichts, was auf eine Verletzung hindeutete.

»Nicht schlimm.« Er strich sich über die Stirn. »Ist etwas passiert?«

»Callan«, erwiderte sie und versuchte, wieder zu Atem zu kommen. »Er ist in Schwierigkeiten. Die Rundohren haben ihn erkannt. Sie haben herumgebrüllt und Wachen auf ihn gehetzt.« Völlig verschwitzt quälte sie sich auf die Beine. »Iberyn ...« Sie ließ sich aufs Bett fallen. »Diese Stadt ist anstrengend.«

Er stand auf und klopfte sich den Sand von seiner wiesengrünen Robe. »Da stimme ich dir zu. Efyons Segen liegt definitiv nicht auf Qurta'bar.« Seine Hufe klapperten auf dem Boden, als er sich ihr näherte. »Brauchst du etwas?«

Sie nickte ihm zu. »Wasser.«

Er verschwand kurz aus dem Raum und kam mit einem bis oben hin gefüllten Tonbecher zurück. Durstig trank sie vom frischen Wasser, das er ihr reichte, merkte erst jetzt, wie sehr ihr Mund ausgetrocknet war. Sie war eine gute Stunde lang durch die Stadt gezogen, um möglichst niemanden in dieses Versteck zu locken. Das forderte nun seinen Tribut. Sie stürzte die Flüssigkeit hinunter, verschluckte sich einmal sogar daran. Um nicht zu ersticken, setzte sie sich auf und hustete. Als Iberyn sich erneut auf sie stürzen wollte, um ihr zu helfen, hob sie ihre linke Hand und hielt sie ihm entgegen. »Mir ...« Ihre Stimme brach. Sie räusperte sich. »Alles in Ordnung.«

»Sicher?«, hakte er nach.

Sie nickte und wischte sich den Mund mit dem Handrücken ab. »Mit mir schon, aber Callan, er ...« Keylinn rang mit den Worten. »Ich mache mir Sorgen, dass die Wachen ihn –«

»Es nützt jetzt nichts, wenn du jetzt kopflos nach ihm suchen würdest. Callan scheint mir jemand zu sein, der weiß, wie man sich aus Schwierigkeiten herauszieht«, redete Iberyn ihr gut zu.

»Meinst du?«

»Ja.« Ganz überzeugt klang er nicht. Dennoch ließ sie es zu, dass er sie mit Legenden über die Faungottheiten von ihren Gedanken ablenkte, bis sie sich allmählich beruhigte.

Nach geraumer Zeit stürmte Callan ins Zimmer hinein, schloss die Tür und ließ sich am Holz hinab zu Boden gleiten.

Keylinns Augen weiteten sich, während sie ein Gefühl der Erleichterung überkam. »Callan!«

»Da bist du ja!«, erwiderte er außer Atem.

Verwundert sah sie ihn an. »Wo sollte ich sonst sein?«

»Keine Ahnung. Irgendwo orientierungslos in den Gassen.«

»Nein.« Sie musterte ihn mit gerunzelter Stirn, unschlüssig, was sie aus seinen Worten herauslesen sollte.

Er hingegen zuckte mit den Schultern und schaute weg. »Ja, gut, umso besser. Dann muss ich nicht nach dir suchen.«

Es entstand eine unangenehme Stille. Sie fühlte sich durch seinen Kommentar etwas vor den Kopf gestoßen, wusste daher nicht, wie sie darauf reagieren sollte. Auch Iberyn klapperte zurück zum Schreibtisch und widmete sich dort schweigend seiner Tasche.

Callan rappelte sich auf und schwang die Arme in runden Bewegungen. Eine strenge Duftnote strömte ihr entgegen, sodass sie die Nase rümpfte. »Du stinkst!«

»Wie unhöflich!«, meinte er, lächelte ihr aber sogleich lässig zu. »Ich stinke nicht. Ich dufte.«

Keylinn beließ es dabei, denn ihre Gedanken waren bereits weitergezogen – zurück zu den gefangenen Elfen, die sie auf dem Marktplatz gesehen hatte. Sie hatten gelitten. Ihre gequälten Gesichter hatten es ihr nur allzu deutlich gezeigt, aber in Anbetracht der Situation hatte es sich als kluge Entscheidung herausgestellt, die Flucht zu ergreifen. Niemandem war geholfen, wenn sie erneut in die Fänge der Rundohren geriet. Trotzdem konnte sie nicht tatenlos herumsitzen.

»Wir müssen die Sklaven befreien!«, sagte sie mit fester Entschlossenheit.

Callan stutzte und trat näher. »Warte mal! Wir?«

»Ja! Allein schaffe ich es nicht, meinesgleichen die Freiheit zurückzuholen. Aber sie verdienen es alle.« Sie beobachtete ihn weiterhin gespannt, während sie an den Rand des Bettes rutschte.

»Alle?« Er runzelte die Stirn und kratzte sich übers stopplige Kinn. »Du bist verrückt geworden.«

»Nein.«

»Doch, absolut! Hast du gesehen, wie viele Elfensklaven herumlaufen? Viel zu viele, um sie alle zu retten. Du reitest dich mit diesem irrsinnigen Plan nur selbst ins Verderben.«

»Was verstehst du schon davon?«

Die Furche zwischen Callans Brauen wurde tiefer. »Glaub mir, ich weiß, wovon ich spreche.«

»Wirklich? Aber du bist ein Rundohr. Du kannst so etwas nicht verstehen.«

»Bist du so blind? Hast du überhaupt eine Ahnung, wie Sklaverei funktioniert? Sie beschränkt sich nicht nur auf eine Rasse. Hier gibt es offenbar so viele Menschensklaven wie nirgendwo auf den anderen Kontinenten.«

»Ich kann mich aber nicht auch noch um die Rundohren kümmern«, entgegnete sie forsch.

»Das sag' ich auch nicht.«

»Was dann? Was erwartest du von mir?«

»Ich ...« Er schien nach den rechten Worten zu suchen. »Ich meine ja nur, dass du nicht alle retten kannst. Konzentrier dich lieber darauf, deinen Freund zu finden und ihm zu helfen.«

Sie wandte sich von ihm ab. »Mit dem richtigen Plan ist alles möglich«, widersprach sie.

»Damit bringst du dich nur selbst in Gefahr und gehst dabei drauf!«

»Werde ich nicht!«, zischte Keylinn und drehte sich zurück zu ihm. Callan stand nun am Fußende des Bettes, stützte sich dort mit dem linken Knie ab. Lange würde sie sich nicht mehr an dieser sinnlosen Unterhaltung beteiligen. Er hörte ihr ohnehin nicht zu. »Du hast keine Ahnung!«

Die Narbe zwischen ihren Schulterblättern zwickte, tat fast weh, während sie um die Kontrolle ihres inneren Sturms rang. Eine dünne Eiswolke stob aus ihrem Mund, doch diese verdunstete rasch und vermischte sich mit der schwülen Luft um sie herum. Sie drückte sich die linke Faust gegen die Brust, rieb über das Brustbein, in der Hoffnung, ihre ungestümen Gefühle zu besänftigen.

Callan nahm darauf keine Rücksicht. »Ich habe genug gesehen, um zu wissen, was in dieser Stadt vor sich geht. Sag mir also nicht, dass ich keinen Schimmer hab', was hier läuft! Meinst du, mir gefällt es, zu sehen, wie deinesgleichen tagein, tagaus behandelt werden? Nein! Tut es nicht! Ich hätte lieber mehr Elfen zur Freiheit verholfen, aber ich gebe mich für den Moment damit zufrieden, dass ich wenigstens dich aus diesem ganzen kranken Schlamassel befreit habe!«

Keylinn knirschte mit den Zähnen und sah nicht ein, warum er sie nicht unterstützte. Zitternd vor Wut stieß sie einige Flüche in ihrer Zunge aus, ehe sie auf die Beine kam und an ihm vorbeizog. Allerdings griff er nach ihrer rechten Hand, hielt diese fest umklammert. »Geh nicht!«

»Ich muss raus aus dieser Stadt!« Sie fauchte ihn an, schaute von seiner Hand zurück in sein Gesicht.

»Bitte, Keylinn! Ich weiß, dass es dir schwerfällt, aber du musst dich zusammenreißen, sonst ...«

»Zusammenreißen?« Sie ließ ihn nicht ausreden, sondern entwand sich ihm mit einem Ruck und rannte aus dem Zimmer, ohne darüber nachzudenken, wohin ihre Beine sie trugen. Kopflos huschte sie durch die Straßen Qurta'bars. Irgendwohin, wo niemand sie stören würde. Irgendwohin, wo sie diesem Albtraum für einen Augenblick entfliehen konnte.

ASKIR

Dutzende von Fragen bereiteten Askir Kopfzerbrechen, sobald er Callan wieder sich selbst überlassen hatte. Warum hatte das Orakel gerade ihn gebeten, dem Dieb zu helfen? Was hatte es mit Callan auf sich? Und was hatte er mit dieser Silberelfe vor? War es ihm wohl gelungen, einen sicheren Unterschlupf zu finden? Fragen, auf die er keine Antworten wusste.

Das Licht der fortgeschrittenen Stunde tauchte die Welt in alle möglichen Farben, als Askir durch den wallenden Vorhang auf die Dachterrasse des *Hauses der Seidenrosen* trat. Die dunkelbraunen Polster der Liegen leuchteten in einem satten Karmesinrot, trotz der seidenen Schleier, die rund um die Terrasse an Holzbalken befestigt worden waren. Jemand hatte die drei Laternen, die über seinem Kopf an besagtem Gebälk hingen, angezündet, sodass sich diese wie drei zu Kugeln geschliffene Karneole im Zierbrunnen spiegelten. In ihrem dunklen Violett säumten Wüstenastern dessen aus feinstem Marmor gemeißelten Rand. Alles schien so unwirklich – wie aus einem Traum.

Askir trat näher zum Brunnen heran, ging daran vorbei und ließ sich nicht von den beiden Freudenmädchen stören, die sich gerade um einen ihrer Kunden kümmerten. Ihm fiel es leicht, die Geräusche seiner Umgebung auszublenden und seine Sinne auf andere Gegebenheiten zu fokussieren.

Die Liegen standen nicht wie üblich in einem bündigen Kreis um den Brunnen, sondern waren im Laufe des Tages in alle Richtungen gedreht und verrückt worden. Ein wenig abseits der vergnüglichen Szene schob er eine Liege ganz an den Rand des Daches, um sich niederzulassen und sich dort mit dem linken Ellbogen abzustützen. Erschöpft atmete er aus und hielt die Augen einige Momente geschlossen, ehe er seine Pfeife und das Krautsäckchen aus der Umhängetasche hervorholte. Mit leicht zittrigen Händen stopfte er sie, zündete sie an und ließ den ersten Zug in seinen Mund strömen. Er behielt den Rauch auf seiner Zunge, kostete dessen herben, harzigen Geschmack und blies ihn mit einem ausgedehnten Atemzug in die Luft. Eine sanfte Entspannung legte sich über ihn. Sie betäubte das Zittern in seinen Händen und schenkte ihm einen Moment der Ruhe.

Keine Pflichten.

Keine kreisenden Gedanken.

Keine Schmerzen.

Er seufzte und gönnte sich einen weiteren Zug, bevor er zum Himmel hochschaute. Der weiße Rauch mischte sich mit den Farben des letzten Tageslichts, schwebte wie ein leichter Schleier über Askirs Gesicht. Er hob seine Hand und strich hindurch. Für einen Augenblick glaubte er, den

Rauch tatsächlich mit der baren Haut zu fassen und einzufangen, doch der Schleier entwich seiner Berührung, wand und drehte sich stattdessen. Trotzdem lächelte er und gab sich dem Gefühl der Leichtigkeit hin, das seine Sinne umgab.

Ein Piepsen drang zu ihm vor, keineswegs aufdringlich, sondern sachte und angenehm. Das kleine Tier, zu welchem dieser Gesang gehörte, rauschte über sein Sichtfeld, erst weit entfernt, dann plötzlich ganz nah, sodass er den Lufthauch, den die winzigen Flügel verursachten, auf seinem Gesicht spürte. Der Vogel ließ sich auf seinem angezogenen linken Knie nieder und musterte ihn.

Askir schmunzelte. »Na, Kleiner? Hast du etwas Spannendes entdeckt?« Er besah sich das Tierchen genauer, während es ihn weiter anstarrte und sich nervös auf und ab bewegte. »Nein, das kann nicht sein ... Bist du etwa das Rotkehlchen, das sich diesen tollen Scherz bei Côrs Zeichen erlaubt hat?«

Das Rotkehlchen nickte. Askir blinzelte einige Male. Der Vogel hatte ihm gerade bewusst zugehört und eine Antwort gegeben. »Wie sonderbar ...« Er zuckte mit den Schultern. »Aber was soll's.« Mit der Pfeife im Mund ließ er das Tierchen nicht aus den Augen. »Es kommt nicht häufig vor, dass mir jemand so Neugieriges wie du Gesellschaft leistet.«

Das Rotkehlchen gab ein leises Zwitschern von sich, ehe es zweimal rasch nacheinander hüpfte.

Askir schmunzelte. »Süß.«

Es zwitscherte aufgeregt und bauschte sein Gefieder auf.

Stirnrunzelnd legte er seine Pfeife auf den Rand des Daches. »Was? Bist du etwa nicht süß?«

Ein knappes, prägnantes Piepsen folgte.

»Wie du meinst! Dann bist du wohl eher ein schöner, tapferer Vogel, stets auf der Suche nach neuen Abenteuern«, korrigierte sich Askir. Das Rotkehlchen bekräftigte seine Aussage mit demselben Ton wie zuvor. Es hüpfte, drehte ihm dadurch den Rücken zu. Mit einem kurzen Blick über die Schulter blinzelte es ihm noch einmal zu – jedenfalls glaubte Askir, ein Blinzeln zu erkennen –, bevor es wie ein roter Pfeil davonflatterte. Er schaute ihm seufzend hinterher, doch zu schnell verschwand es hinter dem Tor des Bürgerviertels.

Verliere ich langsam den Verstand oder soll ich den kleinen Vogel als Zeichen der Götter deuten? Eine Frage, der er sich widmen würde, sobald die betäubende Wirkung seiner Kräutermischung nachließ.

Seine Aufmerksamkeit schweifte hinab zur Hauptstraße, wo das gesittete Leben allmählich dem nächtlichen wich. Mütter kehrten mit ihren Kindern heim, stattdessen kamen die Straßendirnen heraus, um sich ihren Freiern anzubieten. Die edlen Herren legten ihre adeligen Gewänder ab, um sich zu prügeln und zu betrinken oder schlichtweg unerkannt in einem der anderen Viertel ein erschwingliches Mädchen für die Nacht zu finden. Fackeln und Laternen wurden entzündet und tauchten die Gassen in ein Dämmerlicht, umsäumt von Schatten, die aus dem Untergrund emporstiegen. Nun brach auch die Zeit der Diebe an.

Im Schutze der Dunkelheit kamen sie aus den Nebenstraßen, oftmals unauffällig gekleidet, und mischten sich unters Volk. Ob Callan das heute wohl auch wagen würde? Askir beobachtete zufällig, wie die Hand einer Diebin in die Umhängetasche eines jungen, ahnungslosen Mannes glitt und rasch einen kleinen Beutel herauszog. Eine Geldbörse, nahm er an.

Als hätte sie nichts verbrochen, spazierte die Diebin in die entgegengesetzte Richtung des gerade Bestohlenen. Doch Askir ließ sie nicht aus den Augen. So sah er, dass der Langfinger direkten Weges auf eine Nayruni zusteuerte, auch wenn deren Blick umherschweifte. Von Weitem erkannte er nichts weiter, als dass die Drachenartige ein violettes Kleid trug, über welches sie ihr schwarzes, langes Haar offen herabfallen ließ. Sobald die Diebin sie erreichte, trafen sich ihre Blicke, wobei sie ihre Hand schützend auf ihre Seitentasche legte, die an ihrer rechten Hüfte hing. Ihr Gegenüber schreckte zurück und verschwand in der nächsten Gasse.

Askir lachte in sich hinein. Wenn er sich nicht täuschte, war die Nayruni niemand anderes als Khadira. Von ihr erwartete er in dieser Hinsicht nichts anderes. Eine hellsichtige Person wie sie ließ sich von Taschendieben sicherlich nicht so einfach bestehlen. Oder sonst von jemandem belästigen. So manches Mal begleitete sie mindestens ein Wächter, der sie vor solcherlei Unannehmlichkeiten schützte. Askir hielt Ausschau nach einem Begleiter, der ihr folgte, erblickte aber niemanden.

Seufzend kehrte sein Blick zurück zu seiner Pfeife. Mittlerweile war das Kraut darin heruntergebrannt und war nichts weiter als bittere Asche. Es lohnte sich nicht, eine weitere zu stopfen, da er sich bereits bei dieser ein bisschen zu viel Zeit herausgenommen hatte. Mit etwas Glück würde es seinem Meister nicht auffallen, aber das Wagnis, Meister Baitanis Geduld weiter auf die Probe zu stellen, war er nicht bereit, einzugehen. Ein Fehltritt und der Zorn seines Meisters würde auf ihn niederprasseln. Askir wusste nur zu gut, zu welchen radikalen Mitteln sein Besitzer griff, um seinem Eigentum Gehorsam beizubringen.

Deshalb zog Askir es vor, sich wie der fügsame Sklave, den sein Meister sich wünschte, in Richtung des Empfangs zu begeben. Jeder Schritt war wohl gewählt, um den beiden Freudenmädchen, die tuschelnd an ihm vorbeizogen, keine Schwäche zu zeigen. Ihre eifersüchtigen Blicke entgingen Askir nicht, aber er ignorierte sie – wie üblich.

Bereit, dem Befehl seines Meisters zu folgen, hielt er am oberen Ende der Treppe, die hinab ins Erdgeschoss führte, inne. Doch anstatt der Anweisung, nach unten zu treten, hörte er, wie Khadira sich mit einer Stimme beschwerte, die vor Ärger eine Oktave in die Höhe schoss.

»Aber ich habe genauso viel Recht, ihn zu besuchen, wie dieser hohe Alchemist – oder was auch immer er sein soll! Am Geld soll es nicht scheitern! Wie viel muss ich Euch bieten, damit Askir für diese Nacht mir gehört?«, fragte sie seinen Meister und Askir hörte schon die Münzen auf dem Holz klimpern.

»An dieser Stelle kann ich nicht mit Euch verhandeln! Der ehrenwerte Alchemist al'Salé'bar ist ein sehr gern gesehener Gast meines Freudenhauses. Seine Nächte mit Askir lassen sich nicht von jemand anderem erkaufen. Tut mir leid. Morgen Nacht stünde er zur Verfügung«, schlug Meister Baitani ihr vor.

Askir vernahm, wie er in jenem dicken Buch blätterte, wo er jede Vereinbarung mit seinen Kunden niederschrieb.

»Und wenn ich Euch sage, dass es besser wäre, diesen Alchemisten gänzlich aus Eurem Kalender zu streichen?«, wagte sie zu sagen.

»Ich verbiete Euch, in diesem Ton über den hohen Herrn al'Salé'bar zu reden, ehrenwertes Orakel!«

»Vergesst nicht, mit wem Ihr sprecht! Ihr nehmt Euch zu viel heraus«, ermahnte sie ihn in ernstem Ton. »Dabei bin ich nur um Askirs Wohl besorgt. Dieser Alchemist tut ihm nicht gut. Er —«

»Genug!« Meister Baitani hämmerte mit der Faust auf den Tresen. »Askir ist mein begehrtester Liebessklave überhaupt! Ihr solltet froh sein, dass ich Zeiträume für Euch offenhalte, wertes Orakel! Das ist keine Selbstverständlichkeit.«

Askir konnte sich das nicht länger anhören und schlich die restlichen Stufen hinunter, um in Sichtweite der beiden zu treten. Sein Erscheinen entzog der Spannung zwischen seinem Meister und dem Orakel sofort jegliche Energie. Angenehm war die Stimmung trotzdem nicht. »Ihr habt nach mir gerufen, Meister?« Seinen Blick hielt er leicht gesenkt.

»Askir! Exzellent! Ich wollte dem ehrenwerten Orakel gerade erklären, wie gut es dir in meinem Etablissement ergeht. Möchtest du sie lieber selbst davon überzeugen?«

Nach einer tiefen Verbeugung lächelte er sie an. »Sorgt Euch nicht um mich, ehrenwertes Orakel! Meister Baitani behandelt mich gut.«

»Darüber lässt sich streiten, aber das meinte ich nicht!«, klagte sie weiter und schaute Askir mit diesem gehetzten Blick an. »Dieser Azim! Er —«

»Orakel!« Meister Baitani hatte seine Stimme erhoben. »Noch ein Wort gegen Herrn al'Salé'bar und ich muss Euch Hausverbot erteilen!«

Sie schwieg.

Sein Meister räusperte sich. Als hätte diese Konversation nie stattgefunden, huschten seine Augen zurück in sein Buch. »Soll ich Euren Namen für morgen Nacht eintragen?«

Tiefe Sorgenfalten legten sich auf ihre Stirn, sobald sie Askir kopfschüttelnd ansah. »Nein, ich werde erst in einigen Tagen wiederkommen.«

»Hm ... nun denn«, sprach er mehr zu sich denn zu ihr.

Ihre Hand verschwand kurz in ihrer Seitentasche, um etwas in Stoff Gewickeltes hervorzuholen. »Darf ich ihm wenigstens etwas schenken?«, fragte sie, ehe sie ihre Lippen aufeinanderpresste. Ihr Blick ruhte bereits wieder auf Askir, aber sie wagte es nicht, ohne Erlaubnis näher zu treten – nicht nach jener Drohung, die Meister Baitani ausgesprochen hatte. »Es ist nur eine Kleinigkeit: kandierte Fruchtstücke im Kakaomantel.«

»Es sei Euch gestattet«, erwiderte Meister Baitani, während er mehrere Worte ins Buch kritzelte.

Sie überreichte Askir die Süßigkeit, stützte sich danach mit beiden Händen auf seinen Schultern ab und stellte sich auf ihre Zehenspitzen. »Für die schwere Zeit, die dir bevorsteht«, flüsterte sie ihm zu.

Stirnrunzelnd musterte er sie, während sie herabsank. »Wie großzügig von Euch, Orakel!«

Was sie ihm eben anvertraut hatte, versuchte er, gleich wieder zu vergessen. In seinem erheiterten Zustand gestaltete sich das nicht allzu schwierig.

»Ich werde jeden Bissen davon genießen und dabei an Euch denken.«

Sie wandte ihren Blick von ihm ab. »Eos sei mit dir.«

»Und sie mit Euch«, erwiderte er lächelnd und schaute

ihr hinterher, bis sie aus dem Freudenhaus getreten war. Ihr Duft nach Eosblüten verblieb noch etwas länger in der Luft. Schweigend nahm er ihn in sich auf und genoss die süße Note, die sich auf seine Zunge legte.

»Askir.«

Sofort erwachte er aus seiner Träumerei und wandte er sich Meister Baitani zu. »Ja, Herr?«

»Bereite dich für den werten Herrn al'Salé'bar vor! Er wird um die zweite Stunde Zùs eintreffen, und nicht wie vereinbart zur vierten«, informierte er ihn und schloss schwungvoll das Buch.

»Sehr wohl, Herr«, entgegnete Askir knapp und tat wie ihm geheißen.

Keylinn

1. Stunde Zùs, 7. Efyon 740, ZF, 3Z

Weg, nur weg, schrie alles in ihr und trieb Keylinn weiter voran. Sie brauchte Zeit, um in Ruhe nachzudenken. Pläne zu schmieden, ohne dass ihr jemand hineinredete. Schon gar nicht Callan, der sie noch nicht gut genug kannte, um die brennenden Bedürfnisse einer Wächterelfe zu verstehen. Obwohl sie sich wünschte, er würde sie unterstützen ...

Nein, es würde notfalls auch ohne ihn gehen! Sie würde ihren Artgenossen die verdiente Freiheit schenken. Sie musste nur noch herausfinden, wie.

Keylinn nahm während ihrer Flucht kaum Rücksicht auf jene, die ihr den Weg versperrten, und schubste sie beiseite. Beleidigende Rufe wurden ihr hinterhergeworfen, von denen sie die Hälfte nicht verstand.

An der großen Nordmauer der Stadt angelangt verlangsamte sie ihre Schritte. Die Blicke der beiden bewaffneten Stadtwachen, die jeweils zu einer Seite des hohen Torbogens standen, lagen lange, bevor sie sie erreichte, auf ihr. Doch kaum tat sie einen Schritt zwischen sie, richteten sie ihre Lanzen auf Keylinn.

»Stehen bleiben!«, sprach die Wache zu ihrer Linken. Sie hielt inne, musterte diese argwöhnisch und tat, als würde sie sich abwenden. Jedoch nur, um etwas Abstand zu gewinnen und im nächsten Moment wie ein Sturm zwischen den beiden hindurch gegen den Ausgang der Stadt zu donnern.

Das Tor war verschlossen, robust und egal, wie sehr sie sich dagegen warf, bewegte es sich kein Stück. Sie stieß frustriert einen Schrei aus, rüttelte noch einmal am Balken, der das Tor verbarrikadierte, und drehte sich dann zu den beiden Wachen um.

»Beruhigt Euch, junge Dame!«, meinte das Rundohr, das sie bisher noch nicht angesprochen hatte. Er hielt seine Hände beschwichtigend nach oben.

Sie stockte, während sie sich daran erinnerte, dass die Wachen sie dank der Tinktur, mit der sie sich eingerieben hatte, nicht als das erkannten, was sie in Wirklichkeit war. Dennoch dachte sie nicht im Traum daran, sich zu beruhigen. Sie zückte ihren Dolch. Um ihnen zu zeigen, was sie wollte, schlug sie mit der linken Faust gegen das massive Holz. Besser auf diese Art, anstatt zu sprechen, ansonsten hätte sie sich mit ihrem Akzent verraten.

»Die Sperrstunde gilt für alle!« Die Wache schwenkte die Lanze in jene Richtung, aus der sie eben herbeigeeilt war. »Keine Ausnahmen!« Er musterte sie kritisch. »Besonders nicht für ...«

Keylinns Ohren zucken, als sie ein leises Zischen vernahm. Das Geräusch eines dünnen Messers, das die Luft durchschnitt. Der Mund des Mannes klappte auf. Die dunkelbraunen Augen weiteten sich.

»Daneyal?« Das andere Rundohr trat auf ihn zu und streckte bereits die Hand nach ihm aus, als ein Schwall

Blut zwischen Daneyals Lippen hervordrang. Das stumpfe Ende eines Wurfmessers ragte aus einer Seite seines Halses. Keylinn sah sich innerhalb eines Wimpernschlages nach allen Richtungen um und suchte die Umgebung nach dem Angreifer ab.

»Bei den heiligen Augen Côrs!« Mit weit aufgerissenen Augen wich der andere zurück und richtete die Spitze seiner Lanze auf sie. »Du warst das! Du Miststück!«

Ihr Blick fixierte das Rundohr, das mit erhobener Waffe auf sie zu rannte, und sie duckte sich unter dem Angriff hinweg. Sie stellte ihm ein Bein, sodass er darüber stolperte und erneut Sand schluckte. Wieder wandte sie ihren Blick nach oben. Im fahlen Licht des Nordmondes erkannte sie auf dem Dach tatsächlich eine Gestalt; deren Gesicht war verhüllt durch eine Kapuze und durch Schatten verschleiert. Sie kniff ihre Augen zusammen und horchte angestrengt. Die Schatten blieben Schatten und offenbarten nichts. Nicht die Statur der Person, die dort oben auf dem Rand des Daches stand, kein Gesicht und keine anderen Anhaltspunkte. Sie meinte, ein leises, tiefes Lachen zu hören, aber sie konnte sich auch irren.

Die verletzte Stadtwache war mittlerweile zu Boden gesunken. Sie hatte aufgehört, erstickende Laute von sich zu geben, und rang nach dem letzten Atem. Ihm zu helfen, wäre sinnlos. Er schien bereits auf der Schwelle zu Revis Reich zu stehen, während sein Leben aus seiner Kehle floss. Obwohl er zu den Rundohren gehörte, tat er ihr leid. Niemand verdiente es, so elendig auf der Straße zu sterben. Seufzend wandte sie sich wieder der Gestalt zu, aber diese war fort, verschluckt von Zùs Schlund.

»Bleib da stehen!«, schrie die Wache schrill, die zurück auf die Beine gekommen war. »Kommt schon! Ich brauche hier Unterstützung!«

Von nicht allzu weit entfernt vernahm sie Schritte und verfluchte sich, dass sie durch ihr Zögern so viel Zeit verschwendet hatte. *Wohin jetzt?*

Sie fauchte ihn an und warf sich erneut gegen das Tor. Nichts geschah ...

Dann bleibt mir wohl nichts anderes übrig, als hochzuklettern und ... Sie spürte ein kühles Tippen auf ihrer rechten Schulter. Mit einem Zischen wandte sie sich nach rechts und erkannte am Rand des Tores die finstere Gestalt wieder, die zuvor auf dem Dach gelauert hatte.

Sie erstarrte. Nicht aus Angst. Nicht aus Entsetzen. Vielmehr beschlich sie ein vertrautes Gefühl. Trotz der Schwaden aus Düsternis und Illusion. Sie wagte es nicht, seinen Namen auszusprechen, doch sie hielt seinem durchdringenden Blick stand. Er war hier. Er stand ihr bei, um ihr zu helfen.

›Gib Acht, Keylinn! Ansonsten werden sie dich kriegen‹, flüsterte seine dunkle Stimme und nahm sie ganz für sich ein. ›Verstehst du nicht?‹

Der enorme Holzbalken des Tores ächzte und zerbarst mit einem lauten Knall in der Mitte. Sie schreckte zusammen, duckte sich instinktiv, um den Splittern auszuweichen.

›Bring dich in Sicherheit, Keylinn!‹, forderte er. Dieses Mal zögerte sie nicht, das massive Tor aufzustoßen und sich durch den schmalen Spalt zu quetschen, der entstand. Seine Stimme hallte in ihren Gedanken nach, trieb sie an. Sie hielt nicht inne, um sich umzusehen. Rannte, bis ihre Lunge brannte.

In Richtung Nordwesten zog es sie, weiter weg von dieser unheilvollen Stadt. Sie gab sich keine Mühe, den von den Menschen vorgegebenen Straßen zu folgen, sondern lief quer über die Felder, vorbei an den Bäumen, deren Blätter bis zum verdorrten Grund ragten. Die harte Erde knirschte unter ihren Füßen, gab unter ihrem Gewicht nicht nach, nicht wie der Waldboden in ihrer Heimat. Immerhin beruhigte sich allmählich ihr überforderter Geruchsinn. Die strengen Gerüche nach Ausscheidungen, Tod und Eisen, vermischt mit dem fremdartigen Essen, das die Rundohren zu sich nahmen, hatte ihren empfindlichsten Sinn vollkommen durcheinandergebracht. Dankbar sog sie im Lauf die kühle Abendluft ein.

Vögel in bauschenden Federkleidern flogen über sie hinweg, sangen ihre Lieder, wobei sich keine klare Melodie herauskristallisierte. Leider war der Feuerstern längst hinter der Weltenlinie versunken. Ihre Gefieder mussten in den schönsten Farben leuchten, doch in der Dunkelheit erkannte sie nicht mehr als hellere und dunklere Grautöne. Sie seufzte schwermütig.

Zwischen zweien dieser eigenartigen Bäume blieb sie stehen und warf einen Blick zurück auf die Stadt.

Ihre dunklen Umrisse unterschieden sich kaum von den anderen Großstädten, die Keylinn auf ihrer Suche nach Sengmi bereist hatte. Dennoch lag diese nicht weit genug entfernt, obwohl es sich angefühlt hatte, als wäre sie eine halbe Ewigkeit gerannt. Im Licht des aufsteigenden Mondes trieb ihr dieser Ort Angst in die Knochen. Diese Stadt barg so viele bösen Absichten und grauenvolles Unheil, genährt von den gierigen Rundohren, die dort lebten. Wenn sie nicht aufpasste, verschlang dieser Ort sie mitsamt allem, was sie ausmachte. Sie konnte sich gar nicht vorstellen, wie viele Elfen dieses Los bereits ereilt hatte – Tausende, Zehntausende?

Mit einem Schaudern schüttelte sie ihren Kopf. Beim bloßen Gedanken daran wurde ihr übel, aber ändern konnte sie die Vergangenheit nicht. Wichtig war, was vor ihr lag. Und sie würde nicht ruhen, bis sich etwas veränderte. Bis sich das Schicksal ihresgleichen zum Besseren wenden würde. Das war ihr nächstes Ziel. Und trotzdem ... Als Erstes würde sie ihren Freund finden. Immerhin war sie imstande gewesen, Sengmis Spuren bis hierher nachzuverfolgen, aber was nun? Was hatte sie übersehen?

Sie ballte die Fäuste und knirschte mit den Zähnen. »Sengmi. Wo bist du nur?«

Froh um die frische Nachtluft atmete Keylinn durch und nahm wahr, wie sich ihr Herzschlag allmählich beruhigte. Es war unklug gewesen, davonzurennen. Die Wachen hätten sie einfangen, verletzen oder gar töten können, aber im Nachhinein bereute sie es nicht. Hier fand sie Ruhe und konnte ihre Bestrebungen ausarbeiten. Ohne Callan! Dieses Rundohr hatte einfach keine Ahnung. Oder vielleicht doch? Sie war so hin- und hergerissen, was ihn betraf, dass sie erst nicht bemerkte, dass sie sich gen Nordwesten weiterbewegt hatte. Unbewusst.

Abrupt blieb sie stehen und sah sich um. Ein warmes Gefühl breitete sich wie eine Welle in ihr aus, zog sie erneut in jene Richtung. Es fühlte sich nicht an wie ein Zwang, vielmehr wie eine Einladung. Zögernd setzte sie sich in Bewegung, folgte dieser angenehmen Empfindung. Diese erinnerte sie an etwas. Sie war nicht neu, sondern Keylinn hatte sie schon viele Male wahrgenommen. Immer, wenn sie sich in der Nähe eines *teg'ra seyundri*, eines Gezeitenbaumes, aufgehalten hatte.

Sie ging weiter zwischen den Bäumen entlang den Hügel hoch und vermied es, zu nah am kargen Haus eines Rundohrs, welches den höchsten Punkt der Erderhöhung einnahm, vorbeizuschleichen. Dreißig Schritt Abstand, nicht weniger.

Ein rauer Wind peitschte ihr ins Gesicht. Sand klebte auf ihren Wangen und ihre Füße schmerzten, aber sie dachte nicht im Traum daran, eine Rast einzulegen. Die magische Anziehung verstärkte sich mit jedem Schritt, trieb sie voran und nahm sie schließlich vollständig für sich ein. Keylinn rannte auf der anderen Seite des Hügels hinab, ohne zu wissen, wohin der Weg sie führte. Ihr Herz flatterte vor Aufregung wie das eines kleinen Vogels und Vorfreude loderte in ihr.

Atemlos lachte sie auf, setzte zu einem Freudensprung an, doch der Boden unter ihren Füßen bröckelte weg. Sie stolperte, außer Stande, sich zu fangen, und fiel in ein Loch, das sie vollkommen übersehen hatte. Mit dem linken Knie schlug sie gegen den Rand, landete nach dem Fall mit ihrem Hintern auf lockerem Sand und rutschte ohne Halt weiter, tiefer in die unterirdische Höhle. Dabei überschlug sie sich zwei-, drei-, viermal, ganz gleich, wie sehr sie versuchte, das Gleichgewicht zu wahren. Dank Feysirions Gnade federte der Sand Keylinn so weit ab, dass sie trotz der Neigung nach unten allmählich langsamer wurde und nicht gänzlich ungebremst gegen eine Wurzel stieß, die in einem hohen Bogen aus dem staubigen Höhlenboden ragte.

Keylinn hustete und nieste. Die Welt um sie herum schwankte und drehte sich, als sie sich vom Boden abstützte. Sie hielt kurz inne und spuckte den Staub aus, der auf ihrer Zunge lag, ehe sie sich an der Wurzel hochzog. Trotz des Falls schmerzte ihr Körper kaum und so stand sie bald aufrecht mit nichts weiter als ein paar Blessuren, Schrammen und einem aufgeschlagenen Knie. Im Geiste sandte sie ein Dankesgebet an Evra, legte dabei beide Hände offen über ihr Herz. Die Augen geschlossen, ihr Atem wieder ruhig.

Sie lächelte, denn sie war zuversichtlich, dass die Göttin sie erhörte. Mit neu gewonnener Kraft sah sie nach vorn, obwohl sie kaum etwas erkannte. Doch sie vertraute der alten Magie, die sie leitete. Auf jeden Schritt bedacht tastete sie sich an der steinernen Wand eines Durchgangs entlang. Nach und nach leuchtete ein fahler Lichtschimmer in die Höhle hinein und erlaubte Keylinn, sich frei zu bewegen, ohne gleich gegen ein Hindernis zu stoßen. Sie löste sich von der Felswand und ging unbeirrt weiter, bis sich eine Höhle auftat ...

Ihre Augen weiteten sich beim Anblick des Gezeitenbaumes, der sich vor ihr bis hin zur Decke emporstreckte. Der Schimmer stammte von den Irrlichtern, kleine Wesen, geformt wie farbige, kalte Flammenkugeln, die sich in der Farbe meist ihrer Umgebung anpassten. An diesem Ort hatten sie einen orange-sandfarbenen Ton angenommen und schwirrten langsam um den Gezeitenbaum. Eine vom Alter gezeichnete, zerschrammte Rinde ummantelte den riesigen Stamm, der nicht weniger als zwanzig Armlängen maß. Trotz seiner unzähligen Äste schmückten nur einzelne Blätter die Zweige. Sie hingen vertrocknet und traurig am Geäst. Es tat Keylinn im Herzen weh, den Gezeitenbaum so zu sehen, doch ihre Ehrfurcht vor ihm wurde dadurch nicht vermindert. Sie trat näher und fiel vor ihm zwischen seinen Wurzeln auf die Knie, wobei aller Schmerz sofort weggeschwemmt wurde. Die Wärme, die sie hierhergelockt hatte, erfüllte sie nun gänzlich.

»*teg'ra seyundri*, ich liege dir zu Füßen in diesem Land des Unheils«, sprach sie in ihrer Muttersprache und legte beide Hände an den Stamm. »Was ist hier geschehen?«

Die raren Blätter raschelten, obgleich kein Wind sie berührte. Zweige knackten und die Rinde bewegte sich unter ihren Fingern. Sie verharrte in ihrer Position, beobachtete, was um sie herum geschah. Sie war unendlich dankbar, dass der Gezeitenbaum sie erhört hatte, trotz seines miserablen Zustandes. Nicht zum ersten Mal wurde ihr diese Ehre erwiesen und es war auch nicht lange her, seit sie zuletzt mit einem dieser Bäume gesprochen hatte. Kurz vor ihrer Abreise hatte sie um Erlaubnis für ihre Reise gebeten. Ihr war das heilige Gesetz der Göttin wichtig und es lag nicht in ihrem Sinne, ihre Pflicht als Wächterin ihrer Sippe aufzugeben. Das würde sie niemals tun. Unter der Bedingung, nach ihrer Suche rasch wieder zurückzukehren, hatte sie seinen Segen erhalten und hatte mit einem Gefühl voller Hoffnung und Tatendrang ihre Reise angetreten.

Ein mattes Raunen erklang über ihrem Kopf und lockte ihren Blick nach oben.

Die Rinde hob und senkte sich, als würde er atmen. ›*Keylinn Laubläufer.*‹ Das Flüstern ebbte bereits nach einem Wimpernschlag ab und mündete in einem tiefen Schweigen. Sie wartete geduldig, obwohl ihr Herz die Anspannung kaum aushielt.

›*Silberkind.*‹ Erneut bäumte sich die raue Oberfläche unter ihren Händen auf. ›*Zum Sterben sind wir verdammt, abgeschnitten von Vaerys' Schoß. Geweigert haben wir uns, ihm Macht zu leihen, und genommen hat er sie mit Gewalt.*‹ Zu ihrer Überraschung sprach er in der Gemeinsprache, nicht wie üblich in der uralten Zunge der Bäume – *te 'grani*. Diese gehörte zu den ältesten Sprachen, älter noch als ihre eigene. Kaum jemand verstand sie, denn das Wissen darüber blieb den weisesten Wesen vorbehalten. Sie zählte leider nicht zu denen.

›*Genommen hat er Macht und Vergessen gebracht*‹, fügte die flüsternde Stimme hinzu.

»Er?« Keylinn legte den Kopf schief.

›*Der, der Licht bringt. Der, der Magie nimmt ...*‹

Sie erschauderte. »Wer?«

Ein kühler Windhauch kam ihr entgegen, gefolgt von einem schwachen Seufzen. Sein Schweigen war Keylinn Antwort genug. Sie zögerte, doch überwand sie sich, nachzufragen. »Von wem sprichst du, *teg'ra seyundri*?«

›*Meister des Lichts ... Gott, der aufsteigt ... Côr ...*‹

Beim letzten Wort brach die Stimme und Keylinn stellten sich die Nackenhaare auf. Ein Fluch musste auf diesem Ort liegen. Anders konnte sie es sich nicht erklären, warum hier so viele grausame Dinge geschahen. Sie hatte sich erhofft, Hilfe von ihm zu erbitten, aber es erschien ihr, als ob der Gezeitenbaum eher ihre helfende Hand benötigte.

Sie kannte den Namen Côr nicht. Allerdings hatte sie Geschichten über diesen Meister des Lichts gehört – in Schriften, die Ilko ihr aus den Büchern dieses Kontinents vorgelesen, beziehungsweise für sie in der Elfenzunge wiedergegeben hatte. Sie hatte die Erzählungen als Märchen abgestempelt und sich deswegen auch nicht darum bemüht, sie sich Wort für Wort einzuprägen. Dementsprechend besaß sie kein Wissen über diesen aufsteigenden Gott, seine Taten und seine Absichten. Doch das würde sie ändern. Sie versprach sich – Tränen tropften ihr dabei auf die Handrücken –, mehr über diesen Meister des Lichts in Erfahrung zu bringen, während sie den Gezeitenbaum vor dem Tode bewahrte und gesund pflegte. Sie würde die Elfen von ihrem elenden Schicksal befreien und sie würde Sengmi finden, um ihn ebenfalls aus den Händen der grausamen Rundohren zu erretten. Irgendwie musste sie all das schaffen. Und sie würde nicht ruhen, bis sie ihre Ziele erreicht hatte.

›Tränen vergießt es, das Silberkind‹, bemerkte die Stimme, ›doch Hoffnung naht. Längst gesprossen ist die Saat.‹ Keylinn verstand nicht, was er ihr damit sagen wollte. Die Worte schienen große Bedeutung in sich zu bergen, notwendiges Wissen, doch sie saß stirnrunzelnd da und dachte angestrengt nach.

›Tochter der Feysirion‹, hauchte der Gezeitenbaum ein letztes Mal, ehe er verstummte.

Mit dem Verschwinden seiner Stimme holte sie die Müdigkeit ein. Verwirrt und erschöpft, wie sie war, legte sie sich zu Füßen des *teg'ra seyundri* zwischen die Wurzeln. Sie fürchtete sich davor, dass seine rätselhaften Worte ihr Kopfzerbrechen bereiten und sie wachhalten würden, aber sobald sie ihre Augen schloss, umgab sie eine Geborgenheit, die sie sanft in den Schlaf geleitete.

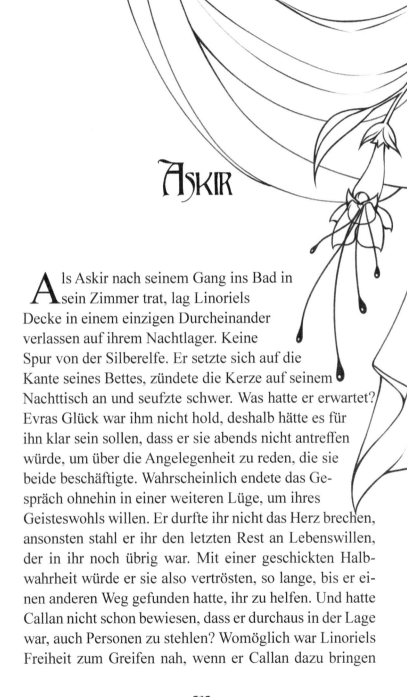

Askir

Als Askir nach seinem Gang ins Bad in sein Zimmer trat, lag Linoriels Decke in einem einzigen Durcheinander verlassen auf ihrem Nachtlager. Keine Spur von der Silberelfe. Er setzte sich auf die Kante seines Bettes, zündete die Kerze auf seinem Nachttisch an und seufzte schwer. Was hatte er erwartet? Evras Glück war ihm nicht hold, deshalb hätte es für ihn klar sein sollen, dass er sie abends nicht antreffen würde, um über die Angelegenheit zu reden, die sie beide beschäftigte. Wahrscheinlich endete das Gespräch ohnehin in einer weiteren Lüge, um ihres Geisteswohls willen. Er durfte ihr nicht das Herz brechen, ansonsten stahl er ihr den letzten Rest an Lebenswillen, der in ihr noch übrig war. Mit einer geschickten Halbwahrheit würde er sie also vertrösten, so lange, bis er einen anderen Weg gefunden hatte, ihr zu helfen. Und hatte Callan nicht schon bewiesen, dass er durchaus in der Lage war, auch Personen zu stehlen? Womöglich war Linoriels Freiheit zum Greifen nah, wenn er Callan dazu bringen konnte, dessen Torheit zu wiederholen und die Silberelfe ohne Askirs direktes Zutun hier hinauszuschaffen. Immerhin schuldete Callan ihm etwas. Allerdings müsste er den Dieb dafür erst einmal finden ...

Ein stechender Schmerz zuckte nach oben hin durch sein Rückgrat, sobald Askir sich erhob. Er verzog das Gesicht, doch verschob es auf später, sich darum zu kümmern.

Mit zitternden Knien blieb er vor Linoriels Bett stehen, nahm ihre Decke und schüttelte sie aus. Sorgfältig faltete er sie zusammen und legte sie über die untere Bettkante, ehe er sich daran machte, sämtliche Ritzen und mögliche Verstecke abzutasten, wo jemand eine Klinge, ein Säckchen oder eine Phiole hätte verbergen können. Er wollte nicht, dass sie in dasselbe Dilemma abrutschte, wie es ihm passiert war. Ohne Rauschgifte, Beruhigungsmittel oder Alkohol ging bei ihm nichts mehr, doch bei ihr würde er das zu verhindern wissen.

Er suchte weiter, wurde aber glücklicherweise nicht fündig. Was die jeweiligen Kunden ihr einflößten, konnte er nicht kontrollieren, doch zumindest das, was sie freiwillig zu sich nahm – immerhin etwas.

Es läutete gerade zur Stunde der ersten Flamme, als er das Laken wieder zurechtrückte und alles dorthin zurückstellte, wo es hingehörte. Erleichtert atmete er aus und sank zufrieden auf den Rand seines Bettes, um sich zu sammeln. Er rieb sich über das Sklavenmal an seinem Hals, dachte nochmals über die Begegnung mit diesem kleinen Rotkehlchen nach, die seltsamer nicht hätte sein können. Der Vogel hatte den Anschein erweckt, als hätte er ihn wirklich verstanden. Jedes Wort. Dabei war Askir sich sicher, dass er die Sprache der Tiere nicht beherrschte. Gewöhnliche Menschen waren dazu nicht in der Lage. Doch es nützte nichts, wilde Vermutungen anzustellen. Wenn ihm jemand dabei helfen konnte, dieses Omen zu deuten, wäre es das Orakel Khadira. Die Situation vorhin hatte es jedoch nicht zugelassen. Es hätte gegen die Etikette verstoßen, hätte er das Orakel vor Meister Baitani wegen einer persönlichen Angelegenheit angesprochen.

Seufzend massierte er sich die Schläfen. Die Wirkung des Pfeifenkrauts hielt zwar noch etwas an, doch sie hatte so weit nachgelassen, dass ihm die Ereignisse, die sich während der letzten Tage ereignet hatten, Kopfzerbrechen bereiteten.

Linoriel, Callan, Mirha, der Vogel, das Orakel ...

Es pochte unaufhörlich hinter seinen Schläfen.

... Meister Baitani, Azim al'Salé'bar, Dirion ... Die Liste zog sich in die Länge und je mehr Namen ihm in den Sinn kamen, desto mehr schienen sie ihn zu erdrücken.

Eher beiläufig schweifte sein Blick zum Kopfkissen zu seiner Linken und da lag eine Schriftrolle, versehen mit einem dunkelsilbernen Siegel. Das Zeichen darauf, ein nach unten gedrehter Fuchskopf, erkannte er sofort, sodass Furcht einen schweren Kloß in seinem Hals bildete. Der Anführer der Schattenlosen 10 sprach niemals leere Worte aus, aber Askir hatte nicht damit gerechnet, dass er so bald schon eine Nachricht von ihm erhalten würde – oder er hatte es sich zumindest erhofft.

Zitternd vor Anspannung streckte er seine linke Hand aus, hob die Schriftrolle auf und betrachtete sie. Sein aufgewühltes Gemüt ließ erst nicht zu, dass er sie öffnete, schrie, dass er die Rolle verbrennen und sie vergessen sollte, doch schien es nicht zu bedenken, welche Konsequenzen diese Ignoranz nach sich ziehen würde. Askir wagte es nicht, Dirion zu verärgern. Dem Unterweltkönig eine Lüge aufzutischen, erschien ihm einem Todesurteil gleich. Es führte zu nichts, die Schriftrolle weiter nur anzustarren. Er brach das Siegel und hätte schwören können, dass er in Gedanken ein dunkles Lachen vernahm. Ein Schauer glitt über seinen Rücken, aber Askir überwand sich und entrollte die Nachricht.

An Askir

Erscheine am neunten Tag des Efyon vor dem Haus der Seidenrosen. An jenem Ort erwarte ich dich pünktlich zur fünften Flamme der Nacht. Meister Baitani wurde darüber bereits in Kenntnis gesetzt.

Der Weg zu deinem wahren Selbst wird sich dir bald eröffnen.

Dirion

Askirs Blick huschte aufmerksam über die Nachricht, damit ihm nichts entging. Sein Atem blieb ruhig, regelmäßig. Seine Finger zitterten kaum, doch in seinem Innern hatten Dirions Worte einiges aufgewühlt. Keine Angst, aber eine Ungewissheit, was sie zu bedeuten hatten, plagte ihn.

Botschaften wie diese waren ihm nicht fremd. Und dennoch ... Er zweifelte daran, dass der Unterweltkönig etwas Gutes im Schilde führte.

Askir versuchte, sich einen Reim darauf zu machen, wurde jedoch von den pochenden Kopfschmerzen unterbrochen. Was auch immer Dirion von ihm wollte, er ließ Askir keine andere Wahl, als seiner Aufforderung Folge zu leisten. Wenn sogar Meister Baitani bereits Bescheid wusste ...

Nach einer Weile rollte er das Papier zusammen, verstaute es im hintersten Teil der Nachttischschublade und trat dann vor den Wandspiegel. Er strich seinen Bart zurecht und drehte die beiden schmalen Zöpfe neu, die seine Haare dort hielten, wo er sie wollte. Nur diese eine Strähne an seiner Stirn ragte stets nach vorne und ließ sich weder nach hinten kämmen noch sonst irgendwohin streichen, selbst mit etwas Öl nicht. Er gab es auf, verdeckte stattdessen seine dunklen Augenringe mit einem Hauch Puder. Schließlich sollte der ehrenwerte Herr Azim al'Salé'bar nicht an seinem Gesicht erkennen, wie vielen Kunden er während der letzten Tage seine Liebesdienste angeboten hatte.

Askir zupfte die purpurne Tunika zurecht, die ihm bis knapp über die Mitte seiner Oberschenkel reichte. Goldene Verzierungen schmückten den unteren Saum mit Sonnen und Ästen. Obwohl es schön anzusehen war, ließ er sich davon nicht ablenken, sondern holte das nächste Kleidungsstück aus seiner Kommode hervor – ein großes, tiefschwarzes Tuch aus reiner Seide, dessen Rand mit Goldfaden verstärkt war. Der teuerste Gegenstand, den seine Sammlung an Kleidung und Gewändern zählte. Meister Baitani nahm die Anfragen seiner gut zahlenden Kunden so ernst, dass er oftmals ein halbes Vermögen für seine Sklaven ausgab, um den Wert ihrer Dienste in die Höhe zu treiben.

Askir warf sich das Tuch über die linke Schulter, zog es zu seiner rechten Hüfte, überkreuzte es dort und band sich zu guter Letzt einen schwarzen Gürtel locker um die Taille, um es an Ort und Stelle zu halten.

Zufrieden mit sich selbst lachte er leise in sich hinein und betrachtete sich im Spiegel. Blaue Augen voll Sehnsucht und Traurigkeit musterten ihn von oben bis unten. Sie wirkten jung und doch so alt, jedenfalls nicht wie die eines jungen Mannes, der 21 Zwillingsmonde zählte. Sie hatten Dinge gesehen, die selten jemand, der dem Wohl seiner Seele Beachtung schenkte, freiwillig erblicken wollte – Schmerz, Leid, Demütigung, um einige zu nennen.

Alsbald überzog ein feuchter Dunst die Oberfläche des Spiegels und trübte die Sicht auf seine Gestalt, so nah war Askir herangetreten. Vorsichtig lehnte er seine Stirn an das kühle Glas und schloss für einen Moment die Augen. In Gedanken erschien ihm erneut das Rotkehlchen, das voll Freude über seinen Kopf flatterte und zwitschernd Askirs Namen sang.

Seine Mundwinkel zuckten nach oben, ehe sich allmählich ein warmes Gefühl in seiner Brust ausbreitete. Lächelnd schlug er seine Augen wieder auf, zog im Dunst seines Atems den groben Umriss eines Vogels nach.

»Danke für den Moment der Freiheit«, hauchte er sanft und schritt, gestärkt durch die Anwesenheit dieses simplen Wesens, aus dem Zimmer. Er ignorierte die beiden Freudenmädchen, die an die Wand gelehnt miteinander zu tuscheln begannen, sobald er an ihnen vorbeiging.

Als er den Empfangsraum des Freudenhauses betrat, erwartete der hohe Herr al'Salé'bar ihn bereits. Begleitet wurde er von einem jungen Silberelfen, dessen Kleidung jener von Askir sehr ähnelte.

»Askir!« Meister Baitani eilte hinter dem Tresen hervor. »Da bist du ja endlich! Du bist spät dran!«, schalt er ihn und ergriff seinen linken Unterarm.

Askir zuckte nicht mit der Wimper. »Schönheit braucht ihre Zeit, um zu gedeihen und aufzublühen«, erwiderte er lächelnd und verbeugte sich tief vor dem Alchemisten.

»Wie wahr!«, bestätigte der hohe Herr al'Salé'bar und gab ihm mit einem Wink zu verstehen, näher zu treten. Askir gehorchte ihm. Sein Meister ließ ihn gewähren.

»Dreh dich um!«, bat ihn der Alchemist.

»Gerne, Herr.« Während er sich um seine eigene Achse drehte und sich ihm präsentierte, sah er, wie sich sein Stammkunde die Hände rieb.

»Ausgezeichnet! Heute wird uns dieser hübsche Elf Gesellschaft leisten. Das sollte dir doch nichts ausmachen?«

»Natürlich nicht, Herr! Wie es Euch beliebt.« Er zwang sich, nicht daran zu denken, was dem Elfen blühte und welche Rolle er dabei spielen würde. Nach all den Jahren kannte er den Alchemisten zu gut, um seine Absichten nicht zu erahnen. »Wenn Ihr mir bitte folgen würdet.«

Askir führte den Herrn al'Salé'bar zum Zimmer im Erdgeschoss, welches mittlerweile ihm allein zur Benutzung diente. Er überließ dem Alchemisten und dem Elfen den Vortritt, schloss die Tür dann hinter sich und drehte den Schlüssel mit einem lauten Klicken um.

LAOKA

Die *Singende Märe* wiegte und knarzte im Takt der ruhigen See, als Laoka aus ihrer Koje kroch. Sie hatte stundenlang versucht, etwas zu schlafen, aber sie fand keine Ruhe – ganz gleich, wie sehr sie sich darum bemühte. Barfuß schlüpfte sie in ihre Stiefel, schnürte diese behelfsmäßig zusammen, ehe sie sich das Hemd in die Hose stopfte. Ihr Mieder ließ sie über dem Pfosten ihres Bettes hängen, griff stattdessen zu ihrem dünnen Morgenmantel, der sich sogleich wie eine zweite Haut um ihren Körper schmiegte. Gähnend und streckend schlurfte sie zu ihrem Schreibtisch, um dort die Sturmlaterne zu entzünden. Ohne verließ sie im Dunkeln ihr Zimmer nicht. Nicht aus Furcht vor der Dunkelheit. Sie war des Nachts jedoch bereits einige Male die Treppen hinuntergestolpert, weil sie Tritte nicht gesehen hatte, respektive darauf ausgerutscht war. Also verlangte die Vernunft nach einem kleinen, warmen Licht, das sie vor solchem Unheil bewahrte.

Mit der Lampe in ihrer Linken schlenderte sie gemütlich auf den Gang. Von oben hörte sie Lieder, die dumpf durch das Holz schallten – über Heldentaten, Abenteuer und über die Götter. Ein Lächeln schmuggelte sich in ihren rechten Mundwinkel, ehe sie dem Drang nachgab, kurz einen Abstecher an Deck zu wagen. Es grenzte an ein Verbrechen, sich solch feierliche Laune entgehen zu lassen.

Gut zwei Dutzend Männer gaben sich dem Vergnügen hin. Unzählige Sturmlaternen auf der Reling, am Fuß der Maste und an weiteren Orten tauchten die Stimmung auf ihrer *Singenden Märe* in ein dunkles Gold. Mitten auf dem Hauptdeck sah sie Sjólfur mit einem Humpen in der Hand zur Melodie tanzen, die Dravian, Estral und Sian mit ihren Instrumenten erschufen. Mit der Lichtquelle in der Hand lehnte sie sich gegen den Türrahmen, beobachtete dabei voll Freude, wie ausgiebig ihre Männer feierten und jeden mit einbezogen. Selbst Miro, wenn auch etwas unsicher, wurde ein Krug in die Hand gedrückt. Er trank, und obwohl er vom starken Gesöff hustete, lachte er auf, um gleich in einen nicht enden wollenden Redeschwall zu verfallen. Dieses Mal traf es Koen, der es geduldig hinnahm. Bisher war ihr nichts Negatives an dem Jungen aufgefallen, außer das Schweigen, das ihn jedes Mal überkam, wenn sie ihn auf Qurta'bar ansprach. Ungeachtet dessen, wie naiv er wirkte und wie jung er war, würde sie, bis sie die Stadt erreichten, ein Auge auf ihn haben. Doch nun sollte auch er den Abend genießen.

Ihre Aufmerksamkeit schwang zurück zu den heiteren Klängen und sie selbst begann, im Takt der Musik mit dem Fuß gegen die Holzdielen zu klopfen. Das Lied kam ihr entfernt bekannt vor und sie glaubte, es vor Jahren zuletzt gehört zu haben. Mit seinen schweren Stiefeln gab Sjólfur den Takt vor, bevor er den Text dazu anstimmte:

Männer der Märe,
ich erzähl' euch eins.
So spitzt die Ohren.

Einst gab's 'ne Maid,
'ne wilde Maid,
auf hoher, g'fährlich'r See.

Sie schrubbte und kratzte,
b'malte und putzte
das Deck der roten Möw'.

Nach Jahren der Schmach
zog sie die Kling'
und stieg im Range auf.

Erst Quartiermeister,
dann Steuerfrau,
Navigator und weiter.

Weiter und weiter!

Besingt Laoka,
den Käpt'n der Märe,
die einst die See zähmte.

Besingt den Käpt'n,
mit lauten Stimmen.

Yo hey, yo hey, yo ho!

Sie lächelte und hörte dem Lied aufmerksam zu, obwohl nicht jeder Ton, nicht jede Zeile ganz so klang, wie sie sollte. Ohne Zweifel besaß Sjólfur eine grandiose Singstimme. Daran gab es nichts zu rütteln. Nur schwächelte er bei zu viel Alkohol. Den Text kannte sie ebenfalls nicht in dieser Variante, aber er gefiel ihr, selbst wenn er an einigen Stellen etwas holperte. Betrunken konnte man jedoch alles umdichten.

Wie gern hätte sie mit ihnen getanzt und gefeiert, sich weitere Lieder von Sjólfur und den drei Musizierenden angehört, doch ihre Neugier trieb sie die Stiege hinunter zurück in die Gänge des Unterdecks. Dieses Kirin ging ihr einfach nicht aus dem Kopf. Es verfolgte sie, in ihren Träumen, in ihren Gedanken, als ob es sich Zugang dazu verschafft hätte.

Sie musste mehr darüber erfahren, es studieren, um es in seinem ganzen Sein zu begreifen, ansonsten würde ihr diese Verwirrung irgendwann die schlimmsten Kopfschmerzen bescheren. Aber bald stand eine ganze Sammlung von Büchern und Schriftrollen zu ihrer Verfügung. Sobald sie Qurta'bar erreichten.

Im Gehen kämmte sie sich die kleinen Knoten in ihren Haaren mit den Fingern heraus, rieb sich die Augen und gähnte nochmals, bevor sie vor die Tür zum Lagerraum trat. Sie öffnete sie vorsichtig, um das Kirin nicht aufzuschrecken, hielt jedoch inne, als sie eine Stimme vernahm. Corvyns Stimme.

»... vor dem musst du dich wirklich in Acht nehmen, aber der Käpt'n ist eigentlich ganz nett. Normalerweise!«

Er schwieg für einen Moment und seufzte.

»Ja, das tut mir leid. Tut es sehr weh?«, hakte Corvyn nach, während Laoka bedächtig durch den Türspalt lugte.

Durch einen Blick in die linke Seite des Raums erspähte sie, wie der junge Dämon das schwere Stofftuch, das Sjólfur über den Käfig geworfen hatte, eine Hand breit zur Seite geschoben hatte, um sich mit dem Kirin zu unterhalten. Er kniete dort ganz nah und mit einem leichten Buckel vor den Gitterstäben, das Gesicht entspannt. Obwohl seine Flügel überkreuzt auf seinem Rücken ruhten, bogen sich ihre Spitzen, aber das schien Corvyn kaum zu stören.

»Nein, Sengmi!«, rief er aus und griff mit beiden Händen nach den Metallstäben. Sein Schweif zuckte nervös umher, schlug dabei zwei-, dreimal gegen die umstehenden Kisten. »Lass den Kopf nicht hängen! Du wirst Keylinn finden, und zwar noch in diesem Leben!« Für einen Moment wandte er seinen Blick nach unten, als würde er konzentriert über etwas nachdenken. Laoka hätte gerne gewusst, was in seinem Kopf vorging. Viele an Bord unterschätzten ihn, missachteten ihn, aber seit dem Tag, an dem sie ihn kennengelernt hatte, überraschte er sie immer wieder mit etwas Neuem. Und irgendwie glaubte sie nicht, dass er ein Gespräch mit sich selbst führte, sondern dass das Kirin ihn wirklich verstand. Sein bestimmter Gesichtsausdruck, als er dem Wesen wieder entgegenblickte, ließ diese Vermutung jedenfalls zu. »Ich werde dir dabei helfen, von hier wegzukommen. Und nein, Revi erwartet dich noch nicht. Das werde ich nicht zulassen!«

Ein leises, melodisches Wiehern folgte, ohne jegliche Kraft ausgestoßen, wie wenn jede Hoffnung aus dem Kirin gewichen wäre.

»Doch, ich schaff das! Ich befreie dich und werde mit dir zusammen nach Keylinn suchen. Klar?« Sie hatte Corvyn selten so zielstrebig erlebt, auch wenn er sein ängstliches

Zittern häufig mit einem frechen Grinsen vor den Männern ihrer Mannschaft herunterspielte und damit eine gewisse Stärke bewies.

Ein Schnauben folgte, nichts weiter.

»Sengmi, bitte gib nicht auf! Schau!« Unvermittelt kam er auf die Füße und kämpfte sich zwischen den Kisten durch, am Wein- und Wasserlager vorbei zu den Spezialitäten aus Evrasi. Einzeln suchte er sie ab, wobei sein Blick über die Beschriftungen huschte. Weder Schmuck noch Kleidung noch Esswaren schienen ihn zu interessieren, denn die Holzkiste, deren Deckel er aufhebelte, offenbarte einen Schatz von ganz anderem Wert. Er stöberte darin, nahm Buch um Buch in die Hand, um sich die Titel zu besehen. Laoka meinte, ein freudiges Lächeln auf seinem Gesicht zu erkennen, aber da das Lager durch kaum mehr als die kleine Sturmlaterne, die beim Käfig stand, beleuchtet wurde, konnte sie sich auch täuschen. Trotzdem erwärmte einzig der Gedanke an sein Lächeln ihr Herz, aber sie sah sich vor, näher heranzuschleichen. Stattdessen setzte sie sich vorsichtig hin, ohne die Tür dabei weiter zu öffnen, und gab sich mit dem zufrieden, was sie hörte und erblicken konnte.

»Da, schau!« Corvyn hielt einen dicken Wälzer mit einem königsblauen Umschlag in der rechten Hand. Es schien, als streckte er es dem Kirin entgegen, um es ihm zu zeigen, aber Laoka bezweifelte, dass es aus dieser Entfernung überhaupt etwas erkennen würde. Er kletterte von den Kisten herunter, quetschte sich durch denselben engen Gang wie zuvor, um sich erneut neben den Käfig zu knien. Mit dem Blick auf das Buch schlug er es auf und blätterte darin. »Das sind Legenden aus Evrasi. Ich kenne sie zwar nicht, aber ich werde sie dir vorlesen, um dich abzulenken. Einverstanden?«

Wieder ein schwaches Schnauben, aber entgegen ihrer Erwartung erhellte sich Corvyns Miene. »Sehr schön!« Er blätterte weiter und räusperte sich. »Ah ja! ›Wie Evra zu ihrem Glück kam‹. Das klingt doch gut.«

Das Kirin gab keinen Laut mehr von sich, aber Corvyn begann, der Geschichte mit seiner Stimme Leben einzuhauchen. Über eine kurze Weile hinweg lauschte Laoka ihm gespannt, ohne dass der junge Dämon ihre Gegenwart bemerkte. Und tatsächlich kannte sie keine der Legenden, die er vorlas. Aber das lag wohl daran, dass sie sich nie besonders mit den Gottheiten des Frühlings – wie Evra eine war – auseinandergesetzt hatte. Über die Melusinen wusste sie da schon deutlich mehr zu erzählen.

Nach einiger Zeit – Laoka konnte nicht sagen, ob bereits eine Stunde oder gar mehr vergangen war – versiegte seine Erzählerstimme und wurde nach einem Räuspern durch seinen Alltagston abgelöst. »Und? Wie hat es dir gefallen?«, fragte er das Kirin, klappte das Buch zu und legte es beiseite. Er streckte sich und schüttelte einmal seine Flügel, ehe er sie auf seinem Rücken wieder achtsam zusammenfaltete.

Es antwortete ihm mit einem etwas lauteren Schnauben und entlockte Corvyn dadurch ein unbeschwertes Auflachen. »Wunderbar! Dann werde ich dir jetzt jede Nacht vorlesen und dir dann helfen auszubrechen, sobald wir in Qurta'bar angelangt sind. Klingt doch nach einem Plan, oder?«

Stille.

»Sengmi?«

Laoka hörte ein leises Rascheln und Kratzen hinter dem Vorhang, als würde es sich bewegen, um sein Gewicht zu verlagern. Auf einen Schlag fiel das Lachen von Corvyn ab und wich stattdessen einem sorgenvollen Stirnrunzeln. Er beugte sich vor, lehnte sich mit der rechten Schulter gegen die Gitterstäbe, um seine Hand nach dem Kirin auszustrecken. »Darf ich?«

Sie stutzte. Er fragte dieses Wesen doch tatsächlich um seine Erlaubnis. Was für ein eigenartiger Junge. Zum einen bewunderte sie ihn für den Respekt, den er dem Kirin gegenüber aufbrachte. Zum anderen beschlich sie ein seltsam ungutes Gefühl. Es brachte sie dazu, sich langsam zu erheben, und trieb sie nach vorne, näher zu Corvyn heran. Sie schob sich durch den Türspalt und schlich auf leisen Sohlen zur anderen Seite des Käfigs, vernahm dabei, wie das Kirin zustimmend wieherte. Und plötzlich wurde es still. Zu still.

Laoka wagte einen Blick um die Ecke, näherte sich weiter, und als sie noch immer nichts hörte, trat sie direkt neben Corvyn. Seine rechte Hand ruhte auf der Stirn des Kirins, das wie erstarrt dasaß. Der Ausdruck in seinen Augen hatte sich vollkommen verändert, als hätte ihn die Berührung in einen Schockzustand versetzt. Dieser Anblick jagte ihr kalte Schauer über den Rücken. Etwas stimmte nicht. Es fühlte sich falsch an. Wie eine unsichtbare Gefahr, die sich direkt vor ihrer Nase befand.

Nach anfänglichem Zögern entschloss sie sich dazu, ihn wachzurütteln, doch sobald sie ihn berührte, verschwommen die Kisten, die Fässer, der ganze Lagerraum, während sie in die Dunkelheit gezogen wurde. Dort sah sie ihn. Wie seine Flügel, seine Klauen und sein Schweif mit der Finsternis verschmolzen.

»Corvyn …«, wisperte jemand. Eine unbekannte Stimme eines jungen Mannes. Keine, die sie kannte. Aus der Finsternis heraus sahen drei Augenpaare auf ihn herab: goldorange, blutrot und eisblau. Alle blinzelten sie gleichzeitig, schlossen sich nach dem dritten Mal und schwanden dahin, hinfortgeweht von schwarzen Flügeln, die sich aus einem grellen Flammenmeer erhoben. Ein verzerrter Schrei dröhnte in Laokas Ohren, zwang sie in die Knie und ließ sie sich vor Schmerz krümmen. Nicht so Corvyn. Er schaute nach oben – dorthin, wo eben noch die Augenpaare verschwunden waren, und lächelte. Sobald der letzte Klang des Schreis verebbt war, trat das kehlige Knurren einer gewaltigen Bestie an dessen Stelle. Das Flimmern des Flammenmeeres vermischte sich mit dem bläulichen Schimmer, der sich aus dem Nichts zu einer gigantischen Kugel formte. Ein kalter Wind wehte ihr entgegen und ließ sie erzittern, aber auch dieses Mal schien Corvyn nicht zu frieren. Er schloss sogar für einen Moment seine Augen, als würde er die Eiseskälte genießen.

Die Hitze des Flammenmeeres und die Kälte der Eiskugel wandelten sich in grauen Nebel um, der sich wie zwei formlose Wesen auf Corvyn zubewegte. Sie kamen ihm so nah, dass er nur die Hand nach ihnen hätte ausstrecken müssen, um sie zu berühren. Und das tat er auch. Der Nebel verdunkelte sich, wurde schwarz, was sich auf Corvyns Hand übertrug. Die Schwärze breitete sich über seinen rechten Arm aus, bis sie ihn gänzlich überzogen hatte. Er wehrte sich nicht dagegen, atmete tief ein, bevor er lauthals auflachte. Die beiden anderen Wesen stimmten in sein Lachen ein, wie ein Chor, perfekt aufeinander abgestimmt.

Es graute ihr fürchterlich, sodass sie sich die Ohren zuhielt und den Kopf so lange schüttelte, bis sie glaubte, die Dunkelheit vertrieben zu haben. *Ich muss aufwachen! Ich muss aufwachen!*

Und wie durch ein Wunder löste sie sich aus diesem traumähnlichen Zustand, noch bevor es Corvyn gelang. Er starrte dem Kirin nach wie vor entgegen, stumm und unbewegt. Sie gab sich kaum genug Zeit, sich selbst zu sammeln, ehe sie ihn am hinteren Kragen packte und ihn vom Wesen wegriss. Sie fing ihn in ihren Armen auf, um ihm dann sogleich auf die Wange zu patschen. Der Dämon blinzelte angestrengt. Er lag mit dem Kopf auf ihrem Schoß, stützte sich mit seinem linken Ellbogen ab, um sich aufzusetzen. »Laoka? Was ...?«

Ein lauter, wiehernder Laut entfuhr Sengmi, bevor er aufsprang. Mit seinen Hufen schlug er in alle Richtungen – gegen die Gitterstäbe, die unter den Schlägen lautstark ächzten. In seiner Raserei machte er selbst vor dem Metall auf Corvyns Seite keinen Halt. Laoka schien es sogar, als ob es besonders häufig in seine Richtung austrat, sodass sie ihn noch weiter vom Käfig wegzog.

»Sengmi! Hör auf!«, krächzte Corvyn, aber das Kirin ignorierte ihn komplett.

Sie hörte ein Poltern, ein Rufen von Sjólfur, der in den Lagerraum gestürmt kam und nach Unterstützung brüllte, während das fremdartige Wesen mit einem weiteren Tritt die Stäbe verbog. In Panik schrie Corvyn auf und fuchtelte wild mit seinen Armen umher, um nach Laoka zu greifen. »Sengmi, bitte, komm zur Vernunft! Bitte, sonst werden sie dich töten!«

So weit, wie es die Kisten zuließen, zerrte sie ihn von der rasenden Bestie fort, wich seinen Händen aber aus, denn sobald er sie festhielte, würde sie nichts gegen die Gefahr mehr ausrichten können. Sie trug keine Waffen bei sich und er hatte seine sicherlich bei seiner Koje abgelegt.

Ea-nasir und Sian rannten herbei und richteten beide ihre Pistolen auf das Kirin, zögerten jedoch, es zu erschießen. Alle drei standen sie da, bereit, aber ratlos, während ihre Blicke Laokas Aufmerksamkeit suchten. Seufzend verdrehte sie die Augen. Sie wartete nicht lange, huschte zu Sjólfur, um an seinem Gürtel die Pistole aus deren Halfter zu lösen und an sich zu reißen. Er widersprach ihr nicht, auch wenn sie aus dem Augenwinkel bemerkte, wie er seine Hand hob. Was auch immer er damit andeuten mochte ...

Die Waffe lag sicher in ihrer Hand, als sie sich mit einer Drehung dem Kirin zuwandte und das Ausmaß der Zerstörung erblickte, die es bereits angerichtet hatte. Lange würde das verbogene Metall diese Bestie nicht mehr im Zaum halten. Und dann ... Wer wusste, was dann geschah.

Der schwere Stoff war längst vom Käfig gerutscht und offenbarte ihr die volle Sicht auf das Kirin. Sie hielt die Waffe vor sich, zielte und schoss. Ein lauter Knall ließ die Luft um sie herum erzittern. Abrupte Hitze breitete sich über ihre linke Hand aus, während eine Rauchwolke über der Lunte aufstieg.

Jeder im Raum hatte die Luft angehalten. Niemand wagte es, sich zu bewegen, selbst nicht, als die Kreatur mit einem Rumpeln zu Boden ging und kein Lebenszeichen mehr von sich gab. Sie hatte direkt ins Schwarze getroffen: ein Gnadenschuss in den Kopf des Tieres. Es war auf der Stelle tot.

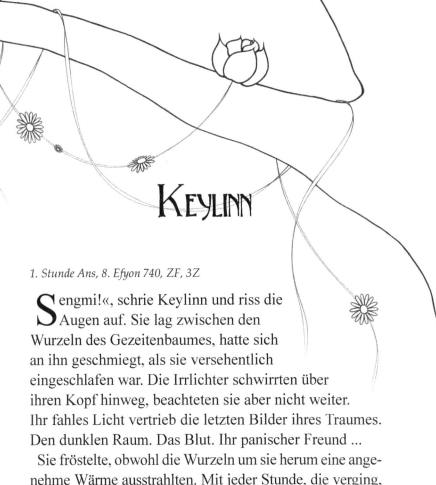

KEYLINN

S engmi!«, schrie Keylinn und riss die Augen auf. Sie lag zwischen den Wurzeln des Gezeitenbaumes, hatte sich an ihn geschmiegt, als sie versehentlich eingeschlafen war. Die Irrlichter schwirrten über ihren Kopf hinweg, beachteten sie aber nicht weiter. Ihr fahles Licht vertrieb die letzten Bilder ihres Traumes. Den dunklen Raum. Das Blut. Ihr panischer Freund ...

Sie fröstelte, obwohl die Wurzeln um sie herum eine angenehme Wärme ausstrahlten. Mit jeder Stunde, die verging, verlor sie Zeit. Sie musste aufhören zu trödeln. Sengmis Leben hing von ihr ab und was tat sie? Hier herumliegen. Sich ausruhen. Sie knurrte ob ihrer Tatenlosigkeit und stemmte sich mit beiden Armen hoch, um sich hinzusetzen. Ihre Glieder schmerzten und die offenen Schürfwunden, die sie sich auf dem Weg hierher zugezogen hatte, pochten.

»Das solltest du verarzten lassen«, vernahm sie eine Männerstimme, die vom Baum her zu ihr drang.

Vor Schreck sprang sie auf die Beine, hob ihre Arme, bereit zum Angriff, beugte ihren Rücken leicht und fauchte den Mann an. Sie erkannte ihn nicht, sondern sah nur einen dunklen Schemen, der sich an den Stamm lehnte.

»Ruhig! Ganz ruhig«, redete die Stimme beschwichtigend auf sie ein.

Für gewöhnlich ließ sie sich damit nicht beruhigen, aber allmählich waren ihre Sinne so weit erwacht, dass sie nun auch den ihr bekannten Duft des Mannes wahrnahm und die Tonlage seiner Worte doch jemandem zuordnen konnte, den sie kannte. Sie gab ihre Angriffshaltung auf.

»Callan. Was suchst du hier?« Ein gehetzter Laut drang aus ihrer Kehle, welcher für ihn wahrscheinlich dem Miauen einer Katze ähnelte. Jedenfalls wurde sie von den Rundohren, selbst von Iberyn, allzu häufig mit Samtpfoten verglichen. Sie fokussierte sich auf Callans Gestalt und sah dank ihrer Dunkelsicht bald mehr von ihm als seine Umrisse.

»Dich!«, meinte er locker. Nebenbei kramte er in seiner Umhängetasche. »Ich hab' doch gesagt, dass ich dich in diesem Drecksloch nicht alleinlasse. War wohl eine gute Entscheidung, dir zu folgen.« Als wäre nichts dabei, holte er ein Glasgefäß hervor, das in einen Metallrahmen eingefasst war, und fingerte daran herum. Mit einem Zischen entflammte ein kleines Licht und blendete sie.

Sie spannte ihre Kiefermuskeln an und ballte ihre linke Hand zur Faust. »Hör auf damit!«

»Womit?«

»Mir zu folgen und auf seinen Wurzeln herumzutreten!«, zischte sie. Ungestüm preschte sie vor, um ihn vom Baum wegzustoßen. Ohne sein Gleichgewicht zu verlieren, wich er aus freien Stücken zurück. »Das ist respektlos!«

»Was?« Sein fragender Ausdruck zeigte ihr, dass er nicht wusste, weshalb sie so reagierte.

»Die *teg'ra seyundri* sind heilig! Zeig Respekt!« Sie deutete mit ihrer offenen Hand auf den Gezeitenbaum.

»Ja, gut«, meinte er schulterzuckend. »Ich kenne mich mit diesen Bäumen nicht aus. Außer du zählst Geschichten als Wissen.«

Keylinn betrachtete ihn weiterhin tadelnd, doch wandte sie sich vom Dieb ab, um sich am Fuß des Gezeitenbaumes niederzulassen und ihre aufgeschreckten Gedanken zu ordnen. Callan setzte sich neben sie, kratzte sich dabei am Hinterkopf. »Vielleicht war ich etwas schroff zu dir.«

»Schroff?«, fragte sie nach.

»Grob«, erklärte er geduldig. »Ich kann mir ungefähr vorstellen, wie es sich anfühlt, deinesgleichen so gequält und leidend zu sehen. Das macht dir ziemlich zu schaffen, nicht wahr?«

»Das kannst du als Rundohr nicht nachvollziehen.« Sie zog die Beine nah an ihren Körper und schlang ihre Arme um sie.

Callan räusperte sich. »Ähm ...«

Sie schaute stillschweigend vor sich hin, wartete darauf, was er zu sagen hatte.

»Weißt du was? Erzähl mir etwas über die Gezeitenbäume. Dann kann ich es besser verstehen, warum sie dir so heilig sind«, schlug er vor und legte eine Hand auf ihre Schulter. Sie starrte sie an, so lange, bis es ihm unbehaglich wurde und er sie wieder zurückzog. »Ja, gut. Dann eben nicht.«

Die Launen dieses Rundohrs waren ihr ein Rätsel, so unstet und wechselhaft. Trotzdem musste sie sich selbst eingestehen, dass sein Vorschlag sie aufmunterte – genau wie seine durch Sorge um sie ausgelöste Anwesenheit. Ihr wurde warm ums Herz. Seine Gegenwart war so angenehm, dass sie sich sogar zu einem Lächeln durchrang. »Was weißt du schon über sie?«

Callans Blick verharrte auf ihr, zeigte ehrliches Interesse an dem, wonach er gefragt hatte. Nachdenklich blies er seine Wangen auf und runzelte die Stirn. »Wie gesagt, nicht viel. Ich meine, wer hat nicht schon von den Legenden gehört, dass sich im Mittelpunkt der Welt der Urgezeitenbaum befinden soll, mit dem alle anderen Gezeitenbäume verbunden sind? Schwierig, sich das vorzustellen, aber na ja.« Er zuckte die Achseln, ehe er weitersprach. »Alle Magie soll von diesem Urgezeitenbaum kommen und so weiter und sofort. Keine Ahnung ...«

Sie seufzte schwer, während sie ihre Beine ausstreckte und sich nach hinten mit beiden Armen abstützte. Sein Unwissen rief ihr erneut ins Gedächtnis, warum sie die Rundohren für gewöhnlich nicht mochte. Sie scherten sich nicht um Vaerys' Gesetze und das sensible Gleichgewicht der Welt. Der Göttin sei Dank gehörte Callan zu den Ausnahmen.

»Es ist viel mehr«, setzte Keylinn an. »*teg'ra seyundri'a Vaerys*, oder der Urgezeitenbaum, ist die Gottheit, die die Welt zusammenhält, und die Gezeitenbäume sind seine Sprösslinge.«

»Hm.« Callan rieb sich mit dem Daumen übers stopplige Kinn.

»Jeder Sprössling hat sein eigenes Wesen, nicht anders als du, ich und die anderen Arten. Einige sind böswillig, andere wollen helfen und wieder andere beobachten nur, doch alle stehen in einem ständigen Wechsel von Ebbe und Flut.«

Um es ihm bildlich darzustellen, machte sie mit ihrer Linken eine wellenartige Bewegung von sich weg und dann gleich zu sich zurück. »Die Flut setzt Magie frei, die Ebbe nimmt.«

Die Blätter des Gezeitenbaumes raschelten sanft. Sie drehte sich um und schaute den Stamm entlang nach oben. Sie lächelte, denn erneut umfing sie eine angenehme Wärme. Callan hingegen erschauderte neben ihr. Für ihn musste es sich seltsam anfühlen, mit der Magie eines *teg'ra seyundri* in Berührung zu kommen.

»Das, was du spürst, ist Urmagie. Der Ursprung der meisten anderen Magiearten, die existieren«, erklärte sie ihm und strich vorsichtig über die Rinde jener Wurzel, auf der sie saß.

»Dann sind das nicht nur Ammenmärchen?«

Sie gab ein ungläubiges Lächeln von sich. »Natürlich nicht! So viele Arten stammen von dieser Kraft ab: die Aspektmagie der Götter, die wilde Magie und die Elementarmagie.«

»Huh. Das wusste ich nicht.« Er betrachtete seine Schuhe und bewegte dabei seine Zehen. »Ist es dann aber nicht so, dass man während der Ebbe verschlungen werden kann, wenn man sich zu nah bei diesen Bäumen aufhält?«

Sie kam sich vor wie eine Mutter, die ihrem Kind die natürlichsten Dinge der Welt erklärte, aber das machte ihr nichts aus. Bei genauerer Betrachtung schätzte sie Callan sowieso kaum älter ein als Ilko. Vielleicht drei oder vier Zwillingsmonde Unterschied. Nicht mehr.

Geduldig fuhr sie fort. »*ky*. Zwei Dinge können passieren. Das verschlungene Wesen stirbt oder es verwandelt sich in etwas anderes.«

»In etwas anderes?« Seine Augen huschten weg von seinen Schuhen, zurück zu ihr.

»Elf zu Vogel, Sorkàr zu Drago, Rundohr zu Naga ... Der *te'gra seyundri* wählt die neue Gestalt.« Sie dachte einen Moment nach. »Sie sind mächtig und geben uns Schutz. Meinesgleichen betet sie an, denn wir ehren *te'gra seyundri'a Vaerys*, wie wir alle Götter würdigen.«

»Wie verehrt ihr sie? Also wie kann ich mir das vorstellen? Habt ihr Tempel errichtet? Schreine? Ich meine, bei den Göttern ist es klar. Dreizehn wache Gottheiten, deshalb dreizehn Monate. Und die Übrigen schlafen in den sechs Tempeln, die verteilt auf den Kontinenten liegen, aber ...« Er kratzte sich wie so häufig am Hinterkopf. »Ich hab' keine Ahnung, wie Gezeitenbäume angebetet werden.«

Erst jetzt merkte Keylinn, wie kompliziert es war, einem Außenstehenden die wahre Beschaffenheit der Welt zu erklären. Sie war mit diesem Wissen aufgewachsen, hatte es mit jeder Faser ihres Seins aufgenommen und lebte danach, ohne es zu hinterfragen. Nicht als Kind, nicht als Ausgewachsene und nicht seit ihrer Begegnung mit einer Gottheit, damals, vor 17 Zwillingsmonden. »Keine Tempel, keine Schreine. Wir leben im Einklang mit ihnen. Der *te'gra seyundri* in meiner Heimat ist gütig und schenkt meiner Sippe und mir viel Magie. Er verlangt aber nichts von uns.«

»Und woher weißt du das?«

»In meinen Träumen hat er zu mir gesprochen.«

»Was, wirklich? So etwas gibt es doch bloß in den alten Legenden«, erwiderte Callan ungläubig.

»Seine Äste und sein Stamm sind so groß und robust, dass wir unsere Nachtlager auf ihm errichten konnten.«

Die Augen des Diebes weiteten sich. »Wirklich?«

»Ja, kleine Häuser aus Zweigen, Blättern und Moos«, erklärte sie ihm lächelnd.

»Hält das überhaupt?«

Sie nickte. »Dicke Ranken stärken die Bauten.«

»Ach so.« Sein Blick schweifte ab.

Sie schwiegen sich eine Weile an. Weder der Gezeitenbaum noch der Rotmilan, der sie zwischen den Ästen hindurch beobachtete, durchbrach die Ruhe des Moments. Sie sah zu ihm hoch und lächelte ihm kurz zu, ehe sie ihren Blick wieder senkte. Callan war gerade dabei, sich den Dreck unter den Fingernägeln hervorzupulen, als er sich ihr wieder zuwandte. »Wie wolltest du jetzt eigentlich weiter vorgehen? Du weißt schon, dass es sinnlos ist, sich gegen das vorherrschende System der Stadt zu stellen und alle Elfen auf einmal aus der Sklaverei zu befreien?«

Ohne ein Wort stand sie auf und schlang dabei beide Arme um sich. Dann drehte sie sich zu ihm um. »Du verstehst nicht«, zischte sie unwirsch. »Meinesgleichen wird versklavt und gequält, nicht deinesgleichen! Ich muss ihnen helfen, egal wie!«

»Hey! Das stimmt gar nicht! Menschen werden in dieser Stadt genauso als Eigentum verkauft wie Elfen!«, erwiderte er, mäßigte jedoch seine Stimme.

Sie knurrte ihn an. Ihm zu widersprechen, wäre nicht rechtens, jedoch war es unmöglich, Menschen und ihresgleichen diesbezüglich im selben Atemzug zu verwenden. Die Menschen wurden nicht in diese Lager geschickt, wo sie gezähmt wurden – nicht wie ihre Brüder oder Schwestern. Dennoch verstand sie, dass er an seine eigene Rasse dachte. Genau aus diesem Grund schwieg sie und behielt ihren Gedanken für sich.

»Diese Stadt lässt sich nicht ändern.« Er saß immer noch am Fuß des Gezeitenbaumes, zeigte kaum eine Zornesregung, als ob es ihn nicht kümmere, dass selbst seinesgleichen als Sklaven gehalten wurden.

»Nein! Das lasse ich nicht zu! Ich beende die Elfensklaverei!«, behauptete sie selbstsicher. »Ich töte ihren Anführer und bringe dieser Stadt Frieden und Gerechtigkeit.«

»Keylinn! Das ist unmöglich! Die Emira von Qurta'bar wird streng bewacht, und selbst wenn es dir gelingen sollte, sie auszuschalten, wird sich nichts ändern. Es wird bloß ein neuer Herrscher oder eine neue Herrscherin auf den Thron gesetzt und ...«

CALLAN

Er verstummte abrupt, als er die Entschlossenheit in ihren Augen erblickte. *Auweia! Sie lässt sich unmöglich zur Vernunft bringen.*

Callan gab es auf, der Silberelfe mit Gegenargumenten entgegenzutreten, und verschränkte schweigend die Arme vor der Brust. Sie hörte ohnehin nicht auf ihn, so festgefahren war sie bereits in ihrem Plan, das Regime Qurta'bars zu stürzen und die Gesinnung der Stadt grundlegend zu verändern. Damit ritt sie sich nur in weitere Schwierigkeiten, an denen sie sich die Zähne ausbeißen würde.

Vielleicht konnte er ihr Vorhaben wenigstens zu seinen Gunsten nutzen, um so Dirions Aufmerksamkeit auf sich zu ziehen. Gerüchte sprachen sich schnell herum. Je größer die Stadt, desto rasanter verbreiteten sie sich. Es reichte bestimmt schon, die Meldung zu verlauten, dass ein Dieb aus Evrasi einer Silberelfe half. Vielleicht sollte er sogar erwähnen, dass er aus Seris stammte. Oder gleich Feldweilen. Hauptsache, der Anführer der Schattenlosen 10 bekam davon Wind. Er hätte seine rechte Hand dafür verwettet, dass diese Neuigkeit das Interesse des götterverdammten Bastards weckte. Und beim nächsten Mal würde er mit seiner Klinge Dirions Herz durchbohren – falls er denn überhaupt eines besaß.

»Na gut.« Er hob die Hände kapitulierend. »Ganz aussichtslos ist es nicht, aber wir brauchen einen Plan, bevor wir irgendetwas davon in die Tat umsetzen.«

Mit angestrengter Miene massierte sie sich das rechte Ohrläppchen, wobei sie mehr Schmuck als Haut berührte. »Einverstanden!« Ihre Hand senkte sich wieder. »Gleich hier?«

»Nein«, meinte Callan kopfschüttelnd. »Ich brauche noch ...« Er haderte mit sich. »Ich brauche noch mehr Informationen zu allen Sklavenhändlern der Stadt und wo die Elfen alle gehalten werden. Wenn, dann wollen wir doch gründlich sein.« Was natürlich unmöglich war, aber das musste Keylinn ja nicht erfahren.

Ihre Augen zogen sich zu schmalen Schlitzen zusammen. »Und was soll ich in der Zwischenzeit tun?«

»Du hältst einfach die Ohren steif.« Er lehnte sich leicht zurück und verschränkte die Hände am Hinterkopf.

Sie schaute ihn schief an. »Die Ohren steif?«

»Tu nichts Dummes!«

»Das sagst ausgerechnet du!«, konterte sie.

Callan kniff seine Augen zu schmalen Schlitzen zusammen. »Hey, wie unhöflich !«

Als ob er sie damit vor den Kopf gestoßen hatte, verfiel sie in Schweigen.

»Ähm ... also ...« Er kratzte sich am Hinterkopf. *War ich zu forsch?* »Keylinn, so war das nicht gemeint.«

Sie schien ihm jedoch nicht zugehört zu haben, denn ihr Blick huschte nach oben ins Geäst des kärglich belaubten

Gezeitenbaumes. Schulterzuckend und mit Schwung erhob er sich und folgte ihrem Beispiel. » Was ist da?«

Dort zwischen den Ästen saß tatsächlich ein Greifvogel, der sie beide mit wachsamen Augen beobachtete. Die Musterung seines Gefieders und die Form seiner Schwanzfedern zeichneten ihn unverkennbar als Rotmilan aus, was Callan stutzig machte. Er kannte sich ganz passabel mit Pferden und Vögeln aus. Deshalb wusste er, dass diese Art von Raubvögeln lediglich in den Wäldern und auf den grünen Feldern Evrasis beheimatet war. Es konnte auch gut sein, dass er sich täuschte, aber er schenkte dem Vogel trotzdem ein gewisses Misstrauen. Der Rotmilan musterte ihn aufs Genauste, wirkte dabei viel zu schlau für ein gewöhnliches Tier. *Ist er ein Bote einer Gottheit? Oder gar ein Spion?*

Callan schüttelte den Kopf. So ein Unsinn! *Diese Stadt bringt mich noch um den Verstand. Jetzt fange ich schon an, in jedem Vogel einen Verräter zu sehen.*

Doch das Gefühl, dass das Tier wegen ihm hergekommen war, ließ ihn nicht los. Es verstärkte sich, als der Rotmilan ein langgezogenes Kreischen in seine Richtung losließ. Gleich darauf noch eines. Sobald sich sein Schnabel wieder schloss, schaute er kurz zu Keylinn hinüber und stieß sich dann vom schmalen Ast ab. Nur sechs Schritte über Callans Kopf zog er einen engen Kreis, als wollte er ihm eine ganz bestimmte Reaktion entlocken. Doch er wurde nicht schlau daraus.

Callan blickte dem Greifvogel nach, als er in einem eleganten Bogen aus der Höhle flog. Es juckte ihm in den Füßen, dem Rotmilan zu folgen, aber er konnte die Silberelfe nicht mit gutem Gewissen allein lassen – so zerkratzt und angeschlagen, wie sie war.

»Du solltest dich jetzt wirklich von Iberyn verarzten lassen«, riet er ihr und zeigte auf ihre Wunden. »Das könnte sich sonst entzünden und schlimmer werden.«

Sie schaute an sich herab, nickte und lächelte ihn an, um dann schweigend voranzugehen. Obwohl der Sand locker unter seinen Füßen lag, bereitete es ihm keine Schwierigkeiten, wieder aus der Höhle hinauszuklettern und mit Keylinn Schritt zu halten. Dennoch fühlte Callan sich gleich besser, als ihn der warme Nachtwind umgab und um ihn herum nicht mehr alles so unwirklich wirkte wie zuvor beim Gezeitenbaum.

Ein leises Fiepen drang aus seiner Umhängetasche, ehe das kleine Köpfchen des Drachenkätzchens hervorlugte. Die schwarzen Kulleraugen sahen zu ihm hoch, als gäbe es für sie nichts anderes zu erkennen als Callan.

»Na, du.« Er holte es heraus und wärmte es zwischen seinen Händen, während er Keylinn zurück in die Stadt folgte.

Gegen ein paar Münzen Schmiergeld, die er dem verlangten Zutrittszoll beifügte, ließen sich die beiden Wachen bestechen, die an diesem frühen Morgen am Tor die Stellung hielten. Ohne ein Theater zu veranstalten, nachzufragen oder ihnen die Sache sonst wie zu erschweren, gewährten sie ihnen Zugang zur Stadt – offenbar hatte sich Keylinns Ausbruch vom gestrigen Abend noch nicht ausreichend herumgesprochen. Wie sie den Zutritt nach Qurta'bar dennoch ohne ihn hätte hinkriegen sollen, wollte er sich gar nicht ausmalen. Wahrscheinlich wäre sie einfach mit dem Kopf durch die Wand zurück in die Stadt gedonnert – hinein in die nächsten Schwierigkeiten.

Askir

Durchgehend schwarze Augen sahen auf
ihn herab, durch und durch dämon-
isch und mit einem Ausdruck purer
Boshaftigkeit. Ein fahles Zwielicht hatte
das ganze Zimmer eingenommen. Längst verstummte Schreie hallten in der Luft nach, die
nach Blut, Schweiß und verbranntem Wachs roch.
Angst hatte ihre Wurzeln tief in seine Brust geschlagen und erschwerte ihm jeden einzelnen Atemzug.

Askir lag auf seiner linken Seite, erschöpft, kaum
zu einer Rührung fähig, während er zur dunklen
Gestalt hochlinste, die sich über ihn beugte.

»Sei von nun an gehorsam und ein braver Sklave.« Der Dämon grinste, während er mit der Spitze seines Schweifes entlang der Linie von Askirs Rückgrat strich. Dessen Tränen waren längst versiegt und klebten ihm trocken auf beiden Wangen.

Er umfasste die rechte, obere Ecke seines Kissens, auf
welchem er lag, und zitterte unter der leichten Berührung.

Ganz langsam beugte sich der Dämon herab und raunte
ihm ins Ohr: »Oder möchtest du, dass dein Meister mich

erneut beschwört, um meine Dienste für dich in Anspruch zu nehmen?«

»Nein«, erwiderte Askir mit belegter Stimme, stemmte sich vorsichtig vom Kissen weg, um sich aufzusetzen. Der Dämon bewegte sich in geschmeidigen Bewegungen mit ihm mit und legte seine Beine elegant übereinander.

Askir zwang sich zu einem Lächeln. »Ich werde tun, was auch immer Azim al'Salé'bar von mir verlangt, und dabei stets lächeln. Und ich werde von nun an jeden Befehl von Meister Baitani befolgen und ihm niemals widersprechen.«

»Gut so.« Er spürte die Hand des Dämons auf seiner linken Wange, den leichten Druck, der sich dann plötzlich über sein ganzes Gesicht bis zu seinem Schädel ausbreitete und sich dort verstärkte.

Askir hatte das Gefühl zu ertrinken, rang nach Luft und versuchte, sich der Berührung zu entziehen. Doch der Druck wuchs schier ins Unerträgliche. Er wälzte sich hin und her, vergrub die Finger in seinen Haaren, während er einen lautlosen Schrei ausstieß, sich mit fest zusammengekniffenen Augen an einen anderen Ort wünschte – weit entfernt von hier.

Mit einem Mal verschwand der Druck von seiner Brust, gab ihn frei, als er aus dem Meer der Träume auftauchte und die Augen aufriss.

Der Dämon war verschwunden.

Die Szenerie glich sich kaum. Die seidenen Vorhänge hingen offen, nicht geschlossen von der Decke. Aus der

Ferne hörte er dumpf die Glocken, die zur dritten Stunde Zùs schlugen. Dunkel war es zwar, doch von draußen her schimmerte das Mondlicht herein und offenbarte Askir den Umriss eines schmalen Körpers, der zusammengekrümmt in einer Ecke des Zimmers kauerte. Zitternd. Leise wimmernd. Es war der junge Silberelf, den der hohe Herr al'Salé'bar mitgebracht hatte, um ihnen beiden Gesellschaft zu leisten, wie der Alchemist es genannt hatte. Allerdings war der nackte Körper des Elfen übersät mit blauen Flecken und roten Striemen.

»Was ...?«, stieß Askir aus, was jedoch in einem tiefen Seufzer endete. Er stützte sich auf die Unterarme und zog sich an den Rand des Bettes, obgleich jeder seiner Muskeln brannte, als hätte ihm jemand geschmolzenes Eisen in die Adern geflößt. Der Druck in seinem Kopf zog sich wie ein stechender Schmerz bis in seinen Kiefer, sodass er die Zähne zusammenbiss, um der Pein entgegenzuwirken.

Durch die Geräusche aufgeschreckt zuckte der Silberelf heftig zusammen und drehte sich rasch zu ihm um. Ein angsterfüllter Blick traf ihn, ehe der Elf in seiner Sprache anfing, ihn um Gnade anzubetteln und ihn vor der Gewalt des Alchemisten zu bewahren. Bittere Tränen traten aus seinen hellen Augen.

Askir konnte sich an nichts erinnern. Absolut nichts. Dennoch versuchte er, darüber nachzudenken, was vor seiner Erinnerungslücke geschehen war. Er hatte beiden den Vortritt gelassen, hatte den Vorhang hinter sich geschlossen und die letzten Vorbereitungen getroffen, um den Raum in etwas mehr Kerzenschein und Duftöle zu hüllen.

Der Elf hatte sich ans Fußende des Bettes gesetzt, nachdem der hohe Herr al'Salé'bar es ihm befohlen hatte.

Askir hatte sich vorerst damit begnügt, den werten Alchemisten seiner Tasche und danach seiner Robe zu entledigen, doch dieser hatte darauf bestanden, seine Hose noch anzulassen. Jene Erinnerung war noch ganz klar.

In gemächlichen Schritten war er zum Tisch hinübergegangen, auf welchem eine Karaffe kräftigen Rotweins bereitgestellt worden war, und hatte erst für sich einen Kelch, dann auch für Askir einen mit dem Wein gefüllt. In Askirs Wein tat er allerdings etwas hinein, drei Tropfen aus einer schmalen Phiole. Dabei behauptete er, es sei die Essenz der Träne der Nacht, gemischt mit einer anderen Blüte, deren Namen er nicht nannte, doch deren Blütenblätter die Wirkung des blauen Giftes verstärkten. Askir zögerte nicht, es in einem Zug zu trinken, ohne auch nur einen einzigen Tropfen zu vergeuden – damit würde er die Nacht hoffentlich überstehen. Sobald er den Kelch geleert hatte, kribbelten seine Lippen. Seine Haut fühlte sich brennend heiß an und ein angenehmer Dunst vernebelte seine Gedanken. Allerdings bescherte es ihm nur in den ersten Augenblicken einen wohligen Rausch, ehe sich ein dunkler Schleier über seine Sicht legte. Auf einen Schlag fühlte er sich fremd in seinem eigenen Körper und vergaß in jenem Moment, wer er war. Ab da besaß er keine Erinnerung mehr an das, was danach passiert war, ganz gleich, wie sehr er sich auch anstrengte.

Da war nichts.

Askir schenkte dem Silberelfen einen mitleidigen Blick, auch wenn dem gequälten Wesen dies nichts nützte. Bedacht streckte er seine Hand nach ihm aus. »Wie kann ich dir helfen?«, entgegnete er ihm in der elfischen Zunge.

Die Augen des Elfen weiteten sich leicht, doch wagte er es nicht, Askirs Geste anzunehmen. Sein Blick huschte umher, als suchte er nach den rechten Worten, die seine Not klar beschrieben.

Gleißender Schmerz stach zwischen Askirs Augen, lenkte ihn vom Silberelfen ab. Er hielt sich die pochende Stirn, wusste nicht, wohin mit sich selbst. Seine Hände bebten, während alles in ihm nach einem Tropfen der Träne der Nacht schrie, um die Pein zu mildern.

»Du brauchst etwas, nicht wahr, Askir? Der hohe Herr al'Salé'bar freut sich, wenn er dir damit aushelfen kann.«

Askir hatte den Alchemisten zuvor nicht bemerkt und war auch jetzt nicht in der Lage, sich ihm sofort zuzuwenden. Sein Kopf dröhnte, während er sich allmählich zum hohen Herrn al'Salé'bar umdrehte, der am Fußende des Bettes stand und dem Silberelfen einen naserümpfenden Blick zuwarf. Dabei trug er einen Kelch mit Wein in seiner Linken, eine angezündete Pfeife in seiner Rechten.

»Was soll es sein: Wein mit einem Tropfen der Träne der Nacht oder Hyrsinenkraut zur Entspannung?«, fragte ihn der Alchemist und hielt ihm die zwei Dinge entgegen.

Askir kniete sich aufrecht hin, griff nach beidem. Ein breites Grinsen trat auf das Gesicht von Herrn al'Salé'bar. Erst nahm Askir einen Zug von der Pfeife, ließ den süßlich schmeckenden Rauch über seine Zunge tanzen und setzte dann den Kelch an seine Lippen. Er wollte aufhören, zu sein, zu existieren. Vergessen war alles, was er begehrte. Und das tat er auch. Er vergaß, was vor sich ging. Sorgen verwischten, Schmerzen schwanden dahin und alles umfing ihn wie eine liebreizende Umarmung, der er sich mit Freuden hingab.

LAOKA

3. Stunde Ans, 8. Efyon 740, ZF, 3Z

Den Hut auf der linken Seite des Schreibtisches und eine entzündete Sturmlaterne vor sich, saß Laoka auf ihrem Stuhl, die Ellbogen auf die Tischplatte gestützt, und hielt sich den Kopf. Sie konnte noch immer nicht glauben, was sich vor wenigen Stunden abgespielt hatte. Es hatte alles so harmlos angefangen – die Unterhaltung zwischen Corvyn und diesem Kirin, der friedliche Moment, den sie geteilt hatten. Doch die Berührung ... Diese eine Berührung hatte etwas ausgelöst, die Dynamik zwischen den beiden verändert und gar eine Vision herbeigerufen, die selbst Laoka wahrgenommen hatte. Dennoch wurde sie nicht im Geringsten schlau daraus – weder aus dem, was sie gesehen hatte, noch daraus, was danach passiert war: die Panik in Corvyns Augen, das Chaos und die Raserei des Kirins. Sie verstand es nicht und das bereitete ihr Kopfzerbrechen. Diese Bilder, die Eindrücke. Das Flammenmeer, die Eiskugel, der Nebel aus Schatten. Was bedeutete dies alles? Und was daran hatte das Kirin dazu getrieben, Corvyn anzugreifen?

Fragen.

Nichts als Fragen, zu denen ihr niemand eine Antwort darlegen würde. Außer vielleicht Corvyn, sobald er denn wieder ansprechbar war. Aber für den Moment ließ sie ihn ruhen. Ihn hatte der Schock am tiefsten getroffen. Bis er diesen so weit verdaut hatte, dass er in der Lage war, zu sprechen, würde sie sich gedulden müssen.

Sie entließ einen schweren Seufzer aus ihrer Kehle, während sie sich das rote Tuch, gemustert mit dem Zeichen Cardronas, vom Kopf strich und es auf die Krempe ihres Hutes legte.

›Geduld‹, formte sie mit ihren Lippen. Laoka hatte diese Tugend immer zu ihren Stärken gezählt, aber die Ereignisse der letzten Tage hatten etwas in ihr geweckt. Etwas, das nach Erklärungen verlangte, und zwar dringend.

Sie erhob sich so hastig von ihrem Stuhl, dass dieser nach hinten umkippte. Noch zwei Tage, dann sollte die *Singende Märe* im Hafen von Qurta'bar einlaufen und es wäre vorbei mit dieser quälenden Ungewissheit.

Ihre Faust sauste auf die Schreibtischplatte. Diese Unruhe, dieses Warten trieb sie noch in den Wahnsinn. Sie konnte nicht einfach einen weiteren Tag herumsitzen und Däumchen drehen. Und ob Corvyn während dieser Zeit überhaupt in der Lage war, sich zusammenzureißen und ihr wenigstens einen Teil einer Erklärung zu liefern, stand auch nicht fest.

Nachdenklich starrte Laoka zum Fenster, dann auf ihre Faust, ehe ihre Finger wie von selbst den Knoten an ihrem Mieder fanden, ihn lösten und die Schnürung so weit lockerten, um es über ihren Hintern zu schieben und auszuziehen. Der Rest ihrer Kleidung bereitete ihr im Gegenzug dazu keinerlei Mühe, aus ihr hinauszuschlüpfen, sodass sie in Windeseile so nackt dastand, wie sie einst dem Meer entstiegen war. Und genau dort würde sie ihr Gemüt abkühlen und einen Augenblick der Ruhe finden, zumindest für wenige Stunden. Das Fenster stand bereits offen, da sie der frischen Nachtluft hatte Einlass gewähren wollen, denn je näher sie dem Wüstenkontinent kamen, desto trockener und stickiger wurde die Luft, besonders in geschlossenen Räumen wie ihrer Kajüte. Selbst auf ihrer Haut spürte sie es. Kleine weiße Hautschüppchen zeichneten sich auf ihren Unterarmen und Oberschenkeln ab. Ein deutliches Anzeichen dafür, sich ein ausgiebiges Bad im Meerwasser zu gönnen. Wie so häufig stieg sie aus dem Fenster, achtete auf den Seegang, doch dieser war nach wie vor stet. Deshalb stieß sie sich unbesorgt vom Fensterrahmen ab und sprang kopfüber in die ruhige See.

Das Wasser schlug ihr nicht entgegen, wie es das bei Landwesen getan hätte, sondern es empfing sie mit seiner sanften Umarmung und wusch jeden trüben Gedanken hinfort. Sie tat einen tiefen Atemzug, spürte, wie sich die Kiemen an beiden Seiten ihres Brustkorbes öffneten und das Wasser aus ihnen herausströmte. Ihre Beine zogen sich zu einem Fischschwanz zusammen, geziert von schwarzbraunen Seitenflossen, und endeten in einer kupferfarbenen Schwanzflosse. Ihre Schuppen von der Farbe fein geschliffener Malachiten fühlten sich so viel angenehmer an als ihre trockene Haut auf dem Schiff. So schön glatt und fest, obgleich sie zugeben musste, dass sie an der weichen Haut ihrer zweibeinigen Gestalt mittlerweile ebenfalls Gefallen gefunden hatte. Es war nicht so, als wäre es damals neu für sie gewesen. Jene Schuppen, die ihren Oberkörper, ihre Arme und ihr Gesicht überzogen, waren kleiner und biegsamer als die ihres Fischschwanzes, wirkten für ein unwissendes oder ungeübtes Auge wie menschliche Haut. Sie spreizte die Schwimmhäute zwischen ihren Fingern, betrachtete ihre schwarzen Krallen, die so viel gepflegter aussahen, seit sie sich in ihrer zweibeinigen Gestalt regelmäßig um ihre Fingernägel kümmerte. Das unterschied sie wohl doch von ihren Männern. Ihr hatte schon immer viel an ihrem Aussehen gelegen und nur, weil sie dem Piratenhandwerk nachging, hieß das noch lange nicht, dass sie ihre Körperpflege vernachlässigen musste. Sjólfur hielt glücklicherweise auch bis zu einem gewissen Maß an diesem Prinzip fest, sodass seine unmittelbare Anwesenheit nicht unangenehm für ihre Nase wurde. Ihre Mundwinkel wanderten wie von selbst nach oben, als sie an ihren Navigator dachte.

Laoka glitt durchs Meer, als täte sie tagein, tagaus nichts anderes, und tauchte hinab in noch tiefere Gewässer. Zu lange war sie dieser Welt ferngeblieben, dieser dunklen Welt voller Mysterien und unentdeckter Wesen, die es bevorzugten, unerkannt zu bleiben. In einer solchen Welt war sie aufgewachsen, weiter nördlich von hier, am Schnittpunkt der vier großen Kontinente Alceana, Côr'hjr, Evrasi und Feyremor, unerforscht auf jeder Weltenkarte, außer auf jener, die sie persönlich vervollständigt hatte. Jenen Punkt auf der Karte würde sie allerdings um jeden Preis meiden, denn es konnte sie ihr Leben kosten, sollte sie sich jemals wieder in der Nähe ihrer Heimat aufhalten. Von diesem Geheimnis hatte sie niemandem jemals erzählt, nicht einmal Sjólfur. Es hatte gereicht, den Großteil ihrer Mannschaft darin einzuweihen, was ihr wahres Wesen, ihr Dasein als Sirene, betraf. Der hohe Respekt, den sie ihr entgegenbrachten, war zu einem Teil sicherlich darauf zurückzuführen, denn es kam nicht häufig vor, dass eine Frau, noch dazu eine ohne Stimme, als Käpt'n eines eigenen Schiffes fungierte. Sie konnte sich nicht entsinnen, abgesehen von sich selbst jemals von einer solchen Frau gehört zu haben.

Tiefer und tiefer tauchte sie, weiter ins unbekannte Dunkel hinein, hielt nicht an, bis sie den Meeresboden erreichte. Und da lag er unter ihr, doch obgleich der Tatsache, dass an einem Ort wie diesem hätte absolute Finsternis vorherrschen müssen, erhellten kleine blaue Punkte den Grund des Meeres. Sie ließ sich auf dem eingeweichten Sand nieder und nahm einen dieser Punkte genauer in Augenschein. In Wahrheit waren es kleine Perlen, von denen dieser blaue Schimmer ausging, und Laoka wusste auch aufs Genauste, wie dieses schwache Licht zustande kam: Die Melusine Cardrona, Göttin dieser See, bewahrte darin die Seelen auf, die ihr geopfert wurden oder schlichtweg auf der cardronischen See verstorben waren. Wofür sie diese Seelen allerdings brauchte, blieb der Sirene schleierhaft, aber in diesem Maß kümmerten sie die Machenschaften der Götter auch nicht. Sie ehrte sie vielmehr, besonders die Melusinen, da sie als Personifikationen des Wassers, des Regens, der Flüsse und der See ihrem Element am nächsten waren. Es war bedauerlich, dass lediglich zwei dieser Götterart die Meere durchstreiften und die übrigen im Regentempel ruhten. Wirklich ein Jammer ...

Laoka widerstand dem Drang, nach einer Perle zu greifen, obwohl es sie in den Fingern juckte. Jede einzelne gehörte Cardrona und die Sirene war nicht gewillt, das

Risiko einzugehen, den Zorn der Melusine auf sich zu ziehen und ihre Seele an sie zu verlieren – in ein paar Jahrhunderten vielleicht, aber gegenwärtig nicht.

Sanft stieß sie sich vom Grund ab und schwamm von Perle zu Perle. Sie hatte es nie mit eigenen Augen gesehen, aber laut der Legende über Cardrona war der ganze Meeresboden ihrer See mit diesen Seelenkugeln bedeckt, verteilt über viele Tausende Meilen. Tief in Gedanken versunken vergaß sie, darauf zu achten, wohin die Strömung der See sie trieb. Oder war es doch etwas in ihrem Innern, das sie unbewusst an einen gewissen Ort zog?

Sie blinzelte, hielt abrupt inne, und entdeckte nun erst die Veränderung, die sich unter dem Sand offenbarte. Wurzeln, noch heller als der feine Sand, fast silbern, trieben hervor und führten Laoka weiter bis zu einem Stamm, der sich verdreht und gewölbt nach oben hin zu einem kahlen Geäst ausgebreitet hatte. Ein leises Surren ging von ihm aus, wurde lauter und verminderte sich wieder. Als ob ein Herz in seinem Innern schlug.

Von einem Moment auf den anderen verblasste der Zauber dieses Ortes. Es war, als wachte Laoka aus einem Traum auf, und sie fühlte, wie Zorn wie ein glühendes Eisen in ihr erwachte. Mit aufgestellter Rückenflosse baute sie sich vor dem Gewächs auf, im Wissen, einen Gezeitenbaum vor sich zu haben. Sie war bereit, aufs Ganze zu gehen. Bereit, sich endlich zu rächen. Vor über einem Jahrzehnt hatte sie die Suche nach ihnen aufgegeben, aber jetzt hatte sie ganz zufällig einen gefunden, ohne es beabsichtigt zu haben.

Endlich! Nach all den Jahren vergeblicher Suche, dachte sie sich, spreizte die Finger ihrer linken Hand, holte aus und ...

ASKIR

*K*lopf.
Im Halbschlaf zuckte Askir zusammen und drehte sich auf seine rechte Seite. Er zog sich die dünne Decke über den Kopf, um sich vom Licht des Tages abzuschirmen, das sich durch eine schmale Lücke zwischen den dunklen Vorhängen stahl. Dennoch wunderte er sich, wer um diese Zeit nach seiner Person verlangte. Sein Meister hatte ihm doch ein paar freie Stunden erlaubt, nach den Strapazen der letzten Tage.

Klopf. Klopf.

Askir grummelte und gähnte ins Kissen hinein. Ihm dröhnte der Kopf. Sämtliche Glieder schmerzten, während sich sein Magen schmerzhaft zusammenzog. Er kämpfte gegen die aufsteigende Übelkeit an und atmete tief durch.

Ein weiteres Klopfen – auf Glas.

Seufzend schlug er die Augen auf und sah erst zur Tür, dann zum Fenster, das offen im Rahmen lehnte.

Klopf. Klopf.

Endlich entdeckte er die Ursache für das leise Geräusch. Zwischen den Vorhängen lugte der Kopf eines Rotkehlchens hindurch. Rotzfrech. Während der Rabauke sich mit den kleinen Klauen am Saum des Stoffes festklammerte, lagen die schwarzen Knopfaugen aufmerksam auf Askir.

Er schmunzelte und wagte es, sich aufzusetzen. Sein Magen rebellierte zwar, aber es gelang ihm, alles bei sich zu behalten.

Verkrampft schluckte er. »Na ...?« Seine Stimme brach, sodass er sich räusperte. »Wie hast du dich denn hierher verirrt, Kleiner?«

Das Tierchen quetschte sich durch den schweren Stoff und flatterte zu Askir herüber, direkt vor seine Nase. Anschließend platzierte es sich auf der Bettkante.

Sein Schnabel sank hinab, um auf die kleine Papierrolle zu zeigen, die an dem schmalen Beinchen befestigt worden war. Es zwitscherte aufgeregt und konnte kaum mehr an sich halten, als Askir mit dem Finger ganz sachte über die rote Brust streichelte. Er spürte den rasenden Herzschlag unter dem weichen Gefieder und lachte leise auf. Eigenartig, wie mühelos dieses Rotkehlchen seine Laune hob. Er konnte nicht anders, als sich über die Zutraulichkeit des Vogels zu freuen. »Ist diese Nachricht etwa für mich?«

Mit äußerster Vorsicht entknotete er die Schnur, die jemand um das Beinchen und die Papierrolle gebunden hatte, und nahm die Botschaft an sich.

Mit einem Stirnrunzeln entrollte er sie.

An den schönsten Liebhaber der Stadt

Es ist der 9. Efyon 740 ZF, frühmorgens. Linoriel braucht dich. Auch der Dieb erwartet heute deine Gesellschaft. Bleibe zuversichtlich, denn dieser kleine Bote wird dir in ein paar Monaten großes Glück aus dem weiten Kontinent Alceana bringen!

Die Gunst Cardronas sei mit dir.

Khadira

Askir seufzte müde und warf sogleich einen Blick zu seiner Zimmergenossin hinüber. Ihr Anblick versetzte ihm einen Stich in die Brust. Das schmale Gesicht war verkrustet von den Tränen, die sie geweint hatte, vermischt mit verschmierter schwarzer Schminke. Sie lag mehr neben ihrer Decke als darunter. Ihr Kleid war verzogen und zerrissen, ihr linker Busen entblößt.

Mit halb geschlossenen Augen linste sie zu ihm herüber, bewegte sich kaum, außer wenn sie atmete.

»Linoriel?«, flüsterte er, aber sie reagierte nicht darauf. Das Rotkehlchen löste sich von der Bettkante und flatterte zwitschernd auf das Kopfteil des Bettes.

Askir schenkte dem Vogel ein flüchtiges Lächeln, ehe er sich vorsichtig aufsetzte. Ihm schwindelte, aber das war ihm gleich. Wenn er sie jetzt nicht versorgte, würde es niemand anderes tun. Er verbot sich, das schlechte Gewissen zuzulassen, das sich langsam einschlich. Ihren Zustand hatte er nicht zu verschulden. Es stimmte, dass er sich besser hätte um sie kümmern können, aber wie? In letzter Zeit hatte er kaum sich selbst helfen können.

Er ignorierte den Kloß in seinem Hals, als er sich erhob, um frisches Wasser und Tücher aus dem hauseigenen Bad im Kellergewölbe zu holen. Leise huschte er hinein und beeilte sich, wieder herauszukommen. Doch offenbar nicht leise genug. Gerade als er die Tür zum Vorraum des Bades hinter sich schloss, stand Meister Baitani mit gut einem halben Dutzend Tonflaschen in den Armen unvermittelt vor ihm.

»Meister Baitani.« Askir senkte seinen Blick und schaute demütig zu Boden. »Ich habe Euch nicht bemerkt.«

»Du warst auch sehr eilig unterwegs«, erwiderte der Zuhälter spitzfindig. »Besonders für diese Uhrzeit.« Er musterte die Tücher und die Wasserschale. »Wozu brauchst du so viele?«

»Für Linoriel und mich, Herr«, antwortete Askir mit gemäßigter Stimme und ohne zu zögern. »Ihre Kunden haben sie zu sehr beansprucht.«

Meister Baitani blinzelte ihn mit hochgezogenen Augenbrauen an. »Gut! Wasch dich heute gründlich und schau, dass du heute Nacht wieder vorzeigbar bist!« Er ergriff ihn am Kinn und zwang Askir, seinen Besitzer anzusehen. »Du trinkst zu wenig! Hier!« Er streckte ihm eine Flasche entgegen. »Frischer Palmfruchtsaft wird dir sicher guttun.«

»Vielen Dank, Herr.«

»Aber das soll nicht mehr vorkommen. Man sieht es dir immer an, wenn du nicht genug Flüssigkeit zu dir genommen hast. Dein Gesicht wird ganz fahl. Wir wollen ja nicht, dass sich deine Kunden beschweren«, schalt er ihn mit zusammengekniffenen Augen.

»Nein, Herr. Ich werde darauf achten, mehr zu trinken«, versicherte er ihm und nahm die Flasche an, die er sich direkt unter den Arm klemmte.

Meister Baitani zog seine Hand zurück. »Und stutz deinen Bart!«

»Jawohl, Herr.« Er neigte seinen Kopf und ging mit bedachten Schritten an seinem Meister vorbei.

Seine Bemerkung über Linoriels Zustand schien Meister Baitani entweder entgangen zu sein oder nicht zu interessieren. Letzteres war nicht gänzlich auszuschließen, denn es war Askir am Ende des vergangenen Monats zu Ohren gekommen, dass die Silberelfe nicht die Einnahmen erzielte, die Meister Baitani bei ihrem Kauf von ihr erwartet hatte. Es musste bald etwas geschehen, damit er sie nicht an einen noch schlimmeren Ort weiterverkaufte. Obgleich ihn seine Fürsorge näher an sie heranbrachte, als ihm lieb war, würde er sie nicht im Stich lassen und ihr helfen, ihren Besitzer zufriedenzustellen.

Bei seiner Rückkehr fand er alles so vor, wie er es zurückgelassen hatte. Linoriel lag immer noch auf ihrem Bett, hatte sich keine Fingerbreite bewegt. Selbst das Rotkehlchen beobachtete ihn nach wie vor von derselben Stelle. Es vergrub nur gelegentlich seinen kleinen Schnabel zwischen den Federn, um sein Gefieder zu putzen.

Askir stellte die Wasserschale und die Flasche auf ihren Nachttisch, legte die Tücher ans Fußende ihres Bettes. Zwei Kelche bewahrte er immer in der untersten Schublade der Kommode auf und holte diese ebenfalls hervor.

»Linoriel?« Er kniete sich neben sie – absichtlich nicht auf die Bettkante, um ihr genügend Platz zu lassen – und strich ihr sanft über die Stirn. »Linoriel ...«, flüsterte er.

Zwei weitere Male wiederholte Askir ihren Namen, ehe ihre Augen ihn endlich fixierten. Blinzelnd streckte sie die Hand nach ihm aus und begann, an seinem Bart herumzuzupfen.

Er schmunzelte. »Gut, du bist wach.« Er goss den Palmfruchtsaft in einen Kelch und hielt ihn ihr hin. »Du solltest etwas trinken.«

Sie stemmte sich am Bettrand hoch, um sich auf dem rechten Ellbogen abzustützen und einen Schluck aus dem Gefäß zu nehmen. Er half ihr, indem er es nicht losließ. Nur für den Fall, dass sie zu schwach war, es selbst zu halten. Ihre Finger legten sich über seine, während sie weitertrank und ihre glänzenden Katzenaugen auf ihm ruhten. Er blieb entspannt, lächelte sie an und stellte den Kelch auf die letzte freie Stelle ihres Nachttisches, sobald sie ihn geleert hatte.

»Wir sollten dich waschen«, meinte er und tunkte eines der frischen Tücher ins Wasser. »Deiner Haut tut es nicht gut, wenn du die Schminke vor dem Schlafengehen nicht entfernst.« Mit geübten Händen wrang er es aus, um ihr damit die verschmierten Farben und die getrockneten Tränen vom Gesicht zu tupfen. Er hielt ihr Kinn zwischen zwei Fingern, damit sie dem nassen Stoff nicht auswich. Ihr Mund öffnete sich leicht, entblößte dadurch ihre katzenhaften Eckzähne.

»Askir ...«, hauchte sie und setzte sich gänzlich auf.

»Ja, Linoriel?« Um auch ihren Hals waschen zu können, ließ er sich neben ihr auf der Bettkante nieder. Er stellte sich absichtlich unwissender, als er war, schob ihr silbernes Haar beiseite, doch da packte sie unvermittelt sein

Handgelenk, knapp oberhalb seiner ledernen Schiene. Ein stechender Schmerz zuckte durch seinen Arm. Dennoch ließ sich Askir nichts anmerken.

Ihre Pupillen hatten sich geweitet. Mit ihrer freien Hand löste sie den übrig gebliebenen Träger von ihrer Schulter, sodass ihr Kleid nun gänzlich bis zu ihrer Taille hinabglitt. Askir schluckte schwer, überspielte es jedoch mit einem sanften Lächeln. »Möchtest du dich lieber selbst säubern?«

Sie rutschte vom Bett und glitt auf ihre Füße, nachdem sie ihn losgelassen hatte. Fast zeitgleich löste sie das Band um ihre Taille, sodass ihr Kleid wallend zu Boden fiel. In ihrer vollen Blüte setzte sie sich auf seinen Schoß und schlang ihre Beine um seine Hüften. Sie bewegte sich rasch, zu schnell für seine vom Rauschmittel abgestumpften Sinne. Ihre Wärme ließ ihn jedoch nicht kalt. Verzerrendes Verlangen schoss ihm in die Lenden, versuchte, ihm die Vernunft zu rauben, ihn anzutreiben, sich zu vergessen.

»Liebe mich, Askir!«, raunte sie und klammerte sich an seinen Schultern fest.

Er bemühte sich trotz allem um einen kühlen Kopf – nicht ihrer Nacktheit wegen, sondern wegen der Angst, ihr wehzutun. Körperlich, geistig, seelisch ... Er konnte, nein, er durfte ihrem Flehen nicht nachgeben – für ihr beider Wohl.

Askir atmete schwer, als sie anfing, sich vor- und zurückzubewegen. *Bei allen Göttern!*

Ohne Zweifel rieb sie ihren Hintern absichtlich über die empfindliche Beule, die drohte, weiter anzuschwellen, wenn sie nicht damit aufhörte. Er wusste nicht, wohin mit seinen Händen, so stützte er sie nach hinten ab, im Versuch, ihre Beine möglichst wenig zu berühren.

»Linoriel ... das kann ich nicht«, stieß er hervor, merkte aber schnell, dass er die Aussage nicht so stehen lassen durfte. »Zumindest noch nicht.«

Er ärgerte sich ob seiner Feigheit. Denn anstatt ihr endlich die Wahrheit zu sagen, wuchs das Lügenkonstrukt, das er um sie beide aufgebaut hatte, stetig weiter. Hunderte von Gründen hätte er ihr aufzählen können, warum er sie niemals auf die Art lieben würde, die sie sich wünschte. Und dennoch brachte er den Mut nicht zustande, ihr auch nur einen einzigen davon zu nennen.

»Warum?«, fragte sie, hielt in ihrer Bewegung jedoch nicht inne. Er unterdrückte sein Stöhnen, um sie nicht weiter anzustacheln.

»Wir müssen zuerst Liebe füreinander empfinden, bevor wir uns vereinigen.« Er glaubte selbst nicht, was ihm da über die Lippen kam. »Und das braucht Zeit.«

»Aber wir vereinigen uns doch auch mit jedem, der sich unsere Dienste erkauft«, bemerkte sie, womit sie absolut recht hatte.

»Das sollte doch nicht dasselbe sein!« In ihm zog sich alles zusammen. Es war nicht richtig, was er hier tat. Die Lügen. Diese falsche Hoffnung. Ihre Wünsche würden sich niemals erfüllen. Ganz gleich, wie lange er sie noch vertröstete.

Er wünschte sich doch selbst, diesem Dasein zu entfliehen. Frei von diesen sklavischen Pflichten, frei von Schmerzen, Kummer, Ungerechtigkeit. Er wünschte sich, wieder dieser wilde, rebellische Junge zu sein, der er einst gewesen war. Der es sich nicht nehmen ließ, gegen seinen Meister aufzubegehren, die Wachen herauszufordern, etliche Fluchtversuche zu unternehmen; aber das alles gehörte der Vergangenheit an. Für jene wie ihn gab es nichts außerhalb dieser Stadt. Er besaß nichts, hatte keine namhafte Ausbildung und keine Kontakte außerhalb dieser Mauern. Warum also fliehen? Er war ja nicht einmal imstande, sich der begehrenden Umarmung einer Elfe zu entziehen.

Linoriel hielt inne, ließ ihm dadurch die Möglichkeit, kurz durchzuatmen.

»Wie dann? Sag es mir, Askir! Wie können wir uns lieben?«

Nie, dachte er für sich. Niemals auf diese Weise, aber das würde sie nicht begreifen. Ihr Verlangen nach ihm verzehrte sie und er konnte nichts dagegen tun, außer sie hinzuhalten und sie weiter anzulügen.

»Liebe braucht Zeit, sich zu entwickeln«, erwiderte er und spannte seinen Kiefer an, um seinen verräterischen Körper im Zaum zu halten.

»Wie viel Zeit?« Sie ließ nicht locker, was sie auch mit dem festen Griff ihrer Finger in seine Schultern klar verdeutlichte. Er war froh um den Stoff der Hose zwischen ihnen, ansonsten wäre er nicht sicher gewesen, ob er ihr widerstanden hätte. Sie war eine überaus hübsche Silberelfe, aber sein Schützling! Er verfluchte sich selbst dafür, dass er so viel ihrer Nähe zuließ.

»Einige Monate, vielleicht ein halbes Jahr«, erwiderte er, seufzte und verzog seinen Mund gleichzeitig zu einem Lächeln. »Niemand außer Eos kann sagen, wie schnell Liebe entsteht.«

»So lang!« Mit einem leisen Wimmern ließ sie den Blick sinken. »Na schön.« Langsam stieg sie von ihm herunter und wickelte sich in ihre Decke ein. Askir verbot es sich, erleichtert aufzuatmen, berührte sie stattdessen beschwichtigend an der rechten Schulter.

»Ich werde es dich wissen lassen, wenn es so weit ist«, versicherte er ihr und war sich bewusst, dass er es nur weiter vor sich herschob.

Rasch stand Askir auf, ließ sich nicht anmerken, wie unbehaglich er sich in seiner Haut fühlte. Er ging zum Schrank, um eine frische Hose und seine farblich dazu passende Weste herauszuholen.

Im Gehen griff er noch nach seinen Schuhen und wandte sich zu ihr um. »Wasche dich und gehe dann zu Meister Baitani! Er wird sich sicherlich darüber freuen, wenn du von dir aus auf ihn zukommst.« Mit einem weiteren Lächeln überließ er sie für den Moment sich selbst, um das Bad aufzusuchen.

Askir beeilte sich, sich so weit für den Tag herzurichten, bis sein Auftreten wieder dem entsprach, was ihn als einen der besten Liebessklaven der Stadt ausmachte. Alles saß, selbst seinen Bart hatte er ein wenig zurückgestutzt, um seinem Gesicht etwas mehr Frische zu verleihen. Zuletzt band er die beiden Zöpfe an seinem Hinterkopf zusammen. Bis auf die kurze Strähne, die ihm immerzu in die Stirn hing, blieben seine widerspenstigen Haare dort, wo er sie haben wollte.

Ohne von irgendeinem Freudenmädchen oder anderen Liebesdienern behelligt zu werden, trat er aus dem Freudenhaus, nachdem Meister Baitani ihm die Erlaubnis dazu erteilt hatte. In zügigen Schritten ging er über die Hauptstraße des *Goldenen Viertels* zum Marktplatz, doch auch da nahm er die Stände kaum wahr, sondern nur die verschwommenen Umrisse der Straßen. Dafür lenkten ihn seine Gedanken zu sehr von seiner Umgebung ab. So trugen ihn seine Füße in Windeseile zum Hafen, an den Docks entlang in Richtung Westen, die Weiten des Meeres zu seiner Linken.

Er wich jedem aus, der ihn hätte anrempeln können, um möglichen Konflikten zu entgehen. Allerdings ließ sich nicht vermeiden, dass ihn die eine oder andere Hafenhure ansprach. Sie waren aufdringlicher als die Frauen und Männer aus den Freudenhäusern und ließen sich häufig kaum abschütteln. Trotzdem kannte er einige Kniffe. Sobald sich ihm eine näherte, schob er seine Haare leicht beiseite, lächelte dabei und begann, sich mit ihnen über seichte Themen zu unterhalten – das Wetter, die geschäftigen Leute, die Arbeit. Sowie sie das Sklavenmal bemerkten, entschuldigten sie sich rasch und zogen weiter zum nächstbesten Mann, der auch nur einen Hauch Interesse zeigte. Und wenn nicht, genügte oftmals ein laszives Lächeln.

Askir würdigte die ein- und auslaufenden Schiffe keines Blickes, schritt voran bis zum westlichsten Steg, an dem ein kleines Handelsschiff angelegt hatte. Drei Männer und eine Frau – alles Menschen – verfrachteten neue Ware in Form von geschlossenen Holzkisten auf die Karavelle. Es blieb also genügend Platz übrig, um sich am Rand des Docks entlangzubewegen, ohne die Händler bei ihrer Arbeit zu stören. Er hielt nicht inne, bis er an der äußersten Kante stand.

Jemand hatte sich bereits dorthin gesetzt und folgte mit seinem Blick der Linie des Horizonts. Seine Schultern hingen nach vorne, sodass sich sein Rücken zu einem leichten Buckel geformt hatte. Die Hände, vom Alter gezeichnet, stützten ihn zu beiden Seiten an seinen Hüften. Der Rest seiner Gestalt verschwand unter dem großen, schwarzen Tuch, das der betagte Herr um seinen eingefallenen Körper geschlungen hatte.

»Werter Herr? Darf ich mich zu Euch setzen?«, fragte Askir höflich. Er lächelte den Mann an, als dieser zu ihm hochsah. Tiefe Falten zogen sich über dessen Gesicht, und dennoch schien er angenehm gealtert zu sein. Keine Narben verunstalteten ihn, auch seine aschgrauen Augen wirkten alterslos, zugleich weise.

»Natürlich!«, erwiderte er mit einer rauen, tiefen Stimme. Seine Hand wies auf den Platz links neben sich. »Ich bitte darum.«

Askir kam der Bitte schweigend nach. Er lehnte sich leicht vor und verschränkte auf seinem Schoß die Finger ineinander. Still vor sich hin murmelnd bat er Cardrona um Beistand, ehe er nacheinander zu Hyaszine, Eos und zu allen anderen Gottheiten betete, die ihm bekannt waren. Es war nicht das erste Mal, dass er diesen Ort aufsuchte, um zu beten. Für ihn fühlte es sich – trotz des regen Handels im Hintergrund – nach dem richtigen Ort für Gebete an; als hätte genau hier vor Ewigkeiten eine göttliche Stätte gestanden. Er ließ die Fürbitten eine Zeit lang nachwirken, schwieg indes, ohne den Greis anzusehen.

»Du scheinst aufgewühlt, junger Mann. Würde dich ein Schluck Wein aufheitern?«, unterbrach sein Sitznachbar das Schweigen zwischen ihnen und hielt ihm einen Trinkschlauch entgegen.

»Tut mir leid, werter Herr. Mir ist es nicht gestattet, Wein aus fremder Hand zu trinken«, lehnte er ab. »Ich weiß, es ist unhöflich, aber mein Meister sieht es nicht gerne.«

»Verstehe.« Der Greis verstaute den Schlauch in seiner Tasche, ohne davon etwas zu trinken. »Mir ist aufgefallen, dass du die Namen aller Gottheiten gemurmelt hast. Solcherlei hört man heutzutage selten. Zu viele Bewohner dieser Stadt schenken ihren Glauben nur dem Meister des Lichts, aber ihn hast du in deinen Gebeten nicht genannt.«

»Er verdient es nicht, als Gott angesehen zu werden, so er doch keiner ist«, sprach Askir frei von der Seele, runzelte dann verdutzt über seine Offenheit die Stirn.

Der ältere Herr schnaubte mit einem angedeuteten Lächeln. »Keine Sorge, junger Mann! Ich bin ganz deiner Meinung.« Er machte eine kurze Pause. »Wann ist es nur so weit gekommen, dass man sich davor fürchten muss, seine Meinung offen darzulegen?«

Askir lächelte ihm entgegen. »Ich weiß es nicht. Ich befürchte, dass ich es nicht anders kenne.«

»Du bist jung. Es wäre zu viel verlangt, dass du es weißt, wenn ich es schon nicht zu sagen vermag.«

Erneut trat Schweigen zwischen die beiden Männer. Der ältere Herr zupfte an seinem langen, glatt gekämmten Bart herum, in welchen einem exquisiten Kunstwerk gleich Perlen eingeflochten worden waren. Askir hätte es gerne genauer in Augenschein genommen, aber es widerstrebte ihm, den Greis mit seiner Neugier zu bedrängen. So hielt er sich zurück und betrachtete stattdessen seine ledernen Armschienen. Die Haut darunter zwickte und juckte, fühlte sich an, als würde sie an einigen Stellen am Leder haften bleiben. Er strich mit dem Daumen über die Schnürung an der Innenseite seines Unterarmes und ermahnte sich, deswegen bald einen Heiler aufzusuchen. Im Bürgerviertel der Stadt gab es einen Heilmagier und

Alchemisten, der sich auch Sklaven annahm, die kein eigenes Geld besaßen. Er war freundlich, zuvorkommend und hatte schon einige Male Askirs Wunden gepflegt, bevor sie sich ernsthafter entzünden konnten. Lediglich sein Name war ein Graus – Thagelia A'Pharoditepolis dilly Andromacheormos. Nichts Schlimmes an sich, aber es hatte Monate gedauert, bis Askir sich den vollständigen Namen hatte merken können.

Ein kleiner Blutstropfen trat unter der linken Armschiene an der Grenze zu seinem Handballen hervor, doch er legte seine andere Hand darüber, damit der ältere Herr dies nicht bemerkte.

»Du bist jung, aber unfrei«, stellte er fest. »Das erklärt deine angenehme Höflichkeit und dein Lächeln. Ich sage dir, solcherlei Dinge sind in dieser Stadt selten geworden. Jeder denkt nur an sich, schlägt aus allem Profit und tritt die Rechte anderer mit Füßen. Ach weh, diese Stadt ist so anstrengend geworden.« Askir hätte einen schweren Seufzer erwartet, stattdessen legte sich leiser Trübsinn wie ein Schleier über das Gesicht des Greises. Sogleich wirkte er noch betagter als ohnehin schon, betrachtete die Welt, wie wenn sie in den nächsten Stunden unterginge.

»Es verbirgt sich auch Gutes in den Schatten von Qurta'bar«, sagte Askir und dachte dabei an Callan, an das Rotkehlchen und das Orakel Khadira. »Die kleinen Dinge sind es, auf die jeder achten sollte und die einem Freude bringen.«

Er spürte den Blick des älteren Herrn auf sich und wandte sich ihm ebenfalls zu. Der Schwermut in seinen Augen hatte sich verflüchtigt, war einem neutralen Ausdruck gewichen.

»Eren hatte recht. Du bist ein bemerkenswerter junger Mann.«

Askir stutzte. »Eren? Ihr kennt ihn?«

»Sozusagen.«

So viele Fragen überschlugen sich in Askirs Kopf. Ein tiefes Grummeln war jedoch das Einzige, was ihm entglitt.

»Wir«, fuhr der Greis fort, »sind alte Bekannte und er hat häufig von dir gesprochen.«

»Hat er das?« Die Erinnerung an Eren schmerzte in Askirs Brust und schnürte ihm die Kehle zu, doch schluckte er die Gefühlsregung hinunter, die drohte, ihm die Tränen in die Augen zu treiben. Es überraschte ihn, wie sehr er seine Jugendliebe nach all der Zeit vermisste. Selbst nach dem, was damals passiert war.

Er ballte die Rechte zur Faust und verbot es sich, auch nur einen weiteren Gedanken an die Vergangenheit zu verschwenden. »Wenn Ihr mich bitte entschuldigt.«

Mit einem aufgesetzten Lächeln machte er Anstalten, sich zu erheben.

»Oh!«, raunte der Greis. »Hast du dich verletzt?« Er zeigte auf Askirs linke Hand, an welcher ein rotes, schmales Rinnsal hinab ins Meer tropfte. Überrascht schnappte Askir nach Luft ob seiner Unachtsamkeit und verbarg es erneut.

»Es ist nichts«, redete er sich heraus und stand auf. »Ich empfehle mich.«

»Wie du wünschst. Evra sei mit dir.« Die grauen Augen des alten Mannes lugten zu ihm hoch, ohne Tadel, jedoch getränkt in Sorge und Mitgefühl, wenn Askir es denn richtig deutete.

»Und mit Euch«, erwiderte er heiser.

Ohne einen Blick zurück eilte er über den Steg zum Marktplatz. Er wählte einen Durchgang zwischen den Ständen, bei denen sich die wenigsten Interessenten für die Ware tummelten, mied jeden Kontakt, ohne auch nur einmal aufzusehen. Von den Gerüchen, den Rufen und allem anderen um ihn herum nahm er nichts wahr, denn die Worte des alten Mannes kreisten stetig in seinen Gedanken, rissen ihn zwischen Zorn und Kummer hin und her, sodass Askir davon schwindelte.

Keine Schwäche zeigen, ermahnte er sich, atmete tief durch und hob seinen Kopf so weit an, wie es einem Sklaven geradeso gestattet war, aber genug Selbstbewusstsein ausstrahlte.

»Askir!«, hörte er jemanden seinen Namen rufen, doch ignorierte er die Frauenstimme. Er schritt durch das Stadttor ins Bürgerviertel und rannte los.

Rannte, als könnte er damit allem entfliehen.

Ein für alle Mal.

Askir

Schweißüberströmt und völlig außer Atem blieb Askir vor der vorderen Eingangstür zur Akademie der Heilkünste stehen und donnerte mit der Faust mehrere Male dagegen. »Thagelia? Seid Ihr da?« Selbst in seinen Ohren klang sein Rufen verzweifelt – ganz und gar nicht wie er.

Die Tür schwang nach innen auf und gab den Blick auf ein bekanntes Gesicht frei. »Askir? Was führt dich heute zu mir ...? Oh, bei Karneol, was ist geschehen?« Mit einer einladenden Geste bat Thagelia ihn hinein. Obwohl er gut zehn Zwillingsmonde länger auf Vaerys weilte, wirkte der Medikus frischer und jünger, als Askir sich gerade fühlte.

Wortlos setzte er sich in Bewegung und folgte Thagelia durch die Gänge mit überquellenden Bücherregalen zu einem kleinen Behandlungszimmer. Seit jeher hatte es sich nicht verändert. Es war schlicht eingerichtet – mit einer Holzliege, einem Tisch, einem Stuhl und etlichen halbleeren Regalen an den Wänden – und wirkte sauber. Wie gewohnt setzte er sich umgehend auf die Liege, ehe sich der Medikus zu seiner Linken niederließ.

»Komm erst wieder zu Atem, bevor du dich erklärst«, wies er ihn an und legte ihm zur Beruhigung eine Hand auf die Schulter. Askir schloss die Augen, um sich in ein paar kontrollierten Atemzügen zu entspannen und nicht mehr wie ein Pferd zu schnaufen.

»So ist es gut«, redete Thagelia auf ihn ein, ehe er seine Hand sinken ließ. Als Askir seine Lider aufschlug, blickte er dem Medikus direkt in die sorgenvollen, dunkelbraunen Augen. Sie strahlten eine angenehme Ruhe aus, die sich allmählich auf Askir übertrug. Ihm war nicht länger übel von der Heftigkeit seines Herzschlags, sodass er schluckte, mit der Zunge seine ausgetrocknete Unterlippe benetzte und sich dazu überwand, Thagelia zu erzählen, aus welchem Grund er ihn aufgesucht hatte.

»Ich brauche deine Hilfe.« Alles in ihm sträubte sich gegen diese Worte, aber es blieb ihm keine Wahl. Wenn er nicht wollte, dass es sich weiter entzündete, musste er die Hilfe des Medikus' in Anspruch nehmen.

Demonstrativ legte er beide Unterarme mit der Unterseite nach oben auf seine Oberschenkel. Außer dem Blut an der Kante der Armschiene wies nichts weiter auf die Wunden unterhalb des Leders hin. Doch Thagelia erkannte sofort, was Askir unter den Schienen zu verstecken versuchte.

»Ist es schlimmer geworden?«, fragte der Medikus nach. Askir war jedoch nicht imstande, ihm zu antworten. Stattdessen wandte er seinen Blick beschämt von ihm ab und betrachtete seine Arme. »Danach zu urteilen, schon. Moment!« Thagelia stand auf und bugsierte den kleinen Tisch, der an der Wand auf Askirs rechter Seite gestanden hatte, direkt vor ihn, damit er sich nach vorn lehnen und seine Arme darauf platzieren konnte. Dasselbe tat der Medikus mit dem Stuhl aus der hinteren linken Ecke, um sich sogleich ihm gegenüber hinzusetzen und sich ihm in aller Ruhe anzunehmen. »So! Dann schaue ich mir das einmal an.«

Nun gab es kein Zurück mehr. Askir hielt still, obwohl er am liebsten vor Scham im Boden versunken wäre. Thagelia arbeitete sich mit dem größten Taktgefühl voran, lockerte die Schnürungen vorsichtig und löste die Riemen aus den Ösen. Askir zitterte zwar, als er den Medikus bei seiner Arbeit beobachtete, aber er verbot es sich, zusammenzuzucken, sobald das Leder an seinen verkrusteten Verletzungen riss.

Selbst als Thagelia ihm die Schienen von beiden Armen streifte, veränderte sich seine konzentrierte Miene nicht. Sachlich besah er sich die langen Schnitte, die sich über die Innenseiten von Askirs Unterarmen zogen. Aus der Wunde, wo er sich besonders tief geschnitten hatte , sickerte Blut in einem Rinnsal auf die Tischplatte. Es war schon einige Zeit her, seit er sie sich zugefügt hatte – vor fünf Tagen etwa –, aber sie war seither immer wieder aufgerissen.

Erneut erhob sich der Medikus und verschwand für einen Augenblick aus dem Behandlungsraum, bevor er mit einer Kiste voll Verbandszeug, Tinkturen und Pasten zurückkehrte.

»Ich weiß, ich habe dir geraten, dass du damit aufhören sollst, dich zu verletzen«, begann er mit einem mitfühlenden Seufzen. »Aber ich sehe ein, dass das in deiner Situation nicht ganz so einfach umzusetzen ist.«

Askir schwieg. Er wagte es nicht einmal, Thagelia ins Gesicht zu blicken. Natürlich hatte der Medikus recht. Es war töricht, dass er sich selbst Wunden zufügte, und er sollte sich vielmehr darum bemühen, endlich damit aufzuhören. Jedoch wollte es ihm nicht gelingen. Die Schmerzen in seiner Brust drohten so häufig, ihn zu erdrücken, ihm jede Luft zum Atmen zu rauben, dass sie ihm keine andere Möglichkeit ließen, als sie durch eine Klinge, die er eigenhändig führte, an einen anderen Ort zu zwingen – in diesem Fall an seine Unterarme. Er wollte es nicht tun, aber er musste, um nicht an diesem verzehrenden Schmerz zu ersticken, um die Erinnerung an jene Nacht vor über drei Jahren fernzuhalten. Diese durchgehend schwarzen Augen verfolgten ihn meist mehrere Tage nacheinander, suchten ihn heim, mokierten sich über sein Leid. Selbst jetzt, da er an sie dachte, sah er sie direkt vor sich, zusammen mit der Silhouette der dunklen Erscheinung, spürte die Hände, die über seinen Körper glitten und nichts ausließen.

»Achtung«, warnte der Medikus ihn vor und vertrieb damit den Strudel an Gedanken, der drohte, Askir erneut mit sich in die Tiefe seines Albtraums zu ziehen. Mit einem feuchten Tuch tupfte Thagelia über die Wunden, während ein beißender Geruch in Askirs Nase drang. Seine Arme brannten wie Feuer, aber er ließ es lautlos über sich ergehen.

»Tut mir leid.« Askir kam es vor, als verzerrte der Medikus sein Gesicht noch mehr als er selbst.

»Es gibt nichts zu entschuldigen«, presste Askir zwischen zusammengebissenen Zähnen hervor und zwang sich zu einem Lächeln.

»Du weißt, dass du das in meiner Gegenwart nicht tun musst.« Mit einem Stück sauberer Watte trug Thagelia eine bräunliche Salbe auf, die weder besonders appetitlich roch noch aussah.

Askir begriff des fehlenden Kontexts wegen nicht sofort, worauf er hinauswollte. »Wovon sprichst du?«

»In meinem Heim musst du dich zu nichts zwingen, auch nicht zu diesem höflichen Lächeln«, erklärte er ihm geduldig, während er sich Askirs linkem Arm widmete. Dieser war nicht weniger von Narben überzogen als die andere Seite, doch reichten die Wunden hier nicht so tief und bedurften keinerlei weiterer Behandlung als ein bisschen Salbe.

Bei Thagelias Worten fiel ihm eine kleine Last von den Schultern und erinnerte ihn daran, dass er sich in diesem Haus erlauben durfte, seine Maske abzulegen. »Du bist zu gütig.«

Mit einem Lächeln wickelte Thagelia einen Verband um Askirs linken Unterarm, ehe es verblasste und wieder diesem entschuldigenden Ausdruck wich. »Es tut mir leid, Askir, aber diese Wunde an deinem rechten Arm muss genäht werden. Die Salbe wirkt nur bis zu einem gewissen Grad.«

»Nur zu«, meinte Askir knapp, versucht jedoch, entspannt zu bleiben, während der Medikus Nadel und Faden aus der Arzneikiste hervorzauberte und diese mit geschickten Händen vorbereitete. Er tunkte beides in eine desinfizierende, klare Flüssigkeit, die er vor diesem Schritt in ein Schälchen gefüllt hatte, und fädelte den Faden gleich beim ersten Versuch ins obere Ende der Nadel ein.

»Bereit?«

Askir nickte ihm mit zusammengepressten Lippen zu, doch wandte er seinen Blick nicht ab, als der Heilkundige mit dem spitzen Metall in seine Haut stach.

»Thagelia?«, setzte Askir an.

Der Medikus schien so konzentriert und so vertieft in seine Arbeit, dass seine Erwiderung dementsprechend knapp ausfiel. »Hm?«

Askir zögerte einen Moment, unsicher, ob er nun doch über seine Vergangenheit Schweigen bewahren oder ob er sich trauen sollte, Thagelia zumindest einen Teil seiner Gedanken anzuvertrauen. »Hast du dich nie gewundert, warum sich während der letzten Jahre so viel verändert hat?«

Der Medikus hielt kurz inne, sobald er den Stich gesetzt hatte, und sah auf. »Worauf willst du hinaus?«

»Damals, als wir uns zum ersten Mal getroffen haben, war ich noch ein wilder Bursche mit einem unbändigen Drang nach Freiheit. Ich begehrte fast täglich gegen Meister Baitani auf und bekam infolgedessen regelmäßig seinen Zorn zu spüren.« Schweiß trat ihm auf die Stirn, obwohl sich die Temperatur im Raum unmöglich in solch kurzer Zeit verändert haben konnte. Thagelias Blick ruhte auf ihm, doch setzte es ihn nicht unter Druck – im Gegenteil. Askir fühlte sich ermutigt, weiterzureden, ihm mehr über den Grund zu erzählen, warum nichts mehr so war wie damals. »Eines Tages hatte mein Meister genug von diesem rebellischen Jungen und beauftragte einen Artefaktmagier, seinem Besitz Gehorsam einzuflößen, wobei es Meister Baitani nicht kümmerte, mit welchen Mitteln der Artefaktmagier dies vollbrachte. Er ...« Ihm blieben die Worte im Hals stecken. Selbst als er sich räusperte, gehorchte ihm seine Stimme nicht länger. Enttäuschung und

Wut entfachten in ihm. Nicht gegen andere, sondern sich selbst. Er wollte sich Thagelia mitteilen, sein Geheimnis endlich jemandem offenbaren, aber er konnte es nicht.

»Ich zwinge dich zu nichts, Askir. Und auch du solltest das nicht tun. Du bist offensichtlich noch nicht bereit, mir zu offenbaren, was dir auf dem Herzen liegt, aber die Zeit wird kommen. Vielleicht bin ich nicht die richtige Person dafür, auch wenn ich dir die Last gerne abnehmen würde.« So viel Mitgefühl schwang in seiner Stimme mit, dass Askir innerlich schier daran zerbarst. Er fühlte sich geborgen, verstanden, in Sicherheit – alles Empfindungen, mit denen er nicht umzugehen wusste. Unfähig, auch nur ein einziges Wort über jene Nacht zu äußern, die sein ganzes Wesen verändert hatte, blieb er still, bis der Medikus den letzten Stich gesetzt und auch diese Verletzung feinsäuberlich verbunden hatte.

»Gut, fertig! Und das hier ist für dich.« Aus der Kiste holte er eine kleine Phiole, gefüllt mit einer hellgrünen, trüben Flüssigkeit. »Davon löst du einmal morgens und abends zehn Tropfen in einem Becher Wasser auf und trinkst es, damit sich die Wunde nicht weiter entzündet.«

Mit einem Nicken nahm Askir das Glasfläschchen entgegen und verstaute es in seiner rechten Hosentasche, ehe er sich die Armschienen wieder überzog. Thagelia half ihm freundlicherweise sogar dabei, sie zuzuschnüren, damit er sie nicht nochmals derart eng auf seiner Haut trug wie zuvor.

»Falls es sich nicht bessert, komm bitte frühzeitig vorbei. Evra sei Dank hast du heute vorbeigeschaut. Wenn du auch nur einen Tag länger damit gewartet hättest, hätte sich die Entzündung zu einer Blutvergiftung entwickeln

können.« Der Tadel in seiner Stimme war nicht zu überhören, doch es schwang dabei mehr Sorge als eine Be-
lehrung mit. »Die Fäden sollten aber für den Moment halten.« Mit Bedacht verstaute er alle gebrauchten Utensilien
in der Arzneikiste, stand auf und hob sie hoch.

»Wie kann ich meine Schuld jemals bei dir begleichen?«
Askir kam ebenfalls auf die Beine, dabei stieß er einen
tiefen Seufzer aus.

»Welche Schuld? Du schuldest mir rein gar nichts«, tat
er Askirs Frage mit einem weiteren freundlichen Lächeln
ab. »Nach dir.«

Auf die Anweisung des Medikus' hin trat er aus dem
Behandlungszimmer, folgte schweigend dem Gang und
drehte sich erst im Atrium zu Thagelia um. Er setzte zu
einer tiefen Verbeugung an, doch der Medikus unterbrach
ihn noch in der Bewegung mit einem heftigen Kopfschütteln. »Das ist wirklich nicht nötig, Askir. Ich sehe, wie
dankbar du bist, und das reicht mir vollkommen.«

Um ihn nicht in Verlegenheit zu bringen, bog Askir seinen Rücken wieder gerade und wandte sich zur Eingangstür. »Die Götter seien mit dir.«

»Und auch mit dir, Askir.«

Es läutete gerade zur siebten Stunde Ans, als er sich
seufzend gegen die angenehm kühle Hauswand von *Am-
braridas Schmuckladen* stützte und sich die Schläfen
massierte. Niemand machte sich die Mühe, sich nach ihm
umzudrehen. Sie gingen alle ihren eigenen Geschäften

nach und scherten sich nicht um Sklaven, solange sie ihnen nicht im Weg standen.

»Hey, Askir!«

Er sah sich nach dem Herrn um, der nach ihm gerufen hatte. Zu suchen brauchte er erst gar nicht, denn er kam direkt auf ihn zu. Es war Callan. Der Dieb grinste ihn an, doch auch er wirkte nicht gerade, als hätte er seinen besten Tag.

»Den Göttern zum Gruß«, sagte Askir und zog beide Mundwinkel mehr schlecht als recht hoch.

»Was ist los? Gibt's heute keinen anzüglichen Spruch?« Callans Hände wanderten in seine Hosentaschen.

Mit einem Schmunzeln löste sich Askir von der Wand. »Heute muss ich dich leider enttäuschen. Mir reicht es, wenn ich später ...«

»N-n-n-nein! Bitte führ das nicht weiter aus!«, bat er ihn. Seine Hände waren in die Höhe geschnellt, während sich sein Gesicht zu einer nervösen Maske verzerrt hatte. »Ich muss es nicht wissen.«

Erstaunlich, dachte sich Askir. Das war wohl ein heikles Thema für Callan, womit er ihn bestimmt ärgern konnte, falls es die Situation verlangte.

»Natürlich willst du das nicht«, erwiderte Askir und legte ihm eine Hand auf die Schulter, die Callan allerdings mit einem kritischen Blick bedachte. Vom Misstrauen seines Begleiters einmal abgesehen, fühlte sich Askir so beschwingt wie schon lange nicht mehr. Er musste diesen Moment auskosten und unbedingt in die Länge ziehen. »Was hältst du davon, wenn wir uns eine Karaffe voll mit gutem Wein gönnen? Ich kenne da eine Taverne im *Goldenen Viertel*, bei der die Wachen ein Auge zudrücken und die die Reichen verschmähen.«

»In Ordnung? Und warum drücken sie ein Auge zu?«
Askir beobachtete, wie Callan nervös schluckte, als er
seinen Arm gänzlich über die Schultern des Diebes legte.

Er holte eine Münze, die der hohe Herr al'Salébar ihm
im Geheimen zugesteckt hatte, aus seiner Hosentasche
und hielt sie ihm vor die Nase. »Gold, Callan! Mit Gold
wird in Qurta'bar alles geregelt! Aber ich zweifle nicht
daran, dass es auch in anderen Städten auf diese Weise
gehandhabt wird.«

Schnell umfasste er die Münze und steckte sie wieder zurück, damit der Dieb nicht auf dumme Gedanken kam. Dann
löste er sich von ihm. »Ich wäre dir allerdings sehr verbunden, wenn du mich nicht um dieses eine Stück Ambraurum
erleichtern würdest. Es ist zurzeit mein einziger Besitz.«

Callan verharrte angespannt neben ihm und kratzte mit
den Schuhspitzen über den Boden.

»Und glaube mir, du willst mich nicht wütend erleben,
wenn ich mir keine Pfeife mehr stopfen kann«, fügte Askir grinsend hinzu.

»Ja, ja, schon gut. Ich hab's kapiert!«, keifte Callan. Askir ertappte ihn dabei, wie der Dieb seinem Blick bewusst
auswich.

Er lachte auf und klopfte ihm auf die Schulter. »Ich meine ja nur, aber der Wein geht dafür auf mich.«

Nun entspannte sich Callan ebenfalls, schaute schmunzelnd zu ihm hoch. »Und die zweite Runde auf mich.«

»Wir reden hier bereits von Runden?« Askir zog seine
linke Augenbraue nach oben.

»Ja, was hast du denn gedacht? Wenn ich in einer Taverne einen trinken gehe, dann richtig.« Er folgte Askir,
als dieser in eine schmale, verwinkelte Gasse einbog, die

einen weiteren, versteckten Pfad ins Labyrinth unterhalb der Stadt bereithielt. Dieser führte ohne Umwege in den westlichen Teil des *Goldenen Viertels* und wurde von Dieben und dergleichen so häufig genutzt, dass der Boden regelrecht von Fußspuren etlicher unterschiedlicher Größen übersät war.

Erst, als sie wieder an die Oberfläche traten, setzte Askir dort am Gespräch an, wo sie es zuvor im Bürgerviertel abgebrochen hatten. »Ich wette, ich bin trinkfester als du«, forderte er den Dieb heraus und grinste breit.

Voller Entsetzen schnaubte Callan. »Hey! Du hast nicht einmal ansatzweise eine Chance gegen mich.«

Seltsamerweise brannte Askir sofort darauf, ihm das Gegenteil zu beweisen. »Warte es nur ab!« Sein Wettbewerbsgeist, von dem er nicht einmal gewusst hatte, dass er existierte, war erwacht.

In einer engen Gasse, unweit vom Tor zum Bürgerviertel entfernt, hielt Askir vor einem schweren, violetten Vorhang inne. Er schaute nach links, dann nach rechts und gleich danach zu Callan, um ihn erneut selbstgefällig anzugrinsen.

»Mach dich auf eine klare Niederlage gefasst!«

»Wie unhöflich! Du weißt ja gar nicht, mit wem du dich hier anlegst.«

Askir schob den Vorhang beiseite und schwang die schwere Holztür nach innen auf, die dahinter zum Vorschein kam. Eine penetrante Alkoholwolke schlug ihm entgegen, gepaart mit frischem Pfeifenrauch und Stimmengemurmel. Als sie in dieses Refugium der Gesetzlosen und Verdingten eintraten, drang lautes Gelächter aus der Ecke, wo sich für gewöhnlich Diebe, Söldner und gestrandete Piraten austobten. Über ihren Köpfen zierte ein Porträt des großen Drachen Yggdravarios die Wand. Nicht zufällig saßen sie dort bei jenem Gott, der die Aspekte Lug, Trug, Täuschung und Diebstahl personifizierte. Genauso war es bei den Freudenmädchen und Liebessklaven, die ihren Platz bei Hyaszine, der Gottheit des Verlangens und des Genusses, niemals zu verteidigen brauchten.

Selbst am helllichten Tag beleuchteten in dieser Spelunke lediglich die goldenen Flammen aus den Girlanden die Krüge und Kelche auf den Tischen. Die leuchtenden Papierkugeln hingen von der Decke, jede mit ihrem eigenen kleinen Feuer, ohne zu verbrennen. Andere Lichtquellen wie Kerzen, Fackeln oder Öllampen hätten sich auch als gefährlich erwiesen, denn es kam nicht selten vor, dass es zwischen den Tischen und Stühlen wild zuging, Fäuste flogen und Teller an der Wand zerbarsten. Auch Askir hatte schon jemandem seinen Krug an den Kopf geworfen. Aber immerhin wurden genauso häufig Entschuldigungen ausgesprochen, wie sich geprügelt wurde. Niemals wurde an diesem Ort eine Waffe gezogen, nicht einmal, wenn sich die Schattenlosen 10 die *Oase der Göttlichen* für ihr Trinkgelage ausgesucht hatten. Dann konnten auch sie umgänglicher sein, manchmal sogar fast nett – Mirha einmal außen vor gelassen.

»Wenn das nich' meine treuste Seele unter den drei Monden ist!« Hosta, eine rothaarige Taldrago, gut gealtert und schmal für dragonische Verhältnisse, ließ die Kelche, die sie gerade abgetrocknet hatte, auf ihre Arbeitsfläche sinken und winkte Askir zu sich. Er trat heran, mit Callan als seinem Schatten. »Lange nicht gesehen, Askir! Haste 'nen neuen Saufgesellen mitgebracht?«, dröhnte die leicht nasale Stimme der Drago hinter dem Tresen hervor, während sie sich nach vorne beugte. Askir wusste, dass unter ihren Füßen eine Holzbank stand, die es ihr ermöglichte, überhaupt über die Fläche hinwegzusehen.

Er zwinkerte ihr zu. »Ich hatte zu tun! Die Kundschaft hat mich auf Trab gehalten, wenn mein Meister mir nicht gerade ein weiteres Mal die Erlaubnis verweigerte, durch die Straßen zu lustwandeln. So ist mir kaum eine Möglichkeit geblieben, hierherzukommen.« Er stützte sich mit dem linken Unterarm auf der Fläche ab und lehnte sich mit überkreuzten Beinen gegen den Tresen. »Aber ich konnte einen Augenblick für mich und meinen Freund hier entbehren, um mich an der tollen Gesellschaft zu ergötzen, die die Oase erbietet. Und zudem werde ich nicht müde zu erwähnen, dass sich die freundlichste und gutaussehendste Wirtin ganz Qurta'bars persönlich um das Wohl ihrer Gäste kümmert.«

»Du Charmeur!« Sie winkte ab und lachte kurz auf. »Was darf's denn sein?«

»Zwei Karaffen Wein und eine Flasche deines selbstgebrannten Palmschnapses.«

»Hol ich dir! Macht's euch doch schon mal gemütlich.« Sie begann, die gewünschte Menge Wein in die Karaffen abzufüllen.

Askir ging voran zu einem kleinen Tisch, gut zehn Schritte entfernt von Yggdravarios' Wandgemälde, und setzte sich hin. Der Dieb tat es ihm nach.

»Auf deiner Schleimspur könnte glatt jemand ausrutschen«, meinte Callan mit hochgezogenen Augenbrauen.

»Also bitte!«

»Bist du immer so?«

»Nein!« Askir schüttelte den Kopf, dachte nun doch länger darüber nach als beabsichtigt und realisierte, dass er so gut wie all seinen Kunden und Kundinnen auf diese Weise schmeichelte. »Oder vielleicht doch?« Er lachte verunsichert. »Ich weiß es nicht.«

Callan kratzte sich am Hinterkopf. »Tut mir leid für dich.«

»Weshalb?« Nachdenklich legte Askir seinen Zeigefinger an seine Unterlippe.

»Dass dich die Nennung dieser Schleimspur in eine existenzielle Krise hineinstürzen lässt«, meinte der Dieb, grinste allerdings verschmitzt.

Seufzend verdrehte Askir die Augen. »Sehr witzig, Callan. Sehe ich so aus, als würde ich mich davon beeindrucken lassen?« Insgeheim mochte er die dummen Sprüche, die der Dieb von sich gab. Sie ließen ihm keine andere Wahl, als eine gewisse Sympathie für ihn zu empfinden. Doch seine Art hatte noch einen anderen Effekt auf ihn. Auch wenn Askir sich nicht traute, seine Maske gänzlich fallen zu lassen, fühlte sich das Gespräch mit Callan so ungezwungen und locker an, als wäre es das Natürlichste auf der Welt. Vielleicht konnte er es unter diesen Umständen sogar wagen, wieder ein bisschen mehr er selbst zu sein? Wie früher, bevor er ...

Erneut schob er den Gedanken beiseite, bevor dieser ihn zu sehr vereinnahmte, und konzentrierte sich stattdessen auf den Dieb.

»Nee«, erwiderte Callan trocken und schaute über Askir hinweg, als das Schankmädchen, eine Waldelfe mit kupferfarbenem Haar und einem immerzu gesenkten Blick, ihre georderten Getränke auf einem großen Servierbrett zu ihnen herüberbalancierte. Sie war einst ebenfalls als eine Elfensklavin gebrandmarkt worden, bis die dragonische Wirtin sie mit ihren Ersparnissen, die diese Kaschemme ihr eingebracht hatte, aus der Sklavenschaft gekauft hatte. Sie hatte ihm erzählt, dass sie ihr sogar die Wahl zwischen Freiheit und einer Anstellung in ihrer Schankstube gelassen hatte. Allerdings hatte sich die Elfe für Letzteres entschieden, mit der Begründung, dass sie ihre Schuld bei der Drago aus freien Stücken abbezahlen wollte. Eine wundervolle Geschichte, von der er hoffte, dass sie sich auch tatsächlich so abgespielt hatte.

»Kann ich euch noch etwas zu essen bringen?«, erkundigte sie sich höflich. Askir wandte sich fragend an Callan, der mit einem Kopfschütteln für sie beide verneinte.

Mit einem zufriedenen Lächeln streckte Askir ihr das Goldstück entgegen. Die Elfe nickte und kehrte damit zum Tresen zurück.

Callan sah ihn verdutzt an. »Du bezahlst das jetzt nicht alles von deinem Geld, oder?«

»Doch, tue ich. Du scheinst nicht gerade in Reichtümern zu schwimmen, wenn du sogar das Risiko auf dich nimmst, Elfen zu stehlen.«

»Erinner' mich nicht dran«, grummelte der Dieb und lehnte sich auf seinem Stuhl zurück.

Askir gab sich keinerlei Mühe, sich das Schmunzeln zu verkneifen. »So schlimm? Hat es sich nicht gelohnt, ihr die Freiheit zu schenken und sie in Sicherheit zu bringen?«

»Was ist das denn für eine dumme Frage? Das hat doch nichts damit zu tun, ob es sich für mich gelohnt hat.« Sein Mund zuckte, wie wenn er sich innerlich weitaus mehr über diese Frage ärgerte, als er nach außen hin zeigte.

»Wie du meinst«, meinte Askir mit einem höflichen Lächeln, um nicht weiter darauf einzugehen. Stattdessen musterte er ihn eingehend, während er nebenbei den Wein in die beiden Kelche vor ihnen goss. Locker hob Callan seine Arme an, um danach die Finger an seinem Hinterkopf ineinander zu verschränken.

»Was führt dich eigentlich in eine Stadt wie Qurta'bar? Ist es der Reichtum? Sind es die seltenen Güter, die der Markt für deinesgleichen bereithält?«

»Eine Familienangelegenheit«, antwortete Callan knapp. Askir spürte seinen Blick auf sich, als er sich einen Schluck vom Wein genehmigte. »Du bist furchtbar neugierig für einen Sklaven.«

Um sich keine Blöße zu geben, nippte Askir ein weiteres Mal an seinem Kelch, ehe er ihn sinken ließ und Callan entgegenlächelte. »Vielleicht bin ich das, aber wie könnte ich es auch nicht sein, wenn sich ein Fremder von einem anderen Kontinent nach Qurta'bar verirrt.«

»Gibt es davon nicht genug andere hier? Und ich habe nie gesagt, dass ich von einem anderen Kontinent komme.«

»Ich habe es angenommen.«

Als Askir nichts weiter erläuterte, griff Callan ebenfalls nach seinem Kelch und führte diesen zu seinem Mund. »Aha ... ja, gut. Und von welchem Kontinent genau?«

»Evrasi«, schlussfolgerte er, ohne zu zögern. »Du wirkst zu wenig exotisch für Alceana, aber deine Haare sind zu dunkel, als dass du von Feyremor stammen könntest. Da erscheint mir Evrasi am wahrscheinlichsten.«

»Nicht schlecht.« Callan nickte ihm anerkennend zu. »Und aus welchem Land? Kannst du das auch erraten?«

»Das wäre wohl ein bisschen zu viel des Guten. Ich kenne zwar die Bezeichnungen der Länder, aber besitze kaum Kenntnisse über ihre Gebräuche und Sitten.« Ohne sein Trinkgefäß vollends auf dem Tisch abzustellen, lehnte er sich vor, Callan ein Stück weit entgegen. »Aber mich interessiert es vielmehr, wie du nach Côr'hjr gereist bist.«

»Mit dem Schiff.« Wieder nur eine knappe Antwort.

»Wie unspektakulär.« Askir schnaubte theatralisch auf, als enttäuschte Callan ihn mit dieser schlichten Erwiderung.

Der Dieb prustete los, als hätte Askir einen schlechten Witz in die Runde geworfen. »Glaub mir! Die Reise war alles andere als unspektakulär.« Doch sein Lachen verstummte rasch, ehe er seine Augen zusammenkniff. »Womit hätte ich denn deiner Meinung nach reisen sollen?«

Schmunzelnd zuckte Askir die Achseln.

Allerdings blieb Callan beharrlich. »Sag schon!«

»Wer weiß. Vielleicht auf dem Rücken eines Drachen oder eines Greifen?«

Für einen Moment durchbohrte der Dieb ihn mit seinem ungläubigen Blick, bevor er in schallendes Gelächter ausbrach und dabei fast seinen Kelch umstieß. »Ja, klar. Und als Nächstes wachsen mir Flügel.«

Askir stimmte mit in sein Lachen ein. »Hätte ja sein können. Vieles scheint möglich außerhalb dieser Stadtmauern.« Er hob den Kelch an. »Aber belassen wir es dabei. Auf dein Diebesglück!«

»Auf mein Diebesglück!«, stieß Callan ebenfalls an und kippte den edlen Tropfen herunter, als wäre es irgendein billiger Fusel. Obwohl es Askir zuwider war, folgte er seinem Beispiel, spürte, wie der Wein über seinen Gaumen rann und sich sein süßlich schweres Aroma ausbreitete.

Sobald der Kelch die Tischplatte berührte, schenkte der Dieb nach.

»Wollen wir wetten, wie viele Runden ich brauche, bis du unterm Tisch liegst?«

Askir lachte auf. »Ich wette nicht.«

»Aber du hast doch gewettet, dass du mehr Wein verträgst als ich.«

»Das nenne ich eine Herausforderung. Ich halte nichts von Wetteinsätzen. Einerseits ist es töricht, andererseits besitze ich nichts, was ich verwetten könnte«, gab Askir zu und setzte den Becher zur zweiten Runde an.

Nachdem Callans Wein ebenfalls in dessen Kehle verschwunden war, knallte er das Gefäß gegen das glatte Holz. »Ja gut, hast ja recht. Ich möchte auch niemanden abzocken, der schon kaum etwas hat.«

Schweigen trat ein, während die dritte und vierte Runde eintrafen. Allmählich breitete sich das angenehm betäubende Gefühl des Weins in Askirs Körper aus, machte ihn träge und ließ ihn vergessen, welches Treffen ihm heute Nacht noch bevorstand. Er wollte nicht daran denken, den Gedanken daran weiter verdrängen, sodass er den restlichen Wein in der zweiten Karaffe für sich beanspruchte und mit wenigen Schlucken zu sich nahm.

»Mach mal halblang, Großer.«

»Hm?«, grummelte Askir. Sein Sichtfeld verschwamm, was ihn jedoch nicht weiter störte. Schwäche zeigte er dem Dieb keine. »Was?«

»Leicht angeheitert oder schon betrunken?«

»Weder das eine noch das andere«, log Askir. Er hatte nicht bedacht, dass er zuerst etwas Nahrhaftes hätte zu sich nehmen sollen, ehe er der Herausforderung des Diebes zustimmte.

So stieg ihm der Alkohol nach wenigen Kelchen Wein schon zu Kopf, aber solange er saß, würde er die Wahrheit vor Callan verbergen können.

»Als Nächstes der Schnaps!« Jedes Wort wägte er vorsichtig mit seiner Zunge ab, um auch nicht durch ein unkontrolliertes Lallen etwas über seinen Zustand zu verraten. »Oder wie sieht es bei dir aus?«

»Mir geht's blendend. Der Wein war nett, aber hey, wohl eher für Kinder.« Callan griff nach den kleinen Schälchen, die neben der Schnapsflasche standen. »Genug der Aufwärmrunde! Jetzt kommt der gute Stoff!«

Ein breites Grinsen voller Selbstsicherheit formte sich auf Callans Mund, machte Askir schmerzlich klar, dass er dem Dieb nicht einmal ansatzweise gewachsen war.

Drei Runden später stützte Askir seine Ellbogen angestrengt auf dem Tisch ab und versuchte, den Schnaps in das kleine Schälchen zu befördern – allerdings nur mit minimalem Erfolg.

»Ähm ... Vielleicht solltest du es einfach lassen und zugeben, dass ich ein besserer Trinker bin als du«, sagte Callan, klang dabei beinahe besorgt.

»Nein«, kam es trocken aus Askirs Mund. Er wollte sich seine Niederlage nicht eingestehen, nicht so früh, nicht nach derart wenigen Runden. Vorsichtig führte er die Pfeife, die er sich vor den Schnapsrunden gestopft und angezündet hatte, zu seinem Mund, um einen Zug davon zu nehmen. »Ich ... brauche nur einen Moment.«

»Nah, ich glaube, du hattest genug. Ich möchte nicht, dass du wegen mir Ärger kriegst.« Mit einem Quietschen rückte er den Stuhl nach hinten, um aufzustehen.

Askir prustete unkontrolliert los und erstickte dabei fast am Rauch. Zweimal hustete er, bevor er sich wieder fasste. »Ärger kriege ich ohnehin, warum also den Moment nicht weiter auskosten?«, brachte er mehr oder minder klar heraus.

»Das halte ich für keine gute Idee! Komm! Ich helfe dir.« Ohne auf Proteste seitens Askirs zu warten, schlang der Dieb sich dessen linken Arm über die Schultern, während sein Arm wiederum seine Taille umfasste.

»Du gehst aber ran, Callan«, lallte Askir und stemmte sich, mehr schlecht als recht, auf seine Füße. Er klopfte seine Pfeife am Tischrand aus und, damit er sie auch ja nicht verlor, verstaute sie in seiner Hosentasche. Sobald er aufrecht stand, begann sich der Raum um seine eigene Achse zu drehen. Vorsorglich klappte er seinen Mund zu, um weitere dumme Sprüche zu vermeiden.

»Komm! Einen Schritt vor den anderen!«, wies ihn Callan an. »Und bitte nicht kotzen.«

»Mach ich nicht«, murmelte er vor sich hin. Es ihm zu versprechen, wäre eine glatte Lüge geworden.

In einer Seitengasse, kurz bevor sie das Freudenhaus erreichen würden, wies Askir den Dieb an, stehenzubleiben. Er kam dieser Bitte sofort nach und stützte ihn weiter, während er zusammen mit ihm zu einer Wand lief, wo Askir sich vom guten Wein und Palmenschnaps verabschiedete. Nach einem kurzen Hustenanfall spuckte er aus, in der Hoffnung, den ekelhaften Geschmack nach Galle loszuwerden, aber so schnell würde dieser wohl nicht aus seinem Mund verschwinden.

»Bei Hyaszines Arsch!«, grummelte Askir und wischte sich mit dem rechten Handrücken über die Lippen.

Callan schnaubte belustigt. »Du kannst ja doch fluchen! Aber habe ich dir nicht gesagt, du sollst nicht kotzen? Du hattest schon von Anfang an verloren. Also hättest du dir diesen ganzen Mist hier ersparen können.«

Seine Belehrungen kümmerten Askir kein Stück. »Das hättest du wohl gern.«

Er fühlte sich elend und bereute es, nicht auf Callans gut gemeinten, wenn auch etwas selbstgefälligen Ratschlag gehört zu haben. Und dennoch musste er sich eingestehen, dass er sich lange Zeit nicht mehr derart amüsiert hatte wie während dieser Trinkrunde. Aber er dachte nicht im Traum daran, dem Dieb recht zu geben. Das hätte sein Stolz, den er sonst stets unter seiner Maske verbarg, niemals zugelassen.

Er löste sich langsam von Callan und lehnte sich gegen die kühle Wand, hoffte, dass die Übelkeit von selbst abklang.

»Kommst du klar?«, fragte der Dieb nach.

Askir spürte seinen Blick auf sich ruhen. Auch wenn er sehr dankbar für Callans Besorgnis war, nützte sie ihm nichts. Es änderte nichts daran, dass ihn eine Strafe erwartete, sobald er vor seinen Meister trat.

»Ja«, brachte er hervor und räusperte sich. »Ich muss dir danken, Callan.«

Er linste über seine Schulter zum Dieb und sah, wie dieser vor Verwirrung die Stirn runzelte. »Wieso dankst du mir?«

»Du hast mich zurückgebracht. Allein hätte es länger gedauert«, gestand er sich selbst ein und wischte sich mit dem linken Handrücken über den Mund.

»Also doch!« Callan lachte auf, obwohl er es – wahrscheinlich Askir zuliebe – dämpfte.

Eben weil er sich zurückhielt, gelang es auch Askir, dem starken Bedürfnis, ihm mitten ins Gesicht zu schlagen, zu widerstehen. Selten beherrschten ihn solcherlei aggressive Regungen, aber in manchen Momenten überkam es ihn einfach. Jedoch mied er genau dann andere, verkroch sich, sobald es ihm gestattet war, in sein Zimmer und fügte sich selbst Schaden zu, um Wut, Frust und Verzweiflung mit Schmerz oder Rausch zu übertünchen.

Stattdessen warf er dem Dieb nun einen vernichtenden Blick zu, doch dieser gab sich davon nicht besonders beeindruckt. Als dieser dann auch nur mit den Schultern zuckte, wandte sich Askir von ihm ab, musste über seine eigene Reaktion und irrationale Empfindung lachen.

»Na schön! Dieses Mal hast du die Herausforderung für dich entschieden! Bist du jetzt zufrieden?«, erwiderte Askir seufzend, aber er konnte Callan nicht böse sein.

»Dieses Mal? Das heißt wohl, wir sehen uns die Tage mal wieder?«

Askir zwang sich, eine gerade Haltung anzunehmen, und nickte ihm lächelnd zu. Es konnte kein Zufall sein, dass Khadira ihn darauf hingewiesen hatte, dem Dieb zu helfen, und dass er sich gut mit ihm verstand. Nein, solche Zufälle existierten nicht. »Ich fürchte schon.«

»Das werte ich als Versprechen!« Callan lehnte sich neben Askir gegen die Wand und versuchte offenbar, ihn an Lässigkeit zu übertrumpfen. Womöglich war dies nicht einmal abwegig, da er dazu keine unsichtbare Maske benötigte – nicht wie Askir. »War nett, mit dir zu trinken.«

»Hm«, meinte Askir und spuckte ein weiteres Mal aus.

Callan musterte ihn mit einem Lächeln, das sich wohl aus Sorge, Mitleid und einem Schuss Ekel zusammensetzte.

Wie so häufig winkte Askir ab. »Das wird schon wieder.«

»Ja gut, bist ja ein zäher Brocken.« Er hob die Hände und ahmte daraufhin mit ihnen zwei Schusswaffen nach. »Also dann. Man sieht sich!«

»Yggdravarios sei mit dir!«, verabschiedete sich Askir.

»Und Evra mit dir!« Rasch drehte sich Callan um und bog im Laufschritt um die nächste Ecke nach links ab. Er verschwand unglaublich schnell, ließ dabei nichts weiter als einen Schatten in Askirs Erinnerung zurück. Dieser Dieb kam ihm seltsam vor, obgleich er zugeben musste, dass er ihn mochte. Zu gern hätte sich Askir eine Scheibe von seiner ungezwungenen Art abgeschnitten, hätte im Allgemeinen gerne mit ihm getauscht. Allerdings wollte er dieses Leben niemandem antun, weswegen er diesen Wunsch gleich wieder zurücknahm.

Insgeheim freute er sich auf das nächste Treffen mit Callan und es gab ihm Kraft für jene schwierigen Stunden, die alsbald folgen mochten.

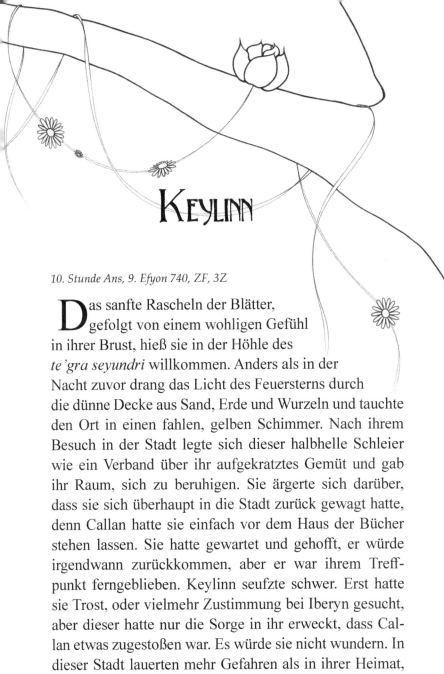

KEYLINN

10. Stunde Ans, 9. Efyon 740, ZF, 3Z

Das sanfte Rascheln der Blätter, gefolgt von einem wohligen Gefühl in ihrer Brust, hieß sie in der Höhle des *te'gra seyundri* willkommen. Anders als in der Nacht zuvor drang das Licht des Feuersterns durch die dünne Decke aus Sand, Erde und Wurzeln und tauchte den Ort in einen fahlen, gelben Schimmer. Nach ihrem Besuch in der Stadt legte sich dieser halbhelle Schleier wie ein Verband über ihr aufgekratztes Gemüt und gab ihr Raum, sich zu beruhigen. Sie ärgerte sich darüber, dass sie sich überhaupt in die Stadt zurück gewagt hatte, denn Callan hatte sie einfach vor dem Haus der Bücher stehen lassen. Sie hatte gewartet und gehofft, er würde irgendwann zurückkommen, aber er war ihrem Treffpunkt ferngeblieben. Keylinn seufzte schwer. Erst hatte sie Trost, oder vielmehr Zustimmung bei Iberyn gesucht, aber dieser hatte nur die Sorge in ihr erweckt, dass Callan etwas zugestoßen war. Es würde sie nicht wundern. In dieser Stadt lauerten mehr Gefahren als in ihrer Heimat, und das musste etwas bedeuten. Wenn die Wildnis mehr

Sicherheit bot als die eine zivilisierte Stadt, gab ihr das zu denken. Warum ließen die Götter zu, dass ein solcher Ort existierte?

Nachdenklich sah sie hoch in die Krone des Baumriesen. Bunte Vögel hatten in den Ästen des Gezeitenbaumes Zuflucht gesucht und sangen leise ihre Lieder. Allerdings vereinte sich ihr Gesang nicht zu einer einzigen Melodie, sondern jeder Vogel folgte seinen eigenen Klängen. Inmitten der Singenden thronte ein edler Rotmilan und sah mit seinen wachsamen Augen auf Keylinn hinab. Er musterte sie, beinahe so, als würde er sie wiedererkennen.

Ihre Aufmerksamkeit kehrte zum Gezeitenbaum zurück, der sie weiterhin mit einer angenehmen Wärme erfüllte, die nichts mit der Hitze dieses Landes gemein hatte. Es schien ihr, dass er sich sogar darum bemühte, die Umgebung kühler zu halten, als die Einstrahlung des Feuersterns es zugelassen hätte. Sie fühlte sich geehrt, lächelte und ließ sich nicht davon beirren, als der Rotmilan zu einem kurzen Schrei ansetzte, der alle anderen Vögel für einen Atemzug lang zum Verstummen brachte.

Leichtfüßig glitt Keylinn über die Wurzeln ganz nah an den Stamm des *te'gra seyundri* und berührte ihn, den Kopf in Ehrfurcht vor ihm nach unten geneigt. Heute blieb sein Geist still. Dennoch spürte sie, dass er sich über ihre Gegenwart freute – dazu brauchte es keine Worte.

Sie drehte sich um und setzte sich, mit dem Rücken an den Stamm gelehnt, während sie darüber nachdachte, wie es Ilko erging. Sie stellte sich vor, wie er gerade zwischen den Seiten eines Buches versank oder ihren Schützlingen so lange mit seiner Wissbegierde auf die Nerven ging, bis die Waldkinder ihm etwas Neues beibrachten. Nach diesem Albtraum wäre es für sie eine umso größere Freude, ihn wieder in die Arme zu schließen und ihm jede Frage zu beantworten, die ihm auf der Zunge lag.

»Ich bitte dich, geduldige Mutter. Lass meinen Sohn nicht zu Schaden kommen, während ich weg bin«, betete sie zu Feysirion, drückte sich dabei die Hände überkreuzt gegen ihre Brust. Ein Irrlicht streifte ihre Schulter, schwebte ohne einen Laut weiter zur mächtigen Baumkrone. Es hielt ihren Blick gebannt, jedoch verlor sie das Interesse daran, als sie über sich hörte, wie der Rotmilan seine Schwingen bewegte, um sich im selben Moment vom Ast abzustoßen. Er umrundete den Gezeitenbaum, schien sie dabei niemals aus den Augen zu lassen. Das tat sie ebenfalls nicht. Zweimal umkreiste er ihn, ehe er drei Schritte vor ihr auf einer erhöhten, knorrigen Wurzel landete. Sie wartete darauf, dass er einen weiteren Schrei von sich gab, aber dieser kam nicht.

Stattdessen veränderte sich die Luft um ihn herum, zog sich merklich zusammen, doch sie nahm keine Gefahr wahr, keine bösen Absichten. Sie spürte nur, wie sich Magie um ihn bündelte, die er mit seinem Gefieder aufzusaugen schien. Seine Federn liefen ineinander, als wären sie flüssig geworden, verdunkelten sich zu einem matten Schwarz.

Der Rotmilan verwandelte sich vor ihren Augen in den Mann aus ihren Träumen, in jenen Mann, nach dem sie sich so sehr verzehrte und dessen Anwesenheit sie jahrelang vermisst hatte. Auch wenn er nicht dieselbe Gestalt besaß wie damals. Sein rabenschwarzes Haar trug er locker nach hinten gekämmt, sodass es teilweise die Rundung seiner Ohren bedeckte, die sie doch etwas irritierte.

Seine nachtschwarzen Augen betrachteten sie, während sich sein markanter Kiefer leicht bewegte, sobald sich ein Lächeln auf seinem schmalen Mund abzeichnete. Er saß vor ihr in seiner schattenhaften Ledergewandung, musterte sie mit diesem weichen Ausdruck, der ihre Sehnsucht zu gut widerspiegelte.

»Ist das deine wahre Gestalt?«, fragte sie gedankenlos, während sie ihn weiterhin anstarrte.

»Keylinn.« In einem angenehm tiefen, aber kontrollierten Ton sprach er ihren Namen aus und es fühlte sich so an, als würde er sie mit den Fingerspitzen ganz sachte am Rückgrat streicheln. Er verschränkte die Arme vor der Brust, saß vollkommen gerade, ohne verkrampft zu wirken. Es war seine natürliche Haltung, wie Keylinn unlängst bemerkt hatte. Er wirkte dadurch so selbstsicher, stark, unbesiegbar.

Sie starrte ihn mit offenem Mund an, unfähig, sich zu bewegen, sich ihm zu nähern. Das übernahm er für sie, indem er sich, elegant wie ein Schattenpard, von der Wurzel abstieß und Schritt um Schritt den Abstand zwischen ihnen verminderte. Je näher er kam, desto weiter riss sie ihre Augen auf. Ihr entfuhr sogar, sobald er unmittelbar vor ihr stand, ein hoher, gedämpfter Ton, wie bei einer eingeschüchterten Katze. Vor ihr ging er in die Hocke, um mit ihr auf derselben Augenhöhe zu sein, ehe er die Hand quälend langsam nach ihrem Gesicht ausstreckte. Sie erwachte aus ihrer Starre und fing sie mit ihren Händen ab, um sie auf ihre Wange zu legen. Die Berührung kam der Erfüllung eines lang ersehnten Wunsches gleich.

Er lehnte sich vor, bis seine Knie die Wurzeln zu ihren Füßen berührten und seine Stirn ihre fand. Bei seiner Berührung begann sie zu schnurren und vergaß ihren Ärger darüber, dass er ihrer Frage ausgewichen war.

»*um'na, dala mé'zo*«, flüsterte er ihr zu, während er zuerst auf sich, dann auf sie zeigte. Um seine Aussage zu bekräftigen, legte er seine freie Hand auf sein Herz.

Gerührt von seinen Worten zögerte sie nicht, sie zu erwidern. »Meine Liebe ist dein, Dareesi.« Keylinn wagte es nicht, an seinen wahren Namen zu denken, geschweige denn ihn auszusprechen. Niemand durfte es hören, niemand durfte es jemals erfahren, wie sein wahrer Name lautete. Es reichte, dass sie dieses Geheimnis mit sich trug, und so würde es auch bleiben. Ihrem Sohn und ihm zuliebe.

»Wie reizvoll die Gemeinsprache aus deinem Mund klingt, *ykri'mau*«, erwiderte Dareesi, verharrte noch etwas länger Stirn an Stirn mit ihr. »Ich wusste, dass du sie eines Tages doch erlernen würdest.« Er atmete tief ein, während seine rechte Hand nun auch den Weg zu ihrer anderen Wange fand.

»Ich musste, sonst verliere ich mich in dieser großen, bösen Stadt.«

»Diese Zunge wird dir auch außerhalb dieser Stadt von Nutzen sein«, meinte er in ernstem Ton und zog sich um eine Handlänge zurück, behielt ihr Gesicht jedoch nach wie vor zwischen seinen Fingern. »Wie sehr ich dein wahres Aussehen vermisse.«

»Ich auch.« Sie verzog ihren Mund ungewollt zu einem leichten Schmollen, während er offenkundig amüsiert auflachte.

»Das habe ich mir gedacht! Aber diese Gestalt wird – Evra sei Dank! – bald wieder vergehen. Vorerst wird sie dir helfen, unerkannt durch die Stadt zu wandeln. Du wirst ja schließlich noch weitere Elfen vor ihrem Schicksal bewahren.«

»Woher ...?« Keylinn stockte und legte den Kopf schief. Doch sobald sie genauer darüber nachdachte, kannte sie bereits die Antwort auf ihre Frage.

»Ich habe meine Augen und Ohren überall. Ich habe gesehen, wie du der Sklaverei entflohen bist, und gehört, worüber du dich mit Callan unterhalten hast«, offenbarte er ihr, während er ihr schwarzes Haar von der rechten Seite ihres Nackens strich und die geröteten Linien des Brandmals mit seinem Daumen nachfuhr. Noch waren sie nicht gänzlich verheilt, aber mit der Zeit würden sie verblassen und nur eine Erinnerung an den Schmerz zurücklassen. »Xerxan Chafif. Mit ihm werde ich bald ein sehr ausgiebiges Gespräch führen.«

»Tust du?« Sie schaute ihn voller Erwartungen an. »Bringst du ihn davon ab, mehr Elfen zu verkaufen?«

Dareesi zog eine Augenbraue nach oben. »Sobald ich mein Gespräch mit ihm beendet habe, wird er niemals wieder an den Handel mit Elfensklaven denken. Das verspreche ich dir, Keylinn. Er ist zu weit gegangen, als dass er dich, meine *ykri'mau*, als sein Eigentum gebrandmarkt hat.«

Obwohl sie den Zorn in seinem Innern wahrnahm, als wäre es ihr eigener, war sein Kuss sanft und ließ sie spüren, wie sehr er sie liebte. Sie schlang ihre Arme um seinen Nacken, um ihn näher an sich heranzuziehen. Der Kuss machte all die Zeit wett, die sie nicht zusammen hatten verbringen können, jene zwei Jahre, die sie ihn bereits nicht mehr gesehen hatte. Allerdings war sie es, die ihre Lippen von seinen löste.

»Hilfst du mir, die Elfensklaverei in Qurta'bar zu beenden?«, fragte sie, noch etwas benebelt von seinem herben Duft nach Süßholz, Rauch und Minze.

»So einfach ist das nicht, Keylinn. Man kann der Sklaverei nicht von einem Tag auf den nächsten ein Ende setzen.« Er strich ihr mit dem Daumen über die Unterlippe.

»Warum nicht?« Ihr widerstrebte es, das zu glauben. »Mit deiner Macht kannst du alles befehlen.«

»Nicht alles, meine *ykri'mau*. Große Veränderungen brauchen viel Zeit«, berichtigte er sie.

»*ijê!* Keine Ausreden! Meinesgleichen leidet und kann nicht warten!«

»Keylinn ...«

»Nein! Ich handle jetzt!«

»Ich helfe dir, wenn du mir etwas Zeit gibst«, schlug er ihr vor, aber es war ihr egal. Sie brauchte jetzt seine Hilfe, nicht in ein paar Monaten oder Jahren. Mit gerümpfter Nase wollte sie ihm schon widersprechen, doch da legte er ihr eine Hand vorsichtig auf den Mund. »Es ist wahr, Keylinn. Ich besitze Gaben weit jenseits deiner Vorstellungskraft, und dennoch ziehe ich es vor, im Stillen zu handeln. Mein ist nicht die Stadt, sondern der Untergrund, auf welchem sie steht. Mein ist nicht die direkte Konfrontation, sondern ein ausgeklügelter Hinterhalt.«

Ihr fiel es schwer, seine Worte nachzuvollziehen, aber sie versuchte, sie zu verstehen und ernsthaft darüber nachzudenken. »Der Untergrund? Es gibt ein Reich unterhalb der Stadt?«

Er nickte mit einem zufriedenen Grinsen. »So ist es. Das Reich des Unterweltkönigs. Kein besonders einfallsreicher Titel, aber er bleibt so gut wie jedem im Gedächtnis hängen.«

Keylinn zog ihre Stirn kraus. »Und was hast du damit zu tun?«

Er hauchte ihr einen Kuss zwischen die Augenbrauen. »Ich bin dieser Unterweltkönig und herrsche in dieser Stadt über alles, was nicht von Ans Licht berührt wird.« Für einen Moment blickte er an sich hinab, ehe seine dunklen Augen sich wieder ihr widmeten.

»Und warum hast du bisher nichts darüber erzählt? Über dein Leben hier, zum Beispiel. Oder dass du ein König bist«, fragte sie, doch wusste sie, welche Antwort sie erwartete.

»Ich hätte es dir offenbart, sobald du danach gefragt hättest. Nun weißt du es und ich werde dir beistehen, *ykri'mau*. Doch sei dir über eines klar: In dieser Stadt lässt sich nichts erzwingen – nicht durch höhere Instanzen. Der Tod der Emira würde nichts am Wesen dieses Ortes verändern. Was Qurta'bar braucht, sind Rebellen, Helden und Kämpfer, die sich für die Freiheit anderer einsetzen.«

»Ich weiß ja nicht, Dareesi ...« Sie räusperte sich.

Dareesi schlang beide Arme um sie und drückte sie an sich. »Gemeinsam werden wir diese Stadt verändern und sie zum Wohle der Leidenden formen.«

Große Worte, aber Keylinn war sich nicht sicher, ob er sich daran halten würde. Ihr Instinkt zwang sie zur Vorsicht, doch das warme Gefühl in ihrer Brust sprach ihr zu, ihm zu vertrauen. Hin- und hergerissen lehnte sie den Kopf gegen seine rechte Schulter und schwieg.

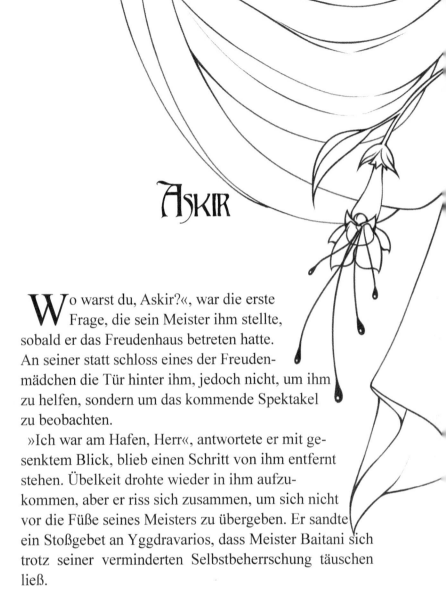

Askir

Wo warst du, Askir?«, war die erste
Frage, die sein Meister ihm stellte,
sobald er das Freudenhaus betreten hatte.
An seiner statt schloss eines der Freudenmädchen die Tür hinter ihm, jedoch nicht, um ihm
zu helfen, sondern um das kommende Spektakel
zu beobachten.

»Ich war am Hafen, Herr«, antwortete er mit gesenktem Blick, blieb einen Schritt von ihm entfernt
stehen. Übelkeit drohte wieder in ihm aufzukommen, aber er riss sich zusammen, um sich nicht
vor die Füße seines Meisters zu übergeben. Er sandte
ein Stoßgebet an Yggdravarios, dass Meister Baitani sich
trotz seiner verminderten Selbstbeherrschung täuschen
ließ.

Eine Ader trat an dessen Hals hervor und gab Askir seinen Ärger kund. Er wusste, dass er zu lange fort gewesen
war, dass er sich zu viel erlaubt hatte.

»Askir! Du weißt ganz genau, dass meine Erlaubnis für
eine Stunde gilt! Nicht für zwei! Nicht für drei und ganz

besonders nicht für vier Stunden! Vier Stunden!« Er brüllte es ihm entgegen, als wäre er taub. Als hätte Askir nicht bereits genug mit seiner Übelkeit zu kämpfen, klingelte ihm nun auch noch das Ohr.

»Es tut mir leid, Herr! Ich bin ...« Zu nichts nütze, hätte er gerne noch gesagt, um Meister Baitani zu beschwichtigen, aber stattdessen krümmte er sich zusammen und spie seinem Meister nun doch zu allem Übel vor die Füße.

Einen Augenblick lang starrte dieser nur hinab. Drei Freudenmädchen, die vor Schadenfreude kicherten, huschten nach oben, um sich rechtzeitig vor Meister Baitanis Zorn in Sicherheit zu bringen. Doch für Askir war es längst zu spät.

Es fing damit an, dass sein Meister laut schnaufend zu ihm hochsah und ihn dann am linken Oberarm packte. Er zerrte ihn mit sich, voran in jenes Zimmer, wo Askir sich auch immer dem werten Herrn al'Salé'bar, manchmal der edlen Herrin Syrjana annahm, und warf ihn gegen das Fußende des Bettes, damit er davor auf den Knien landete. Askir ließ es zu, denn was nützte es, sich dagegen zu wehren? Damit würde er seine Strafe lediglich weiter verschlimmern und das hatte er bereits zu Genüge getan.

Er stützte sich auf der Bettkante ab, bereitete sich mental darauf vor, was nun kam, denn nicht ohne Grund hatte sein Meister dieses Zimmer ausgewählt. Jenes Zimmer, das für die ausgefalleneren Vorzüge seiner Kunden bestens ausgerüstet war. So wunderte es Askir auch nicht, dass sich Meister Baitani, als er einen Blick über die Schulter wagte, aus der Wunderkiste Hyaszines bediente. Seine Hand versank darin, verborgen vor Askirs Augen, und kramte unendlich lange darin herum. Er ließ sich dafür unglaublich viel Zeit, als wollte er Askir allein schon damit quälen, dass er ihn länger in Ungewissheit dessen hielt, was ihn genau erwartete. Allerdings kannte er seinen Meister schon zu lange, um nicht zu erahnen, welche Wahl er für Askir treffen würde – keine Peitsche, kein Seil.

Mit einer Reitergerte trat er zu ihm. »Auf alle viere mit dir!« Er löste sich vom Bett und kam dem Befehl nach.

»Zieh deine Weste gefälligst aus!«, brüllte er ihn an.

Auch das tat Askir ohne Widerworte und legte sie vorsichtig aufs frisch hergerichtete Nachtlager, um Meister Baitani seinen Respekt vor dessen Eigentum zu zeigen, bevor er auf Händen und Knien den ersten Schlag abwartete.

Dieser sauste auch sogleich auf seinen Rücken hinab, ließ Askir zwar zusammenzucken, aber er gab keinen Ton von sich. Schmerz gehörte zu seinem Alltag.

Ein zweiter Schlag.

Er nahm ihn an ...

Ein dritter Schlag.

... grüßte ihn als steten Begleiter ...

Ein vierter Schlag.

... und verzehrte sich nach dem befreienden Gefühl ...

Ein fünfter Schlag.

... welches danach immerzu folgte.

Sein Meister hielt inne und beugte sich zu Askir herunter, um nachzusehen, ob er noch bei ihm war. Er hob seinen Kopf, um ihm die Mühe zu ersparen, ihn dazu zu zwingen. Trotz seiner Selbstbeherrschung ging sein Atem stoßweise und kalter Schweiß lief ihm über die Stirn, die Glieder, den Rücken.

»Ich habe dir offensichtlich zu viel Raum gelassen, Sklave!«, meinte Meister Baitani und führte den sechsten

Schlag aus. »In Zukunft werde ich wohl oder übel besser darauf achten, dies nicht mehr zu tun!«

Der siebte Schlag folgte.

Askir wusste gar nicht, warum er noch zählte. Machte es denn einen Unterschied, ob ihm die Anzahl der Schläge bekannt war oder nicht? Seine Arme zitterten unter seinem Gewicht, der Schwindel nahm zu, aber er durfte sich diesem sanften Gefühl des bewusstlosen Seins nicht hingeben – nicht vor seinem Meister. Schwäche führte zu weiteren, schlimmeren Strafen.

Und er wollte nicht, dass ...

Der achte Schlag ging genau an der Stelle nieder, wo sein Meister bereits zuvor einen Gertenhieb platziert hatte. Diesmal musste Askir die Zähne zusammenbeißen, damit ihm nicht doch ein Ächzen entfuhr.

Bei Hyaszines Gnade! Er wollte nicht, dass diese dunkle Erscheinung von damals ihn erneut aufsuchte, um ihm zu zeigen, was wahrer Gehorsam bedeutete. Sein Albtraum und die Erinnerung in Thagelias Anwesen hatten ihm als Ermahnung vollkommen gereicht und ihn daran erinnert, warum er es aufgegeben hatte, gegen seinen Meister aufzubegehren. Da ertrug er noch tausendmal lieber seine Schläge.

»Bist du noch bei mir, Sklave?« Meister Baitani wartete nicht ab, bis Askir antwortete, sondern hieb ein weiteres Mal auf dieselbe Stelle.

Er sog die Luft scharf ein, ohne einen Ton, ohne der Schwäche nachzugeben, die sich in seinen Gliedern ausbreitete. »Ja, Herr.«

»Gut!« Der zehnte Schlag war einfacher auszuhalten.

»Du hast hoffentlich nicht vergessen, was du bist und wem du gehörst?«

»Nein, Herr, das habe ich nicht. Ich bin Euer Sklave, Euer Besitz und Euch damit untertan«, erwiderte Askir außer Atem. Seine Augen ruhten auf seinen angespannten Händen, blieben jedoch trocken. In seinem Leben gab es keinen Platz für Tränen oder Schwäche.

»Ausgezeichnet! Muss ich dir das nochmals in dein Gedächtnis rufen oder denkst du das nächste Mal daran, bevor du dich gegen mich erhebst?« Sein Tonfall hatte nie etwas Bedrohliches an sich – selbst nicht, wenn er dem Zorn einherfiel, aber seine Worte genügten, um seine Drohung zu überbringen.

»Ich werde daran denken, Herr.«

Dennoch spürte er einen weiteren Schlag und noch einen, rasch aufeinanderfolgend.

»Damit du dich auch wirklich an dein Versprechen hältst«, meinte er dazu. »Und jetzt steh auf und geh in dein Zimmer! Ich werde einen Heiler vorbeischicken, der sich deiner Wunden annimmt. Danach machst du dich an die Arbeit, um meinen Umsatzeinbruch wieder auszugleichen!«

»Sehr wohl, Herr!« Wie befohlen erhob sich Askir, müde vom Schmerz und vom Rausch, den er seinem törichten und übertriebenen Konsum von Wein und Schnaps zu verdanken hatte. Er konnte kaum stehen, taumelte, vergaß jedoch nicht, seine Weste mit sich zu nehmen. Allerdings zog er sie sich nicht über, für den Fall, dass Meister Baitani ihm doch eine blutende Wunde zugefügt hatte.

Sein Meister begleitete ihn bis zum Tresen, wo er sich sogleich wieder seinem großen Buch mit allen Vereinbarungen seiner Kunden widmete. Ohne ein weiteres Wort ging Askir die Treppe hoch. Doch kaum trat er um die Ecke, stand ihm eines der kichernden Freudenmädchen von vorhin im Weg.

»Na, Askir, du bist wohl doch nicht so unantastbar, wie du dich immer gibst.«

Askir verzog keine Miene. Wenn sie es für notwendig hielt, sich an seinem Leid zu laben, damit sie sich besser fühlte, sollte sie es tun. Das kümmerte ihn nicht. Er beachtete sie nicht weiter und drängte sich an ihr vorbei, möglichst, ohne sie zu berühren, doch sie ergriff seinen linken Unterarm, um ihn daran zu hindern.

»Hey, ignorier mich gefälligst nicht! Nur weil die edle Herrin Syrjana so begeistert von dir ist, heißt das noch lange nicht, dass du über uns anderen stehst!«, zeterte sie mit hoher Stimme und hätte ihm ihre Fingernägel in die Haut gebohrt, hätte er nicht seine Lederarmschienen getragen.

Er blinzelte angestrengt, atmete aber weiterhin kontrolliert, um seine Wut zu zügeln und sie wie ein Stück zu lange gegartes Fleisch hinunterzuwürgen. Dieses Mädchen wusste nicht, wovon sie sprach. Sie gehörte schließlich nicht zum Eigentum Baitanis, sondern hatte sich freiwillig dazu entschieden, in dessen Freudenhaus als Kurtisane zu arbeiten. Er schätzte sie kaum zwei Zwillingsmonde jünger als sich selbst, aber sie schlug Töne an, mit denen sie sich offenbar über ihn hinwegsetzen wollte. Die Wut pochte ihm gegen die Schläfen, sodass er sich langsam zu ihr hinunterbeugte.

»Schwirr ab, Mädchen, und belästige jemand anderen mit deiner Einfältigkeit!«, entglitt es ihm, ehe er sich eines Besseren hätte besinnen können. Dafür handelte er sich eine Ohrfeige ein. Sie wartete seine Reaktion nicht ab, sondern ließ ihn sogleich los und huschte fast im selben Moment wie ein Feigling die Treppe hinunter.

»Besser so«, grummelte er vor sich hin, während er sich das Kinn rieb. Er wusste ganz genau, warum er sich nur um Linoriel kümmerte und den anderen aus dem Weg ging – vor allem jenen, die sich diese Arbeit freiwillig antaten. Er verstand es nicht, wollte es nicht verstehen.

Bebend vor Zorn schob er den Vorhang beiseite und bemerkte zu seiner Erleichterung, dass ihn im Zimmer niemand erwartete. Er stolperte zum Wandspiegel und stemmte sich mit ausgestreckten Armen dagegen. Die glasige Oberfläche erzitterte unter seiner Berührung, als fürchtete sie sich von dem, was sie widerspiegelte. Zu Recht. Die Maske, die er stets mit äußerster Achtsamkeit trug, bröckelte weg, offenbarte seine makellosen Zähne, die sich knirschend aneinander rieben, einen angespannten Kiefer, eine gerümpfte Nase. Seine Brust hob und senkte sich, doch schien kein Atemzug seine Lungen mit genügend frischer Luft zu füllen. Schon gar nicht, um die wogende Hitze in seinem Kopf zu besänftigen. Er stierte sich selbst in die sich weitenden Augen. Was er darin sah – den Schmerz, den Ekel, die Enttäuschung, den Frust –, stachelte seine Wut weiter an.

Der letzte Rest an Selbstbeherrschung zerfiel und so gab es nichts mehr, was ihn zurückhielt. Ungebremst donnerte seine Faust gegen den Wandspiegel. Das Glas zersplitterte in alle Richtungen, sodass sich ein dreieckiges Bruchstück des Spiegels aus der Platte löste und auf dem Boden zerbarst. Noch während sich das Glas auf dem Grund verteilte, stieß Askir einen Schrei aus und schlug nochmals gegen den Spiegel. Splitter trieben durch seine Haut, aber das hielt ihn nicht davon ab, immer und immer wieder dagegen zu hämmern. Bis ihn die Erschöpfung zu Boden zwang.

Neben dem Scherbenhaufen lehnte er sich mit dem Rücken gegen die Wand, seine Beine ausgestreckt und sein Hals rau vom Schrei, vom Alkohol, vom Husten und Würgen. Es waren unzählige schmerzvolle Atemzüge vergangen, da trat der von Meister Baitani angekündigte Medikus durch den Vorhang und fasste sich erst einmal erschrocken an die Brust.

»Askir! Was ist hier geschehen?«, drang Thagelias Stimme an seine Ohren, ehe er zu ihm herüberhuschte und neben ihm, mit einer Tasche voll mit Arzneien und Verbandszeug, auf die Knie ging.

Kraftlos drehte Askir seinen Kopf in die Richtung des Medikus' und lächelte ihn an. »Ich habe zu viel getrunken und meinem Meister nicht gehorcht.« Knapp zusammengefasst, aber es entsprach der Wahrheit.

Ohne zu zögern, begann Thagelia damit, ihn zu verarzten, stellte ihm weitere Fragen, die nur dumpf oder gar nicht bei ihm ankamen. Dementsprechend ließ er die Behandlung schweigend und mit geschlossenen Augen über sich ergehen.

CALLAN

Über Umwege bahnte er sich ungesehen einen Weg durch die schmalen Gassen des *Goldenen Viertels*. Jedoch hielt er am Ende einer ebensolchen inne, als er aus der Ferne das Tor zum Bürgerviertel erblickte. Vier Wachen zählte Callan und schlug sich seiner eigenen Dummheit wegen seufzend mit der Handfläche gegen die Stirn. *Ich hätte Askir nach einem geheimen Pfad fragen sollen. Doch es gibt immer andere, mögliche Wege.*

Um niemandem aufzufallen, lehnte er sich lässig gegen die sandige Mauer, ehe er sich die Zeit nahm, sich ohne Hast nach allen Seiten umzusehen. Klettern und schleichen kamen wohl kaum infrage, denn dafür waren die Straßen noch zu lebendig. Die Wachen bei helllichtem Tage auszutricksen oder gar offen anzugreifen, wäre ebenfalls töricht. *Dreck! Das hätte mir vorher in den Sinn kommen müssen.*

Noch während er sich über seine Kopflosigkeit ärgerte, spürte er, wie sich das Drachenkätzchen in seiner Tasche regte. Bevor er diese auch nur aufklappte, quetschte es seinen kleinen Kopf zwischen dem schmalen Spalt am oberen Rand hindurch und lugte mit einem Fiepen hervor.

»Na, du«, begrüßte Callan es lächelnd. »Hast du etwas anzumerken, Merle?«

Die schwarzen Kulleraugen musterten ihn zwei Atemzüge lang, doch wandten sich dann von ihm ab, um an eine Stelle der gegenüberliegenden Fassade, gut zehn Schritte entfernt, zu starren. Ein gemusterter Wandteppich hing dort kaum zwei Finger breit über dem Boden. Stirnrunzelnd kratzte sich Callan am Kinn und versuchte, dem Blick des Tierchens zu folgen. Es gab einen weiteren, leisen Ton von sich. Und gleich noch ein lauteres Piepsen.

»Ist ja gut! Ich bewege mich ja«, meinte Callan schmunzelnd und löste sich von der Wand. Obwohl sich in dieser Gasse niemand aufhielt, überprüfte er dennoch mit einem Seitenblick nach links wie nach rechts, ob ihn auch tatsächlich niemand beobachtete. Erst dann trat er auf die Stelle zu. Der Wandteppich wirkte teuer, wenn auch etwas verwittert vom Sand. In majestätischer Haltung war darauf ein Greif mit Adlerflügeln und Löwenpranken abgebildet und schien Callans Blick direkt zu begegnen. Er meinte, ihn sogar blinzeln zu sehen, bevor dieser kurz nach unten zu seinen Füßen sah und wieder erstarrte.

Callan prustete überfordert und kratzte sich am Hinterkopf. »Das gibt's doch nicht.«

Merle fiepte, als fühlte sich das Drachenkätzchen tatsächlich angesprochen.

»Na, dann.« Er ging in die Hocke und folgte dem Hinweis des Greifs – selbst auf die Gefahr hin, dass es sich nur um eine Sinnestäuschung gehandelt hatte. Jedoch, als er schon fast auf dem Boden kauerte, entdeckte er einen Spalt, der hinter dem Wandteppich verborgen lag. Er hob den Stoff so weit an, wie es nötig war, um sich in diesen eineinhalb Fuß breiten Spalt hineinzuzwängen. Wallend fiel der Teppich zurück an seinen Platz, während sich Callan zwischen Mauern hindurchschob. Enge Räume machten ihm nichts aus, aber er war froh, als der Spalt ein Ende fand und in eine Sackgasse mündete. Jedoch endete der Weg nur auf horizontaler Ebene. Callan entging nämlich nicht die hölzerne Falltür, die unter seinen Füßen knarzte und sich mit einem gequälten Ächzen ohne einen Dietrich öffnen ließ. Grobbehauene Stufen führten hinab in einen von Fackeln beleuchteten Gang. Auf den ersten Blick schien der Pfad ebenfalls zum Untergrundlabyrinth zu gehören, doch wenn er sogar beleuchtet wurde, schien dieser durchaus häufiger benutzt zu werden. Er musste das Risiko auf sich nehmen und herausfinden, wohin dieser Weg ihn führte.

»Weißt du was, Merle?«, begann er und tätschelte den Kopf des Drachenkätzchens. »Du hast mir gerade den Tag gerettet.«

Er wurde nicht enttäuscht. Ohne verwirrende Abzweigungen führte ihn der Weg zu einem leeren Keller im Bürgerviertel, aus dem er ungesehen entschwinden konnte. Den Rest des Rückweges eilte er durch ihm bekannte Straßen zurück zum Haus des Alchemisten.

Als es gerade zur zehnten Glocke läutete, klopfte Callan an und trat ungeduldig von einem Fuß auf den anderen. Ihm ging das alles ein bisschen zu langsam. Er hatte schon die Faust erhoben, um damit nochmals gegen das

Holz zu poltern, doch da öffnete Iberyn ihm die Tür. »Oh! Ihr seid es, Callan. Ich dachte, Keylinn —«

»Was ist mit Keylinn?«, unterbrach er den Satyr.

»Sie hat nach Euch gesucht. Wolltet Ihr Euch nicht zur achten Stunde mit ihr vor der Bibliothek —«

Wieder fiel er Iberyn ins Wort. »Scheiße! Das habe ich ja ganz vergessen. Danke fürs Erinnern!« Mit einem Wink verabschiedete er sich vom Satyr und ließ diesen mit verdutzter Miene stehen.

Callan rechnete nicht damit, Keylinn am vereinbarten Treffpunkt vorzufinden. Zu lange hatte er sie warten lassen, obwohl ihm seine Vereinbarung wirklich ernst gewesen war. Er hatte sich darum bemüht, rechtzeitig vor den Türen der Bibliothek zu erscheinen, aber er hatte nicht einfach an Askir vorbeilaufen können. Der Kerl hatte nicht gut ausgesehen, obwohl er versucht hatte, Callan mit einem Lächeln über seinen miserablen Zustand hinwegzutäuschen. Selbst ein Blinder hätte bemerkt, dass Askir litt, und er fragte sich, wie viele Jahre er sich schon darum bemühen musste, diese lächelnde Maske aufrechtzuerhalten. Zu lange, schätzte er. Und genau aus diesem Grund hatte er ihn auch zu seiner vorgeschlagenen Taverne begleitet, um ihn abzulenken und etwas aufzuheitern.

Er hatte es sich auch nicht nehmen lassen, sich Askirs Herausforderung zu stellen. Als ob jemand trinkfester wäre als Callan. Er, der Kampftrinker schlechthin.

Tja, da hat er sich wohl geirrt.

Damit, dass Askir sich übergeben würde, hatte er allerdings nicht gerechnet. Es war auch nicht seine Absicht gewesen, Askirs Trinkfestigkeit über dessen Grenzen hinaus auszureizen. Er hoffte für ihn, dass er sich durch seine Alkoholfahne nicht zu viel Ärger eingehandelt hatte. Es wäre schade um ihn, aber dieser Stadt traute er mittlerweile alles zu. Gute Leute wie dieser seltsame, bärtige Kerl wurden von ihr gnadenlos verschlungen. Aber er nahm ihn beim Wort, dass sie sich wiedersehen würden. Vielleicht war Askir ja besser darin, Versprechen einzuhalten als er.

Trotz seiner Zweifel sah er sich auf dem offenen Platz vor der Bibliothek um, suchte rechts und links vom Gebäude in den schmalen Gassen nach Keylinn, ob sich die Elfe dort im Verborgenen hielt, aber fand nichts. Das Einzige, was er entdeckte, waren weitere Schmierereien zum Meister des Lichts. Nicht einmal die Mauern eines Orts des Wissens blieben davon verschont.

Er lehnte sich gegen die seitliche Hauswand der Bibliothek und rieb sich übers Kinn. *Wo treibst du dich herum, Keylinn?* Die Frage war an niemand Bestimmten gerichtet, denn ihm dämmerte es schon, wo er die Silberelfe finden würde, bevor er den Gedanken zu Ende geführt hatte. *Der Gezeitenbaum! Natürlich!* Dort herrschte die Ruhe, die sie brauchte, um sich zu sammeln und sich zu erholen. *Das könnte ich definitiv auch gebrauchen.*

Wachsam sah er sich um, ehe er sich von der Mauer löste und unauffällig in die nächste, unbewachte Gasse schlich.

Der Tag neigte sich allmählich dem Ende zu, als er den Eingang der Höhle erreichte. Nach einem tiefen Atemzug kletterte er hinein, darauf bedacht, kein einziges Geräusch zu verursachen. Er konzentrierte sich so sehr darauf, unentdeckt zu bleiben, dass sich der Sand kaum rührte, als er über diesen hinwegglitt wie über eine Eisfläche. Keylinns Fußabdrücke waren noch genau zu erkennen, sowie auch die Spuren ihres kleinen Stolperunfalls des vorherigen Tages. Manchmal fragte er sich, ob die Geschichten überhaupt stimmten, die man sich über Elfen erzählte. Sie wären elegante, leichtfüßige Naturgeister, hieß es doch in allen Büchern und Erzählungen, und sie bevorzugten Harmonie und Ordnung. Was so gar nicht auf Keylinn zutraf. Katzenhaft passte da schon eher, und tänzelnd. In seinen Augen kam sie aber keineswegs so harmoniebedürftig rüber, wie ihre Art in den Legenden beschrieben wurde. Andererseits war Callan als Kind bereits einem anderen Silberelfen begegnet, der ganz und gar nicht in dieses Bild der Elfen hineinpasste. Damals in der Nacht, als Dirion, dieser mörderische Bastard, seinen Vater hatte ermorden lassen.

Sobald er den untersten Punkt der Höhle erreicht hatte, schlich er im Halbdunkel an der Felswand zu seiner Linken entlang, setzte jeden Schritt mit Bedacht. Sie war teils von Wurzeln durchzogen oder wies grauweiße Flecken auf, die sich vom übrigen Gestein abhoben.

Beim ersten Abstieg waren sie ihm nicht aufgefallen, aber nun hielt er inne, um sie sich anzusehen. Er strich mit zwei Fingern über die hellen Flächen und stellte fest, dass es sich um Asche handeln musste. Sie bröckelten nicht wie der Sand rundherum, sondern fühlten sich leicht schmierig an und rochen verbrannt.

Überreste des Chaos, das der Phönix Fernis vor Urzeiten angerichtet hat, dachte sich Callan und wischte sich die Finger an seiner Hose ab. Er kannte sich nicht allzu gut mit der Geschichte von Côr'hjr aus, aber das bedeutete nicht, dass er als Kind nicht jedes Buch mit allerlei Legenden zu den Göttern verschlungen hatte. Auch in seiner Heimat waren die Erzählungen über die Sommergottheit des Zornes und die grausamen Infernos in aller Munde, obwohl er seit seiner Schreckensherrschaft über den Wüstenkontinent nicht mehr gesehen worden war. Und wie es sich gehörte, war das alles im Größenmaß von Jahrhunderten oder gar Jahrtausenden anzusehen – nicht anders.

Leise Stimmen lenkten seine Aufmerksamkeit weiter nach vorne. Mindestens zwei, eine davon Keylinns, die etwas in einer Mischung aus der Gemeinsprache und der Elfensprache flüsterte. Ein tiefes Lachen folgte, welches ihm das Blut in den Adern gefrieren ließ.

Nein, das kann nicht sein!

Mit rasendem Herzen wagte er sich näher heran, nutzte jeden hervorstehenden Felsen, jeden Stein und jede Wurzel, um sich weiterhin im Verborgenen zu halten. Er tat einen Schritt, zwei, drei. Zuerst sah er sie, Keylinn. Ihr dunkles Haar lag offen auf ihrem Rücken, doch bewegte sich dieses, als er sie am Nacken berührte. *Er!*

Wut kochte in Callan hoch. Um ein Haar wäre er auf eine Wurzel getreten und hätte sich damit verraten. Jedoch gelang es ihm trotz der Hitze, die ihm in den Kopf stieg, rechtzeitig, seinen Fuß sicher auf dem stillen Sand abzusetzen. Er konnte kaum glauben, was er da erblickte. Keylinn und Dirion standen so nah beieinander, beinahe wie Liebende, schauten sich in die Augen, flüsterten sich Dinge zu, die Callan nicht gänzlich verstand. Er hätte den Anführer der Schattenlosen 10 nie für einen Mann gehalten, der sich Gefühlen offen hingab, aber wenn er den

Bastard so beobachtete, konnte jeder sehen, wie viel ihm diese Silberelfe bedeutete. Oder vielleicht hatte er Keylinn mit genau diesem warmen Lächeln überhaupt erst um seinen Finger gewickelt und spielte ihr etwas vor. Ja, so musste es sein! Dieser Mistkerl besaß wohl kaum ein Herz, geschweige denn ein Gespür für Nähe oder Liebe.

Neben all der Wut tat Keylinn ihm plötzlich leid. Sie schien nicht zu merken, in welche Falle sie getappt war, aber Callan würde ihr helfen, zu sehen und zu erkennen, wer Dirion wirklich war.

Nicht imstande, seinen Blick von diesem Bastard abzuwenden, beobachtete er die Szene, die sich vor ihm abspielte. Keylinn schmiegte sich an Dirions Brust, um ihm noch näher zu sein. Der Mistkerl grinste sie an und umfasste ihre Taille, ehe seine dunklen Augen in Callans Richtung huschten. Dieser zuckte erschrocken zusammen, erstarrte. Selbst sein Herz setzte für einen Atemzug aus. Doch Dirion schien ihn nicht gesehen zu haben, da er sich wieder seiner Angebeteten widmete, oder er ignorierte ihn kurzerhand. Keylinn lächelte ihm zu, lehnte sich seinem Gesicht entgegen, als wollte sie ihn ...

Aus dem Nichts drückte jemand Callan kalte Finger auf den Mund und schaffte es, beinahe gleichzeitig sowohl seine rechte als auch seine linke Hand zu ergreifen, um sie dann beide hinter seinem Rücken festzuhalten.

»Seit wann so schaulustig?«, flüsterte ihm eine Frauenstimme zu. Ihr starker ferniasischer Akzent und dieser Unterton, der ihre Boshaftigkeit unterstrich, verrieten Callan sofort, wer hinter ihm stand.

Mirha! Er holte aus, um ihr auf den Fuß zu treten, traf aber nichts außer lockerem Sand, was ihn nur weiter aus dem Gleichgewicht brachte. Nicht einmal seinen Kopf konnte er bewegen, um ihn gegen ihr Gesicht zu schlagen. Zu fest drückte sie sich an ihn, sodass er ihre Lippen und ihren warmen Atem an seinem Ohr spürte.

»Na na, wehr' dich nicht, Junge!« Sie lachte amüsiert auf. »Du bist deutlich in der Unterzahl.«

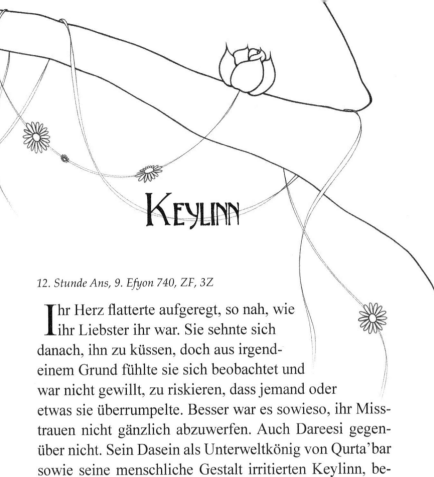

Keylinn

12. Stunde Ans, 9. Efyon 740, ZF, 3Z

Ihr Herz flatterte aufgeregt, so nah, wie ihr Liebster ihr war. Sie sehnte sich danach, ihn zu küssen, doch aus irgendeinem Grund fühlte sie sich beobachtet und war nicht gewillt, zu riskieren, dass jemand oder etwas sie überrumpelte. Besser war es sowieso, ihr Misstrauen nicht gänzlich abzuwerfen. Auch Dareesi gegenüber nicht. Sein Dasein als Unterweltkönig von Qurta'bar sowie seine menschliche Gestalt irritierten Keylinn, bescherten ihr einen bitteren Nachgeschmack im Mund und hielten ihre Freude gedämpft.

»Was geht dir durch den Kopf, meine *ykri'mau*?«, erhob Dareesi seine tiefe, samtene Stimme. Dabei drückte er sie – seine Arme um sie geschlungen – noch enger an sich. »Ist es dir nicht recht, dass ich hier bin?«

»Doch!«, platzte es aus Keylinn heraus, ehe sie sich eines Besseren besann und sich auf die trockenen Lippen biss. In seiner Gegenwart verhielt sie sich wie eine unerfahrene Jungelfe, die sich allzu leicht von seinem Zauber einnehmen ließ. Das war ihr nur zu bewusst.

Sie spielte mit seinem Fuchsamulett, während sie darüber nachdachte, ob sie ihm tatsächlich eine Antwort schenkte oder nicht. Vieles beschäftigte sie: Sengmi, Ilko, Callan, ihresgleichen, die gefangen in Qurta'bar litten, er ... Jedoch entschied sie sich für das dringendste Problem. »Hilfst du mir auch, Sengmi zu finden?«

Als sie zu ihm aufsah, hatte sich Dareesis Miene verfinstert. »Keylinn. Die Sache ist die, dass ...«

Ihre Ohren zuckten, als sie Stimmen unweit vom Höhlenzugang hörte. Darunter auch die von Callan. Mit gerecktem Hals schaute sie in jene Richtung und sah ihn dort, gefangen im Griff einer dunkelhäutigen Menschenfrau, die ihn mit langsamen Schritten nach vorne trieb. Er stemmte sich dagegen, aber sie gehörte zu jener Art Rundohr, die ihren Willen stets bekam, und wenn nicht, dann half sie nach, auch mit Gewalt. Also trat sie ihm zwei-, dreimal in die Kniekehlen, um ihn in Bewegung zu halten.

Fauchend wand sich Keylinn aus Dareesis Umarmung, blieb aber unmittelbar vor ihm stehen, ihren Blick stier auf sein Gesicht gerichtet. »Was hat das zu bedeuten?«

»Nichts, meine *ykri'mau*, wir haben bloß einen ungebetenen Gast.« Ein Lächeln vertrieb die Finsternis aus seiner Miene, aber er wirkte dadurch nicht weniger bedrohlich.

Ihre Augen verzogen sich zu Schlitzen. »Was ist mit ihr?« Sie zeigte auf die Frau.

Er streckte eine Hand nach Keylinn aus, der sie, ohne zu zögern, auswich. »Mirha? Sie verweilt wie ein Schatten immerzu in meiner Nähe und sorgt sich ebenfalls um deine Sicherheit.«

Sie wollte ihm glauben, aber Skepsis breitete sich in ihr aus, sowie das Gefühl, dass etwas nicht stimmte. »Hast

du mich benutzt, um Callan hierherzulocken?«, schlussfolgerte sie ins Blaue hinein.

Sein Lächeln verschwand. »Nein, natürlich nicht, Keylinn! Er ist dir aus freien Stücken gefolgt, weil er sich
ebenfalls um dein Wohl sorgt.«

»Dirion! Du elender Bastard!«, stieß Callan hervor, wobei sich seine Stimme in seiner blinden Wut überschlug.

»Dirion?« Fragend schaute sie abwechselnd zum Dieb
und zu Dareesi. Dieser bedachte Callan mit einem breiten
Grinsen, doch irgendetwas in seinem Auftreten hatte sich
verändert. Die Sanftheit war aus seinen Zügen gewichen
und machte Platz für einen Ausdruck, den Keylinn weder
begreifen geschweige denn in Worte hätte fassen können.
Es kribbelte in ihren Fußsohlen und bewog sie zur Flucht.
Dennoch gab sie diesem Unbehagen nicht nach, verweilte
an Ort und Stelle und behielt Mirha im Blick.

»Lass ihn gehen!«, zischte sie Dareesi zu, wusste nicht,
was sie mit dem Namen anfangen sollte, den Callan ihm
an den Kopf geworfen hatte. Er ignorierte sie nicht, jedoch unternahm er auch nichts, bis Mirha den Dieb kaum
drei Schritte vor ihm zum Stillstehen zwang.

»Lange nicht gesehen, Callan. Du hast dir reichlich Zeit
gelassen, mich zu finden, aber andererseits hatte ich auch
nicht vor, dir die Suche zu erleichtern«, sagte er, immerzu
mit diesem tiefen Lachen in seiner Stimme, während sein
Blick von Keylinn zum Dieb wechselte, um von seiner
erhöhten Position auf ihn hinabzuschauen. Zwei weitere
Personen lösten sich aus den Schatten des Durchgangs.
Zum einen ein breiter, blonder Mann mit einem dichten
Bart und blasser Haut. Zum anderen ein ausgewachsenes
Wüstenkind mit hochgebundenen, wirren Haaren und Au-

gen von der Farbe des Wüstensands bei Nacht. Sie alle, Mirha und Dareesi eingeschlossen, trugen tiefschwarze Kluften – alle mit ähnlichen Stickereien und Ledergravuren verziert.

»Ich konnte es kaum mehr erwarten, dich wiederzutreffen, Kleiner«, meinte das Wüstenkind an Callan gewandt und legte den Kopf schief. »Wobei. So klein bist du nicht mehr. Passt Großer jetzt besser?«

»Lass diese Albernheiten, Arras!«, keifte Mirha ihn an, aber durch ihren Akzent verstand Keylinn sie nur mit größter Mühe.

»Ihr elenden Bastarde! Wartet nur!« Callan wand sich unter ihrem Griff. »Wartet nur, bis ich euch kriege und euch einem nach dem anderen die Kehlen aufschlitze! Etwas anderes habt ihr nicht verdient! Vor allem du, Dirion!«

Daraufhin verpasste Mirha ihm einen Schlag in den Rücken, der ihn nicht nur zum Schweigen brachte, sondern ihm auch ein leidvolles Stöhnen entlockte. »Werd' nicht frech, du dummer Junge! Du könntest uns nie etwas anhaben.«

Bisher hatte Keylinn nur zugehört und sich aus der Situation herausgehalten, aber allmählich trieben sie es zu weit. Sie löste sich aus ihrer Starre, um neben Callan zu treten, der sich trotz des Schlages wacker aufrecht hielt. Instinktiv und ohne über die Konsequenzen nachzudenken, hieb sie nach Mirha. »Lass ihn sofort los!«

Unbeirrt wich sie dem Angriff aus, behielt Callan weiterhin unter ihrer Kontrolle. Dabei hatte sie sich nicht von der Stelle gerührt, sondern ihren Rücken leicht nach hinten durchgebeugt, ihr Gesicht zur Decke gerichtet und dabei noch bösartig lächelnd.

Hilfesuchend schaute Keylinn zu Dareesi, der Mirha mit einem Zeichen zu verstehen gab, den Dieb loszulassen. Dieser stolperte, fing sich aber rechtzeitig, mit geballten Fäusten und vor sich hinknurrend.

»Ist das wirklich dein verdammter Ernst, Keylinn? Hast du dich mit ihm verbündet oder wie kann ich das verstehen?« Schweigend starrte sie Callan an. Er hingegen rümpfte kopfschüttelnd die Nase. »Unglaublich! Wie kannst du ihm vertrauen? Diesem miesen Bastard und ...«, er haderte mit den Worten, »... verlogenen Mörder.«

»Du hast keine Ahnung!« Keylinn stellte sich schützend vor Dareesi, da sie Callan ansah, dass er gleich auf ihren Liebsten losgehen würde. Sein Gesicht war an Nase und Stirn rot angelaufen.

Der Dieb stieß einen frustrierten Schrei aus und machte einen Schritt auf sie zu. »Ich glaube es nicht! Du hast dich wirklich auf ihn eingelassen! Du ... Wie?«

»Bis vorhin habe ich ihn nicht mal unter diesem Namen gekannt. Und ich verstehe auch nicht genau, was hier vor sich geht. Erkläre du es mir!« Sie festigte ihren Stand, anstatt vor ihm zurückzuweichen.

Doch ohne eine Antwort ließ Callan seine Tasche zu Boden sinken und krempelte seine Ärmel hoch, ehe er nach vorne preschte, direkt auf Dareesi zu. Allerdings kam er nicht weit, da Mirha ihn am hinteren Kragen packte. Er taumelte, sie lachte, doch er schien sein Ungleichgewicht nur vorgetäuscht zu haben, denn er duckte sich, löste sich dabei von Mirha, die dadurch selbst die Balance verlor. Callan nutzte diese Lücke in ihrer Verteidigung zu seinem Vorteil, griff nach ihrer Taille und riss sie mit Schwung von ihren Füßen. Beide landeten im Sand und rangen um die Oberhand.

»Callan!«, rief Keylinn dazwischen, aber er reagierte nicht darauf. Der Kampf mit Mirha nahm seine Aufmerksamkeit vollends ein. Ihm gelang es gar, sie auf den Bauch zu drehen, ihr Gesicht in den Sand zu drücken und mit einem Knie zwischen den Schulterblättern unten zu halten. In dieser Position erreichte sie ihn weder mit ihren Händen noch war sie in der Lage, etwas gegen ihn auszurichten.

»Geh runter von mir!«, zischte Mirha, zappelte wie wild unter ihm.

Callan zückte seinen Dolch, drehte dessen Klinge mit einer geübten Handbewegung in Mirhas Richtung und zielte mit Schwung auf ihren Nacken.

»Das hättest du wohl gern!« Sand stob durch die Luft, als sie ihm eine Handvoll Staub ins Gesicht warf. Callan stockte in seiner Bewegung und war gerade so lange abgelenkt, dass Mirha sich aus ihrer unterlegenen Situation befreien konnte, auf die Füße kam und ihm beinahe im selben Augenblick den Dolch aus der Hand schlug.

Keylinn nahm die Wärme von Dareesis Hand wahr, als er diese auf ihre linke Schulter legte, und spürte seinen Atem im Nacken. »Es ist besser, wenn wir nicht eingreifen.«

Entsetzt drehte sie sich ihm zu. »Aber ...«, begann sie, doch Dareesi brachte sie mit einem Finger auf ihren Lippen zum Verstummen. Dennoch funkelte sie ihn böse an.

Er gab ein dunkles Lachen von sich. »Nicht doch! Schau nicht so finster. Ich möchte mich nur nicht in ihren Kampf einmischen. Das ist alles!«

»Ist es nicht!«, nuschelte sie, bevor sie nach seiner Hand griff und sie wegschob. »Was hast du getan?«

Dareesi schmunzelte, antwortete ihr jedoch nicht. Auch nicht, als sie ihm mit der Faust gegen die Brust schlug.

»Sag es mir! Was hast du getan? Und warum nennt er dich Dirion?«

Sein Blick wanderte zurück zu den beiden Kämpfenden, sodass auch sie sich nach Callan umsah. Sie tauschten rege Schläge aus, denen sie jeweils geschickt auswichen. Mirha lachte dabei wie eine angriffslustige Greifenharpyie. Der irre Ausdruck in ihren Augen jagte Keylinn einen kalten Schauer über den Rücken.

»Vergiss es! Ich beende das!«, flüsterte sie, mehr zu sich selbst als zu Dareesi, da er ihr ja ohnehin keine Antwort darauf geben würde, und wandte sich enttäuscht von ihm ab. Als Mirha Callan einen Kinnhaken verpasste, hatte Keylinn lange genug zugesehen und ging dazwischen. »Hört endlich auf!«

Sie eilte zu Callan, legte ihm eine Hand auf die Schulter. Zu ihrer Überraschung ließ er sofort von Mirha ab, sprang stattdessen auf und riss sie mit sich auf den Boden, sodass Keylinn unter ihm lag und er mit der Faust zum Schlag ausholte. Mit großen Augen starrte sie ihn an, wartete darauf, dass er zuschlug, doch Callan zögerte. Der rasende Ausdruck auf seinem Gesicht verschwand.

»Keylinn? Was sollte das?«, fuhr er sie an, kroch dann von ihr herunter und half ihr, wieder auf die Beine zu kommen. Doch sobald sie aufrecht stand, zog er seine Hand sofort zurück, als wäre ihm ihre Berührung zu viel.

»Es tut mir leid, Callan. Ich will nicht, dass jemand zu Schaden kommt.«

»Darüber hättest du dir vorher Gedanken machen müssen, bevor du dich auf diesen Bastard eingelassen hast!«, knurrte er und schnaufte lautstark. »Sieh ihn dir an! Du findest kaum einen Mistkerl, der bösartiger sein kann als er!«

»Das stimmt doch nicht«, widersprach sie ihm und begegnete seinem Blick, ohne einzuknicken.

Mit einem verächtlichen Schnauben verdrehte er die Augen. »Bei Serissa! Bist du so blind oder tust du nur so?« Er packte sie an beiden Oberarmen und schüttelte sie. Keylinn gab zwar ein Fauchen von sich, wehrte sich aber nicht.

Erneut kam ein tiefes Lachen von Dareesi. »Callan, sei doch nicht so engstirnig. Wir wissen beide, dass du genauso rücksichtslos sein kannst wie ich. Wir sind uns da gar nicht so unähnlich.«

»Du weißt gar nichts über mich!«, brüllte er ihn an und wandte sich dann wieder Keylinn zu. »Siehst du? Er versucht, uns beide zu manipulieren. Er liebt dich nicht und wird es auch niemals tun! Wenn du ihm keinen Nutzen mehr bringst, lässt er dich kaltblütig ermorden – wie meinen Vater!«

Keylinn horchte auf. »Das ist nicht wahr, oder?«

»Warum soll ich lügen? Er hat meinem Vater vor meinen Augen die Kehle durchschneiden lassen. Selma, die damalige Haushälterin, und die beiden Stallburschen sind ebenfalls auf seinen Befehl hin gestorben.«

Dareesi schnalzte mit der Zunge. »Ach, Callan. Trägst du mir das noch immer nach? Aber du hast etwas Wichtiges zu erwähnen vergessen. Finnegan war mir ein Vermögen schuldig und wollte seine Schulden trotz meiner Warnungen nicht zurückzahlen. Wie könnte ich so jemanden ungestraft davonkommen lassen?«

»Du hast doch nicht einmal einen Grund gebraucht, du elender Bastard! Umgebracht hättest du ihn so oder so!« Callans Stimme überschlug sich in seiner Wut, aber er machte nicht den Fehler, nochmals kopflos auf jemanden loszugehen.

In ihrem Unglauben klappte Keylinn der Mund auf. Sie wünschte sich, sie hätte nichts davon erfahren und wäre imstande, ihre Augen in ihrer Unwissenheit vor all den üblen Taten geschlossen zu halten. Aber sie konnte es nicht einfach vergessen, genauso wenig ungeschehen machen. Es wirbelte in ihrer Brust ein eisig kalter Wind mit einem Wirrwarr an Gefühlen umher, womit sie versuchte, fertigzuwerden. Sie schlang ihre Arme mit gesenktem Blick um sich selbst, bemühte sich aber, niemanden der Anwesenden aus den Augen zu verlieren.

Sie brauchte Callan nicht lange zu kennen, um ihm zu glauben, doch die Wahrheit tat weh. Denn ganz gleich, wer Dareesi war und welchen verdrehten Prinzipien er folgte: Keylinn empfand etwas für ihn. Sie hatte es sich nicht ausgesucht, aber konnte ihre Gefühle für ihn nicht ändern – selbst, wenn sie ihm niemals würde trauen können.

»Es war nicht rechtens«, mischte sie sich ein. Langsam entfernte sie sich von Dareesi, um an Callans Seite zu treten. »Bitte lass ihn in Ruhe!«

»Das kann ich nicht versprechen, meine *ykri'mau*. Callan hat nach mir gesucht, nicht ich nach ihm.« Er fuhr sich grinsend durchs nachtschwarze Haar, ehe er seinen Kragen zurechtzupfte.

»Nun, da wir der Gewalt Genüge getan haben, wird es Zeit, ein vernünftiges Vieraugengespräch zu führen, Callan. Wir haben doch so viel zu bereden und mir bleiben nur wenige Stunden, bevor ich mich um andere Angelegenheiten werde kümmern müssen«, sprach Dareesi in einem gesetzteren Ton, ohne den Nebenklang seines tiefen Lachens.

Ein Fauchen entfuhr ihr. »Vergiss es! Er kommt mit mir!«

Das Schmunzeln kehrte in dem Moment zurück, als das breitschultrige Rundohr und Arras auf einen Handschwenk von Dareesi hin neben sie traten, um sie zu beiden Seiten an den Oberarmen zu ergreifen. »Sei vernünftig, meine *ykri'mau*! Am besten kehrst du in die Stadt zurück und hältst dich vorerst bedeckt. Und du«, er richtete seine Handfläche offen gegen Callan, bevor er tadelnd mit seinem Zeigefinger wackelte, »bleibst schön dort stehen. Mit dir unterhalte ich mich gleich.«

»Warte nur! Ich prügle dir die Seele aus dem Leib.« Er knackte mit den Fingern und schüttelte danach seine Hände, als würde er sie für einen weiteren Kampf aufwärmen.

»Das würde ich zu gerne sehen.« Arras prustete los, brauchte jedoch nicht lange, um seine Fassung wiederzufinden. Ganz im Gegensatz zu Keylinn. Je mehr Kraft Arras und das Rundohr aufwendeten, um sie festzuhalten, desto vehementer zerrte sie an ihren Griffen, wand sich ruckartig und schnappte nach ihnen. Trotz ihrer Unterlegenheit weigerte sie sich, aufzugeben.

Sie warf Dareesi einen trotzigen Blick zu. »Nein! Vergiss es! Ohne eine Erklärung gehe ich nicht zurück in die Stadt!«

In seiner gemächlichen Gangart stieg Dareesi vom Wurzelwerk herunter. Sein Mund verzog sich zu einer geraden Linie, während er Keylinn mit seinen dunklen Augen ernst betrachtete. Die Leichtigkeit in seiner Ausstrahlung ebbte ab und es schien, als ob deren Abwesenheit eine schwere Last auf seine Schultern setzte. Vorsichtig streckte er eine Hand nach ihr aus. Im ersten Moment dachte sie tatsächlich darüber nach, nach ihm zu schnappen, doch sie widerstand dem Drang. Sie ließ zu, dass er ihr Kinn berührte, um ihr Gesicht anzuheben, konnte aber kaum still stehen bleiben, denn ihr Nacken kribbelte wie tausend keine Bienenstiche – nicht auf die angenehme Art.

»Keylinn, gib deine Suche auf!«, raunte er, ehe er ihr einen Kuss auf die Nase hauchte. Überrascht darüber zog sie diese kraus und legte den Kopf schief.

»Das kann ich nicht! Sengmi ist mein Freund und ich werde ihn nach Hause bringen.«

Dareesi seufzte. »Du wirst Sengmi nicht finden, meine *ykri'mau*. Nicht in diesem Leben. Dein Freund weilt nicht länger auf Vaerys.«

Ihr wurde kalt und heiß zur selben Zeit. Ihr Atem stockte. Ihre Gedanken blieben still. Sie öffnete ihren Mund, doch heraus kam bloß ein heller Laut ohne Artikulation. Die anderen schwiegen – selbst Callan. Keylinn versuchte zu begreifen, was Dareesis Worte bedeuteten, und schluckte schwer. »Nein, das kann nicht sein.« Ihre Stimme klang heiser und leblos, doch sie fand nicht die Kraft, lauter zu sprechen. »Du lügst! Sengmi würde niemals ...« Vehement schüttelte sie ihren Kopf. »Du lügst! Warum behauptest du so etwas? Das kann nicht sein!«

»Ich wünschte, es wäre eine Lüge, aber nein, Keylinn, Sengmi hat gestern sein Leben verloren.«

Der Traum. Dieser Schmerz. Der Knall. War das alles wirklich passiert?

Tränen traten ihr in die Augen, während sie nach vorne gegen seine Brust kippte. »Nein, das kann nicht stimmen. Woher solltest du das wissen?«

»Meine Quellen irren sich nicht. Ich vertraue ihnen voll und ganz.«

»Nein, Sengmi!«, schluchzte sie und riss an den Händen, die sie nach wie vor festhielten. »Sengmi!«

»Bringt sie zurück nach Qurta'bar und sorgt dafür, dass ihr nichts geschieht!«, forderte Dareesi Arras und das blonde Rundohr auf. Trotz ihrer Schreie und ihrer Schluchzer hörte sie seine Stimme sogar noch deutlicher als zuvor, als wenn er direkt in ihren Gedanken sprach. »Ich werde bald da sein, um dir Trost zu spenden, meine *ykri'mau*.« An die Frau gewandt fuhr er fort. »Ach, und Mirha: Könntest du mir den Gefallen tun und dich um die Angelegenheit in der Bibliothek kümmern, sobald du in der Stadt bist?«

Mirha nickte ihm mit einem dreckigen Grinsen zu. »Ist mir ein Vergnügen.«

Dann schleppten und zerrten sie Keylinn fort von ihm, fort von Callan, und befolgten wortlos Dareesis Befehl. Irgendwann kurz vor den Toren der Stadt gab sie ihre Gegenwehr auf, erschöpft, ihr Gesicht überzogen von einer Schicht getrockneter Tränen, während sie einen Schritt vor den anderen setzte und apathisch zu Boden starrte.

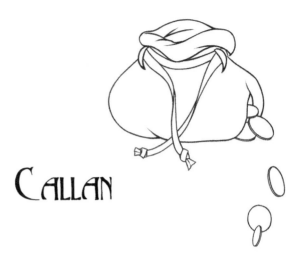

Callan

Trotz der Unruhe, die seinen Fuß nervös auf den Boden klopfen ließ, wartete Callan, bis Yann, Arras und Mirha die Silberelfe hinausgetragen hatten. Erst als sie gänzlich aus seinem Sichtfeld verschwunden waren, löste er seine Arme von der Brust, hielt jedoch seine Fäuste geballt. Er stierte in Dirions Richtung, hoffte, dieser würde allein durch seinen Blick umkippen und Revis Füße küssen. Tat er zu seinem Bedauern nicht. Dirion stand da, mit diesem schmierigen Grinsen auf seiner Visage, und schaute noch eine ganze Weile zu der Stelle, wo der Weg an die Oberfläche führte.

Nun hielt niemand Callan länger davon ab, vorsichtig und ohne den Bastard aus den Augen zu lassen, seinen Dolch vom Boden aufzuheben und sich damit zu bewaffnen.

»Ist sie nicht bezaubernd?«, schwärmte Dirion, würdigte ihn keines Blickes.

Gleich, welcher Gefahr er sich damit aussetzte, kletterte Callan über die Wurzeln näher zu ihm heran, um vor ihm stehen zu bleiben. Mittlerweile kam Dirion ihm nicht mehr ganz so groß vor wie damals, aber das bedeutete nicht, dass er nicht genauso bedrohlich wirkte. Trotzdem nahm er seinen Mut zusammen und wagte es, ihm mit dem Zeigefinger seiner linken Hand gegen die Brust zu tippen. »Ich weiß nicht, warum sie dir so aus der Hand frisst, aber ich hoffe, du erstickst irgendwann an deinem eigenen Blut!«

»Ach, Callan! Du hast dich nicht verändert. Wie lange ist es her? Vierzehn Jahre. Du hast dir viel Zeit gelassen, mich zu finden, aber nun bin ich neugierig: Was hat mich verraten? Welche Spuren haben dich nach Qurta'bar geführt?«, erwiderte er ruhig, was die Wut des Diebes weiter anfachte. Er war so nahe daran, ihm ins Gesicht zu schlagen und ihm die Nase zu brechen. Hoffentlich würde er dann bluten wie jedes andere sterbliche Wesen.

Knurrend umfasste Callan seinen Dolch fester. »Das wüsstest du wohl gern.«

»Ja, eigentlich schon.«

Callan dachte nicht daran, ihm irgendetwas in dieser Richtung zu verraten. Sollte er doch weiter im Unwissen leben, wie er ihn gefunden hatte. Er musste nicht erfahren, dass Callan alle Häfen an der Westküste von Evrasi abgeklappert hatte, um schließlich in der Hafenstadt Neuwergen auf die vielversprechenden Gerüchte zu stoßen, die ihn geradewegs an diesen Ort geführt hatten. »Du hast dich all die Jahre wie ein Feigling in dieser Stadt verkrochen, du verfluchter Bastard!«

Die Beleidigung rief nichts weiter als ein schwaches Schmunzeln hervor, ehe Dirion seine schwarzen Augen wieder auf Callan richtete. »Ich habe mich nicht versteckt, wenn du das meinst. Du hast nur nicht gründlich genug gesucht. Oder vielleicht wollte ich auch nicht, dass du mich findest. Wo wäre da der Spaß ohne diese gewisse

Herausforderung?« Er seufzte und wirkte enttäuscht, als Callan ihn anschwieg. »Schön, ich komme zum Punkt. Ich wollte mich davon überzeugen, ob du dich zu einem besseren Mann entwickelt hast als dein Vater, aber wie ich sehe, hast du dich sogar für meine Art der Berufung entschieden.« Mittlerweile zog sich sein Grinsen übers ganze Gesicht, während Callans Geduld bereits am seidenen Faden baumelte. Er stand kaum einen Schritt vor ihm, doch er wartete, mit seiner Klinge zuzustechen. Auf den rechten Augenblick, damit ein Stich ausreichte, um diesem Mörder das Herz zu durchbohren.

»Du wärst bestens für meine kleine Gruppe bescheidener Diebe geeignet.« Sein Blick huschte zu Callans Fingern und gleich wieder zurück zu dessen Gesicht. »Ich hätte noch einen Platz frei.«

»Vergiss es! Ich werde deiner dreckigen Organisation niemals beitreten!« In seiner Wut beugte er sich ihm ruckartig entgegen und setzte seinen Dolch mit der scharfen Seite unterhalb von Dirions Brustbein an. Der Bastard zuckte nicht mit der Wimper.

»Nicht? Wer weiß, vielleicht änderst du deine Meinung bald. Dir ist doch bewusst, dass ich alle Zeit der Welt habe.« Er lachte sein tiefes Lachen und lehnte sich leicht vor, als ob er Callan ein Geheimnis offenbaren wollte. »Schatten altern ja schließlich nicht.«

»Aber sie können genauso sterben wie jeder andere auch«, zischte Callan. Es kümmerte ihn nicht einmal, dass seine nasse Aussprache Dirions Arme befleckte – ganz im Gegenteil. Es gab ihm sogar eine gewisse Genugtuung.

»Vielleicht. Vielleicht auch nicht«, meinte der Mistkerl und streckte seine Schultern wieder gerade durch. »Um ehrlich zu sein, bin ich nicht besonders erpicht darauf, mit dir über die Sterblichkeit von Schatten zu sprechen.«

»Aha.« Angespannt verharrte er in seiner vorteilhaften Position, achtete aber darauf, Dirion keine Blöße zu geben. »Wer hat denn behauptet, dass ich überhaupt mit dir reden will? Oh, Moment! Ich glaube, es gibt da jemand anderen, der viel lieber mit dir sprechen möchte. Revi, zum Beispiel.«

Er machte sich bereit, mehr Druck auf die tödlich gesetzte Klinge auszuüben, doch plötzlich umfasste Dirion einerseits seine Dolchhand und andererseits seinen Kragen.

»Lass ... Verdammt! Lass mich los!«, keifte er und stemmte sich mit seinem ganzen Gewicht dagegen. Er trat sogar nach ihm, aber Dirion wich unbeeindruckt mit einem raschen Seitenschritt aus. Frustriert schrie er auf.

»Das kannst du besser, Callan.«

»Mistkerl! Stirb ... doch einfach!«

Dirion schnaubte verächtlich. »Als ob! Dann wäre ja der ganze Spaß viel zu schnell vorbei.«

»Spaß?« Callans Stimme überschlug sich. In seiner Wut vergaß er seine Defensive und umgriff auch mit seiner anderen Hand den Dolchgriff, um der gewaltigen Kraft besser entgegenwirken zu können.

»Du hast dich doch so sehr darum bemüht, mich zu finden. Da wäre es eine Schande, deine Rache an mir nicht richtig auszukosten. Denkst du nicht auch?« Das Einzige, das sich bewegte, war sein Mund. Nicht einmal sein Arm zitterte vor Anstrengung.

Seiner ungünstigen Lage wegen trat er in Richtung von Dirions Knien. Tritt für Tritt holte er aus, doch der Bastard entging ihnen, bewegte sich so rasch und geschmeidig wie eine Katze im Dunkeln. Sein tiefes Lachen klang indes allgegenwärtig durch die Höhle, goss weiter Öl in Callans Zornesflamme, sodass er nur noch daran dachte, ihm – egal, wie – den Garaus zu machen.

Unvermittelt ließ Dirion ihn los und wich einen Schritt zurück. Dabei sauste Callans Klinge knapp an seinem Knie vorbei, so verdammt knapp. Callans frustrierte Schreie waren mittlerweile verstummt, so besessen gab er sich dem Kampf hin, zielte, holte aus, traf daneben. Zu häufig wiederholte sich der Ablauf, aber er gab nicht auf. Niemals!

»Du verschwendest deine Energie und meine Zeit.« Der Mistkerl seufzte, während er ein weiteres Mal auswich. In blinder Wut preschte Callan auf Dirion zu. Was er allerdings nicht berücksichtigte, war, dass Dirion ihm das Bein stellte, sodass er bäuchlings im Sand landete und sich dabei um ein Haar den Kopf an einer Wurzel angestoßen hätte.

»So!« Etwas Hartes drückte sich Callan zwischen die Schulterblätter und hielt ihm am Boden fest. »Ruhig Blut, Callan! Ich habe nicht vor, dich ernsthaft zu verletzen. Das wäre lediglich eine Verschwendung von Talent und Potenzial. Und wir wissen beide, wie viel Nutzen derlei bringen kann.«

Wieder und wieder versuchte Callan, sich vom Boden abzustützen, aber gegen Dirion hatte er nicht die geringste Chance. Er würde sich anhören müssen, was dieser Bastard zu sagen hatte.

»Dann rede endlich, damit ich dein Gelaber so schnell wie möglich hinter mich bringen kann!«

»Wir hätten diese ganze Angelegenheit schon längst aus der Welt schaffen können. Es wäre so einfach: Schließe dich mir an und all deine Probleme werden der Vergessenheit angehören. Ist es nicht das, was du dir wünschst? Keine Steckbriefe, die Frau deiner Träume an deiner Seite und ein Ort, an welchem du in Ruhe deinem Handwerk nachgehen kannst. Klingt das nicht hervorragend?«

Callan hatte aufgehört, sich zu winden, als Dirion damit begonnen hatte, seine Wünsche aufzuzählen. Die Steckbriefe waren ihm egal. Daran hatte er sich gewöhnt. Sein Handwerk konnte er ebenfalls überall ausüben, wo es ihn hinzog, aber die Frau seiner Träume ... sein Mädchen. Sie gehörte leider seiner Vergangenheit an. Er wollte ihr Glück mit diesem Apotheker nicht zerstören, weshalb der Wunsch, sie an seiner Seite zu haben, sich niemals erfüllen würde. Nicht in diesem Leben, vielleicht im nächsten – so Revi es wollte.

Dirion schmunzelte. »Plötzlich so sprachlos? Hätte ich dein Mädchen nicht erwähnen sollen? Ach, die Arme, so unglücklich und so einsam.«

»Das stimmt nicht! Sie ist mit diesem Typen besser dran!«, knurrte Callan, glaubte sich selbst aber kein Wort. Auch wenn er versucht hatte, die Gefühle für Wendelin zu verdrängen, so liebte er sie noch immer. Sie wäre die Frau gewesen, die er hätte heiraten und mit welcher er es sich hätte vorstellen können, Kinder zu kriegen – obwohl Callan sonst keine Kinder mochte. Mit ihr hätte er es sich ausmalen können. Wenn ...

»Callan.« Erneut drang ein Seufzen zu ihm heran. »Du solltest unbedingt einen Blick auf das Große und Ganze werfen. Aus welchem Grund sollte dir dieser Mann im Weg stehen, wenn das Herz dieser Frau doch dir gehört? Ist es nicht so, dass du ihr genauso viel bedeutest wie sie dir? Wolltest du dich denn nicht um sie kümmern? Unfälle passieren so schnell. Einmal nicht hingesehen, könnte sie in einem Messer landen oder sich anderweitig schwere Verletzungen zuziehen.« Es klang wie eine Drohung, wenn auch nur unterschwellig. Doch das genügte, um etwas in Callan loszutreten, was er selten empfand – und zwar Angst. Angst um sein Mädchen und was jemand, oder gar dieser Bastard, ihr antun könnte. Er hatte einen Fehler begangen, als er sie einfach zurückgelassen hatte, aber damals – vor so vielen Monaten – hatte er es für das Beste gehalten. Callan schwieg, während die Wucht dieser Erkenntnis ihn schier erschlug.

»Schade! Und ich dachte immer, du lässt dich von nichts und niemandem aufhalten«, meinte Dirion. Wieder schwang dieser enttäuschte Unterton mit. Der Druck auf Callans Rücken verschwand, doch er harrte einen weiteren Moment aus. Der Sand unter den Sohlen von Dirions Stiefeln knirschte, als dieser begann, um ihn herum zu schreiten. Sobald er neben Callans Kopf zum Stehen kamen, schnellte dessen rechte Hand nach oben und ergriff Dirions Knöchel. Seinen Dolch hatte er beim Sturz verloren, aber er konnte das Blatt noch zu seinen Gunsten wenden, wenn er es nur wollte.

»Halt dein Scheißmaul, Bastard! Spar dir deine Lügen für andere auf!«

Obwohl er es nicht sah, spürte er, wie sich Dirion zu ihm herunterbeugte. »Nein, Callan! Ich zähle bloß alle Möglichkeiten auf, die in nächster Zukunft eintreffen könnten.«

»Sei still!«, fuhr Callan ihn an, aber das schien den Mistkerl nicht zu kümmern.

Schweigen folgte. Selbst die wenigen Blätter des Gezeitenbaumes blieben für einen Augenblick regungslos.

Dirion sah mit einer Miene, die Callan unmöglich ergründen konnte, auf ihn herab. In seiner Brust zog sich alles zusammen, als er an Wendelin dachte. Ungewollt stellte er sich vor, wie sie an einem Fenster saß, unglücklich und mit Tränen in ihren großen, runden Augen auf die Straße blickend. Mit ihren süßen Lippen formte sie seinen Namen, ehe sie ihre Arme auf dem Fensterbrett verschränkte und ihr Gesicht auf ihnen barg, zitternd und schluchzend.

»Wendelin«, flüsterte Callan und schluckte im Stillen die Traurigkeit herunter, die in ihm aufzukommen drohte.

»Na, hast du es dir anders überlegt? Mit deinem sturen Kopf setzt du das Wohl deines Mädchens aufs Spiel«, durchbrach Dirion das Schweigen.

»Bastard!«, brüllte er, sprang auf, sein Blick getrübt und beide Hände vor sich erhoben. »Wart's nur ab! Ich werde alles tun, um deinem Treiben ein für alle Mal ein Ende zu setzen.«

Er war bereit, nach allem zu greifen, was ihm zwischen die Finger geriet. Doch er griff ins Nichts, spürte stattdessen, wie sich eine Hand um seine Kehle schloss und sich seine Füße vom Boden abhoben. Er zappelte, trat wild um sich und wand sich in alle Richtungen, aber Dirion ließ nicht von ihm ab. Nach kürzester Zeit rang er nach Luft, während die Ränder seines Sichtfeldes allmählich verschwammen.

Das kann nicht sein! Das darf nicht sein! Ich kann diesen elenden Mistkerl nicht schon wieder davonkommen lassen! Wenn ich doch nur ... Aber jede Bewegung kostete Energie und einen weiteren wertvollen Atemzug.

Ein Grinsen der Genugtuung breitete sich auf Dirions unschärfer werdendem Gesicht aus, während er zu Callans Bedauern weiterhin unantastbar blieb. »Wehre dich nicht, Callan.«

Als Antwort spuckte er Dirion mitten ins Gesicht. Dafür reichte es gerade so. Dieser zuckte lediglich zusammen, hatte die Augen geschlossen, bevor er sich mit der freien Hand die Spucke von Mund, Nase und Wange wischte. Kein Knurren, Grummeln oder sonst ein Ton des Unmuts entfuhr dem Mistkerl, sondern er bewahrte Haltung und zeigte mehr Geduld, als Callan ertragen konnte. Er ergriff Dirions Unterarm, zerrte und riss daran, knurrte und fauchte wie ein wildes Tier.

»Ruhig, Callan.«

Doch er dachte nicht daran, sich zu beruhigen. Endlich hatte er den Mörder seines Vaters vor sich, war ihm so nah, und doch war er nicht imstande, ihn zu verletzen, geschweige denn Tod mit Tod zu vergelten. Das machte ihn so rasend, zusammen mit dem Bild seines traurigen Mädchens, das in seinem Kopf herumgeisterte. Er wollte das nicht. Er wollte seine Wendelin nicht weinen sehen. Er wollte sie in Sicherheit wissen. Sie hatte etwas Besseres verdient, jemanden, der sie wirklich glücklich machen und sie beschützen konnte. Er liebte sie und hatte sie deswegen verlassen, aber wenn er Dirions Drohung richtig interpretierte, war sie in Gefahr.

Noch tief in seinen Gedanken verschwand die Hand um seine Kehle und er fiel zurück auf seine Füße. Rechtzeitig fing er seinen Fall ab, doch zu langsam, um den Mistkerl vor sich zu erwischen, der, in eine dunkle Wolke aus Schatten und Rauch gehüllt, die Gestalt eines Rotmilans annahm und über Callans Kopf hinwegflog. Er zog einen kleinen Kreis um den Gezeitenbaum, kreischte und schnellte dann mit angezogenen Flügeln zum Ausgang.

Ein tiefes Lachen erklang in Callans Kopf, ebbte erst ab, sobald die Schläge der Vogelschwingen nicht länger zu hören waren. Callan fiel auf die Knie, kraftlos, und schlug mit den Fäusten auf den Sand.

Er ist mir einfach so entwischt! Dieser ... Ein leises Fiepen ertönte einige Schritte von ihm entfernt und riss ihn aus seinem Frust, seiner Verzweiflung – aus all den nichtsnutzigen Gedanken. Das Drachenkätzchen reckte sein Köpfchen aus der Seite seiner Tasche und gab ein quiekendes Geräusch von sich, als würde es ihn zu sich rufen. Und damit hatte es auch recht. Dumm rumsitzen und sich in Selbstmitleid zu suhlen, brachte ihn nicht weiter. Dieses Wesen brauchte ihn, und es lag auch in seiner Verantwortung, dass Wendelin nichts geschah.

Da fasste er einen Entschluss, während er vorsichtig seine Tasche hochhob, um diese zu schultern. »Ich muss besser werden, um diesen Bastard beim nächsten Mal endlich zu Revi zu schicken.« Er tätschelte mit einem Finger den Kopf des Drachenkätzchens, das rausgeklettert war und sich mittlerweile am Trageriemen festklammerte. »Aber zuerst gehen wir zurück nach Feldweilen.«

Zu seinem Mädchen. Wendelin ...

LAOKA

Sie hatte es nicht über sich gebracht, ihre Krallen in der weichen Rinde des Gezeitenbaumes zu versenken. Kurz davor hatte sie innegehalten und versucht, sich zu überwinden, es zu tun – aber nichts. Kein Muskel hatte ihr gehorcht. Leise Stimmen hatten zu ihr gesprochen, unentwegt ihren Namen geflüstert und sie davon abgehalten, den Stamm zu verletzen.

Laoka hielt das Steuerrad mit beiden Händen fest umklammert, während sie darauf achtete, ihre *Singende Märe* in den Hafen hineinzumanövrieren, ohne ein anderes Schiff zu rammen oder einen Steg zu übersehen. Gellende Rufe dröhnten übers Deck, zuweilen aus Sjólfurs Mund und teils auch von Sian. Sie wiesen den Männern mit deutlich ausgesprochenen Befehlen ihre Aufgaben zu.

Bald legten sie an, knoteten die Taue fest, damit ihre *Singende Märe* nicht ihr Eigenleben entwickelte, unkontrolliert schaukelte und davontrieb. Nicht ganz bei der Sache blockierte sie dennoch wie von selbst das Steuerrad und trat hinab zum Hauptdeck, um Sjólfur auf den Oberarm zu klopfen. Er stand neben der Rampe, die einige Männer bereits hergetragen, auf den Steg gehievt und sowohl dort wie auch an der Schiffsreling befestigt hatten.

»Ja, Käpt'n?« Stirnrunzelnd sah er zu ihr und beobachtete ihre Gesten.

›*Übernimm du das Abladen, aber für heute nur das Wichtigste! Ich möchte, dass sich die Männer bald ausruhen können, und morgen ist auch noch ein Tag.*‹

»Aye!« Sie trat bereits an ihm vorbei und setzte einen Fuß auf die Rampe, als sich Sjólfur räusperte. »Wo willst du hin?«

›*Zur Bibliothek. Ich brauche Antworten, Sjólfur. Dringend!*‹

Mit verschränkten Armen grummelte er, doch noch während sich sein Mund öffnete, um weiterzusprechen, fiel ihm jemand ins Wort.

»Darf ...« Da ihm seine Stimme bereits nach dem ersten Wort versagte, räusperte sich Corvyn und setzte erneut an. »Darf ich dich begleiten?«

Er hatte seit dem Vorfall mit dem Kirin nicht gesprochen. Umso mehr freute sie sich und machte beinahe Luftsprünge, als sie seine, wenn auch noch etwas dünne, Stimme vernahm. Sie nickte vehement und erlaubte ihm, Miro ebenfalls mitzunehmen, als er sie danach fragte. Das kam ihr ohnehin gelegen. So war es ihr vielleicht gar möglich, mehr bezüglich dieses Kontakts herauszufinden, der Miro in diese Stadt geführt hatte.

Sjólfur erwiderte nichts, sondern schenkte ihr ein zustimmendes Nicken und ließ sie passieren. Er hatte genug zu tun und nahm sich direkt den Arbeiten an, die ihm noch bevorstanden.

Eine Weile schwiegen sie sich an. Selbst Miro, der sonst mit Worten kaum an sich hielt, sah sich auf dem Marktplatz in alle Richtungen um, fasziniert von der Vielfalt der Eindrücke – der Farbe, der Musik, den Gerüchen. Laoka lächelte, als sie den kindlichen Ausdruck auf seinem Gesicht erblickte. Doch Corvyns zerknirschte Miene bereitete ihr Sorgen. Nicht, weil er den Wachen aufgefallen wäre. Mit einem Verwandlungstrank hatte er dafür gesorgt, dass sich seine dämonischen Attribute zurückbildeten und er somit beinahe aussah wie ein gewöhnlicher Rabentiermensch. Seine Hörner, Flügel und sein Schweif fehlten und seine Haut hatte seine gräuliche Färbung verloren. Nein, vielmehr machte sie sich Gedanken darum, was in ihm vorging, denn er weigerte sich noch immer, darüber zu reden. Vielleicht erging es ihm wie ihr – dass er Wissen aus der Bibliothek suchte, um sich einen Reim auf alles zu machen. Aber ein Vielleicht akzeptierte sie nur für den Moment. Sie würde weiter nachhaken, sobald er etwas auftaute, und ihm mit ein paar netten Gesten das aus der Nase ziehen, was er ihr verheimlichte.

Als er ihren Blick bemerkte, setzte er ein erzwungenes Lächeln auf, strich sich beiläufig die schulterlangen Haare ins Gesicht, um es vor ihr zu verbergen. Ein eindeutiges Zeichen, dass er gerade nicht gewillt war, mit ihr zu reden. Trotzdem stapfte sie frohen Mutes voraus, entlang der breiten Gasse der Marktstände in Richtung des Tores zum Bürgerviertel. Seit sie zuletzt im Hafen von Qurta'bar angelegt hatte, schien sich kaum etwas verändert zu haben. Einige neue Stände, die seltene Waren anboten, stachen ihr ins Auge, aber ansonsten gab es nichts Besonderes, was ihre Aufmerksamkeit auf sich gezogen hätte. Um das Aufstocken der Vorräte kümmerten sich Sian und Koen und für anfallende Reparaturen waren Caél und Muiris zuständig. Aber es reichte auch aus, sich diesen Aufgaben erst morgen anzunehmen. Sie selbst merkte, wie sehr diese ereignisreiche Fahrt an ihren Kräften gezehrt hatte, und sie sehnte sich nach einem warmen Bett in einem ruhigen Zimmer mit einem ordentlich gefüllten Glas Rotwein in der Hand.

Sie seufzte stumm, trieb sich jedoch weiter voran, weil ihr Ziel vorerst wichtiger war als ihr Wunsch, sich auszuruhen.

»Laoka?« Miro hatte zu ihr aufgeholt und warf ihr mit großen Augen einen erwartungsvollen Blick zu. »Wäre es möglich – aber ich möchte dir natürlich keine Umstände bereiten –, später, wenn es dir nichts ausmacht, einen kurzen, wirklich kurzen Abstecher in die *Oase der Göttlichen* zu unternehmen? Also ich meine, wenn es dir in den Kram passt und du genug Zeit hast. Ansonsten gehe ich allein oder nehme Corvyn mit, aber ich dachte, ich frage dich zuerst, weil du vielleicht auch mitkommen möchtest. Du kennst da sicherlich auch Leute, oder? Und wenn nicht, lernst du dort sowieso ganz schnell neue kennen ...«

»Miro.« Mitten im Redeschwall des jungen Tiermenschen war Corvyn neben ihn getreten und legte ihm nun eine Hand auf die Schulter. »Langsamer, bitte.«

Miro holte tief Luft, presste die Lippen aufeinander und nickte dann. »In Ordnung. Tschuldige!«

Ein flüchtiges Lächeln stahl sich auf Corvyns Mund. »Schon gut. Du hast mich ja drum gebeten, dich daran zu erinnern, wenn dich der nächste Redeschwall überkommt und du es nicht merkst.«

Mit zusammengekniffenen Augen beobachtete Laoka, was da zwischen den beiden vor sich ging. Sie glaubte, da etwas zu sehen. Ein Knistern zwischen den Jungen. Gar Interesse füreinander? Ihr blieb keine Zeit, sich weitere Gedanken dazu zu machen, denn sowohl Miro als auch Corvyn wandten sich ihr zu, als erwarteten sie eine Antwort.

Sie zuckte die Achseln und überlegte kurz.

»Natürlich erst nach unserem Gang in die Bibliothek«, fügte Miro an und klatschte seine rechte Faust mit Nachdruck in die linke offene Handfläche. »Das hat ja Vorrang und da möchte ich nicht im Weg stehen. Ich ...«

Wieder klopfte Corvyn ihm auf die Schulter und brachte ihn damit sofort zum Schweigen. Miro lächelte verlegen, nickte ihm zu und stockte, als er sah, dass sie bereits vor der Tür zur Bibliothek standen. Wenn der junge Dämon ihn nicht rechtzeitig angehalten hätte, wäre Miro sogar noch in das schwere, mit goldenen Verzierungen versehene, Mondstein gespickte Holzkonstrukt hineingelaufen.

Der Tiermensch zuckte zusammen, als sie vor seinem Gesicht mit den Fingern schnippte, um seine Aufmerksamkeit einzufangen. Sie nickte ihm zu, lächelte zustimmend und hoffte, dass sie ihm damit seine Frage beantwortete, ehe sie sich zur Doppeltür umdrehte, sich dagegenstemmte und vom Duft nach Büchern und Schriftrollen aus alter Zeit empfangen wurde. Gierig sog sie die Luft ein, genoss die Ruhe und Konzentration, die darin mitschwang. Endlich war sie angekommen! Endlich würde sie Antworten erhalten!

Für einen Moment hielt sie die Augen geschlossen, horchte, ließ die Stimmung auf sich wirken. Doch als sie ihre Lider hob, bemerkte sie eine Person, die sich an ihr und Miro vorbeischob, um nach draußen zu gelangen.

Die langen, dunkelbraunen Zöpfe der Frau weckten auf einen Schlag Erinnerungen in Laoka, während ihr Herz einen Sprung machte. Der Duft nach Myrrhe zog ihr in die Nase, lag dabei schwer auf ihrer Zunge. Sie war es, ohne Zweifel. Laoka hätte sie selbst ohne ihre schwarze Kluft und ohne die neunschwänzige Katze erkannt, die sie an ihrer Hüfte befestigt hatte. Als sich ihre Blicke trafen, musterte die Frau sie mit ihren zweifarbigen Augen und lächelte ihr entgegen.

Ihr Anblick verschlug Laoka den Atem, doch sie reagierte zu langsam, um sie aufzuhalten. Sie schaute ihr hinterher, war wie erstarrt, bis die Frau in einer Gasse auf der gegenüberliegenden Straßenseite verschwand. Nur ihr Name formte sich auf Laokas Lippen, blieb jedoch unausgesprochen und ein Geheimnis für die beiden Jungen, die nichts von alldem bemerkt hatten.

Askir

Wie tags zuvor vereinbart wartete Askir vor dem *Haus der Seidenrosen*. Trotz seines geschundenen Körpers hatte er sich ordentlich gewaschen, sich mit Duftöl eingerieben und ein schlichtes, aber edles Gewand übergeworfen, um Dirions Ansprüchen gerecht zu werden. Hoffte er zumindest. Der Anführer der Schattenlosen 10 hatte bisher niemals selbst nach ihm verlangt. Askir wusste also nicht, was ihm gefiel, was er begehrte. Rein gar nichts war ihm bekannt. Er ärgerte sich über sein Unwissen, über seine Unachtsamkeit. Hätte er doch bei der letzten Orgie besser aufgepasst, ihn aufmerksamer beobachtet.

Seufzend legte er den Kopf in den Nacken. Es brachte ihn nicht weiter, wütend auf sich selbst zu sein. Er musste sich unbedingt beruhigen, um während der nächsten Stunden einen kühlen Kopf zu wahren.

Im Stillen bat er den Gott Rulris um Mut, sodass ihn die Angst vor Dirion nicht übermannte und ihn dazu brachte, die Flucht zu ergreifen. Dieses eisige Gefühl ließ Askir erzittern, heftiger als bei Mirha, und legte sich klamm um seinen Hals. Wie ein Strick, der sich nach und nach zuzog, wenn er nicht aufpasste.

Ein Klatschen erklang unmittelbar vor ihm und vertrieb die Eiseskälte mit einem Schlag. Askir schreckte zusammen. Er begegnete Arras' Blick, senkte aber sogleich sein Kinn.

»Guten Abend, mein Herr«, grüßte er ihn höflich, bemerkte im selben Atemzug Answin, der knapp vier Schritte entfernt von ihm stehengeblieben war.

»Hattest du schöne Tagträume?« Arras legte seinen Kopf schief und drängte ihm seinen Augenkontakt regelrecht auf.

»Ja, hatte ich, Herr«, log Askir, vermied es, Arras anzusehen.

»Gut! Freu dich! Die Träumchen gehen bald weiter.« Der Wüstenelf tippte ihm mit dem Zeigefinger auf die Brust, ehe er ihm gegen das Kinn schnippte. Askir biss die Zähne zusammen, um ein Knurren zu unterdrücken.

»Arras!«, grummelte Answin und verzog sein Gesicht, als hätte er gerade in eine Zitrone gebissen. »Gehen wir!«

Auf seinen indirekten Befehl hin setzte sich Askir in Bewegung und folgte ihm, ohne Arras, der hinter ihm her tänzelte, aus den Augen zu lassen.

»Wohin bringt ihr mich?«, fragte Askir nach, sobald sie das nördliche Stadttor passiert hatten. Ihm war aufgefallen, dass die Wachen ihn und seine Begleiter zwar ganz genau beobachtet, jedoch darauf verzichtet hatten, sie trotz dieser späten Stunde aufzuhalten. Ohne nachzufragen, hatten sie ihnen das Tor geöffnet und weder Zoll noch irgendwelche anderen Papiere verlangt. Askir kam nicht umhin, überrascht einen Blick über seine Schulter zu werfen, als sich die schwere Holzkonstruktion mit einem Knall hinter ihm schloss. Das klamme Gefühl um seinen Hals verstärkte sich, warnte ihn davor, auch nur einen Schritt weiterzugehen, doch er hielt nicht inne. Answin oder Arras hätten ihn ohnehin nur weitergetrieben, auf die eine oder andere unangenehme Art, was Askir zu vermeiden versuchte. Sich gegen ein Mitglied der Schattenlosen 10 aufzulehnen, egal welches, wäre reiner Selbstmord. Selbst wenn er nicht gerade den besten Bezug zum Leben hatte, zog er es vor, nicht von einem von ihnen bis an den Rand der Verzweiflung gequält zu werden, nur damit er in Bewegung blieb.

Beide ignorierten seine Frage. Stattdessen zeigte Answin auf die drei schwarzen Pferde, die keine zwanzig Schritte entfernt vor den Stallungen auf sie warteten. Sie waren nicht angebunden, verharrten dennoch geduldig an Ort und Stelle – jederzeit bereit, den Dieben treu zur Seite zu stehen. Die Tiere schnaubten und scharrten mit stolzgeschwellter Brust über den festgetretenen Boden, zu stolz, um willenlose Sklaven ihrer Herren zu sein.

Er wunderte sich, welcher Art sie angehörten, denn er hatte noch nie solche großen, kräftigen Pferde gesehen, deren Mähnen im Licht des Nordmonds wie Fäden aus Amethysten schimmerten.

»Steig auf!«, befahl ihm Answin, nachdem dieser auf den Rücken eines Pferdes geklettert war. Es hatte sich ohne jegliche Aufforderung hingesetzt, um ihm den Aufstieg zu erleichtern, denn Sättel trugen die Tiere keine, auch kein sonstiges Zaumzeug. Selbst ihre Hufe waren unbeschlagen.

Askir hatte schon einige Male auf einem Pferd gesessen, lange bevor er gezwungen worden war, im Haus der Freuden zu arbeiten, was ihm wie eine Ewigkeit vorkam. Langsam näherte er sich dem größten in der Mitte – zweifelsohne ein Hengst –, da Arras dem anderen eine Rübe zu Fressen gab. Es fixierte Askir, schnaubte und schien seine Unsicherheit zu spüren. Vor den Männern konnte er diese ja verbergen, jedoch nicht vor den Pferden. Er strich dem prachtvollen Tier über die Flanke, genoss das Gefühl des borstigen Fells unter seinen Fingern. Ohne ein Wort oder Zeichen ging es langsam zu Boden, wie es auch Answins Exemplar getan hatte.

»Sie sind schön. Findest du nicht auch?«, bemerkte der Elf, der ebenfalls aufgestiegen war. Er grinste breit, schien keineswegs verärgert darüber, dass Askir sich so viel Zeit ließ. Answin wartete schweigend, den mürrischen Blick in die Ferne gerichtet, doch Askir entschied sich rasch dazu, seinen Geduldsfaden nicht überzustrapazieren.

»Ja, Herr«, erwiderte er mit einem respektvollen Nicken. Er stemmte sich auf den Rücken des Tieres und schwang sein rechtes Bein auf die andere Seite. Sobald er zwei dicke Strähnen der Mähne ergriffen hatte, rappelte sich das Pferd zurück auf seine Beine. Um dabei nicht das Gleichgewicht zu verlieren, drückte Askir seine Waden und Oberschenkel gegen die Flanken des Tieres und hielt vor Konzentration gar kurzzeitig die Luft an. Erst als es stillstand und keine Anstalten machte, seinen Kopf zu schütteln, klopfte er sanft gegen den Hals des laut schnaufenden Hengstes.

Answin gab ein Klicken von sich und sogleich setzten sich alle drei Pferde in Bewegung, ohne dass sich Askir hätte darum bemühen müssen. Rechtzeitig griff er nach einem großzügigen Strang Pferdehaare, um sich auf dem breiten Rücken zu halten, zog aber nicht daran, um das Pferd ja nicht zu verärgern.

Im Trab entfernten sie sich weiter von Qurta'bar, leiser, als es Askir von diesen Tieren erwartet hätte. Weiterhin stand die Frage im Raum, wohin Answin und Arras ihn führten. Er hatte sich noch nie außerhalb der Stadt aufgehalten, allein schon wegen seines Meisters. Wenn dieser über die Pläne Bescheid gewusst hätte, wäre er mit Sicherheit keinesfalls auf Dirions Bitte eingegangen. Nun, da Askir darüber nachdachte, lockte ihn der Gedanke an Flucht so stark wie seit Jahren nicht mehr. Mit gesenktem Blick suchte er die Gegend ab – um Orientierungspunkte bemühte er sich allerdings vergeblich. Ihn umgaben Sand, Hitze und Palmen. Nur vor ihm erhob sich ein Hügel, auf den die beiden Männer und somit auch er zusteuerten. Es juckte ihn in den Händen, den Hengst an den Haaren zu ziehen, um ihn abrupt abzubremsen und ihn dann umgehend nach links, hoffentlich ins Landesinnere, zu treiben. Womöglich war dies sogar der einzige Weg, jemals der Sklaverei zu entkommen, irgendwohin zu fliehen, ganz gleich wohin, um sich dort ein anderes, besseres Leben aufzubauen. Lediglich die beiden Männer standen zwischen ihm und seiner fast greifbaren Freiheit. Wenn es sich bei ihnen um zwei gewöhnliche Kerle gehandelt hätte, hätte er nicht lange gezögert und eine Flucht ohne Plan in Angriff genommen, aber diese hier waren so viel gewitzter oder stärker als er. Wobei er sich auch da kaum vollständig ausmalen konnte, zu was sie alles fähig waren. Grausamkeiten gehörten zu ihren Spezialitäten; dies hatte er mit eigenen Augen gesehen und von Mirha hatte er es gar am eigenen Leib zu spüren bekommen. Er benötigte einen Fluchtplan, wenn er seine Lage nicht weiter verschlimmern wollte, und das möglichst rasch.

Über die vorgegebenen Straßen ritten sie an den weiten Palmenplantagen vorbei, welche er bloß aus Erzählungen von Reisenden kannte und die noch größer waren, als Askir sie sich vorgestellt hatte. Sie reichten offenbar weit über die Hügel, die Qurta'bar umgaben, hinaus, auch wenn das von seinem jetzigen Standpunkt aus schwierig zu beurteilen war. Die Straße führte steil nach oben, doch der Hengst zeigte kein einziges Zeichen der Anstrengung, sondern seine dunkelgrauen Nüstern blähten sich in regelmäßigen Abständen.

Ganz sachte zog er die dicke Strähne, die er in seiner rechten Hand hielt, etwas weiter nach rechts, um zu prüfen, ob das Pferd seinen Bewegungen folgte. Allerdings – zu seiner großen Enttäuschung – fügte es sich seiner angegebenen Richtungsänderung kein Stück, sondern gab in aller Lautstärke ein widerstrebendes Wiehern von sich, sodass es sowohl Answin als auch Arras hören mussten.

Askir verfluchte sich innerlich, es überhaupt versucht zu haben, hielt hoffend die Luft an, dass sie nicht schlussfolgerten, was das Tier zu seinem Protest gebracht hatte.

Die Göttin des Glücks war ihm hold, denn keiner der beiden beachtete es. Arras unterhielt sich gelegentlich mit Answin, der seine Antworten möglichst wortkarg in seinen grau melierten Bart hinein murmelte. Sie sprachen über Askir hinweg, und auch wenn der Wüstenelf ihn in die Unterhaltung miteinbeziehen wollte, nahm er sich ein Beispiel am älteren Herrn und erwiderte nur so viel, wie es ihm die Etikette abverlangte. Daher blieb die Konversation flach. Dennoch versäumte es Askir, konzentriert über eine Flucht zu grübeln, als hätte Arras genau darauf gesetzt, ihn durch seine belanglosen Gesprächsthemen abzulenken.

»Wie gefällt dir dieser kleine Ausflug bisher?«, fragte Arras ihn, während der Weg über den Hügel allmählich in eine Senke überging. Askir antwortete ihm nicht, sondern knirschte mit den Zähnen.

Arras schnaubte verächtlich und stieg von seinem Pferd, nachdem die Tiere durch ein weiteres Klicken von Answin zum Stehen gekommen waren. Answin landete ebenso rasch mit beiden Füßen auf festem Boden. Nur Askir blieb sitzen. Sein Herz schlug ihm bis zum Hals. Das war nun die Gelegenheit. Seine Chance. Sein großer Vorteil. Ohne zu zögern, imitierte er Answins Klicken, um den Hengst erneut zum Gehen zu bewegen, doch dieser kratzte unbeeindruckt mit seinem Vorderhuf über den Grund, rührte sich nicht.

Bei allen Göttern! Beweg dich! Bitte!, flehte er innerlich. Der Schweiß lief ihm kalt über die Schläfen und tropfte ihm auf die Schultern.

»Was wird das?« Arras grinste zu ihm hoch, strich dem sturen Pferd über die Flanke, ohne ein Anzeichen, dass er es aufhalten würde, wenn es sich doch dazu entschied, ihm zur Flucht zu verhelfen.

Aus Verzweiflung stieß er seine linke Ferse in die Seite des Tieres, aber dieses preschte nicht nach vorne, wie es Askir eigentlich erwartet hätte, sondern bäumte sich auf. Die Mähne glitt ihm durch seine Finger, sodass er jeglichen Halt verlor. Er rutschte über das Fell, als hätte es jemand mit einer Schicht Öl versehen, und es gab nichts, wonach er sonst hätte greifen können.

Während er fiel, bereitete er sich geistig auf die Eventualität vor, dass er sich beim Sturz eine Verletzung zuzog. Dennoch wollte er den Mitgliedern der Schattenlosen 10 nicht die Genugtuung eines Schmerzensschreis geben.

Wider Erwarten krachte er nicht rücklings auf den Boden. Answin fing ihn auf und half ihm im gleichen Zug zurück auf die Beine, ehe er Askir losließ. Von Tatendrang beflügelt, zögerte er keinen weiteren Moment, loszusprinten, sobald die Sohlen seiner Schuhe den Grund berührten. Er rannte blindlings und immer der Nase nach, Hauptsache weg von Qurta'bar und den beiden. Sein Herz pochte ihm bis zum Hals, machte es ihm schwer, der Stimme der Vernunft zu gehorchen, die ihn dazu anhielt, stehen zu bleiben, zurückzugehen und die beiden Männer um Vergebung zu bitten. Dennoch trugen ihn seine Füße weiter. Er geriet außer Atem, so sehr, dass seine Lungen brannten, doch Askir nutzte es als weiteren Antrieb, um noch schneller zu rennen, und schwor sich, nicht eher innezuhalten, bis ...

Er fiel. Hinab in die Dunkelheit.

Askir schnappte überrascht nach Luft, begriff nicht, was gerade geschah. Kurzzeitig zweifelte er an seinem Instinkt, fragte sich, in welchen Schlamassel er ihn hineingetrieben hatte, während er mit den Armen durch das Nichts ruderte, in der Hoffnung, irgendetwas zu ergreifen. Er landete jedoch weich im kühlen Sand, der seinen Fall abgefedert hatte, rutschte noch etwas weiter nach unten, bis er desorientiert zum Stillstand kam. Er sah sich um, konnte aber nichts erkennen. Das Einzige, was er hörte, war sein eigener rascher Atem, der von den Wänden widerhallte, und er spürte, wie ihm dabei der Mund mehr und mehr austrocknete. Selbst das Schlucken fiel ihm schwer. Flach auf dem Rücken lag er auf dem Sand, rieb sich die Kehle und versuchte, wieder zu Atem zu kommen.

»Hat ja niemand gesagt, dass du davonrennen musst.«

Askir erschrak, sprang auf, nur um gleich wieder den Halt unter seinen Füßen zu verlieren und auf seinen Hintern zurückzufallen. Hinter sich hörte er Arras' hämisches Lachen. »Aber egal ... Du bist zumindest in die richtige Richtung gelaufen.« Er schnaubte ungeduldig und machte Anstalten, Askir an den Schultern zu packen, um ihm hoch zu helfen. Askir hingegen wich zur Seite aus, lechzte nach Luft, wo kaum welche zu sein schien.

»Lass das, Arras!«, grummelte Answin, dessen grober Schemen nun auch aus der Finsternis auftauchte, und beugte sich zu Askir herunter. »Keine Zeit zum Herumalbern!«

Auch ihm wollte Askir entgehen, doch trotz seiner bulligen Gestalt bewegte er sich so rasch wie ein Schatten und packte Askirs linken Arm, um ihn auf die Beine zu ziehen. Erst wehrte er sich, versuchte, die Hand des älteren Mannes abzustreifen, aber dessen Griff wurde lediglich fester, sodass Askir zu spüren bekam, wie er ihm damit das Blut abklemmte. Er protestierte knurrend, ehe er auch an seinem anderen Arm schmale Finger spürte, die diesen umfassten.

»Zappel, zappel, kleiner Fisch!«

»Schnauze!«, knurrte Answin in Arras' Richtung.

»Was? Er vermutet es doch. Oder stellst du den guten Riecher unseres Anführers infrage?«

»Nein«, brummelte der ältere Mann in seinen Bart, »aber trotzdem. Er wehrt sich schon genug.«

Nicht einmal ansatzweise genug, dachte Askir für sich, wand sich, zielte mit seinem Fuß auf Arras' Knie, doch der entging dem Tritt im letzten Moment.

»Muss schon zugeben. Feuer hat er.« Der Elf prustete los, als hätte er gerade einen Witz gerissen, den außer ihm niemand verstand. »Feuer ... haha ... Ironie!«

Answins Grummeln sackte in eine noch bedrohlichere Tonlage ab.

»Verstehst einfach keinen Spaß, nicht?«

»Spaß ...«

Askir gab nicht auf, sondern stemmte sich weiterhin gegen sie, trat nochmals aus, doch traf wieder nichts. So ließ er sich schlicht in ihren Griff fallen. Seine Füße schleiften über den Sand, während er versuchte, sich absichtlich schwerer zu machen, als er in Wahrheit war. Der ältere Mann ließ sich davon kaum beirren, doch der Elf schien nicht damit gerechnet zu haben, weswegen er kurz nach unten gezogen wurde. In Askirs Eifer, loszukommen, stießen seiner und Arras' Kopf zusammen, als dieser versuchte, die abrupte Gewichtsverlagerung auszugleichen. Askirs Arm entglitt dem Elfen, der zurücktaumelte und sich die Stirn hielt. Auch sein Kopf fühlte sich an, als würde er gleich bersten wie eine Tonschale, die gegen eine Steinwand geworfen worden war. Askir kniff das rechte Auge vor Schmerz zusammen und hieb mit der rechten Hand, die frei gekommen war, nach Answin. Unnatürlich präzise für einen Mann in seinem Alter parierte dieser seinen Schlag, umgriff seine Faust und drückte diese zusammen. Knöchel knackten, Knochen verschoben sich leicht, strahlten den Schmerz weiter bis zu seinem Handgelenk. Askir stöhnte heiser auf, schaute mit offenem Mund zu Answin hoch, wünschte sich indes zurück in Meister Baitanis Haus der Freuden. Lieber wollte er die Bedürfnisse eines Kunden wie des werten Herrn al'Salé'bar erfüllen, als dieser Gefahr ausgesetzt zu sein. Keinen Augenblick zweifelte er daran, dass das Schlimmste erst noch kommen würde, spätestens am Ziel seines nächtlichen Ausflugs.

Mittlerweile hatten sich seine Augen so weit an die Dunkelheit gewöhnt, dass er die gröbsten Umrisse erkannte. So sah er aus dem Augenwinkel, wie sich eine weitere Gestalt näherte, wobei diese den Elfen und selbst Answin überragte. Sie löste sich aus der Dunkelheit.

»Answin, wir wollen unseren Gast doch nicht verletzen«, erhob sich eine dunkle Stimme. Dirions unverkennbare Stimme.

Der ältere Mann murrte, entließ Askir dann aber aus seinem Griff, sodass dieser auf allen vieren landete. Askir rieb sich vorsichtig über die schmerzende Hand, um zu prüfen, ob alle Knochen noch ganz waren. *Evra sei Dank!* Nichts schien gebrochen zu sein, nur etwas überstrapaziert.

Er drehte sich Answin zu. »Wenn Meister Baitani erfährt, dass ...«, presste er zwischen zusammengebissenen Zähnen hervor.

»Das wird er nicht, Askir«, ergriff Dirion das Wort und unterstrich seine Aussage mit einem tiefen, dunklen Lachen. Ein Fingerschnippen folgte und prompt entfachten nacheinander kleine violette Flammen entlang der steinernen Wand, offenbarten einen Baum in der Mitte der Höhle. Der Stamm besaß einen beträchtlichen Umfang und die Äste waren karg, gänzlich anders als die weiten Palmwedel, die Askir auf dem Weg hierher erblickt hatte. Er hätte nie von sich behauptet, dass er die Ausstrahlung von Pflanzen wahrnahm, wie er es bei Personen aller Art tat, doch nun war es anders. Ihm schien beinahe, als holte der Baum Luft, um sich auf eine lange Unterhaltung mit ihm vorzubereiten. Askir schüttelte den Kopf. Es war töricht, so etwas zu denken, es sei denn ...

Mit einem tiefen Atemzug kam ihm die Erkenntnis, dass Torheit nichts mit diesem Gedanken zu tun hatte. Vielleicht handelte es sich bei diesem Exemplar um einen jener seltenen Gezeitenbäume. Vieles hatte er über sie nicht gelesen, aber bisher passte alles zu den Beschreibungen aus den Büchern, obgleich diese meist im gleichen Satz erwähnt hatten, dass auf Côr'hjr selten einer zu finden war.

Im fahlen Licht des magischen Feuers schien es beinahe so, als bewegte sich die Rinde des Baumes wie die Wasseroberfläche eines Flusses. Die kaum sichtbare Strömung blieb stet, floss vom Stamm zu den Wurzeln, auch in jene unter Askirs Fingern. Instinktiv befreite er diese vom Sand und nahm wahr, wie warm und wie nass sich die Wurzeln tatsächlich anfühlten, als hätte gerade jemand frisches Wasser darüber geschüttet.

Askir schluckte krampfhaft, was er seiner trockenen Kehle zuschrieb, aber ihn plagte noch etwas anderes. Ein Verlangen, das ihn dazu drängte, über die Wurzel zu lecken, um die wenigen Tropfen Wasser in sich aufzunehmen. Er beugte sich schon hinunter, doch hielt inne, als er erneut Dirions Lachen vernahm. Dies schien seinen Stolz wiederzuerwecken, denn Askir zwang sich dazu, sich aufzusetzen, und warf ihm einen trotzigen Blick zu.

»Nun doch nicht?«, entgegnete er, hätte dabei überrascht geklungen, wenn dieser belustigte Unterton nicht gewesen wäre. »Aber ich kann es nur zu gut nachvollziehen, dass du auf Sand in deinem Mund verzichtest. Das würde deinen Durst noch verschlimmern und das wollen wir doch nicht, oder, Askir?«

Askir stieß einen kehligen Laut aus, versuchte, Worte zu formen, aber er brachte nichts Zusammenhängendes zustande. Wieder hielt er sich die Kehle, wusste nicht, was ihm gerade widerfuhr. Es war, als würde sie zuschwellen und ihm irgendwann die Luft abschnüren.

»Keine Sorge! Du wirst nicht ersticken, auch wenn es sich so anfühlen mag«, beruhigte Dirion ihn, als ob er seine Gedanken gelesen hätte.

Askir aber erklärte es sich damit, dass bestimmt jeder es ihm ansah, dass er kaum Luft bekam und seine Kehle genauso trocken war wie der Sand unter seinen Unterschenkeln. Dennoch. Zu seiner Überraschung schenkte er Dirions Worten Glauben, war nicht länger der Panik nah und beobachtete stattdessen, wie dieser zum Gezeitenbaum schritt und dort die linke Hand auf die Rinde legte. Er murmelte etwas Unverständliches, wobei Askir erkannte, dass es sich unmöglich um die Gemeinsprache handeln konnte. Auch zur ferniasischen Sprache, der Wüstensprache, die hauptsächlich auf diesem Kontinent gesprochen wurde, passten die Artikulationen nicht, die er von sich gab.

Unbeirrt von seinem Blick zog der Anführer der Schattenlosen 10 seinen Dolch und grinste Askir über seine Schulter hinweg an. Ohne eine weitere Bemerkung setzte er die Spitze der Klinge in einer Ritze der Rinde ab, versenkte sie mit einem leichten Stoß darin. Er bewegte sie noch eine weitere Handbreite nach oben, ehe er den Dolch bedacht aus der Rinde zog, diesen an seiner Armschiene abwischte und zurück in die Scheide steckte.

Harz trat aus der verletzten Stelle, troff hinab in einem Rinnsal, das zugleich in der Farbe von Gold und zu Honig gewordenen Saphiren glänzte. Askir verlor sich in diesem Anblick, im Funkeln der zähen Flüssigkeit, die sich hin und wieder zu Perlen formte, um sich im nächsten Moment aufzulösen und weiter hinabzufließen. Fasziniert stand er auf, näherte sich Schritt um Schritt mit ausgestreckter Hand. Dirion schien auf ihn zu warten, doch Askir war derart eingenommen, dass er vergaß, wie gefährlich er und die Personen um ihn herum waren. Er ging vor dem Stamm auf die Knie, stützte sich gegen ihn und presste seine Lippen auf die Wunde. Die klebrige Flüssigkeit floss ihm warm auf die Zunge, schmeckte besser als alles, was er bisher gekostet hatte – süß, samtig und schwer, wie er sich den Wein der Götter vorstellte. Sie war wie Balsam für seine schmerzende, ausgetrocknete Kehle. Askir scherte sich nicht darum, wie laut er dabei schmatzte oder stöhnte, als er sich am Harz des Baumes labte. Für ihn gab es nichts anderes mehr. Das Geflüster der Schattenlosen drang flüchtig, wie aus weiter Entfernung zu ihm vor, ohne dass er verstand, worüber sie tuschelten.

Aus dem Nichts spürte er plötzlich eine Hand am Nacken und eine andere auf seiner Stirn, die ihn sachte vom Gezeitenbaum wegzog.

»Das reicht, Askir. Du willst ihn doch nicht gänzlich seiner Magie berauben«, ermahnte ihn Dirion, während sich Askir unersättlich über die Lippen leckte, um jeden noch so winzigen Tropfen in sich aufzunehmen. Seine Augen folgten dem Rinnsal aus Gezeitenharz, das entlang der Maserung nach unten floss. »Ganz ruhig, Askir. Dir geschieht nichts! Wir sind an einem heiligen Ort der Ruhe und nicht einmal Côr wird es wagen, ihn zu entweihen.«

»Côr?«, ächzte Askir. Er wollte mehr vom süßen Saft des Gezeitenbaumes, doch Dirion hielt ihn nach wie vor davon ab.

»Er wird dir nichts tun, denn ich werde dafür sorgen, dass er in nächster Zukunft nicht erfahren wird, was du bist.«

»Was bin ich denn?«, flüsterte Askir und gab es auf, sich gegen den Anführer der Schattenlosen 10 zu wehren. Er fühlte sich seltsam losgelöst von seinem Körper und doch verbundener zu ihm, als er es jemals gewesen war. Es war ganz anders als jener Zustand, den die Träne der Nacht hervorrief.

Langsam setzte er sich auf seine Fersen, ließ seinen Blick umherschweifen, bemerkte, wie sich ein blauer Schimmer über sein Sichtfeld legte.

Dirion lachte auf. »Das wirst du gleich erkennen.«

Er ließ von ihm ab und trat drei Schritte zurück, wobei Askir ihm verwirrt nachblickte. Unruhig beäugte er seine Handflächen, drehte diese nach unten, um sich auch die Handrücken zu besehen. Die Haut darauf glänzte in einem ungewöhnlichen Muster, welches ihn an die Schuppen eines Fisches erinnerte. Er rieb darüber, aber sie wurden stattdessen noch klarer erkennbar, behielten teils die helle Farbe seiner Haut bei, teils wechselten sie zu einem bronzefarbenen Ton oder nahmen stellenweise auch ein Meeresblau an. Zwischen seinen Fingern bildeten sich dünne Schwimmhäute, während sich seine Fingernägel zu Krallen spitzten.

Keuchend fiel er nach vorne auf die Unterarme, kippte dann zur Seite, rang nach Luft, panisch und im Unwissen, was mit ihm geschah. Es juckte und ziepte mittlerweile überall. Ihm wuchsen Flossen aus den Unterarmen, den Seiten seiner Oberschenkel und aus seinem Rückgrat, doch das Schlimmste folgte, als er nicht länger in der Lage war, seine Beine einzeln zu bewegen. Sie schienen miteinander verschmolzen, sodass er sie nicht voneinander lösen konnte, egal, wie sehr er sich darum bemühte. In einer eigenartigen Zeichnung wurden sie von bronzenen und dunkelblauen Schuppen bedeckt, während sie sich in die Länge zogen, ganz so wie ein Schlangenkörper, um drei, fünf, sieben Schritt und länger. An der Spitze bildete sich eine weitere, diesmal fächerförmige Flosse, die sich im selben Moment zusammenfaltete und sonst nicht weiter bewegte.

Askir stieß einen Schrei aus, der in einem tiefen Wehklagen mündete. Er wand sich zwischen den Wurzeln hin und her, verlor jegliches Gefühl für Raum und Zeit, bis es sich anfühlte, als wäre er in einem Traum gefangen. Mit seinen Armen auf seiner Brust überkreuzt griff er nach seinen Schultern, mied dabei die drei Kiemenspalten, die sich zu beiden Seiten seines Brustkorbes geöffnet hatten. Er bog seinen Rücken durch und bäumte sich auf, schrammte gegen die in die Luft ragenden Wurzeln.

Sobald er aufhörte, sich hin und her zu winden, trat Dirion erneut näher. Askir donnerte der Länge nach erschöpft und röchelnd zu Boden. Wieder hatte er das Gefühl, zu ersticken – ganz gleich, wie sehr er sich anstrengte, regelmäßig zu atmen. Aus dem Augenwinkel sah er, wie Dirion beschwichtigend die Hände hob und kaum einen Schritt neben ihm in die Hocke ging. Er legte Askir die Hand auf den Oberarm, doch die Berührung trieb ein kehliges Zischen hervor und lockte seine lange, gespaltene Zunge aus dem Mund. Bei diesem befremdlichen Anblick erschauderte er, angewidert von sich selbst. Alles fühlte sich trocken an, juckte. Schuppen, Flossen, Haut, Augen, Kehle – alles.

»Askir«, begann Dirion und ergriff mit seiner einnehmenden Stimme sofort Askirs volle Aufmerksamkeit. »Atme nicht durch den Mund, sondern durch die Nase! Deine Kiemen wirst du erst gebrauchen können, wenn du dich in den Weiten der See austobst.«

Er hörte auf den Rat, nahm ein paar tiefe Atemzüge durch die Nase und tatsächlich füllten sich seine Lungen mit Luft, ohne dass ihm weiterhin das Gefühl zusetzte, dem Erstickungstod nah zu sein. Einige Male stockte er zwar noch, aber bereits nach kürzester Zeit hatte er sich so weit an diese neue Eigenart gewöhnt, dass er wusste, wie er zwischen den beiden Arten, zu atmen, wechselte.

»Dirion!«, knurrte er aufgebracht, schnellte unkontrolliert hoch, um dessen Kehle zu ergreifen. Doch Dirion war schneller, packte Askir am Handgelenk, um ihn am Boden zu halten,

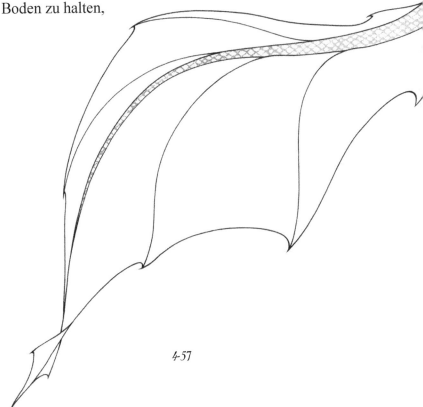

umzudrehen und ihn auf den Bauch zu drücken. Tadelnd schnalzte er mit seiner Zunge.

»Nicht doch, Askir! Ich möchte dir nur helfen, auch wenn du das vielleicht nicht einsiehst. Zumindest jetzt noch nicht, schließlich hat für dich nun ein neuer Lebensabschnitt begonnen«, meinte Dirion, ließ von ihm ab, um den Trinkschlauch von seinem Gürtel zu lösen. Im selben Moment, als er den Korken aus der Öffnung herauszog, hatte Askir Dirions Worte bereits wieder vergessen. Er wollte nur noch eines – Wasser. Und er konnte riechen – ja, riechen –, dass sein Trinkschlauch prall gefüllt war mit frischem Süßwasser.

»Bitte!« Askir drehte sich zu Seite und streckte seine Hand danach aus. »Ich brauche ...«

Dirion schmunzelte. »Natürlich! Wenn du mich so höflich fragst, wie kann ich dir da deinen Wunsch verwehren?« Ohne weiterhin mit ihm zu spielen, reichte er Askir das Behältnis. Dieser stürzte den Inhalt gierig hinunter wie zuvor das Gezeitenharz. Bis zum letzten Tropfen trank er es leer und besaß trotz allem noch genug Respekt, ihm den Trinkschlauch wieder entgegenzuhalten.

Dankend nahm Dirion ihn zurück, befestigte ihn dort, wo er hingehörte, und verschränkte seine Arme, erneut mit diesem Grinsen, das niemals etwas Gutes bedeutete.

Vorsichtig versuchte Askir, sich auf dem linken Unterarm abzustützen, obwohl ihm nicht gänzlich klar war, wie sein Vorhaben tatsächlich aussah. Wie er auf die Beine kommen, respektive sich überhaupt bewegen sollte. Noch ehe er seine Gedanken diesbezüglich weiter ausarbeiten konnte, kribbelte es auf seinen Lippen und in seinen Fingern. Es breitete sich so weit aus, dass es das Jucken auf seinem ganzen Leib ersetzte und ihn überzog wie eine Schicht Blei. Unbewusst sank sein Kopf nach unten, wurde schwer und sein Arm rutschte unter seinem eigenen Gewicht fort. Er zwang sich, die Augen offen zu halten, obgleich sich Müdigkeit plötzlich wie ein schwerer Schleier über seine Gedanken legte. »Ihr habt mir –«

»Du solltest dich nicht überanstrengen. Dein Geisteszustand ist zu angeschlagen, als dass ich dir dieses Wissen zu diesem Zeitpunkt zumuten möchte. Zwei Tropfen Mondbeerenextrakt und du wirst vergessen, was heute Nacht geschehen ist«, teilte Dirion ihm mit, ernster, als es für ihn die Regel war.

»Ihr …«, brachte Askir noch knapp hervor, bevor sich seine Augenlider schlossen.

»Yggdravarios wacht über dich, Askir.«

CALLAN

1. Stunde Ans, 10. Efyon 740, ZF, 3Z

Mit allem bei sich, was er besaß, machte sich Callan mit dem ersten Licht des Morgens auf zum Hafen. Eine ungewohnte Stille lag über dem Marktviertel, aber das war wohl der Abwesenheit von zahlender Kundschaft und den konzentrierten Kaufleuten zuzurechnen, die ihre Stände vorbereiteten. Er schlich sich unauffällig vorbei, behielt seine Hände ausnahmsweise bei sich. Proviant hatte er besorgt. Das Drachenkätzchen schlief zufrieden in seiner Umhängetasche. Und eine Überfahrt nach Evrasi hatte er spät nachts noch für wenige Silbermünzen ergattert. Nur Keylinn hatte er nicht wiedergefunden, wobei er sich nicht ganz im Klaren darüber war, ob ihn das freuen sollte oder ob es ihn traurig stimmte. Trotz ihrer Verbindung zu Dirion war sie Callan ans Herz gewachsen, irgendwie, während dieser kurzen Zeit. Vielleicht würden die Götter sie auch eines Tages wieder zusammenführen, damit er sie bei ihren ambitionierten Plänen unterstützen konnte – hoffentlich hatte sie bis dahin diesen Mistkerl in den Wind geschossen.

Stur geradeaus huschte Callan zu den Docks, vorbei an den schnarchenden Hafendirnen, die teils zwischen Fässern und

Fischernetzen schliefen. Diesen Anblick würde er nicht vermissen. Genauso wenig die Elfensklaven, die Schmierereien dieses Meisters des Lichts. Aber das Gold – das schöne Gold und die Edelsteine, die er nirgendwo so zahlreich entdeckt hatte wie in Qurta'bar. Er seufzte. *Wo ich herkomme, gibt's ja auch genug Dinge, die es zu stehlen gilt.*

Callan steuerte schon das Schiff an, auf dem er den nächsten Monat verbringen würde, doch zog es seinen Blick zum östlichsten Steg in Sichtweite. Seine Füße bestimmten wie von allein ihren Weg, näherten sich der schmalen, großgewachsenen Gestalt, deren Haar offen über die Schultern fiel und immer wieder von zarten Meeresbrisen getragen wurde.

Er wollte ihr böse sein, sie schellten, ihr dann den Rücken zukehren, aber nichts dergleichen passierte. Stattdessen schritt er über den Steg, bedacht, sie nicht zu erschrecken, und hielt direkt hinter ihr inne. Kaum merklich zuckte sie zusammen, starrte dabei weiterhin auf die ruhige See.

»Es tut mir leid«, rutschte es ihm heraus. Jedoch, sobald er es ausgesprochen hatte, merkte er, dass er es tatsächlich aufrichtig meinte.

Keylinn wagte einen Blick über ihre linke Schulter und musterte ihn müde. Ihre Wangen glänzten von den Tränen, die sie über die letzten Stunden hinweg geweint haben musste, während sich unter ihre Augen ganz dezent dunkle Schatten gelegt hatten.

»Wirklich ... Ich hätt' dir geholfen, Sengmi zu finden«, fügte Callan hinzu, in der Hoffnung, dass seine Worte ihr etwas Trost spendeten.

Sie schluckte krampfhaft und wandte ihr Gesicht wieder von ihm ab. »Ich weiß.« Für einen Moment trat Stille zwischen sie, schier unerträglich und vor allem voll Trauer. Plötzlich strich sie sich mit ihren Händen durchs Haar, drehte es zusammen und warf es sich über die linke Schulter nach vorne. »Du gehst?«

»Ja«, erwiderte Callan knapp, aber er wusste, dass es nicht reichte. Er musste mehr sagen, damit er es später nicht bereute, ihr etwas vorenthalten zu haben. »Zurück nach Feldweilen. Zu meinem Mädchen.«

»Tu das.« Mehr kam nicht.

Wieder herrschte Schweigen zwischen den beiden. Er wechselte von einem Fuß auf den anderen, gepackt von der Unruhe. Normalerweise ließ er sich nicht so einfach von der Gemütslage anderer anstecken, aber Keylinn war etwas Besonderes. Selbst für ihn.

»Wohin treibt es dich?«, hakte Callan nach, um diese stille Beklemmung zu verscheuchen.

Erst antwortete sie ihm nicht, öffnete zwar ihren Mund, doch schwieg.

»Schon in Ordnung. Du musst es mir nicht sagen.«

»Ich bleibe«, schoss es aus ihr heraus, ehe sie sich ihm zuwandte, »und befreie meinesgleichen.«

Callan nickte. In ihrem Blick lag eine Entschlossenheit, die keine Einwände, keine Widerworte zuließ, und es gebührte ihm auch nicht, es ihr auszureden. Sie hatte ihre Wahl getroffen. Er seine.

Damit ihm die Tasche nicht versehentlich wegrutschte, schulterte er sie nach und betrachtete Keylinn stirnrunzelnd. »Ja gut, dann sieht man sich wieder?«

»Vielleicht.« Sie zuckte die Achseln, wirkte so furchtbar verloren.

Da wurde ihm klar, dass er die Verabschiedung nicht so stehen lassen konnte. Er wollte nicht, dass diese Begegnung ihre letzte war.

»Nah!« Grinsend tat er ihre Antwort ab. »Nichts da! Bis bald, sag' ich.«

Es dauerte einige Atemzüge, in denen sie ihm in die Augen schaute. Vielleicht auf der Suche danach, ob er es ernst meinte. Letztendlich wich ein wenig der Unsicherheit aus ihren angespannten Zügen. Dann nickte die Silberelfe. »Die Götter seien mit dir.«

Er schenkte ihr ein letztes Lächeln. »Und mit dir.«

ANHANG

TRIGGERWARNUNGEN

Armut

Blut

Diskriminierung in Bezug auf
Rasse, Herkunft & Hautfarbe

Depression

Drogenmissbrauch

Entführung

Erbrechen

Erwähnung eines Suizidversuchs

Explizite Gewaltdarstellung

Gefangenschaft

Implizite Selbstverletzung

Konsum von Alkohol, Tabakware
& anderen Genußmitteln

Nutzung von Waffen

Sexuelle Inhalte

Sklaverei & aktiver Sklavenhandel

Sucht

Tod

Toxische Beziehung

Traumata

Verstümmelung

PERSONENVERZEICHNIS

Alcea	Göttin der Fruchtbarkeit, der Ernte und der Pflanzen
Ambar	Gott des Handels, des Reichtums und der Schmiedekunst
An	Himmelsfuchs des Lichts, Personifikation des Tages
Answin	Mensch, drittes Mitglied der Schattenlosen 10
Arras	Wüstenelf, viertes Mitglied der Schattenlosen 10
Askir	Mensch, Liebesdiener im *Haus der Seidenrosen*
Ayen	junger Silberelf, Schiffsjunge auf der *Singenden Märe*
Azim al'Salé'bar	Mensch, Alchemist und Artefaktmagier
Cáel Falkenauge	Tiermensch (Falke), Bruder von Muiris
Callan Fernel	Mensch, Dieb aus Feldweilen
Cardrona	Göttin der Kreativität und der Vielfältigkeit der See
Côr	mysteriöses Wesen mit vier Armen und drei Augen, auch bekannt als »Meister des Lichts« oder »Gott, der aufsteigt«
Corvyn	junger Schattendämon, Schiffsjunge auf der *Singenden Märe*
Daneyal	Mensch, Stadtwache in Qurta'bar

Dareesi	geheimnisvoller Silberelf unbekannter Herkunft
Dawa	Gott des Wassers, der Wildheit und der Freiheit
Delenbar al'Soma	Mensch, Kuriositätenhändler
Dirion	Mensch (?), Anführer der Schattenlosen 10
Dravian	Silberelf, Falke im Krähennest der Singenden Märe
Ea-nasir	Art unbekannt, Bootsmann auf der Singenden Märe
Efyon	Gott des Friedens und der Glückseligkeit
Ehsan Baitani	Mensch, Zuhälter, Besitzer des *Hauses der Seidenrosen*
Eos	Göttin der Liebe, der Wärme und der Anmut
Eren	Mensch, ehemaliger Freund von Askir
Estral	Satyr, Steuermann der Singenden Märe
Evra	Göttin des Glücks und des Heldentums
Felgur	Taldrago, Bordarzt auf der Singenden Märe
Fernis	Gott der Zerstörung und des Zorns, Herr über die wilde Magie
Feysirion	Göttin des unbarmherzigen Winters und der Geduld, Mutter aller Elfe
Hosta	Taldrago, Wirtin in der *Oase der Göttlichen*
Hyaszine	Gottheit des Verlangens und des Genusses
Iberyn Walden	Satyr, Efyonpriester, Begleiter von Keylinn
Ilko Laubläufer	Silberelf, Sohn von Keylinn

Kalileth	Göttin der Fremde und der Grenze zwischen den Welten
Keylinn Laubläufer	Silberelfe und Wächterin der waldelfischen Laubläufer-Sippe
Khadira	Orakel der Götter
Koen	Taldrago, Schiffskoch auf der *Singenden Märe*
Laoka	Sirene, Kapitän der *Singenden Märe*
Linoriel	Silberelfe, Liebessklavin im *Haus der Seidenrosen*, Zimmergenossin von Askir
Lyon Unze	Mensch, Alchemist, Begleiter von Iberyn Walden
Merle	Drachenkätzchen, Begleiter von Callan
Mirha Syrjana	Mensch, zweites Mitglied der Schattenlosen 10, linke Hand von Dirion
Miro Vaharada	Tiermensch (Tigeräffchen)
Muiris Falkenauge	Tiermensch (Falke), Bruder von Cáel
Niu	junger Silberelf, Schiffsjunge auf der *Singenden Märe*
Phis	Tiermensch (Kraken)
Ramu	Gott des Zufalls und der Willkür
Revi	Gottheit des Todes und der Wiedergeburt
Rulris	Gott des Mutes und der körperlichen Kraft
Sengmi	Kirin, enger Freund von Keylinn
Serissa	Göttin des Gewöhnlichen und des Magielosen

Sian	Silberelf, Quartiermeister auf der *Singenden Märe*
Sjólfur Kjaskarson	Mensch, Navigator auf der *Singenden Märe*
Skalli Silberzange	Taldrago, Mechanist aus Feldweilen
Snurre	Klabautermann, wohnt auf der Singenden Märe
Synia	Göttin der Bewahrung und der Gerechtigkeit
Thagelia A'Pharoditepolis dilly Andromacheormos	Mensch, Medikus
Wendelin	Mensch, Adelsdame und Tochter eines wohlhabenden Gutsherrn in Feldweilen
Xerxan Chafif	Mensch, Sklavenhändler
Yann	Mensch, siebtes Mitglied der Schattenlosen 10
Yggdravarios	Gott des Diebstahls, der Schatten und der Illusion, Herr über Lug und Trug, Schutzpatron der Diebe, Söldner, Halunken und Huren, auch als »Gott der einfachen Leute« bekannt
Zeelin	Gott der Fruchtbarkeit und des gerechten Kampfes
Zù	Himmelsfuchs der Dunkelheit, Personifikation der Nacht

GLOSSAR

Alceana	Regenwald- und Steppenkontinent
Ambraurum/ Ambrauri	weitreichend verwendete Währung auf Vaerys
anjet	Elfisch für Vorsicht!
âre	Elfisch für Wasser
Backbordseite	linke Seite eines Schiffes (vom Steuer aus gesehen)
Blütenfee	Verspielte Feenart mit blumenartigen Attributen. Sie hält sich bevorzugt an magisch verzauberten Orten auf.
Bug	vorderer Teil eines Schiffes
Bugspriet	Segelstange, die über den Bug hinausragt
Côr'hjr	neue Bezeichnung des Wüstenkontinents, ehemals Fernias

Côrs Vollstrecker Untergebene von Côr

Dämon	Fremdartige Wesen, die in unzähligen Städten – außer in Urbs Constructae – ungern gesehen werden. Ursprünglich stammen sie aus den kalisischen Nebelgründen, wobei sich die meisten Arten von Dämonen noch immer in diesem Teil der Welt aufhalten.

Die Schattenlosen 10 legendäre Gruppe von Dieben, Halunken und Mördern, die laut Erzählungen bereits seit Jahrhunderten durch die Lande zieht

Drachenkätzchen marderartige Boten der Gottheit Yggdravarios

Drago	Kulturschaffende Drachenart, die zwar ausgeprägte Drachenattribute besitzt, aber die Fähigkeit verloren hat, eine vollständige Drachengestalt anzunehmen. Ein Drago ist deutlich kleiner als ein Nayruni. Ihnen ist der aktive Gebrauch von Magie fremd, stattdessen sind sie besonders begabt in der Verarbeitung von Metallen und Gesteinen jeglicher Art.
Elfenbucht	Bucht im Osten von Eosir
Emira	Herrscherinnentitel der Menschen auf Côr'hjr
Eosir	Land im Nordosten von Côr'hjr
Eostag	ein ereignisreicher Tag, an dem sich zwei oder mehrere Personen miteinander vermählen
Erdbienen	friedliche Bienenart, die die Größe eines ausgewachsenen Elfen erreichen kann
Evrasi	auch bekannt als »der grüne Kontinent«
Falke	Matrose, der vom Mastkorb aus Wache hält
Feldweilen	Stadt im Norden des Landes Seris (auf dem Kontinent Evrasi)
Ferniasisch	die Sprache der Wüste
Feuerstern	elfische Bezeichnung für die Sonne
Feyremor	Eiskontinent im nördlichen Bereich von Vaerys
Fey'vian	Elfisch für Elfenfreund
Flammenschwert von Aruch'dal	legendäres Artefakt
Gezeitenharz	Harz eines Gezeitenbaumes
Goldenes Viertel	Reichenviertel von Qurta'bar

Greifenharpyie	aggressive Harpyienart
Hyrsinenkraut	Kraut mit beruhigender Wirkung, wenn es geräuchert wird
îje!	Elfisch für *nein*
Irrlicht	kleine, kugelförmige Lichterscheinung, die sich bevorzugt an magierechen Orten aufhält
Kajüte	Schlaf-, Wohn- oder Aufenthaltsraum auf einem Schiff
Kèl	Land auf dem Kontinent Feyremor
Kirin	hirschähnliches, geschupptes Wesen, das alle elementaren Attribute in sich vereint und als Bote der Gezeitenbäume in Erscheinung tritt
Klabautermann	Schutzgeist eines Schiffes
Koje	Schlafplatz auf einem Schiff
Krähennest	Mastkorb
ky	Elfisch für *ja*
Meerzahn, Klang und Sang	Namen des Säbels und der beiden Dolche von Laoka
Melusine	eine Gottheit des Regens und der Gewässer
Moorbeere	giftige Beere, die bei Einnahme gerade Erlebtes wieder aus dem Gedächtnis löscht
Naga	schlangenartiges Mischwesen, das häufig in wärmeren Wüsten- oder Regenwaldregionen vorzufinden ist
nave	Elfisch für *danke*

Nayruni	Kulturschaffende Drachenart, die sowohl eine zweibeinige Gestalt als auch eine Drachengestalt annehmen kann. Einige von ihnen sind sogar in der Lage, dank ihrer hohen Affinität zu den Göttern und dadurch ausgeprägten Intuition mögliche Versionen der Zukunft vorauszusehen.
Neunschwänzige Katze	Peitsche
Neuwergen	Stadt auf dem Kontinent Evrasi
Nordmond	Er bestimmt den Lauf des Monats. Ein vollständiger Mondzyklus dauert 34 Tage.
Nystris	Land im Osten von Alceana
Orakel	Ein von den Göttern erschaffenes Wesen, welches die Fähigkeit besitzt, in die Vergangenheit, Gegenwart und Zukunft anderer zu blicken. Dabei handelt es sich bei Letzterem nicht um Möglichkeiten, sondern um Visionen, die sich stets bewahrheiten.
Pfauenharpyie	friedliche Harpyienart
Poopdeck	oberstes Deck auf dem hintersten Teil eines Schiffes
Qurta'bar	Hauptstadt von Eosir
Rundohr	elfische Beleidigung für einen Menschen
Schattenpard	Raubkatze
Silberelf	Älteste und seltenste Elfenart, deren Aufgabe es ist, als Wächter ihre Wald-, Wüsten- und Nebelgeschwister vor Schaden und Gefahren zu bewahren. Sie sind in der Lage, im Laufe ihres Lebens ausreichend Kenntnisse über die Grundelemente (Pflanzen, Gestein, Wasser, Eis, Feuer, Luft) – seltener auch über die Elemente

Licht und Schatten – zu erlernen, um diese bis zu einem gewissen Grad zu kontrollieren.

Sichelbeere sichelförmige Beere mit heilender Wirkung

Singende Märe legendäres Schiff von Laoka

Smutje Schiffskoch

Steuerbordseite rechte Seite eines Schiffes (vom Steuer aus gesehen)

Taldrago Unterart der Drago

te'grani Sprache der Bäume

teg'ra seyundri Elfisch für *Gezeitenbaum*

te'gra seyundri lyf neyra'na! Elfisch für »*Ein Gezeitenbaum soll euch eures Lebens berauben.*« (Allerdings spricht es Keylinn in ihrem Fall unvollständig aus, da die nötigen Gesten, die das ›euch‹ und ›eures‹ implizieren, fehlen.

Tiermensch eine Rasse, die die Fähigkeit besitzen, neben ihrer tierischen Form auch eine menschenähnliche Gestalt anzunehmen

Träne der Nacht hochgiftige Pflanze, deren Blütenstempel betäubend wirken

um'na, dala mé'zo Elfisch für »*Ich liebe dich, Mutter meines Sohnes.*«

Unterweltkönig Herrscher der verborgenen Stadt, die unterhalb von Qurta'bar liegt

Urbs Constructae Stadt an der Nordküste vom Kontinent Alceana

Urgezeitenbaum	göttliche Entität, die laut Legenden die Welt mit ihren Wurzeln und Ästen zusammenhält
Vaerys	Bezeichnung der Welt
Weltenlinie	elfische Bezeichnung für den Horizont
Wüstenaster	violette Wüstenblume
ykri'mau	Elfisch für *Eiskatze*
Zwillingsmond	Er läutet das Ende des Jahres ein und wird am letzten Tag des Sommers in unmittelbarer Nähe des Nordmonds am Himmel sichtbar.

DⱭ﬜ VⱭⱤ﬌﬜CHE ﬜EITⱣRINZIⱣ

Anders als bei unserer Zeitrechnung beginnt der Tag auf Vaerys mit dem ersten Sonnenstrahl und wird als erste Stunde Ans bezeichnet. Die Nacht wiederum bricht an, sobald der Nordmond aufsteigt. Dieser Zeitpunkt gilt als die erste Stunde Zùs. Je dreizehn Stunden zählt sowohl die Nacht als auch der Tag.

Im aktuellen Zeitalter, dem Zeitalter des Frühlings, dauert ein Monat 34 Tage und das Jahr 13 Monate an. Die Faun- und Frühlingsgottheiten Alcea, Zeelin, Efyon und Hyaszine dominieren mit ihren Aspekten den vaerysischen Jahresverlauf, sodass auch der Frühling alljährlich am längsten andauert und die anderen Jahreszeiten im Verhältnis dazu jeweils kürzer ausfallen. Daher der Name dieses Zeitalters.

Monat	Jahreszeit
Kalileth	Schattenzeit
Rulris	
Ambar	Herbst
Feysirion	Winter
Alcea	
Zeelin	
Efyon	
Hyaszine	Frühling
Dawa	
Cardrona	Regenzeit
Eos	
Ignis	
Pharos	Sommer

DANKSAGUNG

Nach über drei Jahren bin ich so glücklich, dieses Buch endlich als eBook und Print in Händen halten zu können. Ich bedanke mich bei allen, die sich diese Geschichte geholt haben. Trotz allen Hoch- und Tiefpunkten hat sich die Arbeit an diesem Projekt definitiv gelohnt.

Len, du weißt, was jetzt kommt: Ich bin dir so dankbar, dass du meine Texte liest, auch wenn sie anfangs immer ein bisschen chaotisch aufgebaut sind, und deine Bilder zu den Charakteren sind einfach genial. Auch bei meiner Mutter kann ich mich nicht oft genug dafür bedanken, wie sehr sie mich immer unterstützt.

Ihr, meine werten Patrons, habt auch einen großen Teil dazu beigetragen, dass ich es geschafft habe, den ersten Teil dieses Projekts fertig zu stellen. Es freut mich immer, wenn sich Leute auch für exklusive Inhalte interessieren. Deshalb bedanke ich mich auch bei euch: Leo, xlunaticatx, Janine, Wolfgang, Sören, Hermann, Kimberly, Nico, Sandro, Micha, Kristian und Jayce. Ihr habt mir schon Einiges ermöglicht, war ohne Patreon nicht umsetzbar gewesen wäre.

Mittlerweile kann ich lange nicht mehr alle Personen namentlich erwähnen, die mich in der Künstler- und Schreibcommunity unterstützt haben oder es immer noch tun. Es wären zu viele. Ich bin einfach überwältigt, wie viel Freundlichkeit ich bereits erfahren habe, und bin so glücklich, diese coolen Communities gefunden zu haben.

Wenn ich jemanden nicht unerwähnt lassen darf, ist es meine Lektorin Sabrina Schumacher. Sie ist eine so tolle Person und die Zusammenarbeit mit ihr läuft immer so reibungslos, dass ich auch in Zukunft ganz viele Projekte mit ihr zusammen verwirklichen werde.

März 2023
Alenor J. Stevens

Infos zum Schreiberling

Schon im Kindesalter hat Alenor J. Stevens die Lust am Schreiben gepackt und seither nicht wieder losgelassen. Die Queere Phantastik spielt im Leben des Schreiberlings dabei eine besonders große Rolle. Während der Buchhändlerlehre sammelte Alenor Erfahrung im Bereich Selfpublishing und arbeitet seit Sommer 2019 am umfangreichen Fantasy-Projekt »Vaerysarium« und seit Neustem auch an einer Vampirserie.

Zusammen mit drei bezaubernden Katzen und einem ebenso kreativen Mitbewohner wohnt Alenor in einer kleinen Künstler-WG in der Ostschweiz.

Ihr wollt noch mehr erfahren? Über den QR-Code erhält ihr Zugang zu allen wichtigen Links:

Lust auf Kurzgeschichten aus dem Vaerys-Universum?

Band 1 der Vaerysischen Memoiren enthält elf phantastische Ge-schichten erzählt aus der Sicht von Charakteren, die unterschiedli-cher nicht sein könnten. Von verruchten Halunken, über Konstrukt-wesen bis hin zu geheimnisvollen Prophezeiungen ist bestimmt für alle Phantastikleser*innen etwas mit dabei.

Kuss der Skrupellosen | Eine ungewisse Zukunft | Unverhofft Quar-tiermeister | Im Dunkel des Waldes I | Der Angriff der Schatten | In Zeiten der Not | Böses Erwachen | Von Königen und Wölfen der See | Ein diebisches Dilemma | In der Gunst eines Fremden I | Auf Messers Schneide

Memoiren vaerysischer Helden, Band 1, BoD, 2. Auflage, 168 Seiten, am 1. November 2021 erschienen, ISBN 9783755700128

In fünf weiteren phantastischen Geschichten erfahrt ihr, wie Askir
und Larimar mit den Gefahren in der grossen Handelsstadt Qurta'bar
umgeben, wie Mareidon auf heldenhafte Art eine Gräueltat vereitelt
und was sich bei Keylinn und Ilko in den Regenwäldern Alceanas ab-
spielt. Den Geschichten sind dabei in ihrer Diversität keine Grenzen
gesetzt.

In der Gunst eines Fremden II | Im Dunkel des Waldes II |
Im Zweifel für den Adligen | Jenseits der Wogen |
Ein gestohlener Kuss

*Memoiren vaerysischer Helden, Band 2, BoD, 1. Auflage, 116 Seiten,
am 22. Dezember 2022 erschienen, ISBN 9783756850761*

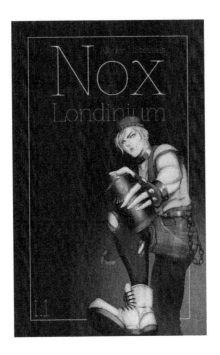

London 1998

Für Sean sind die Nächte in den Gassen voller Graffiti und lauter Musik immer etwas Besonderes. Erst recht, da er sie mit seinem besten Freund Art erleben darf. Sie lenken ihn von der lästigen Drecksarbeit ab, die Seamus, der Vampirlord von London, regelmäßig auf ihn abwälzt.

Doch dieses Gefühl von Freiheit schwindet dahin, als er einem lange verschwiegenen Geheimnis auf die Schliche kommt. Es könnte Arts Tod bedeuten, wenn Sean nichts unternimmt.

Nun muss er sich entscheiden:
Bleibt er den Prinzipien treu, denen er seit Jahrhunderten folgt? Oder wirft er sie über den Haufen, um Art zu helfen und ihm ein neues Leben zu schenken?

Nox Londinium, Episode 1, BoD, 1. Auflage, 120 Seiten, am 6. April 2023 erschienen, ISBN 9783751903554